Silvia Götschi, 1958 in Stans (CH) geboren, zählt heute zu den erfolgreichsten Krimiautorinnen der Schweiz. Ihre preisgekrönten Werke erwecken weit über die Landesgrenzen hinaus Interesse.

Seit ihrer Jugend zählen Schreiben, Fotografieren und Psychologie zu ihren Leidenschaften. Nach der Handelsschule und dem Abschluss der Kaufmännischen Berufsschule arbeitete sie während längerer Zeit in der Hotellerie und Gastronomie. Seit 1998 ist sie freischaffende Schriftstellerin. Götschi hat drei Söhne und zwei Töchter und lebt heute mit ihrem Mann im Kanton Aargau.
www.silvia-goetschi.ch

Silvia Götschi – Rigigeister

*Der Cameo Verlag wird vom Bundesamt für Kultur
für die Jahre 2021–2024 unterstützt.*

Lektorat: Bärbel Philipp, Eisenach
Korrektorat: Susanne Schulten, Duisburg
Umschlaggestaltung, Layout und Satz: Cameo Verlag GmbH, Bern
ISBN: 978-3-906287-94-2

Printed in Germany

SILVIA
GÖTSCHI

EIN FALL FÜR KRAMER

RIGIGEISTER

KRIMINALROMAN

CAMEO

Für Susanne

Das Leben ist endlich – die Zeit zerrinnt
Die Erinnerung bleibt

Glaube, dem die Tür versagt, steigt als Aberglaub' ins Fenster.
Wenn die Götter ihr verjagt, kommen die Gespenster.
(Emanuel Geibel, 1815–1884)

Prolog

Seit einer Stunde hetzt er sie durch den Wald. Über den ansteigenden, von Gesteinsbrocken bedeckten Waldweg, zwischen Gestrüpp und Baumstämmen hindurch. Sie keucht wie ein verwundetes Wildtier aufwärts. Hustend und spuckend. Den einen Schuh hat sie verloren. Das Kleid ist zerrissen und schmutzig von den Stürzen, vom Sich-wieder-Aufrappeln. Ihre Lungen schmerzen. Sie schmeckt Blut. Sie kann nicht mehr. Mit letzter Anstrengung rettet sie sich hinter einen dicken Baumstamm, versteckt sich. Die Borke gräbt sich in ihren Rücken, während sie den Kopf nach hinten lehnt. Ihre Augen richten sich gen Himmel. Doch da ist nichts als ein undurchdringliches grünes Dach. Der Gesang des Windes, wenn er durch die Blätter fährt. Ihr eigener heftiger Atem.

Noch ist es hell. Doch die Dämmerung macht nicht Halt vor ihrem Elend. Sie lauscht. Jedes Geräusch erschreckt sie von neuem. Jedes Knacken. Das Flattern eines Vogels.

Wenn sie sich jetzt bewegt, ist sie verloren. Trotzdem greift sie nach ihrem Mobiltelefon, das sie in der Jackentasche trägt. Mit zitternden Fingern drückt sie die Tasten. Dass sie keinen Empfang hat, löst in ihr ein krampfhaftes Lachen aus. Sie presst die Hände vor den Mund. Nur keinen Laut von sich geben – er wird sie sonst hören. Der Wald scheint im Moment ihr einziger Verbündeter zu sein. Yusuf hat sie im Stich gelassen. Ihr Freund ist einfach weggelaufen. Vor dem Monster, das hinter ihr her ist.

Sie hört sein Keuchen, als er den Weg heraufkommt. Sie traut sich nicht, hinter dem Stamm hervorzublicken. Die Entfernung zu ihm abzuschätzen. Gehetzt sieht sie sich nach einer weiteren Fluchtmöglichkeit um. Kein Baumstamm in der Nähe ist dick genug, dass sie sich dahinter verstecken könnte. Sie muss hierbleiben, sich seinem Blick entziehen, wenn er diesen Ort erreicht. Fremde Geräusche, die nichts mit dem Wald zu tun haben. Ein knisterndes Schleifen. Sie spürt es. Er ist ganz in ihrer Nähe.

Allmählich kriechen die Schatten über die Baumkronen. Das letzte matte Licht verschwindet in der aufkommenden Dunkelheit. Die Nacht scheint ihre Rettung zu sein. In ihrem dunklen Schlund will sie Schutz suchen. Einzig der Baumstamm trennt sie von dem Unbekannten. Ein letzter verzweifelter Versuch, sich aus seinen sich nähernden Klauen zu befreien. Los. Die Flucht nach vorn. Den Hang hinauf. Weit weg.

Er holt sie ein. Fällt sie von hinten an. Sie stolpert. Er fällt über sie. Er drückt ihren Kopf auf den Boden, ihr Gesicht in die Erde. Sie spuckt und schreit. Feucht und klebrig ist der Waldboden, der sich in ihren Mund drängt. Abgestorbene Tannennadeln, verfilztes Moos – es ist überall.

Wenn sie jetzt nachgibt, ist sie verloren. Sie will nicht sterben.

Er reißt ihr die Bluse vom Leib. Den Stich in den Arm nimmt sie kaum wahr. Plötzlich sind da diese Wärme und ein Kribbeln im Kopf. Und ein schwarzer Schleier, der sich über ihre Augen legt …

Mittwoch, 16. Juli

Irgendetwas fiel vom Himmel – direkt vor ihren Wagen.

«Gott, gütiger, was war das?» Doris Langendorf stieß mit den Füßen instinktiv auf Kupplungs- und Bremspedal. Vollbremsung!

Livia auf dem Beifahrersitz hielt den Atem an, nachdem sie mit dem Kopf ziemlich unsanft zuerst nach vorne geschnellt, dann zurück in die Rückenlehne gepresst worden war. «Mami! Hast du jemanden angefahren?»

Der alte Offroader kam stotternd zum Stehen.

«Da war niemand.» Doris äugte über die Straße, die vor ihnen steil in die Landschaft gebettet war. Auf der linken Seite reichte ein Tannenwald an einen schmalen Streifen getrockneten Grases. Zur Rechten neigte sich karges Gelände ins Tal, übersät von groben Gesteinsbrocken. Doris kurbelte das Fenster auf der Fahrerseite halb herunter. Ein heißer Wind trug den weit entfernten Klang eines Flugzeugs über die ansonsten stille Gegend.

«Willst du nicht nachsehen?»

«Da war niemand», wiederholte Doris in einem etwas schrofferen Ton. Der Schreck saß in jeder Faser ihres Körpers. Sie sah auf ihre Tochter, welche die Füße auf das Armaturenbrett gestellt hatte.

Livia griff in ihre Tasche, die sie neben sich zwischen Tür und Sitz eingeklemmt hatte. Sie holte ihr Mobiltelefon hervor. «Der Schatten kam von oben.»

«Unmöglich!» Doris legte ihre Arme auf das Lenkrad und bettete den Kopf darauf.

Livia drückte auf den Tasten des Mobiltelefons herum. «Sonderbar, kein Empfang.» Sie blickte ihre Mutter forschend an. «Seit wann hat man hier keinen Empfang?»

«Keine Ahnung.»

«Soll ich nachsehen?» Wieder Livia, ungeduldig wie immer.

«Was willst du nachsehen?» Doris versuchte, das heftige Flattern in ihrem Inneren in den Griff zu bekommen.

«Ob da jemand unter dem Kühler liegt?»

«Weißt du, wie spät es ist?» Doris schob vergeblich den Ärmel an ihrem linken Arm über das Handgelenk. «O nein, ich habe die Uhr zu Hause liegen gelassen.»

Livia drückte das Gesicht an die Scheibe und schaute hinaus. «Es ist Mitte Juli. Die Sonne steht südwestlich am Zenit. Ich würde sagen, zwischen drei und vier.»

Doris rang sich ein Schmunzeln ab. Ihre Tochter, keck wie immer. Ein Teenager, dem die Welt gehörte. Liebenswürdig und chaotisch und mit einer begnadeten Fantasie.

«Sorry, *meine* Uhr ist stehengeblieben.» Livia hob die Schultern.

«Wir sind in Sarnen losgefahren, da war es gerade mal halb drei. Wie spät?»

«Mami, ich habe keinen Empfang auf dem Handy. Ich habe eine defekte Uhr, und wir sitzen tatenlos in einem Auto, unter dem irgendetwas liegt. Ich weiß nur eines: So kommen wir nicht nach Hause. Außerdem habe ich Durst.»

Doris sah sie von der Seite her an. Sie hatte eine hübsche Tochter, eben gerade neunzehn geworden. Hochgewachsen und dünn wie eine Bohnenstange. Das hatte sie von ihrem Vater. Jochen war über eins neunzig. Und ebenso gertenschlank. Mit weizengelben Haaren und blaugrauen Augen – eine Schönheit. Sie dagegen hatte zuhinterst in der Reihe angestanden, als der liebe Gott die Gardemaße verteilte. «Unerträglich, diese Hitze!» Doris stellte die Warnblinker ein. Gebannt starrte sie in den Rückspiegel. Aber auch hinter ihnen wand sich die Straße nur in gähnende Leere. Der Tag war zu heiß. Niemand sonst fuhr über den Pass.

«Warum müssen wir auch in so einem Kaff wie dem Dorf Entlebuch wohnen?» Livia hatte einen Kaugummi aus der Jackentasche gefischt und in den Mund gesteckt. Jetzt schmatzte sie ausgiebig. «Warum nur sind wir in diese Gegend umgezogen. Früher, in Stadtnähe …»

«Halt einfach den Mund.» Doris sah weiterhin in den Spiegel. «Immer hast du etwas zu motzen.»

«Wessen Idee war das eigentlich?» Livia gab nicht auf.

«Livi, bitte …»

«Ich weiß, es ist wegen Dads neuer Stelle. Warum nur muss er solch einen Beruf ausüben? Wenn er wenigstens einen Job in der Karibik bekommen hätte … aber hier? In dieser Einöde? Ich kann mir nicht vorstellen, dass es früher Völker gegeben hat, die irgendetwas eingebuddelt haben, was Dad nun finden soll. Man sollte die Dinge dort lassen, wo sie sind.»

«Die haben bestimmt nichts mit Absicht eingebuddelt.» Doris rang sich ein Lächeln ab. «Aber solche Fundstätten sind hierzulande rar. Dad kann von Glück reden, dass er damit beauftragt wurde. Zudem verdient er mehr als vorher.»

«Dafür werde *ich* mehr kosten, wenn ich denn mal weg von zu Hause bin.» Livia kam kurz auf das Gymnasium in Sarnen zu sprechen und auf den Studienplatz in Luzern, was einen Streit zur Folge hatte, der jäh damit endete, dass Livia rief: «Mami, wir müssen etwas unternehmen. Ich vergehe hier. Es fühlt sich an wie in einer Konservendose. Ich wette, es sind bereits fünfzig Grad hier drin.»

Weit hinten, kaum zu erkennen, tauchten plötzlich zwei Lichter auf. Bevor Doris den Wagen erkannte, erfassten sie zwei Scheinwerfer. «Gott sei Dank. Da kommt endlich einer.»

«Ja, echt», bemerkte Livia. «Noch so ein Außerirdischer wie wir. Der fährt mit Volllicht, an einem heiterhellen Tag.» Und noch ehe sich's Doris versah, hatte sie die Tür geöffnet und war mit einem Satz auf dem Asphalt gelandet. Ein Schwall heißer Luft streifte ihr Gesicht. Der Wagen schien sein Tempo nur wenig zu verringern. Livia winkte wild in dessen Richtung. Mutig schritt sie um den Offroader herum.

Ein schwarzer Wagen fuhr auf sie zu.

* * *

Sie saßen draußen im Garten unter der Laube. Das Thermometer zeigte noch immer vierunddreißig Grad an. Auf dem Tisch stand eine Glaskaraffe mit Fruchtsaft. Ein letzter Rest Eiswürfel schwamm obenauf. Die Markisen waren heruntergelassen und verhinderten den Blick Richtung Pilatus. Die Tanne – einstmals ein leidiges Übel – spendete zusätzlich etwas Schatten. Im Radio sang eine kreolische Gruppe «La Ville Jacmel». Isabelle trug außer einem Bikini nichts – es herrschte Ferienstimmung bei Kramers. Und fast hätte man meinen können, irgendwo in der Karibik am Strand zu sein, so heiß war es … hätte das Knattern von Nachbars Rasenmäher diese Idylle nicht gestört.

«Muss der Meier unbedingt heute sein Gras schneiden?» Isabelle stöhnte und fächelte sich mit einem Briefumschlag Luft ins Gesicht.

Sie wirkte so sehr entspannt, dass Kramer fast neidisch wurde. Seit einiger Zeit war sie wie verwandelt. Ob es an dem neuen Auto lag, das sie sich gekauft hatte? Auch optisch hatte sie sich verändert. Ihre Haare – einstmals jungenhaft kurz – reichten nun bis auf die Schultern und zeichneten ihr Gesicht weich. Sie hatte abgenommen und verzichtete seit neuestem aufs Abendessen. Eigentlich hätte er sich darüber freuen sollen. Seine Frau war wieder Frau geworden mit offenen Sinnen und strahlend wie die Morgensonne. Er blickte sie heute mit ganz anderen Augen an.

«Was ist?»

«Ich hatte schon befürchtet, dass du dich gehen lässt, da du bald fünfzig wirst.»

«Untersteh' dich.» Sie tat so, als würde sie etwas nach ihm werfen.

«Eine Zeit lang hast du wirklich den Eindruck gemacht, so werden zu wollen wie der Großteil der Schweizer Frauen, die jenseits der fünfzig ihre Attraktivität verlieren und eher Brechreiz auslösen. Sie tragen nur noch Hosen und überweite Pullover und Herrenhaarschnitte. Nein, darauf kann ich definitiv verzichten.»

«Was ist denn in dich gefahren?»

«Nichts. Aber ich denke manchmal, dass man seine Attraktivität behalten kann, auch jenseits der vierzig. Möchtest du noch etwas Fruchtsaft?»

Während Isabelle auf dem verblassten Rattan-Stuhl sitzen blieb, streckte sie ihre Beine von sich. Kramer sah auf ihre Fußnägel, die sie schwarz lackiert hatte. Das letzte Mal hatte er sie vor dreißig Jahren in dieser Aufmachung gesehen. Als sie noch jung und auf eine Art verrucht gewesen waren und sich wie späte Hippies aufgeführt hatten. Oft waren sie auf Kundgebungen dabei gewesen, hatten gegen das Spießertum ihrer Eltern demonstriert und Transparente geschwenkt mit Sprüchen wie *Nieder mit den Spießbürgern.*

Heute allerdings, fand Kramer, war er genauso spießig geworden. «Ich hole mir eine Apfelschorle aus dem Kühlschrank.» Er ging in die Küche.

«Mir könntest du dann einen gespritzten Weißen machen», rief sie ihm nach.

«Zu viel Alkohol tut dir nicht gut», scherzte er, kam wenig später jedoch mit dem Apfelsaft und dem mit Mineralwasser verdünnten Weißwein zurück.

«Heute könnten wir im Garten schlafen», schlug Isabelle vor, während sie nach dem Glas griff. «Die beiden Liegestühle sind breit genug und die Matratzen fast neu. Du brauchst dir also keine Sorgen darüber zu machen, dass es unbequem sein könnte. Und den Insekten habe ich im Umkreis des Gartensitzplatzes den Garaus gemacht, und zwar mit einem neuartigen Vernichtungsmittel. Es wurde von der Werbung als ‹natürlich› angepriesenen.» Isabelle hob das Weinglas. «Zum Wohl! Auf unsere Nacht im Freien.»

«Wir sind doch keine Teenager mehr», empörte sich Kramer in gespieltem Ernst.

«Nein, das nicht. Aber wir gehen auf ein Alter zu, in dem wir das Kind in uns wiederentdecken sollten.»

«Das scheint bei dir offensichtlich bereits der Fall zu sein. Wie war das noch mit diesem Kurs für Frauen um die fünfzig? Gehst du da noch hin?»

Isabelle lachte schelmisch. «Das ist kein Kurs. Dort treffen sich Frauen jeden Alters. Wir üben uns in der Rückkehr zur Natur. Wir wollen dem Fortschritt und der Hektik entgegenwirken. Im Moment mit keltischen Liedern. Die Frauen jener Epoche sind unsere Vorfahrinnen. In unserem Inneren ist zum Glück noch etwas zurückgeblieben, das wir nun beleben wollen. Die Ur-Frau, die Erdverbundene, die Fruchtbare.» Sie sah ihn mit verklärtem Blick an.

«Die Fruchtbare? Aha, interessant.»

«Es gibt auch eine geistige Fruchtbarkeit», belehrte Isabelle ihn.

«Und um das zu erfahren, triffst du dich mit diesen Frauen?»

«Sei nicht albern.» Sie schüttelte den Kopf.

«Du meinst, da würde auch ich noch etwas finden?» Kramer näherte sein Gesicht ihrem. Was war bloß in seine Frau gefahren?

«Mach dich nicht lustig über mich.» Isabelle stieß ihn zurück. «Seit ich mich mit den Frauen treffe, fühle ich wieder Leben in mir. Zudem ist es ein Ausgleich zu meinem Beruf.»

«Offensichtlich.»

Das entfernte Summen eines Mobiltelefons riss Kramer aus seinen Gedanken und führte ihn ins Wohnzimmer. Er war froh, der Fortsetzung des Gesprächs mit Isabelle entfliehen zu können. Wenn sie über ihre neu entdeckte Erdverbundenheit philosophierte, war er ihr ausgeliefert – ohne Gegenargumente. Um ihr Paroli zu bieten, hätte er sich mit diesem Thema zuerst auseinandersetzen müssen. Schleppenden Schrittes ging er ins Haus. Er suchte nach dem Mobiltelefon, fand es auf dem Sideboard und drückte die grüne Taste.

«Bartolini hier, störe ich?»

«Blöde Frage, natürlich störst du. Du störst immer, wenn ich meinen freien Tag habe.»

«Das tut mir leid. Ich wollte dich nur kurz informieren.»

Kramer erreichte den Sessel beim Cheminée. Erschöpft ließ er sich hineinfallen. Die Hitze lähmte seinen Körper. Jede Bewegung trieb ihm den Schweiß aus den Poren. Er hatte erst noch die Luftfeuchtigkeit gemessen. Sie war tropisch.

«Wir haben eine Meldung von unseren Kollegen aus Schüpfheim. Sie wurden um vier Uhr auf den Glaubenberg gerufen.»

«Ein Unfall? Das ist Sache der dortigen Polizei.» Kramer fuhr sich mit der Hand über die Stirn. Er schwitzte so stark, dass es unangenehm war.

«Sie konnten es mir nicht konkret sagen. Allem Anschein nach hat eine Frau mit ihrem Offroader etwas überfahren.»

«Ein Tier?»

«Man hat nichts gefunden. Sonderbar allerdings ist das, was danach geschah. Die Frau behauptet, man habe ihre Tochter entführt, als sie auf Hilfe gewartet hätten. Sie wurde zudem verletzt.»

«Eine Entführung am helllichten Tag?»

«Es ist etwas komplizierter. Die Jüngere habe sich aus dem Staub gemacht. Das zumindest sagt der Mann, der als Erster vor Ort eintraf.»

War Bartolini jetzt von allen guten Geistern verlassen? Kramer vermochte nicht, seine Beschreibung nachzuvollziehen. «Noch einmal von vorne … Was ist jetzt Fakt?»

«Die Mutter ist sich sicher, dass ihre Tochter ins Auto gezerrt wurde. Zudem hat sie die Entführer gesehen.»

«Gibt es Forderungen?»

«Nein, bis jetzt gibt's keine Forderungen. Das Ganze ist keine vier Stunden her. Die Frau war im Krankenhaus, konnte es aber wieder verlassen. Sie ist auf dem Weg hierher.»

«Und was sagen die Kollegen aus Schüpfheim?»

«Sie meinten, dass wir zuständig seien, rein kriminaltechnisch …»

«Das wäre aber Sache des Fahndungsdienstes. Muss ich davon ausgehen, dass sie sich um die Arbeit drücken? Sie haben also der Frau geglaubt?»

«So wie es aussieht: ja. Zudem besteht der Vater des Mädchens darauf, mit uns zu sprechen. Ich erwarte das Ehepaar in einer Stunde.»

Kramer seufzte. «Das volle Programm also?»

«Das volle Programm«, bestätigte Bartolini.

In Kramers Kopf überschlugen sich die Gedanken. Er schätzte ab, was Isabelle dazu sagen würde. Sie hatten sich auf einen schönen Abend in ihrer Wohlfühloase gefreut. Andererseits ahnte er, wie sehr Bartolini überfordert war. «Ich werde vor Ort sein.«

«Musst du nicht. Das ist mein Job. Aber ich wollte es dich wissen lassen.»

Kramer sah auf die Terrasse. Die Idee mit dem Liegestuhl behagte ihm nicht. Was würden seine Nachbarn denken, wenn er sein Bett unter dem Sternenhimmel aufschlug? «Ich werde dabei sein.» Dann legte er auf.

«Was gibt's?» Isabelle mühte sich aus dem Sessel. «Mord und Totschlag?»

«Ich weiß es nicht konkret. Bartolini hat mich angerufen. Es schien, als hätte er wenig Ahnung von dem, was wirklich passiert ist. Es ist besser, ich fahre nach Luzern.»

«Das ist aber nicht dein Ernst.»

«Tut mir leid. Seit dem letzten Fall hat sich alles ein wenig geändert.»

«Dann wird es wohl nichts mit unserer Nacht im Freien.» Isabelle war enttäuscht.

«Ich mache dir einen Gegenvorschlag. Sobald es Winter wird, werde ich mit dir vor dem Cheminée schlafen, auf dem Bärenfell, versprochen.»

* * *

Luzern am Abend. Die Stadt stöhnte unter der Hitze. Kramer fuhr beim Kupferhammer auf die Luzernerstrasse. Die Scheiben seines alten Golfs hatte er heruntergekurbelt. Schwüle Luft wehte ihm entgegen. Er erinnerte sich an den Sommer 2003, als er das letzte Mal einen solchen Hitzejuli erlebt hatte, der auch nachts kaum Abkühlung brachte.

Die Straßen hatten sich geleert. Die Ampeln blinkten gelb. Über dem Turm der Pauluskirche bäumte sich der Himmel bleischwer noch einmal auf, eher er sich mit der blauen Stunde versöhnte.

Kramer fiel es schwer, sich zu konzentrieren. Mit seinen Gedanken war er bei Isabelle. Jetzt waren sie seit fünfundzwanzig Jahren verheiratet, und noch nie hatte er sie über längere Zeit dermaßen fröhlich erlebt. Im Gegenteil: Nachdem er sie mit einer kurzen Affäre hintergangen hatte, war sie nicht sehr gut auf ihn zu sprechen gewesen. Ihre Rache hatte kommen müssen und war subtil ausgefallen. Das hatte ihm zwar ihre Liebe zu ihm bewiesen, doch auch eine ungewöhnliche Seite an ihr offenbart. Seit dem Frühling war sie wie ein ausgewechselter Handschuh. Und jetzt noch dies: Sie traf sich mit sonderbaren Frauen, die keltische Rituale zelebrierten. Inwieweit sie selbst involviert war, wusste Kramer nicht. Aber dass dieser Verein, oder was immer es war, seine Frau veränderte, stand außer Zweifel. War sie zu wenig ausgelastet? Sie hatte einen Halbtagsjob bei einer Bank. Kramer ging davon aus, dass dies genügte, zumal sie den Haushalt ja noch führen musste. Seit Stefan nicht mehr bei ihnen lebte, gab es eindeutig weniger Wäsche. Und kochen musste sie nur selten. Hatte sie Probleme mit dem Alter? *Warum müssen Frauen irgendwelchen Klubs oder Vereinen beitreten, wenn sie älter werden?* Künstliche Arbeitsbeschaffung oder Frustrationsabbau? Immerhin war sie nicht auf die Idee gekommen, zu schreiben und sich Schriftstellerin zu nennen.

Kramer fuhr über die Obergrundstrasse, vorbei an herrschaftlichen Häusern und wuchtigen Bäumen, und erreichte den Pilatusplatz. Ein paar Straßenzüge weiter gelangte er zum Gebäude der Kripo. Er parkte, just in dem Moment, als Marion Bühler über die Treppe kam. Ihre sonst wilden Locken klebten ob der Hitze auf ihrer Stirn. Sie winkte ihm zu. Er verließ den Wagen.

Sie war in Eile. «Ich gehe denn mal ins Lido.»

«Was willst du denn im Lido?» Kramer war zerstreut. «Um diese Zeit?»

«Ja, baden, was denn sonst?» Marion schüttelte den Kopf. «Nachtbaden.»

«Nacktbaden?»

«Schuft.» Sie lachte und ging davon, während Kramer ihr noch lange hinterherschaute.

Wann war er das letzte Mal im Lido gewesen? Es war schon eine Ewigkeit her. Damals hatte er sich in Badehose und nacktem Oberkörper noch zeigen können. Seit er die Vierzig überschritten hatte, kämpfte er gegen ein paar Speckrollen, die mal verschwanden, dann wieder auftauchten – sehr zu seinem Leidwesen. Seine guten Vorsätze, sich dreimal pro Woche im Fitnesscenter abzumühen, waren irgendwann im Sand verlaufen. Es mangelte ihm einfach an Zeit. Schließlich musste er Prioritäten setzen.

Das Gebäude der Kantonspolizei lag im Dunkeln. Nur beim Eingang und auf dem dritten Stockwerk brannte Licht. Kramer betrat den Aufzug und fuhr hoch. Langsam glitt die Lifttür auf. Leer war der Flur, die Stille ungewohnt. Kramer ging zu Bartolinis Büro. Nach einem kurzen Klopfen trat er ein.

Die Eltern des Entführungsopfers waren bereits anwesend. Ein ungleiches Paar. Er war fast zwei Köpfe größer als sie. Sie dagegen schien die Differenz in der Breite wettzumachen. Ihre linke Gesichtshälfte bedeckte ein Klebeverband, ihr linker Arm war bandagiert. Der Mann war blond wie ein Finne, sie dagegen braun – schweizerischer Durchschnitt. Das registrierte Kramer, während er sich vorstellte.

«Gut, dass Sie gekommen sind», ereiferte sich der Mann. «Jochen Langendorf. Das hier ist meine Frau Doris.»

«Was ist denn geschehen?» Kramer setzte sich an den Tisch dem Ehepaar gegenüber.

Langendorf sah Bartolini an, als hoffte er auf dessen Unterstützung. «Wir haben es Ihrem Kollegen bereits erklärt.»

«Ich würde es gerne auch noch einmal hören.» Kramer nahm einen Schreibstift zur Hand. «Was genau ist vorgefallen?« Ein fragender Blick zu Bartolini. Von allen Beamten der Kripo war Armando Bartolini derjenige, der Kramer am nächsten stand. Der heißblütige Schweizer mit italienischen Wurzeln hatte sein Temperament mittlerweile etwas gezügelt. Seit seine Freundin Zwillinge erwartete, spekulierte er auf einen besser bezahlten Job.

«Meine Frau fuhr um circa halb vier von Sarnen her über den Glaubenberg Richtung Entlebuch», berichtete Langendorf. «Wir wohnen dort seit ein paar Wochen in einem Bauernhaus. Knapp vor der Passhöhe glaubte sie, etwas überfahren zu haben, und bremste ab.»

«Und? Haben Sie etwas überfahren?», unterbrach Kramer und wandte sich an die Frau. Ihre Haltung signalisierte Unsicherheit. Es konnte aber auch eine unterschwellige Wut auf ihren Mann sein, der sie offensichtlich bevormundete.

«Ich weiß es, ehrlich gesagt, nicht mehr. Es ging ja alles so schnell. Ich erinnere mich nur daran, dass ein dunkler Wagen auf uns zu preschte. Ich konnte mich nur noch auf die Seite werfen, sonst hätte er mich überfahren.»

«Und Ihre Tochter? Wo stand sie?»

«Meine Tochter?» Doris Langendorfs Stimme überschlug sich jetzt. «Man hat sie entführt!»

«Haben Sie gesehen, wer sie entführt hat? Wie viele Personen waren denn zugegen?»

In Jochen Langendorf kam Bewegung. «Sie sehen ja, dass es meiner Frau nicht gut geht. Aber sie hat beobachtet, dass unsere Tochter in den Wagen gezerrt wurde. Sie selbst lag da bereits auf dem Boden.»

Kramer wandte sich an Bartolini. «Können wir uns mal draußen unter vier Augen unterhalten?»

Die Männer gingen vor die Tür. Gähnende Leere im Korridor. Die Lichter waren gelöscht.

«Was hältst du davon?», fragte Kramer, dem das Ehepaar seltsam erschien.

«Schwer zu sagen. Langendorf ist das Sprachrohr seiner Frau. Entweder hat sie keine eigene Meinung, oder sie steht ziemlich unter seinem Scheffel.»

«Sie vermissen ihre Tochter …»

«Diese Tochter ist volljährig.»

«Ist der Zeuge noch im Haus?»

«Ja, er wartet in meinem Büro. Beeler ist bei ihm. Er möchte aber auch bald Feierabend machen.»

«Das interessiert mich nicht. Welchen Eindruck macht er auf dich?»

«Der Zeuge? Einen seriösen. Er ist der Inhaber der Druckerei Aschwanden in Sarnen, Albin Aschwanden. Er war auf dem Weg zu einem Kunden.»

«Dann möchte ich den Namen des Kunden haben.»

Bartolini sah sich um. «Habe ich schon gecheckt. Eine Firma in Schüpfheim. Hanspeter Dummermuth ist sein Name. Aschwanden hatte tatsächlich ein Treffen mit ihm, etwas später als abgemacht. Er hat wohl nicht damit gerechnet, dass er Erste Hilfe leisten muss.»

«Ich überlasse ihn dir. Aber ich möchte, dass du ein Protokoll aufnimmst, wenn du es nicht schon getan hast. Und vor allem will ich die Zeit wissen, wann er die beiden Frauen dort oben angetroffen hat. Irgendetwas scheint hier nämlich nicht zu stimmen.»

«Diesen Eindruck hatte ich allerdings auch.»

Sie kehrten zurück ins Vernehmungszimmer.

«Glaubst du mir etwa nicht?» Doris Langendorf riss Kramer aus seinen Gedanken, als sie ihrem Mann diese Frage stellte.

Kramer setzte sich dem Ehepaar gegenüber wieder an den Tisch. «Bitte schildern Sie mir detailgetreu, was sich auf dem Glaubenberg zugetragen hat, nachdem Sie Ihren Wagen gestoppt hatten.»

Doris Langendorf sah ihren Mann an, als wartete sie darauf, dass er ihr grünes Licht zum Sprechen gab. «Ich meinte, etwas überfahren zu haben. Darum hielt ich an. Es war kurz vor der Passhöhe.»

«Haben Sie nachgesehen?»

«Nein, zuerst nicht …»

«Sie müssen wissen, dass Doris etwas ängstlich ist, seit sie überfallen wurde», rechtfertigte Langendorf das Verhalten seiner Frau. «Das liegt allerdings ein paar Jahre zurück. Aber sie ist noch immer traumatisiert.»

Kramer nickte verständnisvoll. «Ist Ihre Tochter ausgestiegen?»

«Erst als das Auto auf uns zufuhr, sind wir ausgestiegen. Wir rechneten damit, dass wir Hilfe bekommen.»

«Was geschah dann?»

«Der Wagen fuhr direkt auf mich zu. Ich musste mich zur Seite werfen, sonst wäre ich überfahren worden. Dabei muss ich mich verletzt haben. Dann ging alles sehr schnell. Zwei Männer sprangen aus einem dunklen Wagen. Der eine lief auf meine Tochter zu, der andere hielt mich fest. Dabei lag ich bereits auf dem Boden. Der Typ hatte Mundgeruch. Dann zerrten sie Livia auf den Rücksitz ihres Wagens. Noch bevor ich etwas unternehmen konnte, fuhr das Auto davon. Ich habe erst später gemerkt, dass ich aus einer Wunde am Kopf blutete.»

Kramer stutzte. «Bisher war die Rede von *einem* Mann.»

«Ja, ja, aber der kam dann später. Das heißt, unmittelbar nachdem der dunkle Wagen weggefahren war.»

«Haben Sie das Nummernschild erkannt? Die Automarke?»

«Nein, keine Nummer. Aber der Wagen, so glaube ich, hätte ein schwarzer Audi sein können … oder ein Škoda.»

«Fällt Ihnen sonst noch etwas dazu ein?»

«Livias Handy hatte keinen Empfang. Das ist noch nie vorgekommen.»

«Hm …» Kramer wusste nicht, was er damit anfangen sollte. «Was haben Sie dann gemacht?»

«Ich?» Doris Langendorf blickte ins Leere. «Nichts. Der Mann benachrichtigte die Polizei, nachdem ich ihm erzählt hatte, was geschehen war. Er war sehr hilfsbereit.»

«Womit?»

«Wie bitte? Was, womit?» Doris Langendorfs Augen zuckten zwischen Kramer und ihrem Mann hin und her.

«Womit hat er angerufen?»

«Mit seinem Handy.»

«Demzufolge funktionierte die Verbindung einwandfrei», folgerte Kramer.

«So, wie es aussieht …» Doris Langendorf stützte ihren Kopf resigniert auf die Hände.

Kramer griff nach dem Telefon. Es war kurz nach zehn. Er wählte Elsbeths Privatnummer.

«Rotenfluh.» Elsbeth war die gute Seele der Abteilung und Kramers Rückgrat. Sie erledigte so ziemlich alles, was von den anderen gern liegen gelassen wurde, räumte dort auf, wo Not am Mann war, und erwies sich sogar als perfekte Zuhörerin, wenn es außerhalb der Dienstzeit Probleme gab. Kurz: Elsbeth war so etwas wie die Mutter der Abteilung.

«Entschuldige die späte Störung. Hast du den Computer in Betrieb?»

«Hm … hm.» Elsbeth sprach mit vollem Mund. Eine nicht mehr wegzudenkende Gewohnheit von ihr.

Kramer wusste, dass sie gerade einen Apfelkrapfen verspeiste. «Such mal nach einem Bericht über eine Störung im Mobilfunknetz von heute Nachmittag im Gebiet Sarnen, Glaubenberg und Entlebuch. Wenn du nichts findest, ruf bitte den Telefonanbieter an und erkundige dich nach Zwischenfällen.»

«Heute noch?»

«Gern.» Kramer legte auf und widmete sich wieder seinem Gegenüber.

«Was heißt das konkret?» Langendorf reckte den Hals. «Glauben Sie meiner Frau etwa nicht?»

Kramer hielt es für keine gute Idee, über seinen Verdacht zu sprechen. Doris Langendorfs Aussage kam ihm suspekt vor. Sie widersprach sich selbst und schien ziemlich durcheinander zu sein.

Langendorf musste seine Skepsis bemerkt haben, denn er rutschte unruhig auf seinem Stuhl hin und her. «Hören Sie, Herr Kramer. Man hat meine Tochter entführt. Wenn Sie nicht Dampf machen, wende ich mich an Ihren Vorgesetzten.»

«Nur mit der Ruhe. Haben Sie ein Bild von Ihrer Tochter?»

Doris Langendorf öffnete ihre Handtasche und entnahm ihr das Portemonnaie. Sie legte ein Foto auf den Tisch. «Das ist Livia.»

Kramer blickte auf das Bild einer bildhübschen jungen Frau mit seidig-glatten blonden Haaren und blauen Augen – das weibliche Abbild ihres Vaters. «Kann ich das behalten?»

«Wenn es der Sache dient.» Langendorf räusperte sich.

Kramer legte das Bild in ein Mäppchen. Er nahm sich

vor, es an den Fahndungsdienst weiterzuleiten. Nach dem letzten Fall hütete er sich davor, mit einer Vermisstenmeldung zuzuwarten. Hätte er bei seinem letzten Fall früher gehandelt, hätte er vielleicht ein Drama vermeiden können. Er wischte den Gedanken beiseite und machte mit den Fragen weiter. Es war schon spät. «Ich brauche die genauen Angaben über Ihre Tochter. Alter, Größe, ihre Vorlieben …»

«Warum ihre Vorlieben?» Doris Langendorf streckte ihren Rücken.

Langendorf wies seine Frau zurecht. «Doris, hier geht es um etwas anderes. Lass mich das machen.« Er wandte sich an Kramer. «Ihr Name ist Livia, sie ist neunzehn und besuchte bis zu den Sommerferien in Sarnen das Gymnasium. Im Herbst wird sie an der Universität in Luzern mit dem Studium für Geschichte und Germanistik beginnen. Sie ist zudem eine sehr eigenwillige junge Frau.»

Kramer stenografierte, weil er das noch in der Schule gelernt hatte und nie aus der Übung gekommen war. «Also mit einer guten Portion Selbstbewusstsein.»

«Ja, sie ist sehr selbstbewusst», bestätigte Langendorf.

Kramer zog die Brauen hoch. «Größe?»

«Eins fünfundsiebzig, sechzig Kilogramm schwer.»

«Nimmt Ihre Tochter Drogen?»

«Was? Nein! Was soll das?» Langendorf funkelte ihn verärgert an. «Wir haben sie dazu erzogen, ein anständiger Mensch zu sein.»

Kramer ließ sich nicht aus der Ruhe bringen. «Nimmt Ihre Frau irgendwelche Medikamente?» Dass er Doris Langendorf nicht persönlich angesprochen hatte, merkte er erst, als es schon zu spät war.

«Aha, ich weiß, worauf Sie hinauswollen, Herr … Sie glauben, meine Frau wäre im Delirium gewesen, sie hätte Gespenster gesehen …»

«Wir leiden zurzeit unter einer gnadenlosen Hitze. So wäre es möglich, dass …» Weiter kam Kramer nicht.

«Jetzt gehen Sie entschieden zu weit. Meine Frau war voll zurechnungsfähig. Und Medikamente nimmt sie nicht. Was soll diese unpassende Bemerkung?»

«Jochen, lass es gut sein.» Doris Langendorf fuhr sich mit dem Handrücken über das verbundene Auge. «Ich nehme tatsächlich Medikamente ein, wegen der Migräne, du weißt schon.»

«Aber das ist nicht relevant», fuhr Langendorf seine Frau aufgebracht an. Dann stritten sie sich, dass die Fetzen flogen. Und sie debattierten über Angelegenheiten, die nicht in dieses Büro gehörten.

Kramer ermaß, dass er so nicht weiterkam. Da das Ehepaar ungleicher Meinung war und Bartolinis Amtszimmer offensichtlich als Austragungsort ihrer unschönen Dialoge missbrauchen wollte, entschied er, das Gespräch hier zu beenden. «Ich muss Sie bitten, morgen Vormittag bei meiner Kollegin Lucille Mathieu vorbeizugehen. Die genaue Zeit wird Ihnen noch mitgeteilt. Für den Moment habe ich alles, was ich brauche. Ich werde zusehen, ob ich noch heute eine Vermisstenmeldung auslösen kann.» Er überreichte dem Ehepaar seine Karte. «Frau Mathieu wird Sie selbst kontaktieren.»

Nachdem Kramer und Bartolini die beiden zum Ausgang gebracht und sich verabschiedet hatten, kehrten sie in dessen Büro zurück. Hinter einer Vitrine sah Kramer einen Mann sitzen. «Ist er das?»

«Albin Aschwanden», bestätigte Bartolini.

Kurz trafen sich Kramers Blicke mit denen Aschwandens. Der Mann wirkte in seinem dunklen Anzug, dem weißen Hemd und der Krawatte wirklich sehr seriös.

Kramer klopfte Bartolini auf die Schultern. «Der hat vielleicht Stil. Anzug mit Krawatte – bei dieser Hitze. Weißt du was? Ich mache mich dann mal auf den Nachhauseweg.»

* * *

«Kann ich meinen Weston ausziehen?»

«Ja, bitte, tun Sie sich keinen Zwang an. Ich habe mich auch schon gewundert. Wir vergehen hier vor Hitze und Sie …»

«Reine Gewohnheit», fuhr Aschwanden Bartolini ins Wort. Er erhob sich, streifte sich das Sakko ab und legte es über die Stuhllehne. Aschwanden war ein schmächtiger Mann. *Fad*, hätte Bartolini ihn beschrieben, hätte man ihn nach dem äußeren Erscheinungsbild des Zeugen gefragt. Sein Gesicht war blass, seine Haarfarbe irgendetwas zwischen Hellbraun und Blond, nicht wirklich definierbar. Eine Nickelbrille älteren Modells rundete seine Konturlosigkeit ab.

«Gut, dann wollen wir beginnen.» Bartolini setzte sich hinters Pult und startete den Computer. «Sie arbeiten also in Sarnen.»

«Ich wohne auch dort.»

Bartolini öffnete eine Worddatei und beschriftete einen neuen Ordner. «Ich brauche Ihre genaue Wohn- und Geschäftsadresse.»

Aschwanden teilte ihm das Gewünschte mit.

«Können Sie mir noch einmal genau beschreiben, was für eine Situation Sie unterhalb der Passhöhe am Glaubenberg angetroffen haben?»

Der Gefragte legte seine Arme auf den Tisch. Seine Hände schienen manikürt. Ein leichter Glanz lag auf den Nägeln, was zum Rest seines Erscheinungsbildes nicht ganz passen wollte. «Es war zwischen halb vier und vier Uhr, als ich auf die Passhöhe zufuhr. Mitten auf der Straße stand ein Wagen. Ich bremste sofort ab und sah gerade noch, wie eine junge Frau sich Richtung Hang entfernte. Irgendwann verschwand sie im Dickicht. Büsche und Bäume wachsen dort sehr dicht.»

«Wie haben Sie reagiert?»

«Ich stieg aus. Ich sah eine Frau am Boden liegen. Sie hatte eine Kopfwunde, und ihr eines Auge war geschwollen.»

«Hatten Sie den Eindruck, dass sie einen Unfall hatte?»

«Zuerst dachte ich das. Aber ihr Wagen war unversehrt. Es sah eher danach aus, als hätte die Frau einen Kampf hinter sich. Vielleicht hat die Jüngere sie geschlagen …»

«Welchen Eindruck vermittelte Ihnen die verletzte Frau? War sie ansprechbar?»

«Ja, das war sie. Aber sie schien mir etwas durch den Wind.»

«Was haben Sie als Nächstes getan?»

«Ich rief die Polizei in Schüpfheim an.»

«Mit Ihrem Natel?»

«Selbstverständlich.»

«Haben Sie per Zufall eine Störung registriert?»

«Nein, überhaupt nicht.» Aschwanden runzelte die Stirn. «Warum fragen Sie?»

Bartolini erwiderte nichts darauf. «Sind Sie dann weggefahren?»

«Nein, ich hielt es für angebracht, bei der Frau zu bleiben, bis die Polizei eintraf.»

Bartolini tippte die Antwort ein, während er die nächste Frage stellte. «Haben Sie auch einen Krankenwagen bestellt?»

«Nein, das wiederum schien mir dann doch etwas übertrieben.»

«Warum?»

«Weil die Frau ja nicht schwer verletzt war. Zudem wollte sie das nicht. Es war ihr schon unangenehm, als ich ihr sagte, dass ich die Polizei rufen würde.»

«Ich werde das Protokoll jetzt ausdrucken.» Bartolini schloss ab, nachdem er den Text noch einmal gelesen und auf Fehler geprüft hatte. Er speicherte die Datei im Ordner ab und gab den Druckbefehl. Er entnahm dem Drucker zwei Papierbögen, legte sie auf den Tisch und bat Aschwanden, das Protokoll genau durchzulesen. «Wenn Sie damit einverstanden sind und nichts mehr zu ergänzen haben, unterschreiben Sie bitte.»

Aschwanden verließ die Kantonspolizei um halb elf. Bis Mitternacht arbeitete Bartolini an seinem Tagesbericht. Er verglich die beiden Aussagen miteinander.

Sie hätten kaum unterschiedlicher sein können.

Donnerstag, 17. Juli

Diese Stille. Diese absolute Stille. Nicht das leiseste Geräusch. Selbst der Wind hatte ausgesetzt. Es war, als hielte die Welt den Atem an. Noch schimmerte der Himmel in zarten Orangetönen. Die sanften Hügel der Rigi zeichneten sich wie Scherenschnitte vor ihm ab. Dahinter die Berner Alpen.

Dann stieg die Sonne unter dem schweigenden Applaus der beiden Schwestern auf. Immer schneller schien sie sich aus dem Morgenglast zu heben. Ihr gleißendes Licht schmerzte in den Augen.

«Nicht hinsehen. Nein, du sollst nicht hinsehen», mahnte Melinda, das ältere der beiden Mädchen. Um ihr pausbäckiges Gesicht kringelten sich weizengelbe Locken. Kirschschwarze Augen glommen vor Entzücken. «Wenn du den dunklen Punkt in der Mitte fixierst, kannst du erblinden. Dann wirst du die Schönheit unserer Natur nie mehr betrachten können.»

«Es ist ein Gedicht. Poesie am frühen Morgen.» Lisa, blond und zierlich, umarmte ihre Schwester. «Goethe hat schon hier gestanden – und Mendelssohn, der große Komponist. Und schau, wie golden die Hügel dort unten wirken, und der Vierwaldstättersee sieht aus wie flüssiges Blei.» Sie drehte sich überschwänglich einmal um sich selbst. Melinda packte sie an den Händen und wirbelte sie im Kreis herum. Dann fielen sie sich wieder in die Arme. «Wir haben Ferien. Ist das nicht schön?»

Lisa löste sich aus der Umarmung. Wenn es um Theatralik ging, standen sich die beiden Schwestern in nichts nach. Doch irgendwie waren sie im falschen Zeitalter geboren. Erfreuten sich ihre Freunde an der modernen Unterhaltungselektronik oder hingen in den Discos ab, zog es die Mädchen in die Natur hinaus – in die Wälder, an Seen, Bäche und in die Berge. Aber das hatten sie von ihren Eltern. Diese lebten in dritter Generation im Muotatal und bewirtschafteten Weidland und Ackerbau.

«Weißt du, was ich hier vermisse?», fragte Lisa auf einmal.

«Warum denn so betrübt?» Melinda sah ihre Schwester an. Im Licht der aufgehenden Sonne schimmerte Lisas Gesicht wie das einer Göttin. Aber sie wirkte irgendwie auch zerbrechlich. Ihre kleine Schwester, die die dritte Sekundarschule abgeschlossen hatte und nach den Ferien eine Lehre als Polygrafin antreten würde. «Was ist?»

«Es fiel mir schon gestern auf, als wir im Rigi Kulm eingecheckt haben.»

«Was denn, was?» Melinda wurde immer ungeduldiger. Sie mochte es nicht, wenn ihre Schwester sie hinhielt, manchmal Andeutungen von irgendetwas machte und es dann nicht zu Ende erzählte.

«Früher, als wir mit Mum und Dad hier waren, da wimmelte es von ihnen auf der Terrassenbrüstung.» Lisa ließ ihre Schwester zappeln. «Kommst du nicht drauf, was ich meine?»

«Nun hab dich nicht so. Was fehlt denn hier? In dieser Idylle?»

«Die Vögel.»

«Die Vögel von Hitchcock?» Melinda kicherte.

«Ich meine wirklich die *Vögel*. Amsel, Drossel, Fink und Star … die Dohlen zum Beispiel. Gestern waren sie nicht da. Und siehst du heute welche?»

«Und die ganze Vogelschar …» Melinda ließ ihre Blicke schweifen. «Nein, keine. Stimmt. Vielleicht sind sie in den Norden geflogen. Vielleicht schwitzen Vögel ja auch.» Sie kicherte wieder.

«Das ist doch sonderbar.» Lisa griff nach ihrem Rucksack, den sie in der Morgendämmerung ins Gras gelegt hatte, und schulterte ihn. «Aber komm, wir wandern jetzt nach Rigi Kaltbad und frühstücken dort.»

Gemeinsam nahmen sie den Weg Richtung Rigi Staffel unter die Füße. Der asphaltierte Weg hatte oben ein ziemliches Gefälle. Auf der Westseite fiel ein steiler Hang ab Richtung Seebodenalp. Er war nur gerade mit einem Lattenzaun abgegrenzt. «Von hier aus kann man sicher mit dem Gleitschirm runter …»

«Sie starten weiter unten auf dem Weg zum Känzeli», stellte Melinda richtig.

Lisas Augen weiteten sich. «Das würde mich auch mal reizen. Fliegen wie ein Vogel. Ohne Motorenlärm … nur der Himmel und ich …»

«Du würdest dir vor Angst in die Hose machen.» Melinda hängte sich bei Lisa ein.

Lachend marschierten die beiden Mädchen den Berg hinunter. Die Hänge leuchteten. Wie ineinandergeschlungene Körper lagen sie im Morgenlicht. Weit unten die Farben des Tals und am Horizont die Kette der Zentralschweizer Alpen. Übermütig sprangen die Mädchen über die Schottersteine entlang des Bahntrassees oder balancierten auf den Schienen.

Dunststreifen umhüllten die vom Nachttau geküssten Bäume. Ein würziger Geruch lag in der Luft. Weit und breit war kein Mensch zu sehen.

«Die Rigi gehört uns ganz allein», freute sich Melinda.

«Freu dich nicht zu früh», sagte Lisa. «In eineinhalb Stunden wird es hier von Touris nur so wimmeln. Um sieben kommt die Bahn von Vitznau auf der Staffelhöhe an. Die Leute wandern dann hoch bis auf Kulm. Wenn du sie umgehen möchtest, müssen wir uns beeilen.»

Auch Rigi Staffel schien noch zu schlafen. Verträumt lag das alte Hotel Felchlin im morgendlichen Frieden, Zeugnis der Blüte einer längst vergessenen Zeit. Ein Haus mit Schindeln, in der Sonne leuchtend. Ein Stück Nostalgie in dieser Bergwelt, in der das Moderne seinen Platz schon längst eingenommen hatte.

Hinter dem Hotel Rigis Berggenuss erreichten sie eine Stange mit Wegweisern.

«Und, was meinst du?», fragte Melinda. «Wollen wir auf den Rotstock?» Sie las die Ausschilderung: «Es sind nur gerade zehn Minuten von hier aus.»

«Und wie kommen wir zum Kaltbad?»

«Auf der anderen Seite vielleicht. Wir werden ja sehen. Gehen wir?»

«Ja, klar. Wer ist zuerst oben?» Lisa lief los. Mit ihren siebzehn Jahren platzte sie fast vor Energie. Die zwei Jahre ältere Melinda dagegen war die Gemütlichere und auch gewichtsmäßig im Nachteil.

Lisa hatte den Weg bereits verlassen und kletterte den Hang hinauf. «Komm, von da oben kannst du sicher bis nach Paris sehen.»

Melinda sah ihr nach. «Das ist gemein. Warte auf mich, bitte.»

«Das kommt vom Schokoladeessen. Du keuchst wie eine Dampflok.» Lisa ging rückwärts, während sie ihre Schwester antrieb.

Der Morgen gehörte ihnen. Die Sonne wärmte ihre Rücken. Ferien. So fühlten sich Ferien an. Es war Melindas Vorschlag gewesen, die ersten beiden Wochen in den Schweizer Bergen zu wandern. Die Zeit spielte dabei keine Rolle. Nachdem sie den Pilatus bereits ausgekundschaftet hatten, stand in den nächsten Tagen die Rigi auf dem Programm. Sie waren am Tag zuvor auf Kulm eingetroffen, von wo aus sie ihre Tour gestartet hatten. In zwei Tagen wollten sie auf den Wildspitz. Später vielleicht noch auf den Säntis.

Als Melinda das Felsplateau oberhalb der Staffelhöhe auf dem Rotstock erreichte, saß Lisa bereits auf einem schmalen Flecken Gras.

«Warst du schon einmal hier?» Lisa zog ihre Wanderschuhe aus. «Wir könnten ein wenig rasten. Was meinst du?»

Die Aussicht war überwältigend. Unter ihnen lagen die Felsen und der grüne Tann in den sanft geschwungenen Hügeln wie ineinander verschmolzene Liebende. Weiter unten ein Teil des Vierwaldstättersees, ländliche Gemeinden wie Farbkleckse über die Wiesen verteilt und die Agglomerationen der Stadt Luzern mit ihren Fabriken und Wohntürmen.

«Ich dachte, du wolltest frühstücken.»

Lisa gluckste. «Es ist erst halb sechs. Und wir haben alle Zeit der …»

Melindas plötzlicher Schrei ging ihr durch Mark und Bein.

Lisa sprang auf. «Was hast du denn? War das jetzt der Morgenruf?»

«Da!» Melinda war stehen geblieben und streckte ihren rechten Arm aus. «Dort drüben auf dem Felsen. Siehst du das?»

«Was soll dort sein?» Sie drehte sich um und folgte dem Blick ihrer Schwester. «Was?» Doch dann erstarrte auch Lisa.

* * *

Der Anruf erreichte Kramer um zwanzig nach sechs. Im Halbschlaf griff er nach seinem Mobiltelefon. Isabelle schlief neben ihm wie in Narkose.

«Kramer.» Er räusperte den Kloß im Hals weg.

Bartolini meldete sich. «*Grazie a Dio!* Bin ich froh, erreiche ich dich.»

Kramer setzte sich auf die Bettkante. Der Schweiß rann

ihm über die Brust. Er warf Isabelle einen Blick zu. Sie lag hüllenlos da. Das Laken hatte sie bis ans Fußende gestrampelt. Die Luft im Zimmer war heiß und drückend. «Hast du Sehnsucht nach mir?» Kramer ging davon aus, dass Bartolini noch lange im Büro gewesen war und ihm das jetzt mitteilen wollte.

«Wir haben eine unschöne Leiche auf der Rigi.»

Kramer fuhr es in alle Knochen. «Wo genau?»

«Auf dem Rotstock. Das heißt, etwas unterhalb. Zwischen den beiden Gebetsstationen.»

«Ist das nicht auf Schwyzer Boden?»

«Ich glaube nicht. Vielleicht ist es ein Grenzfall. Aber Louis Camenzind vom Stützpunkt Schwyz behauptet, das Gebiet gehöre zum Kanton Luzern.»

«Wann hast du ihn denn gesprochen?»

«Er hat uns benachrichtigt, weil die Notrufzentrale zuerst an ihn gelangte.»

«Die wollen sich nur wieder vor der Arbeit drücken, die Schwyzer.» Kramer schlurfte ins Badezimmer. Nein, nach Arbeiten war ihm nicht zumute. Sein Schädel brummte, nachdem er sich in der Nacht einen letzten Schlummertrunk mit Isabelle genehmigt hatte. Dann hatte sie ihm eine Massage verpasst wie in den besten Zeiten ihrer Ehe. Es war spät geworden. Oder früh. «Wo bist du jetzt?»

«Bereits auf dem Weg nach oben. Du musst von Vitznau aus fahren. Die Luftseilbahn bleibt heute aufgrund eines Defekts geschlossen. Ich habe die Techniker bereits aufgeboten.»

«Und Dr. Lohmeyer?»

«Auch den.» Dann legte Bartolini auf.

Kramer stellte sich unter die Dusche und ließ einen Schauer kalten Wassers über seinen erhitzten Körper fahren.

Auf der Rigi! Wann war er zum letzten Mal dort gewesen? Vom Wohnzimmerfenster aus konnte er sie knapp sehen. Über der Rigi ging im Sommer die Sonne auf. Früher war er öfters mal zum Skilaufen oben gewesen, später zum Wandern – immer auf der Luzerner Seite. Seit er bei der Kripo die Stelle als Ermittlungschef innehatte, war er froh, wenn er überhaupt mal in die freie Natur kam. Isabelle meinte zwar, dass er mit dieser Einstellung heillos übertreibe. «Du gehst ja auch ab und zu ins Fitnessstudio», hatte sie gesagt. «Sport im Freien wäre aber gesünder.» Von seinem Versäumnis hatte sie noch nichts erfahren. Es wäre Anlass genug gewesen, ihn deswegen zu provozieren.

In der Küche machte er sich einen Espresso, trank ihn stehend, während er mit akrobatischem Geschick in die Hose schlüpfte. Das Hemd knöpfte er sich auf dem Weg in die Garage zu. Ein kurzer Blick auf die von Feuchtigkeit grau gefärbte Wand erinnerte ihn daran, dass er in den letzten Jahren einiges versäumt hatte, was die Instandhaltung seines Hauses betraf. Vielleicht würde er das auf die Zeit nach seiner Pensionierung verschieben müssen. Aber das dauerte noch siebzehn Jahre.

Er setzte sich in seinen alten Golf und machte sich auf den Weg nach Luzern.

Die kürzeste Verbindung führte über Küssnacht den See entlang nach Greppen. Noch war der Morgen jung, und die Farben der Landschaft leuchteten frisch. Über dem See lag ein zarter Dunst. Ein frühes Schiff hinterließ lautlos seine Spur. Weggis umfuhr er, indem er die Straße durch die beiden Tunnel nahm. Radio Pilatus dröhnte ihn mit Musik zu. *Like a Virgin* von Madonna, wieder einmal. Ein Stück aus ihrer gemeinsamen Zeit auf der Tanzbühne. Isabelle und er – war schon lange her. Manchmal sehnte er sich zurück in diese unbeschwerte Zeit. Da war es selbstverständlich gewesen, wenn sie mehrmals am Tag übereinander herfielen und sich liebten. Manchmal beneidete er den jungen Mann, der er einmal gewesen war. Er war älter geworden, vielleicht auch komplizierter. In vielfacher Hinsicht war sein Kopf ihm im Weg. Die Unbeschwertheit der Jugend war einem analytischen Blick gewichen, der ihn dazu zwang, jede Gegebenheit akribisch auszuleuchten – auch die Beziehung zu Isabelle.

Spontaneität war ein Fremdwort geworden und Planung das Maß aller Dinge. Vielleicht musste er sich Isabelles Vorschlag mit der Nacht im Freien noch einmal überlegen. Was sollte ihn daran hindern, ein wenig von der Jugendzeit zurückzuerobern?

Aber er war auch müde geworden. Manchmal hatte er das Gefühl, überfordert zu sein, geistig nicht mehr fit genug. Dann dachte er daran, einfach einmal auszusteigen. Ein Jahr, zwei Jahre. Der Arbeit den Rücken zuzuwenden. Den Kopf zu befreien von all den Dingen, die ihn schwer machten.

Der See zur Rechten glitzerte, als hätte jemand Diamanten auf ihm ausgeschüttet. Kramer passierte das Hotel Lützelau. Von Gehölz und Kraut überwucherte Felsbrocken, die irgendeinmal zu Urzeiten von der Rigi zu Tale gekracht waren, zeichneten etwas Wildes in die Landschaft. Nach der Kurve dann der imposante Anblick des Parkhotels Vitznau. Es erstrahlte in gewohnter Eleganz. Ein Märchenhotel mit Türmchen und Bögen und dem Flair eines vergangenen Zeitalters, wo alles ein wenig langsamer und sinnlicher gewesen war. Kramer hatte das Hotel noch nie von innen gesehen. Dort kehrte nur die noble Gesellschaft ein; er betrachtete die teuren Wagen auf dem Vorplatz, die frisch gewaschenen und mit Glanz lackierten Statussymbole der High Society.

Wie anders präsentierte sich ihm Vitznau.

Verschlafen und jungfräulich lag es an den Gestaden des Vierwaldstättersees. Mit zum Teil noch alten Häusern, aus denen der Geruch der Vergangenheit strömte. Mit nostalgischen Läden entlang der Hauptstraße, mit hübschen Cafés und Terrassen, mit Kisten rot blühender Geranien üppig verziert. Einer Kirche, deren Glockenklang an früher erinnerte, an Sonntage voller Lebensfreude, als sich die Leute auf dem Dorfplatz trafen und später im Restaurant am See. Vitznau am Fuß der Rigi, wo die Zeit stillzustehen schien.

Kramer erreichte den Parkplatz bei der Talstation der Rigi-Bahn. Die Station – auch sie Zeugin eines vergangenen

Zeitalters – erstreckte sich vom Platz vor der Schiffsanlegestelle bis zum Tunnel, über den die Hauptstraße führte.

Viertel nach sieben. Gerade noch rechtzeitig stieg Kramer in den hintersten Wagon der Vitznau-Rigi-Bahn. Er fand einen letzten leeren Platz in der Führerkabine. Der Zugbegleiter, ein junger Mann mit Vollbart, grüßte ihn freundlich. «Glück gehabt! Eine Minute später, und Sie hätten eine Stunde auf den nächsten Zug warten müssen. Ihr Ticket, bitte.»

Kramer zückte seine Dienstmarke.

Der Zugbegleiter nickte. «Aha, der Kommissar! Ihre Kollegen sind schon oben», sagte er. «Ist tatsächlich jemand ermordet worden? Auf der Rigi? Das wäre ja eine Katastrophe. Wir leben von den Touristen. Die werden bestimmt nicht mehr so zahlreich erscheinen wie bis anhin, wenn die erfahren, was heute geschehen ist. Schauen Sie, dass Sie den Mörder schnell finden. Und jetzt Ihr Ticket, bitte.»

«Ich gehe nicht freiwillig dorthin.» Kramer verzog seinen Mund zu einem Lächeln. Er hätte gern erfahren, woher der junge Mann das wusste. «Und den Wagen lasse ich im Parkverbot stehen. Dienstlich.»

«Ja, wenn das so ist. Gegen die Staatsgewalt kann man sich nicht wehren.» Der Mann kratzte sich lachend am Bart. Offenbar war ihm die Tragweite der Ereignisse nicht bewusst.

Die Bahn setzte sich in Bewegung, während sich Kramer in den Sitz fallen ließ. Die Hitze machte ihm bereits wieder zu schaffen. Hinter und neben ihm drängten sich die Touristen. Das Bahnabteil war erfüllt von fremden Sprachen und Gerüchen und Erwartungen. Fotoapparate klickten, als der Zug keine zehn Meter gefahren war: Die Asiaten fanden bereits im Tunnelausgang vor der ersten Steigung ein Motiv. Danach wurde nur noch fotografiert.

Die rote Zugskomposition fuhr in beachtlichem Tempo den Steilhang hoch. Vorbei an Felsen und Wiesen und dem Wald. Innerhalb kurzer Zeit hatte sie an vielen Höhenmetern gewonnen. Zur linken Seite schimmerte der Vierwaldstättersee in leuchtendem Blau. In der Ferne die beiden Nasen und dazwischen Beckenried am anderen Ufer. Weiter oben die Klewenalp und der Brisen im Hintergrund. Bei der ersten Häusergruppe hielt die Bahn kurz an. Der Bahnführer legte Briefe und Zeitungen in den Briefkasten am Wegrand. Von Wind und Wetter zerzauste Bäume und Sträucher säumten die Gleise. Weiter unten ein Haus aus dem vorletzten Jahrhundert. Es wirkte nicht sehr einladend, war aber bewohnt. An einer Leine hingen Babykleider. *Die Alternativszene hat sich wohl bis hierher ausgedehnt,* ging es Kramer durch den Kopf.

Auf der Strecke bis Kaltbad kreuzten sie eine leere Bahn, die in Vitznau die nächste Ladung Touristen abholen würde. Die Rigi war Anziehungspunkt für Jung und Alt, für Dichter und Künstler.

Für Krethi und Plethi.

Der Mensch als ewig Stürmender der Gipfel.

Rigi Kaltbad erwachte. Von früher war nichts mehr geblieben. Nachdem das ehrwürdige Grandhotel im Jahr 1961 ein Raub der Flammen geworden war, versuchte man vergebens, von der einstigen Idylle etwas zurückzugewinnen. Die Noblesse von damals war verschwunden. Nüchterne Bauten und eine Ruine prägten die Gegend.

Die ersten Wanderer waren mit Stöcken unterwegs – ein Trend, der die guten alten Wanderstöcke vertrieben hatte. Wer etwas auf sich hielt, kaufte sich die abgeänderten Skistöcke mit Handschlaufen. Der Mensch musste sich ja an etwas festhalten – auch im übertragenen Sinn. Kramer schaute ihnen nach, während er sitzen blieb. Links und rechts leuchteten satte Wiesen, auf denen Rinder grasten. Ein Berner Sennenhund folgte kläffend einem Radfahrer, der sich den Weg hochkämpfte. Auf Staffelhöhe stiegen Wanderer zu, die im Hotel Edelweiss übernachtet hatten. Der Zug fuhr an der schattigen Felsenseite weiter. Nördlich davon eröffnete sich ein atemberaubender Blick hinunter nach Küssnacht.

Auch auf Rigi Staffel kam Leben in die Szenerie. Der Zug hielt an. Ein Menschenstrom ergoss sich auf den Bahnsteig. Kramer ließ sich treiben, bahnte sich zwischen schwitzenden Menschen einen Weg Richtung Stationshaus. Die Bahn, die von Goldau angekommen war, setzte sich in Bewegung. Kramer stolperte zwischen Pensionären und einer Gruppe Asiaten über die Bahnschienen. Er folgte dem Talweg, der das Gleis entlangführte, einer Gruppe von Tannen.

Unten das Tal, wo er die Station Klösterli erblickte, ein paar Häuser in die weichen Einbuchtungen der Hügellandschaft eingebettet. Weit weg das Hotel Rigi Scheidegg auf einem Höhenzug. Die Alpen im Hintergrund wirkten unscharf im morgendlichen Dunst. Kramer passierte Rigis Berggenuss, bevor er die Ausschilderung am Wegkreuz erreichte. Mit Rucksäcken und Wanderstöcken ausgerüstete Touristen schlugen den Weg Richtung Staffelhöhe ein. Kramer dagegen keuchte den Weg hoch. Unter anderen Umständen hätte er den Gang nach oben als schöne Wanderung empfunden. Aber dann hätte er sich gemäßigter bewegt, die Aussicht genossen und die würzige Luft bewusster eingeatmet.

Unterhalb des Rotstocks wies ihm ein uniformierter Polizist den Weg. Kramer blieb vor der Gebetsstation, die Bartolini erwähnt hatte, stehen. Da musste früher einmal ein Pilgerweg gewesen sein, denn weiter hinten, Richtung Staffelhöhe, erkannte Kramer eine weitere Station.

Und dazwischen lag der Tatort.

Kramer zweigte nach rechts ab und erreichte eine hügelige Gegend. Die Temperaturen waren bereits wieder im oberen Bereich angekommen. An Kramers Hemd schien kein Fleck trocken zu sein. Er verwünschte seine Bekleidung. Vielleicht musste er bei einer nächsten Sitzung das Thema mal zur Sprache bringen.

Er erkannte die Techniker der Kripo. Trotz der Hitze trugen sie weiße, sterile Anzüge. Ihnen musste es noch schlechter gehen als ihm. Ein Bild, das nicht in die Harmonie der Natur passte.

Jemand hatte Flatterbänder mit der Aufschrift *Absperrung, Polizei* aufgespannt. Ungewohnt, einen Teil der Rigi als Tatort eingekreist zu sehen. Auf dem Felsplateau stand Dr. Lohmeyer, der Polizeiarzt. Über die Felsenkante fielen die ersten Sonnenstrahlen und verwandelten die Gesteinsbrocken in flammende Juwelen. Das passte so gar nicht zu der Tat, derentwegen Kramer sich hier eingefunden hatte.

Er näherte sich einem Zelt, welches jemand aufgestellt hatte. Drei Pflöcke auf die Schnelle eingeschlagen, mit einem Seil verbunden und darüber Planen geworfen. Das, was sich dahinter verbarg, musste so schlimm sein, dass es für den Rest der Welt tabu war. Einige Gaffer waren auch schon da und fotografierten mit ihren Mobiltelefonen oder iPhones. Dass sie nicht auch noch die Decke für das Picknick aufgeschlagen hatten, verwunderte Kramer. Er bedachte sie mit einem zornigen Blick. Er konnte es schwer nachvollziehen, weshalb es Männer und Frauen gab, die sich am Elend anderer ergötzen konnten. Egal, was geschehen war. Sie standen überall und oft im Weg und hielten Maulaffen feil. Es war beschämend.

«Stopp! Nicht weiter!» Bartolini kam fuchtelnd auf ihn zu. Trotz seines leidenschaftlichen Temperaments stand ihm die Müdigkeit ins Gesicht geschrieben. Seine schwarzen Haare wirkten zerzaust, unter den dunklen Augen lagen

Schatten. «Die Techniker sichern noch. Zudem frage ich mich, ob du genügend starke Nerven hast.»

«Das lass meine Sorge sein.» Kramer zögerte. Er verspürte auf einmal Lust, die Plane von den Leinen zu ziehen. Irgendetwas zu tun, was seine innere Zerrissenheit beseitigte. Er verabscheute solche Momente: die Zeit zwischen der Ahnung, dass jemand ermordet worden war, und der Gewissheit, dass irgendjemand tatsächlich ein Menschenleben ausgelöscht hatte.

Der erste Augenschein – der wichtigste überhaupt –, danach die Tage, gefüllt von Fragen, Zeugenaufrufen, Überlegungen, wo die Logik oft keinen Platz fand. Weil Mord nie logisch war. «Ist Lucille nicht da?», fragte er.

«Ich wollte sie aufbieten. Aber verschonen wir sie damit. Zudem ist heute das Ehepaar Langendorf bei ihr im Büro.» Bartolini hob eine der Planen an und deutete mit dem Kopf in Richtung eines natürlichen Altars. Irgendjemand hatte Büsche und blätterlose Äste vor den Stein drapiert. Der Abstand zwischen der Platte und dem entwurzelten Grünzeug betrug keine zwanzig Zentimeter.

«Dann muss sie den Termin verschieben. Ich denke, dass wir hier jeden gebrauchen können.»

Kramer machte einen Schritt vorwärts, hielt dann jedoch abrupt inne. Ein Würgereflex machte sich bemerkbar. Da war dieser Geruch von verbranntem Fleisch. Die Hitze im Zelt.

Der verkohlte Körper sah auf den ersten Blick aus wie der Teil einer knorrigen Wurzel, irgendwie nicht mehr

Mensch, vielmehr ein verkrümmtes Stück Holz, von dem Stofffetzen herabhingen. Das, was einmal ein Kopf gewesen war, ragte über den Rand des Steins. Haare gab es keine mehr. Ein erstaunlich kräftiges Gebiss dominierte in einem Loch, das einst der Mund gewesen war.

Kramer war vieles gewohnt. Doch beim Anblick der Leiche musste er ein paar Mal leer schlucken. «Ein Brandopfer?» Er war es leid, solche Leichen zu sehen. Überhaupt Leichen. Manchmal fragte er sich, wie es die Soldaten im Krieg anstellten, Hunderte von toten Kameraden zu ertragen. Dann besann er sich auf seine eigentliche Aufgabe zurück: im Büro arbeiten und Ermittlungen delegieren, Durchsuchungsbescheinigungen anfordern, Haftbefehle ausstellen. Einsätze koordinieren, Rechnungen schreiben – doch dann hatte er das Gefühl, dass man ihn da draußen brauchte und nicht im Büro.

«Sie haben die Holzreste vom Körper geholt», sagte Lohmeyer.

«Was für Holzreste?»

«Um den Brand zu beschleunigen, nehme ich an. Nach meinem ersten Ermessen wurde sie heute Nacht verbrannt.» Der Arzt beugte sich über die Leiche. «Sie war aufgebahrt. Darüber lagen Zweige, Holzscheite. Irgendetwas oder irgendjemand hat aber verhindert, dass das hier zu Ende geführt wurde. Das Feuer wurde vorzeitig gelöscht, ansonsten wäre kaum mehr etwas übrig.»

Kramer hielt sich nun ein Taschentuch vor die Nase. Obwohl von Haut und Haar praktisch nichts mehr zu erkennen war, handelte es sich hier offensichtlich um eine Frau. «Gibt es Spuren von einem Seil? Wurde sie gefesselt? Wurde sie bei lebendigem Leib …?» Weiter kam er nicht. Er wandte sich ab, ließ Lohmeyer den Vortritt.

«Das ist noch unklar. Ich werde sofort veranlassen, dass man den Körper in die Gerichtsmedizin bringt. Dazu müssten wir einen Hubschrauber aufbieten. Mir scheint der Transport auf dem Schienenweg etwas zu riskant. Aber ich wäre froh, wenn wir damit bald beginnen könnten.»

«Soweit ich informiert bin, gibt es von Goldau aus eine gut zu befahrende Straße», sagte Bartolini.

«Die Zeit läuft uns davon», erwiderte Lohmeyer. «Ich werde den Transport organisieren. Lassen Sie mich das machen.»

Bartolinis Blicke hafteten auf dem Felsen. «*Porca miseria!* Das ist vielleicht Livia Langendorf!»

«Hüte dich davor, Spekulationen in die Welt zu setzen», ermahnte ihn Kramer. «Wir befinden uns auf der Rigi. Der Glaubenberg liegt ungefähr sechzig Kilometer Luftlinie von hier aus entfernt.»

«Ein Katzensprung im Verhältnis zum Erdumfang», sagte Bartolini.

Kramer ging nicht darauf ein. «Was denkst du, was ist hier geschehen?»

«Keine Ahnung. Ein Ritualmord? Der Altar, Sträucher rundherum. Vielleicht hat hier tatsächlich jemand ein Opfer dargebracht.»

«Diesen Gedanken hatte ich auch schon. Er scheint mir jedoch an den Haaren herbeigezogen. Wer verübt denn einen Ritualmord auf der Rigi? Hier oben, wo man praktisch ausgestellt ist?» Kramer fuhr sich mit dem Finger über die Lippen. «Andererseits gibt es über die Rigi so viele unglaubliche Geschichten, dass vielleicht doch etwas dran ist.» Er wandte sich an Guido Amrein von der Spurensicherung. «Habt ihr schon etwas gefunden, das für die Ermittlungen wichtig sein könnte? Eine Tatwaffe?»

«Wir haben gerade mit den Untersuchungen angefangen.»

Lohmeyer hatte sein Diktiergerät eingeschaltet und sprach seine ersten Beobachtungen auf Band. «Donnerstag, 17. Juli 2008, 07.53 Uhr. Erstbeurteilung des Leichenfunds auf Rotstock … Bis dato Androgynie ...»

«Androgynie?» Kramer unterbrach Lohmeyer. «Das sieht nach einer Frau aus.»

Lohmeyer drückte die Pausentaste. «Kramer, kann ich bitte weitermachen?»

«Entschuldigen Sie. Das ist ja Ihr Job», sagte Kramer und beobachtete Benno Fischer, den faden Blonden, wie er Fotos vom Tatort schoss, von den Steinen, Sträuchern und Gräsern, die er mit nummerierten Kärtchen versehen hatte. Jedes noch so kleine Detail konnte für den Verlauf der Ermittlungen wichtig sein.

Lohmeyer fuhr fort: «… Alter unbekannt … Körper bis fast zur Unkenntlichkeit verbrannt … Stoffrückstände über dem Torso … Keine Schuhe an den Füßen … Weder Schmuck noch sonstige Teile aus feuerfesten Materialien … Körper liegt in Sechsuhrstellung, die Füße nördlich ausgerichtet, der Kopf nach Süden …»

«Wer hat sie gefunden?» Kramer entfernte sich ein paar Schritte, blickte hinunter ins Tal zur Ostseite. Der Morgen lag friedlich vor ihm. Der Tag erwachte wie alle Tage zuvor. Es würde wieder unerträglich heiß werden. Auch hier oben in dieser Höhe.

«Zwei junge Frauen», sagte Bartolini. «Flavia ist bei ihnen. Sie sind im Hotel Felchlin drüben. Sie stehen unter Schock. Ich habe sie aber vorgeladen.»

«Hotel Felchlin? Ist das nicht das alte Haus mit den Schindeln?»

«Ja, ja.» Bartolini nickte. «Das Protostück eines nostalgischen Bauwerks. Dort scheint die Zeit Anfang der Zwanzigerjahre im letzten Jahrhundert stehengeblieben zu sein. Oder noch früher. Dort gibt es einen Festpark, der rege benutzt wird.»

«Gibt es sonst noch Zeugen?»

«Bis jetzt nicht.»

«Dann fangen wir mal ganz offiziell auf Rigi Kulm an. Wenn es hier des Nachts gebrannt hat, hat man das Feuer von dort oben sicher bemerkt.»

* * *

Das Hotel Rigi Kulm war ein dreistöckiges Gebäude, das schnörkellos auf dem Grat lag, umgeben von schroff abfallenden Felsen zur Westseite, gegen Osten von Weidland und in die Landschaft gewundenen Wegen. Eine großzügig konzipierte Terrasse mit Holzdielen und einer Brüstung aus Drahtgeflecht dominierte die Südseite. Jemand reinigte den Boden und rückte Stühle und Bänke zurecht. Zwei Zugladungen Gäste wälzten sich wie eine Herde Elefanten zu den Tischen. Sie verteilten Rucksäcke, Taschentücher und Hüte auf den Sitzplätzen. Sie nisteten sich ein hier oben, wo sie den Himmel fast berührten, die Welt ringsherum bestaunten und kreischten und sich so aufführten, als wären sie die Einzigen auf dem Berg. Prägnant ragte der Sendemast in den Himmel auf, was die eingefleischten Rigianer schon öfter zu Diskussionen angestachelt hatte, warum man in dieser Idylle einen derart fürchterlich anzusehenden Turm erdulden müsse. Dass sich Technik und Nostalgie hier verbanden – wenn vielleicht auch nicht immer aufs Schönste –, bewiesen auch die Solarzellen auf dem Dach des Hotels.

Ein Linienjet zerschnitt das Himmelsblau, ein Kondensstreifen zerfledderte. Rigi Kulm, für viele der schönste Punkt in der Zentralschweiz, für andere wiederum ein Kraftort: Auf Rigi Kulm gab es die schönsten Sonnenaufgänge. Kramer hatte erst einmal hier einen Sonnenuntergang erlebt. Er erinnerte sich an die dramatischen Bilder, wie der Himmel über dem westlichen Horizont gebrannt, wie das Abendrot die Wolken durchdrungen hatte. Wie sich die Farbtöne wie Fächer entfaltet hatten.

Die Gouvernante prüfte gerade die E-Mails, als die Glastür aufschwang und ein Mann an die Rezeption trat. Gabi sah ihm an, dass er außer Atem war und sich zuerst den Schweiß von der Stirn wischte, bevor er sich ihr näherte. Suchend sah er sich um. Sie kannte diese Blicke, irgendwo zwischen Verunsicherung und Entschlossenheit.

Sie erhob sich und schritt auf ihn zu. «Diese Hitze, ich weiß.» Sie begrüßte ihn. «Was kann ich für Sie tun?»

«Mein Name ist Thomas Kramer, Chef für Leib und Leben von der Kripo Luzern. Kann ich die Wirtsleute sprechen? Ich habe ein paar Fragen an sie.» Er zückte kurz seine Dienstmarke, sah sich gleichzeitig um. Ein Aufsteller mit Postkarten fiel ihm auf. Darauf Bilder der Rigi, Sonnenaufgänge, Kreuze, Kapellen, der Radiosender vor blauem Himmel.

Das überraschte Gabi nicht. In letzter Zeit hatte es ein paar Vorfälle auf dem Berg gegeben, und die Situation hatte sich in der Zwischenzeit wohl zugespitzt. Sie ahnte, dass nun endlich etwas dagegen unternommen wurde. «Ich bin ihre Stellvertreterin, Gabi Christen. Wollen wir uns ins Restaurant setzen?» Sie wies mit der Hand zur Seite.

Kramer nickte und folgte ihr. Sie stieß eine Tür auf, durchschritt in beachtlichem Tempo das Restaurant und stoppte vorn, wo weiße Tücher die runden Tische bedeckten. Kramer setzte sich. Ein Bund Alpenrosen leuchtete in einer glasklaren Vase.

Die Markisen waren heruntergelassen und schützten vor dem Sonnenlicht. Die einmalige Weitsicht blieb ihm somit verwehrt. Gabi brachte Kaffee an den Tisch. «Nun, was führt Sie zu uns?» Sie setzte sich seitlich auf den Stuhl, sprungbereit, wie es schien, abrufbar im Angesicht der Meute, die durch die Tür Richtung Selbstbedienungsbuffet strömte. Lautes Reden, Rufen, ein Durcheinander an Sprachen. Es erinnerte an einen Jahrmarkt.

«Wir ermitteln in einem Mordfall auf dem Rotstock. Letzte Nacht wurde auf dem Plateau oberhalb der Staffelhöhe jemand verbrannt.»

«Um Gottes willen! Verbrannt?» Über Gabis Gesicht huschte ein dunkler Schatten. «Das ist ja furchtbar. Wer tut denn so etwas? Weiß man schon, wer es ist?»

«Bis jetzt nicht. Aber es interessiert mich, ob die Flammen jemandem aufgefallen sind. Das Feuer dürfte man bis hier oben gesehen haben. Haben Sie die Nacht im Rigi Kulm verbracht?»

«Ich schlafe meistens hier.»

«Wann gingen Sie denn zu Bett?»

«Gegen halb eins. Ich hatte noch eine Gruppe Männer des Jodler-Clubs hier, die länger als üblich im Restaurant saßen. Nachdem sie in ihren Zimmern verschwunden waren, machte auch ich Feierabend. Nein, gesehen habe ich nichts. Dabei stand ich noch eine Weile auf der Terrasse.

Sie haben recht: Wenn es dort unten gebrannt hat, dann hätte ich es eigentlich sehen müssen.»

«Wie viele Gäste beherbergen Sie zurzeit?»

«Über Nacht waren dreiundzwanzig Leute hier. Der Jodler-Club mit achtzehn Mitgliedern, drei Wanderer aus dem Berner Oberland und zwei junge Frauen. Zusätzlich noch unsere Mitarbeiter. Zwei von der Küche, einer vom Service und zwei von der Etage.»

«Sind die Leute noch hier?»

«Von den Gästen ist der Jodler-Club noch beim Frühstück. Die anderen haben heute früh ausgecheckt und sind schon gegangen.»

«Der Jodler-Club soll sich bitte zu unserer Verfügung halten, ebenso Ihre Mitarbeiter. Ich werde dann jemanden hochschicken für die Befragungen. Tut mir leid, aber ich kann Sie nicht davon verschonen.» Kramer runzelte die Stirn. «Und Ihnen ist nichts Verdächtiges aufgefallen?»

«Wann denn? Gestern war über den ganzen Tag die Hölle los.» Gabi nickte zum Buffet. «Heute wird es nicht anders sein. Bei schönem Wetter haben wir viele Tagestouristen hier. Wenn es im Tal heiß ist, kommen alle auf den Berg zum Auskühlen. Obwohl – von Auskühlen kann in diesen Hitzetagen nicht die Rede sein. Wir vergehen hier alle. Der Abend war dann aber ruhig. Wie gesagt, ich hatte kaum Gäste. Nebst den Hotelgästen war niemand da.»

«Und in den letzten Tagen? Ist irgendetwas Außergewöhnliches geschehen?»

«Seit ein paar Monaten ist es hier schon außergewöhnlich.» Gabi blickte ans Fenster, als fände sie auf den Markisen eine Antwort. «Seit im Klösterli diese Sekte logiert, bleiben hier die Bergdohlen weg.»

Kramer räusperte sich. «Vielleicht sind die Vögel in kühlere Zonen geflogen.» Dieses Thema war ihm nicht geheuer. «Es gibt immer Erklärungen für sonderbare Vorkommnisse.»

«Sie mögen recht haben.» Gabi beschwichtigte ihn mit einem distanzierten Lächeln. Sie wusste, dass ihre Ansichten nicht bei allen Leuten auf Zustimmung stießen. Sie war enttäuscht, dass sich auch in Zukunft nichts ändern würde hier oben, und dass sie alle, die hier wohnten und arbeiteten, den unheimlichen Besuchern auf Klösterli auf Gedeih und Verderb ausgesetzt waren. Trotzdem nahm sie noch einmal Anlauf. «Wir könnten die Sippe da unten wegen Störung der Nachtruhe anzeigen. Sie haben es sich nämlich zur Gewohnheit gemacht, in den Nächten von Freitag auf Samstag stundenlang auf der Wiese oberhalb vom Ständli ihre Jammerlieder zu singen. Kaum eine Melodie, mehr ein rückwärts klingendes Stakkato, dass einem die Haare zu Berge stehen. Manchmal verfinstert sich die Nacht noch mehr. Alles verstummt dann. Kein Windhauch weht mehr über die Bergflanken. Es fühlt sich gespenstisch an. Sie müssten es einmal erleben, dann würden Sie verstehen, was ich meine. Es ist mir zu Ohren gekommen, dass sich der Häuptling an jungen Frauen vergreift. Vielleicht bringt er sie um, wenn sie nicht willig sind.» Aus ihrer Stimme sprach purer Sarkasmus.

«Wir werden der Sache nachgehen.» Kramer hasste solche haltlosen Anspielungen. Er wusste, dass sie zuweilen eine Eigendynamik entwickeln konnten, wenn sie nicht gebremst wurden.

Ein Kellner kam an den Tisch. «Frau Christen, kann ich Sie einen Moment stören? Unser Kühlsystem ist ausgefallen, und die Chefin finde ich nicht.»

Gabi sprang vom Stuhl, während sie Kramer im Auge behielt. «Das ist der Beweis. Hier geht in letzter Zeit nichts mehr mit rechten Dingen zu. Andauernd haben wir Störungen. Noch vor zwei Jahren war das nicht der Fall.» Gabi wandte sich ab und folgte dem Kellner Richtung Küche.

Kramer griff zum Mobiltelefon und wählte Bartolinis Nummer. Er musste es mehrmals klingeln lassen, ehe sich der Polizist meldete: «*Pronto!*»

«Kramer am Apparat, falls du meine Nummer nicht erkannt hast. Ich brauche dich hier oben. Ich möchte, dass du die Gäste der letzten Nacht inklusive der Mitarbeiter von Kulm befragst. Kannst du weg?»

«Der Staatsanwalt ist gerade eingetroffen. Ich bin ihm noch ein paar Antworten schuldig. Aber Lucille wird bald hier sein. Dann fahre ich hoch.»

Kramer legte auf. Er schritt in einen Saal mit weiß gedeckten Tischen und roten Stühlen, wo er das Frühstück vermutete. Er traf dort auf einen langen Tisch mit Senioren. Sie alle trugen rot abgesteppte schwarze und mit Edelweißblüten bestickte Westen. Die Hemdsärmel waren hochgekrempelt, die Kragen geöffnet. Sie machten einen zufriedenen, fast feierlichen Eindruck. Das Frühstück schien den Herren zu munden, denn sie ließen sich ausgiebig Zeit.

Kramer verließ das Hotel, ging über die Terrasse und schlug den Weg zur Station ein. Auf den Schienen zur Talseite stand die Bahn bereit zum Einsteigen. Es schadete nichts, die von Gabi Christen erwähnte Sekte kennenzulernen, wenn es denn dort unten wirklich eine solche gab und sie nicht bloß das Hirngespinst einer fantasievollen Gouvernante war.

* * *

Kramer setzte sich in den blauen Zug. Er fuhr auf der östlichen Seite der Rigi Richtung Goldau. Noch schien der Morgen jung und unberührt, trotz der Wanderer, die bereits die Hänge bevölkerten. Drei runde Sägemehlflecken zeugten vom Schwing- und Älplerfest, das vor einigen Tagen stattgefunden hatte. Neben den Schienen parkten Transportwagen. Arbeiter schoben Tische und Bänke in die Laderäume. Jemand reinigte die von Unrat verschmutzte Wiese. Die dafür vorgesehenen Säcke schienen sich rasch zu füllen. Kramer wunderte es nicht. Der Mensch war grundsätzlich ein Schwein. Wo er hintrat, ließ er seinen Dreck liegen.

Rigi Klösterli lag verschlafen am Hang zwischen kleinen Wäldern und gewaltigen Gesteinsbrocken – ein Weiler mit einem Hotel, älteren Häusern und einer Kapelle. Der Bahnhof hatte das Flair einer vergangenen und vergessenen Epoche. Kramer kannte sich nicht besonders gut aus in der Gegend. Er hatte das Tal erst einmal passiert, als er nach Goldau unterwegs gewesen war. Ansonsten war der Ort ihm fremd – im Gegensatz zur Luzerner Seite.

Nachdem er den Wagen verlassen hatte, schlug er den Bergweg ein, der ihn an der Kapelle vorbeiführte. Das Hotel Rigi Klösterli lag direkt daneben, ein hellgrauer Altbau mit roten Jalousien und einem roten Vorbau mit dem Eingang, den man wahrscheinlich erst später dorthin verlegt hatte. Im Gartenrestaurant leuchteten gelbe Sonnenschirme um die Wette. Frühe Wanderer legten ihre erste Rast ein. Kramer ging auf die Glastür zu und konnte gerade noch rechtzeitig einer Horde kreischender Kinder ausweichen, bevor sie in ihn hineinrannten. Er landete vor einer dominanten Treppe, die ins Obergeschoss führte. Der Linoleumboden erinnerte an die Mitte des neunzehnten Jahrhunderts, als sich der elastische Bodenbelag durchgesetzt hatte. Er sah aus, als hätte man ihn nie ersetzt. Ein Kronleuchter schaukelte im Luftzug. Rechtsseitig lag die Rezeption, hinter zwei Glasscheiben ein kleines Büro, wo sich ein in die Jahre gekommener Mann über sein Pult beugte. Seine lange Nase berührte den Schreibblock. Offensichtlich quälte ihn seine Kurzsichtigkeit.

Kramer klopfte an die Scheibe. Der Mann blickte auf. Sein in Falten geworfenes Gesicht drückte Freundlichkeit aus. Er kam behände zur Theke, öffnete den Glasschutz und begrüßte seinen Gast. «Guten Tag – ein schöner Tag, nicht wahr? Morgenstund' hat Gold im Mund.»

«Guten Morgen.» Kramer sah in ein hellgraues, von Pigmentflecken betupftes Augenpaar. «Kann man bei Ihnen noch Zimmer mieten?»

«Tut mir leid, die sind alle schon belegt. Eine Pauschalwoche für Familien, verstehen Sie? Im Moment geht es bei uns etwas turbulent zu und her.» Der Mann lachte und präsentierte ein krummes Gebiss.

«Aber Sie können mir sicher sagen, ob es auf Klösterli noch andere Unterkünfte gibt.»

«Die gibt es schon.» Der Mann zögerte. «Soviel ich weiß, haben die aber auch nichts mehr frei. Schulferien, wissen Sie? Die dauern bis Mitte August. Aber waren Sie schon auf Rigi Kulm?»

Kramer holte seinen Ausweis aus der Hosentasche und stellte sich mit seinem Namen vor. Schluss mit Verstellen. «Haben Sie Kenntnis von einer Glaubensgemeinschaft, die sich hier in der Gegend aufhält?»

Der Mann machte instinktiv einen Schritt rückwärts. «Eine Glaubensgemeinschaft?» Ein Schatten überzog sein eben noch so fröhliches Gesicht. «Sie sprechen wohl von dieser Sekte. Damit haben wir nichts zu tun.» Er warf einen Blick auf Kramers Ausweis. «Es wird aber Zeit, dass sich die Polizei endlich darum kümmert und für Ruhe und Ordnung sorgt. Was sollen denn unsere Gäste denken? Da ist der Lärm, den die Kinder verursachen, geradezu harmlos. Nächtliche Ruhestörung und eine schlechte Energie sind das Resultat der Anwesenheit dieser Entrückten.»

«Kennen Sie sie näher?»

«Nein. Ich bin ein gottesfürchtiger Mensch, wissen Sie. Ich mache um die einen großen Bogen. Es reicht schon, wenn ich mir ihre Lieder anhören muss. Das muss ein Geheimbund sein oder etwas in der Richtung. Sie nennen sich ‹Lux Aeterna›. Schon der Name verheißt nichts Gutes. Es ist ein Teil der liturgischen Totenmesse. Ich kenne mich damit aus. Es gehört zum Agnus Dei, wissen Sie. Das Einzige, was mit der Totenmesse korrespondiert, sind die Toten. Die Scheintoten!» Der Alte gestikulierte heftig. Es sah aus, als bekreuzigte er sich. «Wissen Sie, was ‹Lux Aeterna› bedeutet?»

«Das ewige Licht», erinnerte sich Kramer an die Zeit auf dem Gymnasium, wo er Latein als Freifach gewählt hatte. Das Wissen des Alten erstaunte ihn hingegen.

«Ja, ja, das ewige Licht. Den Kerl, also dieses Oberhaupt von denen, habe ich noch nie persönlich zu Gesicht bekommen. Aber man hört so einiges über ihn. Mich wundert, weshalb es so viele Leute gibt, die diesem Verrückten folgen. Wenn man ihre Lieder hört, könnte man an das personifizierte Böse denken. Ihre Gesänge gleichen der Anbetung des Satans, wissen Sie.»

Kramer wollte dies nicht kommentieren. «Aber Sie können mir vielleicht sagen, wo sich die Unterkunft dieses Gurus befindet.» Es fiel ihm keine treffendere Bezeichnung ein.

«Guru!» Der Alte klopfte mit der Faust auf den Tresen. «Das trifft den Nagel auf den Kopf! Er hat für sein Tun ein ganzes Haus gemietet. Er bezahlt wohl eine horrende Miete dafür. Ich verstehe nur nicht, weshalb eine Gemeinde wie Goldau diese Leute duldet. Aber wenn es um das liebe Geld geht …»

Kramer kommentierte auch das nicht. «Kennen Sie die Adresse?», fragte er ruhig.

«Wenn Sie das Hotel verlassen, gehen Sie Richtung Staffelweg und folgen ihm bis zum Ständli. Von dort aus sind es noch ein paar Meter bergwärts. Sie können das Haus nicht verfehlen. Es liegt in der Nähe des Riedbodens. Es hat zwei Türme und mittendrauf eine Kuppel. Erinnern Sie sich an den alten Bahnhof von Luzern, bevor er gebrannt hat? So in etwa … nur viel kleiner.» Der Alte blickte Kramer lange nachdenklich an. «Ich würde dort niemals allein hochgehen.»

«Und warum nicht?»

«Sie werden es schon selbst erfahren. Ich wünsche Ihnen viel Glück.»

* * *

Lucille hatte den Auftrag erhalten, das Ehepaar Langendorf noch einmal zum Verschwinden ihrer Tochter zu befragen, da es zwischen ihrer Aussage und dem Protokoll von Aschwanden Abweichungen gab. Der Chef der Druckerei hatte seine Ausführungen mit seiner Unterschrift bestätigt.

Doris Langendorf würde es heute tun. Wenn sie bei ihrer Aussage blieb, war die Wahrscheinlichkeit groß, dass ihnen einer von beiden ein Lügenmärchen aufgetischt hatte. Einen Lügendetektor gab es bei der Kriminalpolizei Luzern nicht. Das sei Humbug und hinausgeworfenes Geld, hatte Kramer einen Verkäufer abgewehrt, als dieser ihm das Gerät unlängst andrehen wollte.

Lucille musste sich also auf ihr Bauchgefühl verlassen. Dieses ließ sie jedoch in letzter Zeit oft im Stich.

Sie hatte das Treffen auf acht Uhr angesetzt. Um diese Zeit war es in den Büros noch einigermaßen kühl; nicht alle Räume verfügten über eine gut funktionierende Klimaanlage.

Auf ihrem Pult hatte Lucille nebst dem Computer und den üblichen Unterlagen zwei strombetriebene Tischventilatoren aufgestellt. Sie saß nun da und ließ sich von der gekühlten Luft anpusten.

Es klopfte.

«Ja, bitte?» Noch bevor sich Lucille erhoben hatte, ging die Tür auf.

Doris Langendorf kam allein. Weite Baumwollhosen und eine überlange Bluse in den Farben Gelb und Ocker kaschierten ihre Rundungen nur bedingt. Anstelle des Verbands über dem Auge trug sie eine Sonnenbrille und machte keine Anstalten, diese abzusetzen. An ihrer Stirn klebte ein Pflaster. Lucille trat um das Pult herum und reichte der Frau die Hand. «Mein Name ist Lucille Mathieu. Ich arbeite im Team von Armando Bartolini. Bitte setzen Sie sich. Wie geht es Ihnen heute?»

Doris Langendorf ließ sich auf der Stuhlkante nieder. «Mein Arzt hat mir zum Glück Schlaftabletten verschrieben, sonst hätte ich wahrscheinlich kein Auge zugetan.»

Lucille strich über das Dokument, das sie bereitgelegt hatte. Bartolini hatte ein paar Notizen dazu gemacht. Sie wirkten etwas konfus. Das lag daran, dass er Doris Langendorf aller Wahrscheinlichkeit nach nicht ernst genommen hatte. Manchmal hatte Bartolini Mühe damit, neutral zu bleiben. «Dann wollen wir beginnen. Bitte erzählen Sie mir etwas über Ihre Tochter Livia.»

«Was soll ich denn erzählen?» Auf Doris Langendorfs Gesicht zeigten sich erste Furchen von Entrüstung. «Ich bin hier, weil meine Tochter gestern entführt wurde. Ich kann doch davon ausgehen, dass man die Sache seriös angeht. Aber es dauert mir zu lange. Hätte man gestern reagiert, wäre Livia vielleicht schon wieder zu Hause.»

Lucille kniff die Lippen zusammen. «Ihre Tochter ist volljährig.»

«Ja, und? Verhindert das ein Eingreifen der Polizei?» Doris Langendorf nahm jetzt den ganzen Sessel ein. Sie füllte ihn beinahe vollständig aus.

«Wir haben eine zweite Aussage zu diesem Vorfall, die sich wesentlich von Ihrer unterscheidet.»

«Eine zweite Aussage? Von wem denn?»

«Von dem Mann, der die Polizei gerufen hat.»

Doris Langendorf fragte nicht weiter. «Ich mag gestern etwas neben den Schuhen gestanden haben. Aber ich habe nicht geträumt: Man hat meine Tochter in ein Auto gezerrt!»

«Weshalb haben Sie überhaupt angehalten?»

«Weil ich davon ausging, dass ich etwas überfahren hatte.»

«Die herbeigerufenen Kollegen aus Schüpfheim haben aber nichts unter Ihrem Wagen gefunden.»

«Es kann sein, dass es eine optische Täuschung war oder eine akustische … was weiß ich! Aber das ist jetzt nicht wichtig, oder?»

Lucille musste sich zusammenreißen. Diese Frau gab ihr Rätsel auf. Doch wenn sie sie jetzt so vor sich sitzen sah, kam sie ihr klar und überlegt vor und nicht wie jemand, der ihr etwas vorschwindelte.

«Sie glauben mir doch?», kam es dennoch kleinlaut von der anderen Seite des Tischs.

«Ist Ihnen an den beiden Männern, die Ihre Tochter mutmaßlich in den Wagen zerrten, etwas Ungewöhnliches aufgefallen?»

«Ungewöhnlich?» Doris Langendorf verschränkte die Arme. «Die ganze Aktion dürfte ungewöhnlich gewesen sein.» Sie überlegte kurz. «Es kam mir wie in einem Film vor.»

«Wann traf der Autofahrer ein?»

«Sie meinen den, der dann die Polizei gerufen hat?» Ohne eine Antwort abzuwarten, sagte sie: «Vielleicht fünf Minuten später, nachdem die beiden Fremden mit Livia im Wagen weggefahren waren.»

Lucille machte sich Notizen. Es kam ihr seltsam vor, dass Frau Langendorf nicht in Tränen ausbrach oder hysterisch wurde. Sie hatte schon andere Fälle erlebt, als Kinder verschwunden waren. Da hatte sich kein Elternteil beherrschen können. Flavia Brown, die Polizeipsychologin, hatte man immer zurate ziehen müssen. Warum bei Doris Langendorf nicht? Stand sie dermaßen unter Schock, dass jeglicher Gefühlsausbruch blockiert war? «Hier steht, dass Ihre Tochter in Sarnen zur Schule geht.»

«Sie besuchte dort das Gymnasium.»

«Kehrte sie jeden Tag zurück nach Entlebuch?»

«Ich holte sie nach dem Unterricht immer ab, und am Morgen fuhr ich sie wieder hin. Es war eine Übergangslösung. Am Freitag, also morgen, wäre der letzte Tag vor den Ferien gewesen.»

«Wie kommt es, dass Ihre Tochter bis zum letzten Schultag den Unterricht besuchen muss? Ich gehe davon aus, dass sie die Matura gemacht hat …»

«Sie machen dort eine Theateraufführung. Sie hatte eine Statistenrolle übernommen.»

«Und wie regeln Sie das im nächsten Jahr?»

«Livia will in den Sommerferien den Führerschein machen. Mein Mann hat ihr einen Kleinwagen versprochen. Wenn sie in Luzern studiert, muss sie so oder so eine Fahrmöglichkeit haben.»

«Hat Livia Freunde oder Freundinnen, mit denen sie Kontakt pflegt?»

«Es gibt da eine Freundin. Renate heißt sie und wohnt in Giswil. Die Option bestand, dass Livia bei ihr hätte wohnen können. Aber mein Mann wollte das nicht.»

«Auch wenn es Sie entlastet hätte?»

«Ja, auch wenn es mich entlastet hätte», wiederholte Doris Langendorf.

«Ich benötige die genaue Anschrift dieser Freundin.»

«Sie glauben, sie könnte etwas über die Entführung wissen?»

«Ich möchte mir ein genaues Bild von Ihrer Tochter machen», sagte Lucille und schrieb gleichzeitig etwas ins Protokoll. «Könnten Sie die Entführer beschreiben?»

«Nein, das habe ich gestern schon Ihrem Kollegen gesagt. Sie trugen Masken.»

«Wie füllte Ihre Tochter ihre Freizeit aus?»

«Theater, wie schon gesagt. Dann fuhr sie Rad. Sie ging joggen und schwimmen. Sie trainierte für den Triathlon, der in Sempach stattfindet. Nun, in diesem Jahr hat sie ihn aufgrund der Prüfungen unterlassen. Aber im letzten Jahr kam sie immerhin auf den achten Platz in ihrer Kategorie.»

Lucille notierte: *Langendorfs Beschreibungen zeugen von einer selbstbewussten Neunzehnjährigen, die offenbar auch Kraft hat. Ob sich eine junge Frau einfach so entführen lässt, ohne sich zur Wehr zu setzen? Oder ist sie tatsächlich abgehauen, nachdem sie mit ihrer Mutter einen Streit hatte? Woher stammen die Verletzungen der Mutter?* «Ich werde jetzt das Protokoll richten, damit Sie es durchlesen können. Mit Ihrer Unterschrift bestätigen Sie die Echtheit Ihrer Aussagen. Sollte sich herausstellen, dass sie nicht der

Wahrheit entsprechen, kann das rechtlich gegen Sie verwendet werden.»

«Glauben Sie, was Sie wollen», gab Doris Langendorf unwirsch zurück. «Ich habe mit eigenen Augen gesehen, was auf dem Glaubenberg vor sich ging.»

«Hat es in der Zwischenzeit irgendwelche Forderungen gegeben?»

«Bei uns ist gibt's nichts zu holen, wenn Sie das meinen. Mein Mann ist Archäologe. Wir leben quasi von der Hand in den Mund. Ich gehe putzen, damit wir die Schule für unsere Tochter finanzieren können.»

«Archäologe?», stellte Lucille die Frage vor allem sich selbst.

«Ja, es gibt sie auch in der Schweiz. Die Gemeinde Schüpfheim hat meinen Mann angestellt. Er muss im Napfgebiet Ausgrabungen vornehmen.»

* * *

Vom Hotel aus gesehen lag die Kapelle still im sommerlichen Sirren. Das Laub der Bäume streichelte ihre Fassaden und zeichnete Muster darauf. Eine Glocke, die im kleinen Turm kaum als solche zu erkennen war, schlug zehnmal, als Kramer den beschriebenen Weg einschlug. Er gehörte nicht zu den Menschen, die an den Hokuspokus sonderbarer Zeitgenossen glaubten. Er war Realist genug. Doch seit Verlassen des Hotels war ihm beklommen zumute, und dass ihm sogar die Haare an den Armen zu Berge standen, war Tatsache. Er konnte nichts dagegen tun. Hatte Gabi Christen mit ihrer Aussage doch nicht so danebengelegen, als sie behauptete, dass hier auf Klösterli etwas nicht mit rechten Dingen zuging? Und der Alte – was wusste er? *Quatsch! Jede noch so sonderbare Begebenheit ist erklärbar*, redete sich Kramer ein.

Das Ständli war Talstation für den Schlepplift, der im Winter bis auf Rigi Staffel führte. Im Gegensatz zu anderen Tagen wirkte die Umgebung wie ausgestorben. Einzig eine Touristin sonnte sich vor dem Häuschen, reckte Gesicht und Oberkörper dem Licht entgegen. Sie nickte kurz, als Kramer an ihr vorbeischritt, ebenso überrascht wie er, hier oben jemanden anzutreffen.

Der Weg Richtung Riedboden war steiler als erwartet. Tiefe Furchen säumten den Wanderweg. Tannen und Felsgestein, Wurzeln und wilde Pflanzen prägten die Gegend. Ein Meer von Alpenrosen darbte in der Trockenheit. Von der Sonne verbrannte Grasflecke, einsame Büsche, der Kadaver eines Vogels.

Schon von Weitem sichtbar stach eine Kuppel in das Grünbraun einer Tannengruppe, in die das Haus mit den zwei Türmen eingebettet war. Mit jedem Schritt, der Kramer näher an das Gebäude heranbrachte, glaubte er, weniger zügig voranzukommen. Es schien, als wären seine Beine wie gelähmt. Er gebot sich, sich nicht wie ein dummer Schuljunge zu benehmen, kniff sich in die Wange. Das war bloß Einbildung. Der Alte aus dem Hotel hatte ihn beeinflusst.

Das Haus machte einen verlassenen, desolaten Eindruck. Unter den Arkaden lag allerlei Gerümpel. Ein verrostetes Fahrrad lehnte an einer Säule, von der die Farbe abblätterte. Daneben stapelten sich braune Bidons, die einmal weiß gewesen sein mussten. Die Fensterläden waren geschlossen. Einzig das Fenster neben dem Bogentor machte den Anschein, als wäre jemand zu Hause. Der eine Flügel stand offen, ein Tüllvorhang wehte im schwachen Wind. Kramer zog an einer Schnur, an deren oberem Ende eine Glocke angebracht war. Sie erzeugte einen hellen Klang.

Anstelle der Tür wurde der zweite Fensterflügel nebenan aufgestoßen, und ein kahlköpfiges Milchgesicht erschien unter dem Rahmen. «Ein Wanderer, der sich verirrt hat?» Die Stimme des Fremden tönte so, als hätte er Kreide geschluckt. Ein Eunuch, ging es Kramer durch den Kopf. «Oder möchten Sie zu mir?»

«Sie haben richtig geraten. Ich suche das …» Noch bevor Kramer den Satz beenden konnte, schloss der Kahlköpfige die beiden Fensterflügel.

Es verging eine Weile, bis das Tor aufschwang. Kramer hatte die Hoffnung schon aufgegeben. In der Öffnung erschien eine hagere Gestalt in einem weißen, von Goldfäden durchwirkten Gewand, das kaum einen Kontrast zum farblosen Gesicht bildete. Eine etwas seltsame Bekleidung für einen erwachsenen Mann. Stand Kramer vor dem sogenannten Meister? Leicht irritiert zeigte er seinen Ausweis und nannte seinen Namen.

Der Fremde warf schnell einen Blick darauf. «Treten Sie ein. Freunde sind immer willkommen.»

Kramer spürte ein erstes Unbehagen. Sympathie fühlte sich anders an. «Mein Name ist Kramer. Und wie heißen Sie?»

«Alle nennen mich Lux Ruprecht.»

Lux! Licht, Helligkeit, ging Kramer durch den Kopf. *Ruprecht!* Der Name erinnerte ihn an den Gehilfen des Sankt Nikolaus. Knecht Ruprecht hatte den Sack mit den Geschenken getragen – ein Bild, das aus seiner Kindheit auftauchte.

Hinter dem Eingang lag eine Art Vorhof, von dem aus man direkt in die Kuppel sah. In den kleinen Fenstern brach sich das Sonnenlicht und zeichnete ein Muster auf den Steinboden. Trotz der Hitze draußen war es hier erstaunlich kühl.

Ruprecht ging auf eine rechtsseitige Tür zu, stieß sie auf und bat Kramer einzutreten. «Das ist mein Arbeitszimmer», erläuterte er, als müsste er damit seine Existenz rechtfertigen.

Kramer startete einen weiteren Versuch. «Sind Sie das …?»

Ruprecht jedoch schnitt ihm das Wort ab. «Nein, ich bin nicht das geistige Oberhaupt. Das wollten Sie doch fragen, oder?»

Kramer fragte sich kurz, ob dieser Mann Gedanken lesen konnte.

Es folgte eine ausführliche Erklärung. «Ich bin sein Sekretär. Ich erledige die anfallenden Arbeiten. Ich betreue unsere Mitglieder und steuere die Akquisition neuer Suchender. Die Welt ist voll von ihnen. Sie irren ziellos umher, wissen nicht genau, was der Sinn ihres Lebens ist. Wir bieten unsere Hilfe an, führen sie auf den richtigen Weg und sind Stütze in persönlichen Nöten. Ihnen ist sicher auch schon aufgefallen, wie vielen Leuten wir täglich begegnen, bei denen man glaubt, einen Zombie vor sich zu haben. Geist- und seelenlose Gestalten. Wir kämpfen dagegen an. Wir machen die Welt wieder fröhlicher ...» Kurze Pause. «Aber ich nehme nicht an, dass Sie einer davon sind.» Ruprecht meckerte wie ein junger Ziegenbock. «Aber was nicht ist, kann vielleicht noch werden. Ich meine, ein Mitglied von uns ... Bitte setzen Sie sich.»

Ein Schwall säuerliche Körperausdünstung streifte Kramers Nase. Ruprecht musste sich schon eine Ewigkeit nicht mehr gewaschen haben. Zudem stank er geradezu penetrant aus dem Mund.

Der düstere Raum diente wohl nicht nur als Büro. Nebst einem Pult in der Nähe des Fensters thronte ein schwerer Eichentisch mitten im Zimmer, ringsherum vier schwarze Sessel, auf welchen schon viele Besucher gesessen haben mussten. Der Stoff war abgewetzt, die Holzarmlehnen zerkratzt. Ein Schrank mit eingebauter Vitrine nahm die hintere Wand ein. Hinter dem Glas machte Kramer ein paar Kelche und Gläser aus. Ein Kronleuchter spendete kaum Licht, da mehr als die Hälfte der Glühbirnen defekt war. Ein Gruselkabinett musste hier wohl Pate gestanden haben. Ein eigentümlich modriger Geruch schien aus den Ritzen der Holztäfelung zu dringen.

Kramer setzte sich nur widerwillig auf den ihm angebotenen Ohrensessel in der Nähe eines kleineren Tisches. Sofort versank er in einem durchgesessenen Polster. Unter seinem Gesäß spürte er den Druck der Spiralen.

Ruprecht dagegen machte sich an einem kleinen Kühlschrank zu schaffen, entnahm ihm eine Flasche und stellte diese auf das Tischchen. «Zur Feier des Tages und als Willkommensgruß für Sie als Gast offeriere ich Ihnen heute unser Wasser. Es hat heilende Kräfte und ist sehr gut für das Gehirn. Unser Gehirn besteht ja zu neunzig Prozent aus Wasser. Mit unserem ‹Sankt Rigi Wasser› bleiben unsere Gedanken immer frisch.»

Kramer musterte sein Gegenüber, als hätte er einen Verrückten vor sich.

«Es dient der Prophylaxe», fuhr Ruprecht unbeirrt fort. «Wir setzen es auch ein, wenn die Kräfte schwinden. Zwei Liter pro Tag wecken die Lebensgeister, spülen das Böse aus dem Körper und befreien die Lymphbahnen.»

«Wer's glaubt, wird selig.»

«Den Seligen gehört die Welt.» Ruprecht setzte ein vergeistigtes Lächeln auf. «Der Glaube versetzt bekanntlich

Berge. Kommen Sie zu einer unserer Veranstaltungen, die zweimal im Monat von Freitag auf Samstag stattfinden. Da werden Sie sehen, wozu ein Mensch fähig ist, der glaubt.» Ruprecht öffnete die Vitrine, griff nach zwei Gläsern und stellte diese neben die Flasche. «Ich will Sie nicht dazu zwingen. Sie sind als freier Mensch hier. Freiheit ist unser höchstes Gut.» Über Ruprechts Milchgesicht zog eine feine Röte. «Wollen Sie auch?»

«Nein, danke.» Obwohl ihn der Durst quälte, sah Kramer davon ab, auch nur einen Schluck zu nehmen. Wusste der Teufel, was sich in diesem Wasser befand.

Ruprecht verzog keine Miene. «Jetzt aber zu Ihnen. Was führt Sie zu uns?»

Kramer brauchte eine Weile, um den Grund für seinen Besuch zu erläutern. Er hatte ganz vergessen, warum er hier war. Hatte ihn das Haus zuvor abgestoßen, fing es nun an, ihn zu faszinieren. Hier befand sich etwas, das er nicht dem Rationalen zuordnen konnte. War es möglich, dass Ruprecht ihn in einen hypnoseähnlichen Zustand versetzt hatte? Oder wie anders konnte er das Gefühl beschreiben, das ihn je länger, umso mehr beschlich? Waren es die dunkel gebeizten Wände? War es der schwere Kronleuchter, an dem er jedoch vergebens nach Spinnenweben suchte? Sein Gegenüber in diesem jungfräulichen Gewand? Die Tatsache überhaupt, sich in dieser irrwitzigen Situation zu befinden? Was, wenn er mit seinen Vermutungen völlig danebenlag? Er hatte kein besonders großes Interesse daran, sich in die zum Teil zwielichtigen Lebensbedingungen sonderbarer Zeitgenossen hineinzudenken. Alles, was sich im Bereich kruder Glaubensrichtungen bewegte, genoss Kramer mit Vorsicht. Es war die Zeit, die ihresgleichen hervorbrachte, davon war er überzeugt. «Seit wann existiert Lux Aeterna?», fragte er in die knisternde Stimmung hinein.

«Oh, Sie kennen den Namen?»

«Ich habe mich ein wenig umgehört, bevor ich hierherkam.»

«Unsere Vereinigung wurde in den Achtzigerjahren gegründet.»

«Eine Form des New Age?»

«In den Achtzigern gab es diverse Bewegungen.» Ruprecht setzte ein, wie er wohl meinte, entwaffnendes Lächeln auf. In seinem weißen Gesicht klaffte der rosarote Mund auf, und eine Reihe spitzer Zähne schimmerte durch. Kramer musste an ein seltenes Exemplar einer noch selteneren Tierart denken, dem er zum ersten Mal begegnete. Es fiel ihm schwer, sein Gegenüber ernst zu nehmen.

«Aber immerhin hat Lux Aeterna seither Bestand, im Gegensatz zu anderen Gruppen aus dieser Zeit. Immer mehr Menschen folgen unserem Weg. Wir zählen schweizweit über zehntausend Mitglieder.»

«Ein lukratives Geschäft», erlaubte Kramer sich die Bemerkung.

«Wie meinen Sie das?» Ruprecht öffnete die Wasserflasche. Er goss sich ein Glas ein.

«Ich gehe davon aus, dass der Beitritt nicht umsonst ist.» Kramer deutete auf die Flasche. «Sicher floriert auch der

Verkauf des Wassers.» Er hatte am unteren Flaschenrand einen aufgedruckten Preis gelesen. Fast zehn Franken.

«Was ist daran so verwerflich? Natürlich bezahlt jedes Mitglied eine Beitrittspauschale und jährlich einen Beitrag für unsere Unkosten. Dafür wird auch etwas geboten. Wenn Sie Ferien in einem Hotel machen, bezahlen Sie ja auch für Kost und Logis. Bei uns ist das ähnlich. Der Preis für das Wasser ist ebenso berechtigt. Unser Meister hat es gesegnet.»

Kramer wollte lieber nicht wissen, wie.

Ruprecht räusperte sich. «Über die Wochenenden haben wir das Haus im Normalfall voll. Auch morgen Abend erwarten wir über achtzig Leute. Ich lade Sie herzlich ein, an unserem Fest des Lichts teilzunehmen. Es beginnt um neun.»

Kramer ging nicht darauf ein. «Ich würde gern mit Ihrem Chef sprechen.»

Ruprecht beobachtete Kramer über den Glasrand hinweg. «Das ist nicht ganz einfach. In der Regel bekommen ihn nur die Erleuchteten zu Gesicht.»

Kramer bekam fast einen Hustenanfall. «Aber nicht, wenn wir in einem Mordfall ermitteln.»

Das saß. Ruprecht ließ das Glas fallen, aber Kramer konnte nicht erkennen, ob das zu seiner allgemeinen Theatralik gehörte oder von seinem Erschrecken herrührte. Das Glas zersprang, das Wasser ergoss sich über den kleinen Tisch und bildete dann auf dem Marmorboden eine Pfütze.

«Führt die Spur etwa zu uns?» Ruprecht schob mit dem Fuß die Glasscherben weg. Er trug keine Schuhe. «Aha, ich verstehe», gab er sich selbst die Antwort. «Unsere Gemeinschaft ist natürlich angreifbar. Der Mörder ist immer bei den Andersartigen zu suchen, nicht wahr? Aber da täuschen Sie sich. Wir erhalten Leben. Wir töten nicht.» Ruprecht hielt inne und kratzte sich entrüstet am kahlen Schädel. «Sie entschuldigen mich. Ich bin gleich zurück.» Er humpelte zur Tür, öffnete sie und verschwand in die Halle.

Kramer schaute ihm kurz hinterher, dann holte er eine leere PET-Flasche aus seiner Hosentasche, die er noch nicht entsorgt hatte, worüber er nun froh war. Er öffnete den Schraubverschluss und ließ ein wenig von dem Heilwasser hineintropfen, ehe er sie wieder zuschraubte. Er hatte die Flasche kaum in der Hosentasche verschwinden lassen, als Ruprecht zurückkehrte.

«Um welchen Mord geht es denn?» Ruprecht musterte sein Gegenüber argwöhnisch, während er sich setzte. Hatte er von Kramers Aktion etwas mitbekommen?

Kramer blieb ihm einmal mehr die Antwort schuldig. «Wo waren Sie gestern um Mitternacht bis heute um fünf Uhr?»

«Hier. Ich hüte das Haus, wie jede Nacht. Ich beschütze die heiligen Mauern vor Randalierern.»

«Kann das jemand bezeugen?»

«Nein. Sie müssen mir einfach glauben.»

Das wiederum fiel Kramer schwer. «Gut, aber ich muss

Sie bitten, mir die Adresse Ihres Chefs herauszugeben. Oder wohnt er hier?»

«Er logiert während unserer Weihnächte in unserem Haus. Ansonsten ist er nicht da. Wo er wohnt, das weiß niemand.» Ruprecht erhob sich wieder, schritt mit bis zu den Knien hochgezogenem Gewand zum Pult. «Es tut mir leid.»

«Wie heißt er?»

«Meister Aeterna.»

«Ich meine, vor seiner Erleuchtung.»

«Ich kenne ihn nur unter diesem Namen.»

«Ist er Schweizer?»

«Er ist Kosmopolit.»

Kramer seufzte unterdrückt und machte sich Notizen. «Kann ich sein Zimmer sehen?»

Ruprecht schritt wieder in Kramers Richtung. «Sein Heiligtum darf niemand betreten.»

Kramer riss langsam der Geduldsfaden. «Sind Sie sicher, dass Ihr Meister tatsächlich existiert? Oder ist er nur eine eingebildete Figur?»

«Nein, ist er natürlich nicht. Ich sehe ihn, wenn er hier ist. Er besteht aus Fleisch und Blut und hat eine ganz besondere Aura.»

«Könnten Sie ihn mir beschreiben?»

«Das darf ich nicht. Das widerspricht unseren Statuten.»

Kramer merkte, dass er sein Gegenüber nicht mehr länger strapazieren durfte. Psychopathen, hatte er einmal gehört, sollte man mit Samthandschuhen anfassen. «Na gut, aber Ihre Mitgliederliste hätte ich gern.»

«Nein, das geht nicht. Oder haben Sie noch nie etwas von Datenschutz gehört?» Ruprecht schüttelte den haarlosen Kopf. Seine Stimme erklang noch eine Oktave höher als sonst. «Das wird Konsequenzen nach sich ziehen. Wir sind ein friedliebendes Volk, das nichts mit Mord am Hut hat. Und jetzt verlassen Sie unser Haus.»

«Wie Sie wollen. Wenn es Ihnen lieber ist, dass ich mit einem Durchsuchungsbeschluss erscheine, dann verweigern Sie die Herausgabe der Liste. Sie entscheiden.» Kramer sah Ruprecht an, wie er überlegte.

«Ist ja gut, ist ja gut.» Der Mann im weißen Gewand warf die Hände in die Luft.

Kramer stieß Luft aus und blickte auf Ruprechts Füße. Er sah, dass der Mann am linken Fuß blutete.

«Lassen Sie mir etwas Zeit. Ich werde die Liste herausgeben.»

«Die können Sie mir direkt zur Kripo schicken.» Kramer überreichte dem verdatterten Adlatus seine Visitenkarte. «Ich gehe davon aus, dass dieses alte Gemäuer wenigstens über moderne Technik verfügt.»

* * *

Am Mittag fand der erste Rapport im Hotel Rigi Kulm statt. Gabi Christen hatte den Polizisten den Seminarraum, der hinter der Rezeption lag, zur Verfügung gestellt. Er verfügte über einen langen Tisch, genügend Stühle und einen Flipchart. Bis dahin hatte Bartolini genügend Zeit gehabt, sich mit dem Jodler-Club zu beschäftigen und die Herren zu befragen. Sie hatten sich sehr kooperativ gezeigt und mit Spekulationen nicht gegeizt. Einige von ihnen hatten am Vortag eine Gruppe komischer Frauen im Visier gehabt, die am späten Nachmittag auf den Gipfel gefahren waren und erst gegen Abend Kulm wieder verlassen hatten. Diese Gruppe gehörte mittlerweile zu den potenziell Verdächtigen, oder sie waren Zeugen. Leider hatte niemand von den Jodlern sagen können, ob die Frauen die Bahn Richtung Vitznau oder Goldau bestiegen und ob sie auf Rigi Staffel einen Zwischenhalt gemacht hatten. Sie wussten nur, dass es ausnahmslos Frauen gewesen waren – sonderbare und wilde allerdings.

Auch auf der Staffelhöhe war man nicht untätig gewesen. Lucille hatte mit ihrer Truppe die Befragungen begonnen, nachdem sie dort eingetroffen war. Sie waren von Haus zu Haus gezogen und hatten nach allfälligen Zeugen gesucht. Aber ein Feuer hatte niemand bemerkt, und besonders verdächtig benommen habe sich auch niemand. Selbstverständlich komme es manchmal vor, dass man mit sonderbaren Leuten konfrontiert werde. Was wusste man, was sich hinter einem lachenden oder einem vergrämten Gesicht befand? Es seien Gäste, die man einmal im Leben sähe und dann nie wieder. Oder Stammgäste, die pro Woche zwei- bis dreimal auf die Rigi kämen. Aber solche könne man von vornherein von der Liste der Verdächtigen streichen. Man suchte also nach der berühmten Nadel im Heuhaufen.

Nebst dem gesamten Ermittlerteam war auch der Staatsanwalt Galliker anwesend. Marc Linder, der Kripochef, weilte in den Ferien. Kramer hatte es bis anhin nicht für nötig gehalten, ihn über den Mord auf der Rigi zu informieren, obwohl Linder ihm unmissverständlich geraten hatte, das nicht zu vergessen, sollte es in seiner Abwesenheit zu einem heiklen Fall kommen. Wie auch immer, er würde es noch früh genug erfahren.

Kramer begrüßte sein Team, nachdem sich alle mit belegten Broten und Mineralwasser eingedeckt hatten. Lucille hatte die Bilder vom Tatort bereits auf den Flipchart geheftet. Sie war zudem mit Elsbeth in Kontakt, die von Luzern aus die Fäden zog und sich mit Vermisstenmeldungen beschäftigte.

«Da wir nun vollzählig sind», begann Kramer, «starten wir mit der ersten Sitzung im Fall der Brandleiche auf Rigi Staffel. Nach ersten Ermittlungen können wir davon ausgehen, dass es sich um ein Tötungsdelikt handelt. Unklar ist, ob es sich hier um einen Ritualmord oder um eine Tat im Affekt handelt. Die Spuren werden zurzeit noch ausgewertet. Wir können frühestens übermorgen Abend mit den ersten Resultaten rechnen. Die Leiche wurde heute Morgen von zwei Schwestern gefunden. Sie waren auf dem Weg zum Kaltbad – mit einem Umweg über den Rotstock, wie Sie sehen. Gemäß Flavia Braun sind die Mädchen bis anhin nicht vernehmungsfähig. Sie werden bis auf Weiteres polizeipsychologisch betreut und morgen in die Kasimir-Pfyffer-Strasse eingeladen. Ich befürchte, dass sie die beiden einzigen Zeuginnen sind. Ob sie etwas gesehen oder bemerkt haben, das für uns wichtig ist, wissen wir zum jetzigen Zeitpunkt noch nicht. Eine Pressekonferenz ist für morgen acht Uhr anberaumt.»

«Gibt es zwischen der Toten auf Rigi Staffel und der verschwundenen Studentin vom Glaubenberg Parallelen?», fragte Bartolini.

«Ich weiß, dass das deine Vermutungen sind. Wir können es nicht ausschließen. Aber wir müssen davon ausgehen, dass das eine mit dem anderen nichts zu tun hat.»

«Aber du glaubst doch nicht an Zufälle», beharrte Bartolini.

«Ich glaube auch nicht», bemerkte Lucille, «dass es hier um denselben Fall geht. Ich hatte heute Morgen Frau Langendorf bei mir. Ich bin mir nicht sicher, ob ich ihr trauen soll. Sie wirkte heute sehr berechnend auf mich. Sie zeigte kaum Emotionen. Sie hat mir den Namen und die Adresse von Livias Freundin genannt. Ich habe sie bis anhin nicht erreichen können.»

«Gibt es noch andere Vermisstenmeldungen neueren Datums?», fragte Bartolini.

«Bis jetzt nicht», antwortete Lucille. «Keine aktuellen außer der zu Livia Langendorf.»

Kramer überging das. «Selbstverständlich sollten wir uns so früh wie möglich mit einer kurzen Polizeimitteilung an die Öffentlichkeit wenden. Vielleicht werden noch andere Personen vermisst.»

«Wie du meinst.» Lucille steckte ihre Nasenspitze pikiert in ihre Notizen. Bartolini warf ihr einen Seitenblick zu und hob die Brauen. Man sah den beiden an, dass sie das Gleiche dachten. Im Raum wurde es unruhig. Jemand riss die Fenster auf.

Kramer klopfte mit einem Schreibstift auf den Tisch. «Wir leiden alle unter der Hitze. Aber wir müssen weitermachen. Die Tatzeit, respektive die Zeit, in der das Opfer verbrannt wurde, können wir eingrenzen. Es muss zwischen halb eins und Sonnenaufgang geschehen sein. Haben die Befragungen bei den Jodlern etwas ergeben?»

«Bei diesen Männern war nicht ganz klar, ob sie uns ernst genommen haben», verlautbarte Bartolini. «Sie hatten zum Frühstück bereits viel Bier und Champagner konsumiert. Unsere Befragungen schienen ihnen einen enormen Spaß zu machen. Dem Verdacht bezüglich der sonderbaren weiblichen Wandergruppe, die übrigens mit einigen Ausnahmen allen aufgefallen war, konnten wir nicht nachgehen. Die Spur endet auf der Station Rigi Kulm. Bei der Bahn war die Gruppe nicht angemeldet. Sie hatte auch kein Kollektivbillett. Wir kennen also keine Namen.»

«Dann müssen wir die Recherchen bis nach Kaltbad ausdehnen», überlegte Kramer.

«Dazu bräuchten wir mehr Personal», gab Bartolini zu bedenken. «Die Hälfte der Belegschaft ist im Urlaub.»

«Dann holt euch die Hilfe woanders.» Kramers Tonfall war schärfer geworden. «Ihr wisst ja, wo. Ich brauche jetzt jeden Mann und jede Frau, der beziehungsweise die irgendwie abkömmlich ist. Das ist nämlich noch nicht alles. Ich habe mich auf Rigi Klösterli umgehört. Es gibt dort einen Verein, der sich ‹Lux Aeterna› nennt. Ich bin vorsichtig, aber es könnte sich um eine Sekte handeln. Wir wissen aus der Vergangenheit, wozu solche Menschen fähig sind. Mir ist sogar der Verdacht zu Ohren gekommen, dass sie Frauen missbrauchen. Aber bevor wir diese Hypothesen weiterverfolgen, müssen wir Beweise haben. Leider gibt es keine näheren Angaben zum Anführer dieser Gruppe. Ich werde Elsbeth damit beauftragen, mehr über ‹Lux Aeterna› herauszufinden. Ich muss euch bitten, mit den Befragungen heute Nachmittag fortzufahren. Bartolini, du übernimmst das Kommando. Lucille, du benachrichtigst die Pressestellen für eine erste Information. Und ich werde nach Luzern zurückkehren. Muss noch etwas ins Labor bringen.»

* * *

Das neungeschossige Gebäude der Kriminalpolizei prägte die Kasimir-Pfyffer-Strasse und sah etwas neuzeitlicher aus als die umliegenden Häuser. In den Anfängen hatte es zu reden gegeben, wie man einen solchen Klotz in die idyllischen Häuserzeilen stellen konnte. Doch in der Zwischenzeit hatte man die Gebäude ringsherum den Gegebenheiten angepasst. In den Fenstern spiegelten sich Sonnenlicht und Schönwetterwolken wie Schafe auf der Weide. Vor dem Eingang parkten ein paar Wagen. Als Kramer an ihnen vorbeiging, konnte er die Hitze spüren, die von dem Blech abstrahlte.

Er trat durch den Eingang und grüßte Marion. Sie sah an diesem Tag irgendwie verändert aus, was ihn aber weiter nicht interessierte. Er sah, dass sie mit irgendetwas beschäftigt war, und unterließ einen Schwatz. Er nahm die Treppe ins Untergeschoss unter die Füße.

Das Labor befand sich im Keller gleich neben der Asservatenkammer. Kramer betätigte die automatische Türöffnung, indem er einen sechsstelligen Code eingab. Nachdem im letzten November Beweismaterial verschwunden war, hatte man eine Hochsicherheitstür eingebaut. Kramer stieß sie auf und kollidierte beinahe mit Leo Brunner, der mit zwei Behältern unterwegs war. Er trug eine weiße Schürze und auf dem Kopf eine Mütze. Er hatte sich in den letzten Wochen einen Bart wachsen lassen, wirkte damit aber etwas ungepflegt. An einigen Stellen schimmerte der Bart rotblond – männlicher machte er seinen Träger deshalb noch lange nicht. Brunner gehörte zum Technischen Dienst und war Guido Amrein unterstellt.

«Da komme ich gerade richtig.» Kramer zog die verschlossene PET-Flasche aus der Hosentasche. «Hast du Zeit?»

«Eigentlich nicht. Aber wenn du hier auftauchst, so handelt es sich gewiss um etwas Dringendes.» Brunner stellte die Bidons auf den Boden. «Was kann ich für dich tun?»

Das Labor war der einzige Ort im Haus, an dem man es in dieser Jahreszeit aushalten konnte. Hier unten herrschten nie mehr als zwanzig Grad. Nebst den beiden langen Aluminiumtischen, die mit allerlei Gefäßen und Gestellen überstellt waren, reichten an den Wänden Regale bis zur Decke. Auch hier standen verschiedene Behälter, Gläser und Kartons dicht gedrängt nebeneinander. Vielleicht hätte man hier einmal aufräumen müssen.

«Ich möchte, dass du dieses Wasser untersuchst», sagte Kramer.

«Wonach soll ich suchen? Nach Mineralstoffen?» Brunner ließ seinen Blick durch den Raum schweifen, als suchte er nach einem freien Platz.

«Untersuch es einfach.»

«Mit dem Schnellverfahren oder langsam?» Brunner griff nach der PET-Flasche.

«Möglichst schnell.»

«Dann komm. Du kannst dich gleich selbst hinter das Mikroskop stellen.» Brunner schritt in den hinteren Teil des Labors. Nachdem er die Schutzhülle von dem Gerät gehoben hatte, legte er sie zur Seite. «Voilà.»

«Das gute alte Mikroskop.» Kramer verfolgte Brunners Handgriffe.

Dieser gab ein paar Tropfen von der Flüssigkeit auf ein Glas, das er auf den Kreuztisch des Mikroskops schob. Er knipste die Lampe an. Dann beugte er sich über das Okular und sah hinein. Er drehte den Objektivrevolver und richtete die Sehschärfe horizontal und vertikal aus.

«Was siehst du?»

«Sieh selbst.» Brunner wich zur Seite.

Kramer sah durch das Okular. Seine Augen mussten sich zuerst neu fokussieren: Kristalle in schillernden Tönen, graue Prismen, ein Kaleidoskop verschiedener Grautöne. Es dünkte ihn, als wimmelte es auf der Glasplatte von Kleinstlebewesen. «H2O mit Beimischung», entfuhr es ihm. «Und das trinken wir?» Kramer trat von dem Mikroskop weg und überließ Brunner wieder den Platz.

Dieser vergewisserte sich, ob Kramer richtig gesehen hatte, und brummte: «Es ist stark verunreinigtes Wasser. Wenn du wissen willst, mit welchen Bakterien wir es hier zu tun haben, musst du mir mehr Zeit lassen.»

«Fürs Erste reicht es.» Kramer streckte sich. «Heilwasser. Wie abartig.»

«Was?»

Kramer erzählte von der Begegnung mit dem Sektensekretär und seiner Überzeugung, dass dieses Wasser eine heilende Wirkung habe. «Ich denke, ich bin heute Morgen Betrügern auf die Schliche gekommen», beendete er seinen Bericht. «Könntest du die Flasche beschriften und zu den Beweismitteln im Fall Brandleiche stellen?» Kramer hielt inne. «Hast du schon etwas von Dr. Wagner gehört?»

«Nur, dass die Leiche in der Rechtsmedizin angekommen sei – per Helikopter.»

Kramer dachte an die horrende Rechnung. «Kläre doch bitte ab, wann wir mit dem definitiven Bericht rechnen können. Es eilt.»

«Wagner hat mir mitgeteilt, dass er anhand des Gebisses einen Abgleich machen wird. Zudem hat er Hilfe aus Bern angefordert. Dort arbeitet ein Arzt, der sich mit Brandleichen besser auskennt als er.»

* * *

Kramer kehrte früher als beabsichtigt nach Hause zurück. Isabelle döste auf dem Liegestuhl. Obwohl sie im Schatten lag, war ihre Haut bereits tief gebräunt. Es stand ihr ausnehmend gut.

Als Kramer sich ihr näherte, schlug sie die Augen auf. «Du bist früh dran. Wie geht es dir?»

«Als ob mein verfrühtes Eintreffen irgendeinen Aufschluss über meine Gesundheit gäbe.» Kramer beugte sich über sie und drückte ihr einen Kuss auf die Wange. «Nicht besonders. Ich hatte einen anstrengenden Tag. Zudem habe ich noch nicht einmal Zeit gefunden, etwas Anständiges zu essen. Aber bei dieser Hitze bringt man sowieso kaum etwas runter.»

«Ich könnte heute Fisch grillen.» Isabelle stellte mit Schwung die Beine auf den Boden und erhob sich.

«Fisch?» Kramer ging kurz ins Haus und holte sich aus dem Kühlschrank ein kaltes Mineralwasser, kam wieder zurück.

Isabelle hatte sich vom Stuhl gelöst und tänzelte nun um ihren Mann herum. «Hast du am Abend des zweiten August etwas vor?»

Kramer öffnete den Verschluss der Flasche. «Du meinst am ersten August, am Nationalfeiertag?»

«Du hast schon richtig gehört. Am zweiten August.»

«Es kommt ganz darauf an, wie weit wir dann mit unserem Fall sein werden. Hast *du* etwas vor?»

Isabelle druckste herum.

«Was ist?» Kramer setzte die Flasche an, ohne seine Frau aus den Augen zu lassen.

«Ich treffe mich mit den Frauen auf dem Sonnenberg.»

Er hätte sich beinahe verschluckt. «Zum Picknick?»

«Wir feiern Lammas.»

«Lammas», wiederholte Kramer, war aber nicht bei der Sache.

«Das ist eine Art Erntedankfest bei den Kelten.» Sie schlich jetzt um ihn herum wie eine Raubkatze.

«Aha. Erntedank Anfang August. Die sind auch in jedem Jahr früher dran.»

«Hörst du mir überhaupt zu? Ich sagte eine *Art* Erntedankfest. Ein keltisches …»

«Das darf doch nicht wahr sein!» Kramer fuchtelte plötzlich mit der Mineralwasserflasche vor Isabelles Gesicht umher. «Du, ich habe für heute genug von solcher Scharlatanerie. Es reicht!»

Isabelle wich erschrocken zurück. «Was ist denn in dich gefahren?» Sie stand mit hängenden Armen da, sah ihn an. «Entschuldige. Ich habe vergessen, dass du einen anstrengenden Tag hinter dir hast. Seid ihr weitergekommen?»

«Im Moment habe ich das Gefühl, dass ich von vergeistigten Leuten nur so belagert werde. Vielleicht muss ich es der Hitze zuschreiben. Die bringt wohl alle ziemlich durcheinander.» Er beruhigte sich ein wenig. «Sag mal, sagt dir der Name ‹Lux Aeterna› etwas?»

«Keine Ahnung. Ist das eine Musikgruppe?»

«Eine Sekte.»

«Aha. Und jetzt willst du mein Frauentreffen mit einer Sekte in Verbindung bringen?»

«Überhaupt nicht. Warum nimmst du so etwas immer persönlich? Ich hatte heute eine außergewöhnliche Begegnung auf Rigi Klösterli. Ich wollte nur deine Meinung hören.»

«Entschuldige …»

Kramer schwieg. Entweder lag es an ihm, dass sich heute keine richtige Konversation entwickeln wollte, oder an Isabelle, die ihn mit ihren Entschuldigungen allmählich nervte.

«Was ist mit dieser Sekte?» Offenbar nahm es sie doch wunder.

«Ich hatte das Vergnügen, mich mit dem Sekretär des ‹Meisters› zu unterhalten. Ein komischer Vogel. Die Sekte hat ein ganzes Haus gemietet. Zweimal pro Monat veranstalten sie eine Zeremonie für ihre Mitglieder. Das erinnert mich an diese Arielle.»

«Die rosarote Göttin.» Isabelle konnte sich ein Lachen nicht verkneifen. «Die hat sich ins Ausland abgesetzt, nachdem sie ein Vermögen erwirtschaftet hatte.»

«Es erstaunt mich immer wieder, wie ein annehmbar normaler Bürger sich auf so etwas einlassen kann. Ich meine, Arielle hatte damals Leute aus der Wirtschaft angelockt. Man kann also davon ausgehen, dass es relativ intelligente Zeitgenossen waren.»

«Der Mensch als ewig Suchender. Im Gegensatz zu früher kann heute jeder auswählen, wen er anbeten möchte, ohne gleich ins Fegefeuer zu kommen. Das ist modernes Heidentum.»

Kramer schniefte. «Und die Kelten, waren das nicht auch Heiden?»

«Du greifst mich also schon wieder an.» Isabelle sah ihren Mann mit blitzenden Augen an. «Man kann nicht alles, was nicht christlich ist, in denselben Topf werfen.»

«Du glaubst, es gibt auch gute Sekten?»

Isabelle wandte sich ab und ging. «Ich werde dann mal den Fisch auf den Grill hauen.» Dann blieb sie kurz stehen und drehte sich noch einmal um. «Für dich gibt's eine Bratwurst.»

Freitag, 18. Juli

Um halb acht betrat Kramer das Polizeikommando. Beim Eingang wurde er gleich von einer jungen Frau in Beschlag genommen.

Lederjacke und Kampfstiefel dominierten. Draußen kollabierten Leute aufgrund der Hitze, und sie trat mit diesem Outfit auf. Heute allerdings trug sie unter der Jacke nichts als einen schwarzen Büstenhalter, was ihr etwas Verruchtes, gar Vulgäres verlieh. Ihre Hotpants waren kürzer als erlaubt. Braun gebrannte, sehnige Beine zogen die Blicke fast zwangsläufig an. Für Kramers Geschmack war sie etwas zu burschikos – und zu vorlaut.

Doch diese Charaktereigenschaften hatten sie weiter als alle anderen gebracht. Tanja Pitzer, Journalistin der Schweizer Boulevardzeitung, war nicht nur schlau, sondern auch schnell. Sie hörte die Spatzen Neuigkeiten von den Dächern pfeifen, während alle ihre Kollegen noch schliefen. Man hatte ihr mehrmals einen besser bezahlten Job angeboten. Doch das interessierte sie nicht. Solange sie in ihrem Heimatkanton für heiße Köpfe sorgen konnte, fühlte sie sich wohl an ihrem Arbeitsplatz. Nebst ihrer schnellen Auffassungsgabe war sie mit einer unglaublichen Fantasie gesegnet, was die Objektivität ihrer Artikel manchmal fraglich erscheinen ließ. Wäre sie nicht bei der Zeitung gelandet, wäre sie Schriftstellerin geworden, hatte sie sich einmal zu einer Frage der Konkurrenz geäußert. Es wurde gemunkelt, dass sie seit Kurzem in einem renommierten Schweizer Verlag mit freier Mitarbeit ein Zusatzgeld verdiente – als Ghostwriterin. Da Tanja sich jedoch weder über Facebook noch sonst über ein soziales Netzwerk hervortat, blieb es bei den Spekulationen.

Sie stellte sich kampfbereit vor Kramer auf und verhinderte damit, dass er den Aufzug, der soeben angehalten hatte, betreten konnte. «Herr Kramer, ich hoffe, Sie haben sich nach Ihrem letzten Krankenhausaufenthalt gut erholt», begrüßte sie ihn mit der Feinfühligkeit eines Eisklotzes.

«Das ist schon lange her.» Kramer strich sich nervös über die Stirn und konnte es nicht unterlassen, ihr ungeniert auf die Brüste zu starren. «Und Sie haben bestimmt einen Bühnenauftritt, so, wie Sie daherkommen.»

«Provoziert es Sie?» Sie klimperte mit den Wimpern. Der schwarze Kajal hatte sich an ihrem linken Augenrand verflüssigt. Sie sah dadurch etwas lädiert aus.

«Mit diesem Auftritt müssen Sie sich nicht wundern, wenn Sie angebaggert werden.»

«Provokation, lieber Herr Kramer, ist die Quintessenz der Bemühungen, sein Gegenüber kennenzulernen. Die Reaktion darauf ergibt ein wunderbares Bild. Zweites Semester Psychologiestudium.» Sie spitzte ihre Lippen. «Wussten Sie das?»

«Das ist tatsächlich erfunden.» Er grinste. Das passte zu Tanja. Kramer wusste nie, woran er bei ihr war. Sie konnte todernst über etwas Erfundenes reden oder schmunzelnd über eine wahre Begebenheit.

Der Aufzug hielt zum zweiten Mal. Die Tür glitt auf. Tanja stellte sich in die Kabine. «Was ist auf der Rigi geschehen? Ein Ritualmord?»

Kramer sah auf die Armbanduhr. «In zwanzig Minuten beginnt die Pressekonferenz. Sie dürfen dort gern Ihre Fragen stellen. Unser Pressesprecher Marc Furrer wird sie beantworten.»

«Herr Kramer, Sie müssten mich mittlerweile besser kennen. Die allgemeinen Ausführungen interessieren mich nicht. Ich will fundierte Informationen. Etwas, das Hand und Fuß hat. Sie sind meine Quelle. Oder haben Sie schon vergessen, dass ich bei Ihrem letzten Fall mitgeholfen habe?»

«Ich lasse mich nicht erpressen.» Kramer drückte den Knopf zu seiner Etage. «Und ehrlich gesagt, habe ich jetzt keine Zeit, mir Ihre Geschichten anzuhören. Tun Sie Ihren Job, ich tue meinen.»

«Wie lange kennen wir uns schon?» Tanja lehnte sich mit dem Rücken an die Wand der Aufzugskabine und zog das linke Knie an. «Es wäre an der Zeit, das Kriegsbeil zu begraben.»

Kramer musste sich räuspern. Er wäre kein Mann gewesen, wenn der verheißungsvolle Blick auf die Beine nichts bewirkt hätte. «Das sagen ausgerechnet Sie.»

«Ich bin mir sicher, dass eine gute Zusammenarbeit von großem Nutzen wäre.»

Der Aufzug stoppte. Kramer verließ ihn als Erster und eilte mit weit ausholenden Schritten zu seinem Büro. Eine Zusammenarbeit? Vielleicht hätte es sich gelohnt, darüber nachzudenken. Er verwarf den Gedanken jedoch gleich wieder. Er hatte kaum aufgeschlossen, als Tanja auch schon im Raum stand.

Sie peilte einen Stuhl an und ließ sich darauf fallen. «Ich weiß doch, was auf der Rigi läuft – auf dem Klösterli, um es genauer zu sagen. Die Bewohner dort treibt die Angst um. Sie getrauen sich nachts nicht mehr vor die Tür, seit dieser komische Kauz dort oben haust. Ich wollte inkognito vor Ort recherchieren – als Hilfesuchende sozusagen. Aber dieser Ruprecht ist zu dem Schluss gekommen, dass meine Energien zu stark wären, um Mitglied zu werden, und hat mich ausgemustert. Wenn sein Chef davon erfährt, wie er seine Klientel akquiriert, wirft der ihn sicher hochkant aus dem Verein. Ich konnte mir zumindest ein Bild davon machen, auf welche Gattung Mensch sie es abgesehen haben. Die Labilen sind ein gefundenes Fressen. Die würden sogar ihr letztes Hemd hergeben, um in diesen Glaubenszirkel aufgenommen zu werden. Aber den Hauptakteur habe ich noch nie zu Gesicht bekommen. Muss sich wohl für etwas sehr Wichtiges halten. Das ist doch verdächtig.»

Kramer erwähnte in keinem Wort, dass er Lux Aeterna bereits besucht hatte. Tanja würde mit ihrer Fragerei nicht mehr aufhören. Andererseits hätte er gern mehr von ihr erfahren. Offenbar hatte sie dort oben schon Fuß gefasst, was das Einholen von Informationen betraf. Aber auch diesbezüglich stellte er keine Fragen. Er hatte Elsbeth damit beauftragt, in den Archiven nach Zeitungsberichten zu forschen, in denen die Sekte Thema gewesen war. Es galt jetzt, objektiv zu bleiben, was den Mord auf der Rigi betraf. Falsche Verdächtigungen würden den Blick auf die wahren Motive und Indizien nur verschleiern.

Nervös blickte er auf die Uhr. «Wenn Sie der Pressekonferenz beiwohnen wollen, müssen Sie sich jetzt nach unten begeben. Es ist gleich acht Uhr.»

«Und Sie kommen nicht mit?»

«Nein.»

«Herr Kramer.» Tanja klang jetzt überaus freundlich. «Wir beide wissen, dass die Pressekonferenz einen Einheitsbrei in den Zeitungen zur Folge hat. Die sitzen da mit ihren Kameras und Aufnahmegeräten und liefern sich einen Wettbewerb in Bild- und Tonqualität. Die Informationen werden nur halbherzig weitergegeben. Guter Journalismus ist rar geworden. Was Sie brauchen, ist die logische Folgerung von dem, was wir wissen. Darin liegt meine Stärke. Ich hinterfrage die Dinge. Ich provoziere die Leser und sensibilisiere sie.»

«Da haben Sie recht. Und anderntags müssen wir uns mit Leuten abgeben, die sich als nutzlose Möchtegernzeugen hervortun. Nein, danke. Gehen Sie jetzt ins Erdgeschoss und hören Sie sich an, was unser Medienmann zu berichten hat. Sie genießen keine Bevorteilung, wenn Sie verstehen, was ich meine.«

«Ist das Ihr letztes Wort?»

«Mit Nachdruck, ja, das war mein letztes Wort. Auf Wiedersehen.» Kramer hielt die Tür auf.

«Das werden Sie noch bereuen.» Tanja strafte Kramer mit einem verächtlichen Blick. «Ich werde weiterrecherchieren, aber auf meine Art.» Dann rauschte sie davon.

Kramer sah ihr nach. Verdammt! Sie hatte wirklich tolle Beine. Aber das war dann auch schon alles.

Dann ging er ins Büro zurück und entdeckte erst jetzt die Notiz auf seinem Pult. Wagner hatte ihn gesucht. Kramer wusste, was dies hieß. Er würde nach Zürich in die Rechtsmedizin fahren müssen. Nicht unbedingt das, wonach er sich sehnte. Es war zwar nicht das erste Mal, dass er einer Sektion beiwohnen würde. Aber Gewohnheit war etwas anderes.

Der Griff zum Telefon, ein kurzes Gespräch mit Wagner. Es gab noch ein paar offene Fragen, die der Gerichtsmediziner geklärt haben wollte. «Ich kann es Ihnen nicht verübeln, wenn Sie nicht dabei sein wollen. Aber es wäre mir recht, wenn wir den Autopsiebericht vor Ort ansehen könnten. Ich rechne damit, dass ich ihn in zwei Tagen vorliegen habe.»

Sie verabredeten sich für den Montag. Danach rief er in der Praxis von Dr. Julia Blum an. Er ließ ihr ausrichten, dass er sie um halb eins im Hotel Schweizerhof erwartete.

Nach einem kurzen Klopfen erschien Lucille unter dem Türrahmen. «Kann ich dich sprechen, oder musst du zur Medienkonferenz?»

«Ich habe Bartolini damit beauftragt. Zudem wird auch Galliker anwesend sein. Was gibt's?»

«Ich habe die Vermisstenmeldung von Livia Langendorf weitergeleitet. Sie wird morgen schweizweit an die einschlägigen Medien gelangen. Aber ich habe noch etwas gefunden. Vor zwei Jahren gab es schon mal eine Entführung, die allerdings nie aufgeklärt wurde. Es handelte sich damals um die achtzehnjährige Bettina Hunkeler. Sie war zusammen mit ihrem Freund im Gigeliwald oberhalb Kriens unterwegs. Ihr Freund hat später ausgesagt, dass sie auf der Hinfahrt ein dunkler Wagen verfolgt habe. Dem hätten sie jedoch keine große Bedeutung zugemessen. Ein verliebtes Paar, das anderes im Kopf hatte. Auf einer Waldlichtung sei er, der junge Mann, dann niedergeschlagen worden. Als er wieder aufwachte, sei die Freundin verschwunden gewesen. Die Polizei ist damals zu keinem Ergebnis gekommen. Trotz akribischer Spurensuche. Die Sache hat Jörg Sidler bearbeitet. Gemäß Akten wurde der Fall aber als nicht gelöst ad acta gelegt.»

«Bei Sidler verwundert mich das nicht», sagte Kramer mehr zu sich selbst. «Er muss die Akten irgendwo verlegt haben. Ich kann mich nämlich nicht an den Fall erinnern, obwohl ich Sidlers Erbe im letzten Dezember durchgeackert habe. Wahrscheinlich war da eine andere Abteilung dran.»

«Wir sollten die Angelegenheit vielleicht neu aufrollen. Es könnte ja sein, dass es Parallelen gibt zum Verschwinden von Livia Langendorf.»

«Kannst du mir die Unterlagen bringen? Und alles, was du dazu findest?» Kramer zögerte. «Du erinnerst mich daran, dass wir die beiden Mädchen, die die Leiche auf dem Rotstock entdeckt haben, noch befragen sollten. Den Bericht dazu findest du in deinen Mails.»

«Und wann gedenkst du, die beiden Zeuginnen zu befragen?»

«Das ist dein Job. Wenn du's nicht auf die Reihe kriegst, kannst du Elsbeth zu Hilfe bitten.»

Lucille setzte ein vielsagendes Lächeln auf. «Das wird auch langsam Zeit, dass du dich den wesentlichen Dingen widmest.»

«Allmählich gewöhne ich mich daran.» Kramer verschwieg, dass er sich überhaupt noch nicht daran gewöhnt hatte. Seit November letzten Jahres war er Chef seiner Abteilung. Sein Platz war das Büro, von wo aus er delegierte. Doch in ihm schlug noch immer das Herz des Ermittlers. Solange der Chef der Kripo ihm nicht andauernd auf die Füße trat, funktionierte der Spagat zwischen Büro und Außendienst ganz gut. Während der Sommerferien, in denen viele aus der Abteilung abwesend waren – so auch Marc Linder – fielen Kramers Einsätze niemandem auf. Doch auf die Dauer würde er diese Doppelbelastung nicht durchhalten. Er wusste, dass er auf etwas Ungewisses zusteuerte, das sich mit seiner Arbeit nicht vereinbaren ließ.

Manchmal fragte er sich, warum er sich hatte befördern lassen. Es war nicht üblich, dass es jemand, der von der IT-

Branche kam, bis zum Chef des Ermittlungsdienstes schaffte. In der Regel waren es Juristen. Manchmal fehlte ihm genau diese Unverfrorenheit, die ein Jurist mitbrachte. Das Talent, Emotionen unter dem Deckmantel der Paragrafen zu verstecken. Kramer stand sich manchmal selbst im Weg. Irgendwann würde er die Konsequenzen tragen müssen. Er wartete auf den Tag, an dem Marc Linder ihn suspendierte, weil er in seinem Job nicht mehr tragbar war.

* * *

Überdimensionierte Sonnenschirme in einem hellen Farbton überdeckten die Terrasse am Schweizerhofquai. Kramer musste sich gedulden, bis ein Kellner auf ihn zukam. Der bedauerte, dass alle Plätze besetzt waren. Die Leute hatten Zuflucht unter den Schirmen gesucht. Die Schattenplätze waren rar geworden. Einige Gäste saßen vor schmackhaft aussehenden Salattellern, andere vor eisgekühlten Getränken.

Der Vierwaldstättersee war mit Booten, Pedalos und neuartigen Wasserfahrzeugen bedeckt. Das Gehupe der Linienschiffe, die sich durch diesen Mix aus Menschen und Kunststoff einen Weg bahnen mussten, drang weit über die Luzerner Seebucht hinweg. Das Kunst- und Kongresshaus gegenüber ragte wie ein Hangar über dem Europaplatz auf. Kramer empfand das Gebäude als Bausünde. Aber seine Meinung war nicht relevant. Umso mehr gefiel ihm das

Hotel Schweizerhof, in das er immer wieder gern einkehrte. Er mochte die großzügig konzipierte Eingangshalle mit den von Stuckaturen verzierten Säulen und Decken. Hier konnte er in längst vergangenen Zeiten schwelgen – je älter er wurde, desto mehr.

Julia traf mit Verspätung ein, da stand Kramer immer noch. Mittlerweile glotzten ihn ein paar Gäste an, als hätte er die Pest.

«Noch keinen Platz? Du hättest vielleicht reservieren sollen.» Julia schien außer Atem und machte keinen Hehl daraus, dass sie heftig transpirierte. Sie trug einen knielangen geblümten Rock und eine grüne Bluse. Die Ringe unter den Armen waren kaum zu verbergen. «Nicht nur die Temperaturen spielen verrückt», sagte sie, als sie Kramers Blicke einfing, und ließ die Zweideutigkeit der Worte lange nachwirken. «Ich hatte tatsächlich eine Patientin während deines Anrufs. Frau Wehrmüller weiß genau, dass sie mich dann nicht stören sollte.»

«Mit einigen wenigen Ausnahmen», schmunzelte Kramer. «Ich nehme an, ich gehöre auch dazu.»

Julia lachte. «Hier gibt's kein Plätzchen für uns, ist das richtig?» Sie schätzte die Situation kurz ab. «Drinnen möchte ich nicht essen. Das wäre schade, jetzt, wo es einmal über längere Zeit schön ist in Luzern. Aber wir könnten ins National gehen. Ich kenne dort den Kellner gut. Zudem ist es dort um einiges ruhiger als hier, und die Abgase betäuben dich auch nicht. Wollen wir?»

«Was bleibt mir anderes übrig?»

Kramer folgte Julia, die sich über drei Treppenstufen auf den Gehsteig begeben hatte. Ein Trolleybus rauschte vorbei und hüllte sie in Straßenstaub. Sie folgten dem Schweizerhofquai bis zur Kreuzung Zürichstrasse und überquerten dort den Zebrastreifen, schlugen den Weg zum See ein und gingen ein paar Meter, bis sie das Hotel National erreichten. Hinter üppigen Buchsbäumen und unter hellen Sonnenschirmen waren die Tische weiß aufgedeckt.

«Edel», bemerkte Kramer. «Du meinst, wir können da auch etwas Kleines essen?» Er hatte schon von diesem Restaurant gehört und dass ein Sternekoch dort exquisite Speisen zubereitete. Das Erste, woran Kramer dachte, war die Frage, womit er ein Essen mit Julia bezahlen sollte.

Julia musste seine Gedanken gelesen haben, denn sie lud ihn spontan ein, was ihm dagegen nun auch nicht recht war. «Jetzt stell dich nicht so an. Wir haben etwas zu feiern. Heute vor einem halben Jahr habe ich meine Praxis eröffnet.» Sie wandte sich an den Kellner, den sie offensichtlich gut kannte. Sie küssten sich in typisch schweizerischer Manier – dreimal auf die Wangen.

«Julia, schön dich hier zu sehen.»

«Das ist Frank Weller», stellte Julia den Mann vor. «Frank, das ist Thomas Kramer von der Kripo Luzern.» Das Nennen seines Rangs unterließ sie. «Können wir hier ungestört etwas essen?»

«Vorne oder an der Wand?»

«Hinten wäre optimal.» Julia zwinkerte Kramer einvernehmlich zu.

Sie setzten sich in die Nähe eines älteren Paares, das schweigend seine Suppe löffelte. Die beiden sahen nur kurz auf, erwiderten den Gruß nicht.

Julia schnappte sich den Stuhl an der Wand.

Kramer schwang sich ihr gegenüber auf den Sitz. «Woher kennst du ihn?» Er nickte Richtung Frank Weller, als dieser ihnen den Rücken zugedreht hatte. «Ich schätze ihn älter ein als mich.»

Julia unterdrückte ein Lachen. «Älter, aber irgendwie auch sportlicher.» Sie warf einen amüsierten Blick auf Kramers Figur. «Einmal die Woche fährt er mit dem Rad auf die Rigi. Und sag mal, täusche ich mich, oder hast du zugenommen?»

Als Kramer nichts erwiderte, fuhr sie fort: «Ich verkehre hier oft an der Bar. Eignet sich gut für eine Singlefrau wie mich. Man trifft hier auch die älteren Semester. Wir sind mal ins Gespräch gekommen. Ganz am Anfang stellte er mir den Küchenchef vor. Dieser zauberte mir abends um halb elf ein Menü hin, das mein Herz erwärmte. Seither bin ich hier Stammgast. Und wirklich: Hier isst man wie Gott in Frankreich, und das mit allen Sinnen.»

«Dass du keine Kostverächterin bist, ist ja nichts Neues.» Kramer versuchte zu kontern, was ihm jedoch kläglich misslang. Julia war keine Frau, die man mit einer Anspielung auf ihr Gewicht beleidigen konnte.

Weller nahm die Getränkebestellung auf und verteilte die Menükarten. Julia bestellte einen halben Liter Wasser und Kramer eine Cola.

«Ein Glas Wein?», fragte Weller.

«Was meinst du, Julia?»

«Ich trinke nur abends.»

«Ich auch.» Kramer winkte ab und widmete sich ganz der Menükarte.

«Wir haben auch noch einen wunderbaren Wels. Den könnte ich empfehlen.»

«Hm … das klingt verlockend.» Julia schlug die Seiten der Karte um. «Ein Fisch könnte mich begeistern. Machst du mit?», wandte sie sich an Kramer.

«Du weißt, wie ich es mit den Fischen halte. Ich ziehe das Rindsfilet vor. Medium rare …»

Nachdem der Kellner die Bestellung aufgenommen hatte, sammelte er die Menükarten ein und entfernte sich Richtung Theke.

Julia blickte Kramer in die Augen. «So, und nun mal los. Wo brennt's denn? Grundlos willst du mich nicht sehen, erst recht nicht, wenn du mich aus einer Therapie holst.»

Kramer nickte. «Seit dem letzten Mordfall hüte ich mich, irgendwelche Unterlassungssünden zu begehen. Wir haben wieder einmal eine Vermisste, zudem eine Mutter, die durchdreht, und einen Zeugen, der mir eigentlich einen guten Eindruck macht. Aber bei den Aussagen scheiden sich die Geister.» Kramer erzählte überdies vom Vater der Verschwundenen, und dass er seiner Frau kaum Zeit gelassen hatte, sich selbst zum Verschwinden der gemeinsamen Tochter zu äußern.

Weller kam zurück zum Tisch. Er brachte die Getränke, ein Körbchen mit Brot und etwas Olivenöl.

«Er drückt sie in eine Ecke, weil er ihr nicht zutraut, sich zu wehren.» Julia stibitzte ein Stück von dem Brot. «Oder er befürchtet, dass sie etwas zutage bringt, was für ihn unangenehm ist. Ich nehme an, die Frau besitzt kein großes Selbstbewusstsein.»

«Diesen Eindruck hatte ich auch. Auch körperlich ist sie ihm unterlegen und das nicht nur, weil sie eine Frau ist.»

«Es geht also um diese Vermisste?»

«Nicht in erster Linie. Wir haben ein Mordopfer, genauer gesagt, ein verbranntes. Ich weiß nicht, was ich davon halten soll. Spontan würde ich von einem Ritualmord ausgehen. Das Opfer ist auf eine Art naturbelassenen Altar gelegt und angezündet worden. Wir haben bis jetzt absolut nichts, das uns weiterhilft. Wir können nach ersten Erkenntnissen nur davon ausgehen, dass es sich um eine Frau handelt.»

«Und jetzt möchtest du sicher von mir wissen, welche psychischen Defekte dazu führen können, dass jemand einen Menschen verbrennt.» Julia tunkte ihr Brötchen in Olivenöl. «Verbrennen hat immer damit zu tun, dass wir etwas unwiderruflich auslöschen wollen. Wenn wir Liebesbriefe von Geliebten verbrennen, dann wollen wir sie symbolisch aus der Welt schaffen. Wenn wir jedoch einen Menschen verbrennen, so hat das schwerwiegende pathologische Gründe.»

«Du sprichst darüber, als wäre es tatsächlich eine Möglichkeit», bemerkte Kramer entrüstet. Er griff nach seinem Glas. «Prost!»

«Du vergisst, dass ich diese Möglichkeit mit beruflicher Nüchternheit betrachte. Natürlich ist das keine Ultima Ratio. Der kranken menschlichen Seele ist bekanntlich nichts fremd. Jede Möglichkeit wird in Betracht gezogen – auch die Verbrennung des Gegners. Denke nur an …» Julia hielt abrupt inne.

Kramer sah sie ernst an. «Ich weiß, was du sagen wolltest. Das ist der Beweis für ein krankes Gehirn. Wir wollen das aber nicht thematisieren. Es geht um die Leiche auf Rigi Rotstock. Warum auf dem Berg? Und warum auf einem Altar? Das sieht doch sehr stark nach Opfergabe aus.»

«Gibt es schon Anhaltspunkte?»

«Es gibt da eine Sekte auf Rigi Klösterli. Ihre Anwesenheit ist weder auf Klösterli noch auf Rigi Kulm erwünscht. Es kursiert das Gerücht, dass ihr Meister sich an jungen Frauen vergreift.»

«Das ewige Mysterium Frau. Und der Mann, der seine Macht ausübt und dies in erster Linie mit der sexuellen Unterwerfung der Frau. Opfer ist immer die- oder derjenige, die oder der penetriert wird.»

Das ältere Ehepaar am Nebentisch warf Julia einen neugierigen Blick zu. Danach wurde getuschelt.

Julia beugte sich über den Tisch. «Wenn es diese Sekte wirklich gibt», flüsterte sie, «solltest du ein Auge auf sie haben. Bestrafung durch Verbrennung – das könnte ein Motiv sein. Hast du den Anführer schon persönlich kennengelernt?»

«Nein, es scheint, als würde er nur seine Lakaien für sich sprechen lassen.»

«Aha, und durch das Nichterscheinen wirkt er natürlich stark. Solche Sekten sind meistens sexuell motiviert. Diese ‹Meister› lassen sich die Frauen von den Mitgliedern bringen – als eine Art Ehrerbietung.»

«Ich habe vor, heute Abend nach Rigi Klösterli zu fahren. Lux Aeterna hat dort eine ihrer Veranstaltungen. Vielleicht begleitest du mich ja. Ich brauche deine Hilfe. Bestimmt hast du Erfahrung in solchen Dingen.»

«Du Schmeichler.» Julia lachte dunkel. «Es wird mir ein Vergnügen sein.»

Als der Wels und das Rindsfilet aufgetragen wurden, war das Thema für eine Zeit vom Tisch. Dann standen Julias berufliche Ambitionen an. Ihre Praxis florierte recht gut, wie sie durchblicken ließ. Sie meinte jedoch, sie könne sich nicht vorstellen, bis an ihr Lebensende dort zu arbeiten. Irgendwann würde sie noch eine Weltreise machen. Sie wolle nicht damit zuwarten, bis sie pensioniert sei oder sich später Vorwürfe machen müssen, weil sie im Leben vieles versäumt hatte. Dann erzählte sie von den Reisen, die sie schon unternommen hatte. Peru habe ihr sehr gefallen. Dort sei sie allein unterwegs gewesen. Machu Picchu müsse man einfach gesehen haben, den Titicacasee und den Altiplano in den Anden.

Bis zur Nachspeise leerten sie dann doch noch eine ganze Flasche Weißwein und schwelgten in Erinnerungen an die alten Tage, als sie gemeinsam das Gymnasium am Alpenquai besuchten.

* * *

Die beiden Mädchen, die die Brandleiche auf dem Rotstock entdeckt hatten, waren jetzt eingetroffen. Sie saßen Lucille gegenüber am Pult und hatten abgesehen von der Begrüßung noch kein Wort gesprochen. Auffallend an ihnen war, dass sie beide die gleiche Bekleidung trugen: kurze rote Hosen, weiße Tops. Ihre blonden Haare hatten sie zu einem Chignon hochgesteckt. Beide hatten ihre Uhr am rechten Handgelenk. Als müssten sie der Welt beweisen, dass sie zueinander gehörten.

Lucille montierte den Stimmenrekorder. Sie drückte die Sprechtaste und sprach Ort und Datum darauf. Die Gegenwart dieser Mädchen machte sie nervös. Sie wusste nicht recht, wie sie mit ihnen umgehen sollte, ohne sie mit ihren Fragen zu schockieren. Flavia Braun, die Polizeipsychologin, hatte durchblicken lassen, dass die jungen Frauen ein bisschen kompliziert waren.

Am besten, sie fing einfach mal an. «Mein Name ist Lucille Mathieu. Ich führe die Befragung zum Fall Rigi Rotstock. Mir gegenüber sitzen die beiden Schwestern Melinda und Lisa Kupferschmid.» Sie wandte sich an die ältere der beiden. «Melinda, Sie haben die Leiche zuerst entdeckt.»

Melinda nickte, wobei sie ihre Schwester nicht aus den Augen ließ.

«Was ging Ihnen da als Erstes durch den Kopf?»

«Gar nichts … das heißt … ich war so erschrocken, dass ich geschrien habe.»

«Was haben Sie als Erstes wahrgenommen?»

«Na, die Leiche auf dem Stein.»

Lucille wusste von Kramer, dass der verbrannte Körper auf den ersten Blick nicht wirklich wie ein Mensch ausgesehen hatte. «Was taten Sie dann?»

«Meine Schwester sah sie dann auch.» Melinda wandte sich an Lisa. «Du hast sie doch auch gesehen, nicht wahr?» Sie knetete ihre Fingerknöchel.

Lisa nickte mit gesenkten Augenlidern.

Lucille vermutete, dass sie so nicht weiterkam. Freiwillig würden die jungen Frauen nichts sagen. Entweder hatten sie Angst, oder sie waren von Natur aus scheu. Lucille erinnerte sich an ihr letztes Jahr als Primarlehrerin. Ihre Klasse war die sechste gewesen. Alles mehr oder weniger Halbwüchsige, die sie manchmal bis aufs Blut provoziert hatten. Eine Frage – eine Antwort. So, als hätten sich die Schüler untereinander abgesprochen, nicht mehr zu sagen als unbedingt notwendig. Lucille atmete tief ein und schlug einen harscheren Ton an. «Wann trafen Sie auf der Rigi ein?»

Endlich kam Bewegung in die beiden. «Am Mittwoch, dem 16. Juli. Wir fuhren viertel nach vier von Vitznau aus auf Rigi Kulm.» Melinda sah Lucille eindringlich an. «Die Bahn war auch am Nachmittag noch voller Touris.»

«Ist Ihnen irgendetwas aufgefallen?»

«Nein, eigentlich nicht …»

«Da waren doch diese Frauen.» Lisa suchte den Blickkontakt mit ihrer Schwester. «Erinnerst du dich? Wir haben noch gelacht über sie.»

«Was für Frauen?»

«Komische eben.» Melinda rang sich zu einem Lächeln durch. «Sie trugen so Gewänder, die aussahen wie …»

«… wie im Mittelalter», ergänzte Lisa.

«Ja, und sie hatten Körbe dabei. Körbe voller Kräuter und so Zeugs …», bestätigte Melinda.

«Wohin fuhren diese Frauen?»

«Bis zum Kulm.»

«Haben Sie sie später noch einmal gesehen?»

Melinda verneinte.

«Doch, die kehrten dann zur Bergstation zurück. Aber von dort aus gingen sie zu Fuß runter», präzisierte Lisa wieder einmal.

Lucille ließ eine Minute schweigend verstreichen. Sollte sie hier weiterbohren? Waren diese Frauen überhaupt relevant? Doch dann kam ihr in den Sinn, dass sie schon einmal Thema gewesen waren. «Erinnern Sie sich, wie viele Frauen das waren?»

«Keine Ahnung. Zehn? Zwölf?» Melinda hob die Schultern.

«Und wie alt waren sie ungefähr?»

«Sehr alt», meinte Lisa.

«Ja, alt, so um die fünfzig schätzungsweise», fügte Melinda hinzu.

«Ist Ihnen sonst noch etwas aufgefallen?»

«Nein!», sagte Lisa.

«Doch.» Melinda wandte sich an ihre Schwester. «Die Männer dieses Gesangsvereins.»

«Sie meinen diesen Jodler-Club?»

«Die hatten am Abend ziemlich was gebechert und meinten, uns mit ihren wüsten Witzen ärgern zu müssen», ereiferte sich Melinda. «Zwei von denen haben uns sogar begrapscht.»

«Ja, aber meine Schwester hat gleich Ohrfeigen ausgeteilt. Die waren so betrunken, dass sie nicht wussten, was sie da taten», beschwichtigte Lisa.

Lucille brach hier die Befragung ab. Aus Erfahrung wusste sie, dass sie so nicht weiterkam. Die neu gewonnenen Erkenntnisse bewegten sich zwischen vage und nicht sehr aufschlussreich. Das Bemerkenswerteste schien noch diese sonderbare Frauengruppe zu sein. Vielleicht mussten sie dort ansetzen.

Die Rigi barg ihre Geheimnisse. Vor allem in den milden Sommernächten krochen dort so manche Gestalten aus ihren Löchern. Lucille wusste von Naturliebhabern, die tagelang durch die Wälder streiften und sich nachts in den verborgenen Nischen urzeitlicher Felsgebilde einnisteten, wo sie ihre Andersartigkeit auslebten. Oder von den Kräuterfrauen, die ihre Kräuter nur in bestimmten Mondnächten pflückten. Oder von sogenannten Halbindianern, die um offene Feuer tanzten und Bäume umarmten. Oder der Schriftsteller, der sich als Mark Twains Nachfolger sah und es doch zu nichts brachte.

Die Welt war voller Verrückter.

* * *

Einundzwanzig Uhr. Die Vorboten der Nacht legten sich allmählich wie graue Gewänder über die Berggipfel und Hügel. Am lila Himmel blinkten die ersten Sterne auf. Mit Einbruch der Dunkelheit funkelten derer viele; der Mond stand hoch. Noch zirpten im hohen Gras die Grillen, die mit dem Untergang der Sonne ihr Konzert angestimmt hatten. Ein später Bussard zog mit rauschenden Schwingen ins Tal.

Auf der Wiese unterhalb des Hauses von Lux Aeterna waren Bankreihen aufgestellt und einzelne Klappstühle. Sie bildeten einen Halbkreis um einen altarähnlichen Gesteinsbrocken. Auf dessen rauer Oberfläche befand sich eine kunstvoll verschnörkelte Skulptur, die sich dem nicht Eingeweihten als ein auf dem Kopf stehendes Kruzifix einprägte. Daneben standen ein Kelch, ein Becher und ein Mikrofon. Ansonsten gab es nichts auf dem Altar. Weder weitere sakrale Gegenstände noch Blumen. Minimalismus oder Bescheidenheit – Kramer konnte sich keinen Reim darauf machen.

Allmählich füllten sich die Bänke mit Menschen. Alle trugen weiße Saris oder weiße Hosen und Hemden und dazu weiße Umhänge. Ein Scheinwerfer leuchtete den Platz beim Altar aus, die Sitzreihen lagen im Dunkeln, in einer geheimnisvollen, mystischen Stimmung, die seit Anbeginn herrschte. Beidseitig waren riesige Boxen aufgestellt, hinter den letzten Bänken Schranken in Form von Pflöcken, die durch Plastikbänder miteinander verbunden waren. Den einzigen Durchgang zum Halbkreis bildete eine Art Tor aus ineinander verflochtenen Zweigen, die an den oberen Enden zusammengebunden waren. Ruprecht stand davor und unterzog die Eintreffenden einer gründlichen Inspektion. Ein Blick auf den linken Oberarm, auf dem ein Nachtfalter tätowiert war, bestätigte ihm die Mitgliedschaft. Einige wenige Schaulustige mussten hinter der Absperrung stehen bleiben. Unter ihnen eine Gruppe Asiaten, die – wie hätte es anders sein können – ihre Handy-Kameras im Anschlag hielten. Links und rechts des Zugangs befanden sich schwarze Kerzenständer, auf denen dicke brennende Kerzen thronten. Das war aber auch das Einzige, was vorläufig zu einer andächtigen Atmosphäre beitrug.

Kramer und Julia hatten sich schon zeitig eingefunden und sich einen etwas erhöhten Platz ausgesucht, einen Felsen, umstanden von Tannen, halbhohen Sträuchern und wilden Blumen. Julia zog sich an einem Ast hoch. Kramer kletterte über dürre Grasbüschel. Oben angekommen, breitete Julia eine Wolldecke aus. Sie setzten sich auf ihren Logenplatz.

«Das ist ja schräg.» Julia deutete auf die Menschenansammlung. «Die sehen aus wie Klone. Bereits der Anblick dieser Gestalten lässt es mir kalt über den Rücken laufen.» Sie zog die Beine an. Anders als üblich hatte sie sich eine leichte Sommerhose angezogen. Ihre Oberweite wurde durch das enganliegende Top noch betont. «Dass das Ganze öffentlich ist, zeugt doch von einem gewissen Mut.»

«Eher Dreistigkeit», widersprach Kramer. «Ich habe die Sekte gegoogelt. Es gibt sie bereits seit sechsundzwanzig Jahren, aber erst seit zwei Jahren halten sie sich hier auf Klösterli auf. Vorher hausten sie im Oberwallis, in der Nähe von Brig.»

«Was war denn der Grund, weshalb sie hierher dislozierten?» Julia öffnete ihre mitgebrachte Tasche und entnahm ihr eine Flasche Mineral.

«Der Pachtvertrag war ausgelaufen. Bei der Gemeinde Goldau wurden sie dann fündig. Das Haus steht unter Denkmalschutz, wie ich erfahren habe.»

«Gibt es Bilder vom Oberhaupt?»

«Nein, wir Normalsterblichen …», Kramer malte Gänsefüßchen in die Luft, «… bekommen ihn wahrscheinlich nicht zu Gesicht.»

«Und deshalb sind wir heute hier», mutmaßte Julia. Sie entnahm ihrer Tasche auch noch ein Diktiergerät.

«Wozu brauchst du das?»

«Ich werde die Zeremonie aufnehmen.»

«Mit dem kleinen Gerät da?»

«Du wirst über die Tonqualität staunen.» Julia schraubte die Flasche auf, setzte sie an den Mund und trank in hektischen Schlucken. «Das Mittagessen heute war nicht ohne, nicht wahr? Du könntest doch einmal mit Isabelle dorthin gehen.»

«Wenn das hier vorbei ist», brummte Kramer.

Die Sitze zu ihren Füßen füllten sich stetig. Als die Bänke fast überquollen, setzten sich ein paar Besucher hinter den Altar an den Hang. Die Dunkelheit hatte die Landschaft schon fest im Griff. Der Mond war in der Zwischenzeit hinter die Tannenspitzen gewandert. Einzig ein Lichtkegel leuchtete den Platz rund um den Altar aus. Nur als Schemen erkennbar bewegten sich die Gestalten dort, wo das Licht nicht hinreichte. Gelächter und Kindergeschrei erfüllten den Platz.

«Wenn ich es nicht besser wüsste, würde ich meinen, die Rigi-Vereinigung würde die Touristen zu einem Open-Air-Theater einladen», scherzte Kramer.

Wie auf Knopfdruck wurde es plötzlich still.

Gleich darauf ging der Scheinwerfer aus, und der Platz hüllte sich in finsteres Nichts. Es schien, als verlöre selbst der Himmel seinen letzten Glanz, und die Dunkelheit fiele wie ein Vorhang nieder. Fluoreszierendes Licht leuchtete jetzt auf. Die Leute in den vordersten Bankreihen begannen weiß zu schimmern.

«Schwarzlicht», flüsterte Julia. «Nur weiße Stoffe und Zähne leuchten dann. Alles andere bleibt dunkel.»

«Es sieht aus wie in einer Neonnacht», spottete Kramer. «Erinnerst du dich an die Disco-Nächte? Da gab es noch dieses Trockeneis. Das scheint hier zu fehlen.»

Julia verdrehte ihre Augen. «Cuba Libre und Marihuana ...»

«Das waren noch Zeiten», seufzte Kramer und sah sich einstweilen in seine Jugendzeit zurückversetzt. In die Zeit am Gymnasium, wo sie sich heimlich zum Kiffen getroffen hatten. Wo die Jungs in verschwiegenen Ecken die ersten Annäherungen an Mädchen gewagt, wo sie ihnen unter den Pullover gegriffen hatten.

Ein kratzendes Geräusch meldete das Einschalten der Lautsprecher an. Eine Glocke ertönte. Dann begann ein Chorgesang, der sich mit dem Klang der Glocke vermischte. In die männlichen Stimmen schoben sich weibliche, ein stetes Auf- und Abklingen. Ein Piano setzte ein. Geige und Cello folgten. Die Melodie schwoll an. Sie schien aus allen Himmelsrichtungen zu kommen.

«Das klingt nach Filmmusik», flüsterte Julia und betätigte das Diktafon. «Zumindest verstehen sie es, die Leute zu fesseln. Musik hat eine nicht unwesentliche Wirkung auf die Stimmung.»

Das, was nun folgte, erinnerte eindeutig an Hollywood. Während die Lautsprecher ob der lauten Musik erbebten, ging zusätzlich ein Raunen durch die Menge. Die weißen

Gestalten erhoben sich. Und dem Altar entstieg gottgleich ein heller Körper in der sich zum Höhepunkt steigernden Symphonie. Es war, als hätte er sich bis zu seinem Einsatz hinter dem Altar versteckt gehalten. Jetzt streckte er die Arme weit von sich, was ihm etwas Erhabenes verlieh. Der Kopf des Wesens, das weniger an einen Menschen denn an einen Geist erinnerte, war von weißen Tüchern verhüllt. Das Gesicht lag unter einer ebenfalls weißen Maske mit Aussparungen für Augen, Mund und Nase; diese blieben schwarz.

«Das ist wirklich filmreif», raunte Kramer. «Und ich wette, es ist ein Mann.»

«Natürlich ist das ein Mann. Frauen kämen nie auf solche abstrusen Ideen.» Julia kicherte. «Entschuldige, aber der hätte doch nun wirklich eine Nomination für den Oskar verdient!»

Der Protagonist dieser Nacht senkte jetzt die Arme. Fast zeitgleich setzte die Musik aus. Die weißen Gestalten ließen sich wieder auf ihren Bänken und Stühlen nieder. Es herrschte eine ehrfürchtige Stimmung. Alle starrten zu ihrem Meister hin – er war es offensichtlich: der große Unbekannte, dem die Polizei bis anhin nichts anhaben konnte.

«Reih rhi dies muraw?» Er begann mit einem Singsang voller unartikulierter Laute. Seine Stimme tönte sonor. Er wiederholte. «Reih rhi dies muraw?»

«Tsi Neretsnif mi chon red, Ttog med negidluh riw. Stchil sed Rednik eid dnis riw. Retsiem red tsib ud», antworteten die Leute in einem monotonen Chorgesang. Es klang wie eine Antwort. Unverständlich, aber stark. Das

Halleluja in einer fremden Sprache, ein Feldgottesdienst mit unbekanntem Ausgang.

Wieder der Meister: «Reih rhi dies muraw?»

«Tsi Neretsnif mi chon red, Ttog med negidluh riw. Stchil sed Rednik eid dnis riw. Retsiem red tsib ud.»

«Verstehst du, was die da singen?» Kramer beugte sich zu Julias Ohr.

«Jetzt weißt du, weshalb ich das aufnehme.»

Kramer versuchte, sich auf die Wörter zu konzentrieren. Aber sie kamen ihm babylonisch vor. Da half auch sein Latein nicht weiter.

Die Leute erhoben sich wieder, während sie den merkwürdigen Gesang wiederholten. Ihre Arme schwangen wellenförmig auf und ab wie die Schwingen eines urzeitlichen Vogels. Sie schienen völlig aufzugehen in der Gegenwart des Meisters.

«Das ist ein Mantra», dozierte Julia. «Sofern man das so nennen kann.» Plötzlich packte sie Kramer am Arm. «Sieh dir das an!»

Unterhalb des Felsens, auf dem sie hockten, kippten die weißen Gestalten gleich reihenweise von ihren Bänken, begleitet von einem Wehklagen, dass es einen fröstelte.

«Was zum Teufel!», entfuhr es Kramer. «Was geht denn hier ab?»

Julia blinzelte. «Die sind in Trance. Wir erleben hier gerade eine Massenhypnose.»

Kramer schüttelte den Kopf. «Wohl eher eine Massenhysterie.»

Die hellen Gewänder schienen sich ineinander zu verschlingen, bis sie zu einem einzigen leuchtenden Knoten wurden.

Kramer schaute Julia an. «Warum fallen wir nicht auch um? Stehen die etwa unter Drogen?»

«Nicht zwangsläufig.»

Sie werden sehen, wozu ein Gläubiger fähig ist, klang es in Kramers Ohren nach. Er war gerade Zeuge von einem sonderbaren Phänomen geworden. Er konzentrierte sich auf den Mann beim Altar. Dieser hatte den Kopf über den Kelch gebeugt. Ob ehrfürchtig oder nur in theatralischer Pose – Kramer konnte es nicht sagen. Der «Meister» griff mit beiden Händen nach dem Kelch, hob ihn an und goss einen Teil des Inhalts in den bereitstehenden Becher. Den Rest leerte er über sich aus, als müsste er beweisen, dass er nicht wasserscheu war. Sein Haupt verfärbte sich dunkel. Das alles geschah wie in Zeitlupe, begleitet von einem nach wie vor monotonen Singsang, der aus dem weißen Knäuel zu kommen schien.

«Der muss aber noch tüchtig üben», spottete Kramer.

«Wieso?»

«Also, das Wasser oder Blut oder die rote Flüssigkeit, oder was auch immer das ist, hätte er sich nun wirklich eleganter über den Kopf gießen können. Da müsste die Regie entschieden intervenieren …»

Julia versetzte ihm einen Hieb in die Seite. «Schsch … die sind noch nicht fertig!»

Plötzlich wurde es unruhig unter den Leuten. Während die letzten beiden Reihen noch auf dem Boden lagen, kam in den vorderen Hektik auf. Jemand schrie gellend, als ein Körper in hohem Bogen auf den Altar zuflog. Kein Vogel – es war ein Mensch. Ein Mädchen? Ein Junge? Oder schon eine junge Frau? Auf jeden Fall ein Fliegengewicht.

«Das darf doch nicht wahr sein!», entfuhr es Julia.

«Ein Trampolin?» Kramer suchte nach einer rationalen Erklärung für dieses Geschehen.

«Nein, da sind ganz eindeutig energetische Mächte im Spiel. Ich frage mich nur, von wem sie ausgehen.»

«Du machst Witze.»

«Nein, das ist brutale Realität», hauchte Julia.

Kramer zweifelte plötzlich an ihrem Verstand. Hatte sie sich etwa anstecken lassen? Von diesen vergeistigten Statisten? Oder trieb sie Schabernack mit ihm?

Doch ihre nächsten Worte beendeten seine hoffnungsvollen Überlegungen. «Südlich von Rom haben sich solche Phänomene gehäuft. Da fliegen Körper einfach so durch die Luft. Ich habe es schon selbst erlebt. Ich war damals in einer Kirche in einem kleinen Dorf in den Abruzzen. Dort allerdings sehen sie es als eine Besessenheit an. Wenn so etwas geschieht, lassen sie den Teufelsaustreiber kommen.»

«Wie im Mittelalter?» Allein schon die Vorstellung trieb Kramer den Schweiß auf die Stirn.

«Exorzismus findet noch heute statt. Das hat mit dem Mittelalter wenig zu tun. Ich hatte erst neulich eine junge

Patientin, die Opfer einer Teufelsaustreibung geworden war, in meiner Praxis.»

«Und? War sie denn vom Teufel besessen?»

«Sie litt unter Schizophrenie. Aber man quälte sie fast zu Tode.»

Wie bitte? Hier in der Schweiz?»

«Ja, leider. Aber du verstehst sicher, dass ich nicht darüber sprechen darf.»

Sie beobachteten beide wieder das Geschehen. Das Opfer, es war eine junge Frau, lag jetzt gekrümmt vor dem Altar. Der Meister half ihr auf die Beine. So heftig, wie sie aufgeschlagen war, hätte sie zumindest verletzt sein müssen. Doch nachdem sie sich erhoben hatte, stand sie demütig vor ihrem Retter, als ob nichts geschehen wäre. Sie senkte den Kopf und wartete offensichtlich darauf, dass er auch sie mit der Flüssigkeit übergoss. Der Mann nahm den Becher und kippte den Inhalt über ihrem Kopf aus. Während die dunkle Flüssigkeit sich über sie ergoss, ließ sie sich auf die Knie fallen. Sie beugte sich vornüber und küsste ihrem Herrn die Füße.

«Reih rhi dies muraw?»

«Tsi Neretsnif mi chon red, Ttog med negidluh riw. Stchil sed Rednik eid dnis riw. Retsiem tsib ud.»

«Retchot eresnu mhi nrefpo riw.» Der Meister nahm die Statue, die einem Kruzifix glich, und fuhr damit dreimal hintereinander über das Haupt der jungen Frau, ohne es wirklich zu berühren.

Kramer musste sich beherrschen, war kurz davor, aufzuspringen. «Und wir schauen diesem Treiben einfach zu!»

«Schsch! Wir können nichts tun», flüsterte Julia. «Aber dieser ‹Meister› weiß, dass auch Leute hier sind, die nicht seinem Zirkel angehören. Er wird mit Sicherheit kein Risiko eingehen und niemandem Grund geben, seine Inszenierungen zu unterbinden. Er ist ein Spinner, aber nicht dumm. Ich stufe seine Jünger und Jüngerinnen als weit gefährlicher ein. In einer solchen Massenveranstaltung werden Energien freigesetzt, die einem Vulkanausbruch gleichkommen. Die Leute hier glauben diesem Typ da vorn. Sie beten ihn an. Sie sind dadurch manipulierbar. Er nutzt das aus. Letztendlich wird es ihm aber um nichts anderes gehen als sich zu bereichern. Hast du dich über ihn erkundigt? Weißt du, was er verdient?»

«Wir haben die Ermittlungen gegen ihn noch nicht aufgenommen. Ich kann ihm nichts, rein gar nichts nachweisen. Das Brandopfer auf dem Rotstock können wir leider noch nicht mit ihm in Verbindung bringen. Aber wenn ich mir das hier so ansehe, läge es nahe.»

«Hat man denn schon herausgefunden, wer der oder die Tote ist?»

«Nein, die Forensiker und der Gerichtsmediziner arbeiten daran. Es könnte länger dauern.»

«Und was ist mit der Vermissten vom Glaubenberg?»

«Um hier eine Verbindung zu sehen, müsste ich die Hintergründe kennen. Doch die Mutter der Vermissten ist etwas von der Rolle. Ich vermute, dass sie uns nicht die Wahrheit sagt.»

Julia runzelte die Stirn. «Aber du vermutest eine Verbindung zu dieser Sekte?»

«Nicht zwangsläufig.»

«Warum sind wir dann hier? Wir befinden uns auf Schwyzer Boden. Wenn es nur um die Sekte gehen würde, wäre doch Schwyz zuständig. Ich kenne dich doch.»

Kramer kratzte sich an der Nase. «Also gut, ich schließe es nicht aus.»

Julia wollte sich erheben. «Wir werden jetzt zurückkehren. Wir können im Moment nichts tun. Ich möchte aber auch nicht auffliegen. Gehen wir, bevor der Hauptharst sich auf den Rückweg macht.»

«Moment mal.» Kramer hielt sie am Arm zurück. Im aufflammenden Scheinwerferlicht konnte er jetzt das Gesicht des sogenannten Meisters klar erkennen. Er hatte seine Maske abgenommen. Ein kurzer Augenblick war es. Eine Sekunde nur, bis das Licht erlosch. «Der kommt mir irgendwie bekannt vor.»

«Wer?» Julia reckte den Hals. «Die sehen doch alle gleich aus.»

«Das Gesicht des Meisters habe ich schon einmal gesehen.»

«Dann sollten wir uns an seine Fersen heften.» Julia erhob sich.

«Nein. Wie gesagt, habe ich keine Befugnis.» Kramer rollte die Wolldecke zusammen. «Hast du das Diktafon?»

Julia hielt es in die Höhe. Kramer griff danach. «Das Gerät ist beschlagnahmt.» Er ignorierte Julias Einwände. «Ich werde es unserer erfinderischen Sekretärin geben.»

«Elsbeth Rotenfluh.» Julia lächelte. «Ich kenne sie. Erinnerst du dich an das Mittagessen im Hotel Schweizerhof? Es liegt Monate zurück. Wir hatten alle ein bisschen zu viel des Guten.»

«Dass du dich immer wieder an unsere Essen erinnerst.» Kramer kraxelte lachend vom Felsen. Dicht auf dicht auch Julia.

Kaum hatten sie wieder Boden unter den Füßen, tippte jemand Kramer auf die Schulter und er drehte sich um.

«Sieh mal an, der Herr Kramer.» Ruprecht baute sich vor ihm auf. Die Blässe seines Gesichts war selbst in der Dunkelheit zu sehen. «Ich hätte nicht gedacht, dass Sie sich für unsere Weihnacht interessieren. Und wie hat es Ihnen gefallen?» Er musterte dabei Julia.

«Das war ganz großes Kino.» Kramer konnte sich die Bemerkung nicht verkneifen. Er wandte sich an seine Begleiterin. «Darf ich vorstellen? Das ist Ruprecht, der Sekretär des Meisters.»

«Lux Ruprecht, sehr erfreut.» Ruprecht verbeugte sich. «Und Sie sind …»

«Dr. Julia Blum, Psychiaterin und Psychologin», kam Kramer ihr zuvor.

«Oh!» Ruprecht gab sich überrascht. Dann suchte er nach Worten. «Mit einem solchen Besuch rechnet man natürlich nicht.» Dann aber fasste er sich wieder. «Ich nehme an, Sie sind zu Studienzwecken hier?»

Julia musterte ihn scharf. «Sie haben es erraten. Ich arbeite gerade an einer Studie über paranormale Aktivitäten. Da kam mir Ihre Aufführung sehr gelegen.»

Kramer staunte immer wieder über Julias Schlagfertigkeit. Auf den Mund gefallen war sie nicht.

«Für Sie mag das, was Sie hier erlebt haben, nicht mit rechten Dingen zugegangen zu sein. Sie können es nennen, wie Sie wollen. Paranormalität oder …», Ruprecht warf Kramer einen Seitenblick zu, «… Hokuspokus. Das ist es doch, was Sie denken. Doch es gibt in unserem Diesseits mehr, als man sich vorstellen kann. Wir sind von Energien umgeben. Denken Sie nur an Gebete, und was sie alles bewirken können. Unser Meister besteht aus geballter Energie. Er ist ein spiritueller Führer. In unserer heutigen Gesellschaft wird Materie angebetet. Geld und Ruhm sind wichtig. Lux Aeterna distanziert sich davon. Es gibt andere Werte. Sie befreien uns letztendlich. Jedes hier anwesende Mitglied hat sich von seinem persönlichen Ballast befreit. Diese Menschen kommen hierher, um etwas Größerem zu huldigen. Sie haben ihre Seelen in dieses Allumfassende gelegt …»

Er hat seine Seele verkauft, erkannte Kramer. Ruprecht blickte zum Altar, wo ein paar Leute begannen, die Utensilien der Feier zusammenzuräumen. Der Meister war irgendwann verschwunden, ebenso die junge Frau. Kramer musste davon ausgehen, dass sie ihre Segnung im Bett fortsetzen würden – mit dem Einverständnis der Mitglieder. Er sah davon ab, genauer nachzufragen.

Samstag, 19. Juli

Blut. Er sah nichts als Blut. Der Meister hatte die junge Frau auf den Altar gelegt, bevor er ihr das blutverschmierte Gewand vom Körper zog. Sie lag vor ihm wie eine geöffnete Blume, während er seinen Rock hob. Sein Phallus erschien riesig, mit brennender Spitze. Dann stieß er zu. Er brach sie auf und ging so tief, dass ihr Torso explodierte. Zuletzt verschwand der Meister in ihr. Wagner, der Gerichtsmediziner, beugte sich über das sonderbare Paar und lachte mit verzerrter Fratze. In seiner rechten Hand glänzten Nadel und Zwirn. Noch bevor er seine Arbeit verrichten konnte, entstiegen dem geöffneten Körper weiße Gestalten. Sie sangen ein schauerliches Lied …

Kramer erwachte von seinem eigenen Schrei. Zumindest glaubte er, geschrien zu haben. Er spürte Isabelles Hand auf seinem Arm und ahnte, dass er es getan hatte: dass er geschrien hatte wie ein kleiner Junge. Er schlug die Augen auf und hatte Mühe, sich zu orientieren. Auf dem Nachttisch zeigte der digitale Wecker halb fünf an. Im Zimmer war es fast unerträglich heiß.

«Wo bist denn du in deinen Träumen?» Isabelle sprach beruhigend auf ihn ein. Dann erhob sie sich. «Ich hole dir am besten ein Glas Wasser.» Sie schritt zur Tür, öffnete diese und verschwand über die Treppe in den unteren Stock.

Kramer griff sich an die Stirn, die sich kühl anfühlte. Solche Albträume hatten ihn auch im letzten November gequält. Es bedeutete, dass er die Eindrücke des Tages nur schwer verarbeiten konnte. Er setzte sich auf. Die Nacht vor dem Fenster verabschiedete sich langsam und machte einem Silberstreifen Platz. Auf der Tanne neben dem Haus jubilierte eine Amsel und begrüßte den Tag. Es war zu früh, um aufzustehen, nachdem er so spät nach Hause gekommen war. Trotzdem war ihm nicht mehr nach Schlafen zumute.

Isabelle kam zurück. Sie setzte sich neben ihn auf das Bett und hielt ihm eine ganze Wasserflasche hin. «Muss ich mir Sorgen machen?»

Kramer stieß die Flasche von sich. «Kein Heilwasser!»

«Das ist normales Mineralwasser.» Zwischen Isabelles Augen erschien eine tiefe Furche. Sie legte eine Hand an die Wange ihres Mannes. «Kein Fieber. Kannst du mir erklären, was los ist?»

Kramer schüttelte den Kopf. «Dieser Sommer ist eine einzige Zumutung.» Dann brach es aus ihm heraus. Die frühe Morgenstunde hinderte ihn nicht daran, Isabelle die merkwürdigen Vorkommnisse auf Rigi Klösterli zu schildern. Er begriff, dass kein ähnliches Ereignis zuvor ihn dermaßen durcheinandergebracht hatte, dass es ihn sogar bis in die Träume verfolgte. «Da wird großes Welttheater inszeniert. Die Anführer dieser Sekte haben es faustdick hinter den Ohren. Und ich kann ihnen nichts nachweisen. Und zudem beschleicht mich das Gefühl, dass sie etwas mit der Brandleiche auf dem Rotstock zu tun haben.» Kramer griff nun doch nach der Flasche. «Ich werde ins Büro fahren. An Schlaf ist nicht mehr zu denken. Vielleicht hilft mir die Arbeit, diese abstrusen Gedanken in den Griff zu bekommen.»

Isabelle konnte ihrem Mann nicht ganz folgen. «Ich gehe davon aus, dass du ein gut eingespieltes Team hast, das sich genauso mit diesem Fall auseinandersetzt. Du solltest lernen zu delegieren. Es kann nicht sein, dass du auch noch die Arbeit deiner Mitarbeiter übernimmst. Ich habe einen Mann, und ich möchte nicht, dass er in ein paar Jahren ein nervliches Wrack ist, weil er nie gelernt hat, gewisse Dinge voneinander zu trennen.»

Kramer erhob sich. «Du hast ja so recht. Wenn dieser Fall gelöst ist, werde ich kürzertreten.»

«Das sagst du jedes Mal.» Isabelle drückte ihm einen Kuss auf die Wange.

* * *

Fast kein Auto unterwegs, die Straßen wie ausgestorben. Die Ampeln blinkten gelb. Der frühe Morgen belohnte ihn, der zeitig in die Stadt aufgebrochen war, die sich in den letzten Jahren verändert und das Gesicht ihrer großen Schwestern angenommen hatte. Der Verkehr, die Leute, der Lärm darin. So sehr schätzte er die Stille jetzt. So friedvoll war ihm zumute in dieser Gegenwart, die Frische des jungen Tages, das Unbelastete, die klare Luft. Schon bald würde es verblassen und dem Chaos Platz machen. Von irgendwoher hallten Glockenklänge und kündeten die sechste Stunde an. Kramer fühlte sich leicht. Nachdem sich dieser Traum ins Niemandsland verabschiedet und er wieder sicheren Boden unter den Füßen hatte, beruhigte er sich allmählich. *Es sind die Nerven*, redete er sich ein, *und die Hitze und das Schlafmanko – eine Kumulation von allem.* Wenn das hier vorbei war, würde er mit Isabelle noch einmal in die Karibik fliegen. Bewusster als das letzte Mal.

Das Gebäude der Kripo – einstmals modern gewesen, als man Glas und Beton miteinander verbunden hatte, jetzt schon in die Jahre gekommen und zum Teil renovierungsbedürftig, so schien es ihm. Ein Gebäude ohne Ausstrahlung, hinter dessen Fassaden in menschliche Abgründe gestarrt wurde, wo die dunkle Seite der Seele einen Namen bekam. Wo sich Akten stapelten von Fällen, an denen man arbeitete, andere, die ad acta gelegt wurden, weil man nicht vorankam. Weil der Mensch grundsätzlich böse war, oft kriminell und skrupellos. Hinterhältig und einfallsreich auf dem Weg in die Finsternis.

Kramer parkte, stieg aus. Ringsum das Erwachen. Er erblickte einen Mann am Fenster des Hauses gegenüber, den entblößten Oberkörper, ein Gähnen, als würde er die Geister der Nacht abstreifen oder sich auch nur gegen die Enttäuschungen des neuen Tages wappnen. Ein offenes Fenster wie ein Blick hinter die Kulissen des Lebens, wo sich die Menschen bereitmachten. Wo sie sich den Schlaf aus den Augen wuschen, den Mief ungeputzter Zähne vetrieben. Wo sie sich liebten zu früher Stunde oder den Hass des vergangenen Tages fortsetzten, nur kurz unterbrochen durch die Ohnmacht der Dunkelheit.

Was wusste er schon von den zahllosen Schicksalen, den vielseitigen Gemeinheiten, den Bösartigkeiten? Täglich war er damit konfrontiert. Nicht nur das nackte Überleben brachte dieses Elend hervor. Die Welt war von Neid und Missgunst geprägt. Schandtaten machten auch vor einer Stadt wie dieser nicht Halt.

Kramer ging über die Treppe, die zum Haupteingang führte. Er öffnete die Tür und gelangte in den Flur. Die Hitze des Sommers hatte sich nicht verflüchtigt. Feucht und muffig, wie eine in die Jahre gekommene Hure, breitete sie sich im Innern aus.

Elsbeth kam ihm entgegen, beladen mit Papiertüte und Dokumenten. «Was zum Teufel suchst denn du um diese Uhrzeit in Luzern?» Im Gegensatz zu ihm sah sie frisch und ausgeruht aus.

«Dasselbe könnte ich dich fragen.» Kramer drückte den Liftknopf.

Elsbeth stellte sich neben ihn. «Ich konnte nicht schlafen», knurrte sie. «Aber das liegt bestimmt am Mond. Und an diesem verzwickten Fall. Nachts suche ich nach Antworten.» Sie lächelte ihren Chef an. «Und du? Senile Bettflucht?» Das durfte sie fragen, denn sie war ein paar Jahre älter als er.

Kramer allerdings ging nicht darauf ein. Als der Aufzug hielt, holte er Julias Diktafon aus der Tasche. Er berichtete vom letzten Abend und davon, was sich auf der Rigi zugetragen hatte. «Ich habe Arbeit für dich. Ich wäre froh, wenn du die Aufnahmen bis heute um acht Uhr entziffern könntest, respektive übersetzen. Wir werden uns dann im Sitzungszimmer wiedersehen. Ich habe einen weiteren Rapport einberufen. Vorher werde ich mich mit Galliker in Verbindung setzen. Ich brauche einen Durchsuchungsbeschluss für das Sektenhaus auf Rigi Klösterli.»

«Du vermutest einen Zusammenhang mit der Brandleiche?»

Sie betraten den Aufzug. Kramer drückte den Knopf zu seiner Etage. «Ich weiß es noch nicht.»

Elsbeth runzelte die Stirn. «Liegt Klösterli nicht auf Schwyzer Boden?»

Kramer nickte. «Schlimmstenfalls müssten wir uns mit dem Stützpunkt in Bennau kurzschließen. Warten wir ab, was der Stimmenrecorder zutage bringt.»

Elsbeth ging auf ihr Büro zu. Sie schwenkte das Diktafon über ihrem Kopf. «Ich werde mich beeilen.»

Kramer sah ihr hinterher. Elsbeth war seine gute Seele, die all das für ihn erledigte, was er selbst nicht gern tat oder was die Zeit nicht erlaubte. Sie hatte schon als Polizeisekretärin gearbeitet, als er die Stelle als Ermittler antrat. Aber er kannte sie nicht gut genug. Ihr Privatleben zum Beispiel war bis heute ein Geheimnis. Sie war nicht verheiratet, lebte allein. Hatte weder einen Hund noch eine Katze. Was sie nach Feierabend und an den Wochenenden machte, wusste er nicht. Er hätte sie gern einmal nach Hause zu einem Nachtessen eingeladen, aber Isabelle bezweifelte, dass dies eine gute Idee war. Er solle sich hüten, mit seinen Mitarbeitern auf Freundschaft zu machen, das könnte ausgenutzt werden, war ihre Meinung. *Eine* Mitarbeiterin, die auf Tuchfühlung ginge, reiche ihr. Er musste davon ausgehen, dass da noch immer eine gewisse Eifersucht im Hintergrund schwelte, was die Freundin seines Sohnes Stefan betraf.

Kramer schloss die Tür zu seinem Büro auf. Mittlerweile war es zwanzig nach sechs Uhr geworden. Er setzte sich an sein Pult und sah die Mappen durch, die Lucille ihm in die Ablage gelegt hatte. Er fand die Protokolle von Albin Aschwanden, Doris Langendorf und den Kupferschmied-Schwestern sowie eine Notiz, auf der Lucille ihren Unwillen kundtat: Sie habe große Mühe mit der Mutter der Vermissten gehabt. Erst nach einer heftigen Auseinandersetzung habe sie die Kripo verlassen und sei nach Hause gefahren.

Kramer überflog Aschwandens Protokoll. Der Inhaber der Druckerei in Sarnen blieb dabei, dass er Livia Langendorf noch gesehen hatte.

Aber wem sollte er jetzt glauben? Einem seriösen Geschäftsmann oder einer durchgeknallten Mutter?

Um sieben griff er nach dem Telefonhörer und rief Galliker an. Nach zweimal Klingeln nahm dieser ab. Kramer musste davon ausgehen, dass der Apparat neben seinem Bett stand.

«Herrgott Sakra … Sind Sie noch bei Sinnen?» Die Begrüßung fiel nicht gerade freundlich aus. «Kramer! Wissen Sie eigentlich, wie spät es ist?» Galliker war ein Nachtmensch und schlief am Morgen gern länger.

Kramer ging nicht darauf ein. Er kannte den Staatsanwalt. Gab es nämlich irgendwelche Unterlassungssünden, weil gerade Samstag oder Sonntag war, war er der Erste, der einen mit Schimpf und Schande überschüttete. «Ich brauche einen Durchsuchungsbeschluss für die Unterkunft der Sekte Lux Aeterna auf Klösterli.»

«Was ist Ihre Begründung?»

«Nach diversen Aussagen von Anwohnern können wir davon ausgehen, dass sie etwas mit dem Mord auf dem Rotstock zu tun haben», bluffte Kramer.

«Das ist zu wenig. Zudem erhielt ich gestern vom Anwalt dieser Glaubensgemeinschaft eine E-Mail, in der er uns damit droht, rechtliche Schritte einzuleiten, sollten wir weiterhin bei Lux Aeterna schnüffeln.»

«Das ist Grund genug, es auf keinen Fall zu unterlassen», beharrte Kramer. «Sie haben wohl kalte Füße bekommen.»

Galliker räusperte sich durchs Telefon. «Wir bewegen uns hier auf einem sehr schmalen Grat. Ich rate Ihnen, sich zuerst mit den Schwyzern abzusprechen. Vielleicht haben sie die Sekte bereits im Visier.»

«Ich brauche den Beschluss», insistierte Kramer.

«Anhand von Reklamationen?»

Kramer spürte etwas, das er so noch nie gespürt hatte: Er verlor langsam die Nerven. Galliker, der ihm gegenüber immer sehr viel Loyalität gezeigt hatte, gab ihm zu verstehen, dass eine Durchsuchung im Haus auf Klösterli nicht zwingend notwendig war. Er zögerte. Er stellte eine Aktion, wie Kramer sie vorhatte, infrage. Es sei noch verfrüht, irgendwelche Schlüsse daraus zu ziehen. Wovor fürchtete er sich?

«Wir können uns keine Blamage erlauben. Lux Aeterna hat sich in den letzten Jahren absolut nichts zuschulden kommen lassen», fügte Galliker an. «Auch ich habe Erkundigungen über sie eingezogen. Sie bieten diverse Kurse an, welche der Lebensqualität zugutekommen.»

Kramers Kopf fühlte sich an, als sei er kurz vor dem Platzen. «Kennen Sie solche Kurse? Haben Sie auch schon einen besucht?» Er konnte sich nicht mehr zurückhalten.

«Kramer, ich bitte Sie! Was ich in meiner Freizeit tue, geht Sie wohl gar nichts an.»

«Sie sehen die Sekte zu einseitig. Wir wissen aus der Vergangenheit, dass …»

«Kommen Sie mir nicht mit dieser Leier! Sie wissen genauso gut wie ich, dass wir in einer Zeit des Umbruchs leben. Jeder ist auf der Suche. Die Kirchen haben es versäumt, sich zu entwickeln und dem modernen Menschen Halt zu geben. Und glauben Sie mir, jeder Mensch braucht einen gewissen Halt im Leben, auch wenn wir das immer wieder abstreiten.» Galliker war offenbar ganz aufgewacht. «Wenn die Kirche es nicht schafft, dann sehe ich nicht ein, weshalb man sich nicht einer Parallelglaubensgemeinschaft anschließen sollte.»

Kramer holte tief Luft. «Vielleicht vergessen Sie, dass solche Sekten früher oder später zur Abhängigkeit führen. Dass die Mitglieder ausgenutzt werden. Dass meistens auch viel Geld fließt und die Anhänger ihr Vermögen verlieren.»

«Hier geht es um erwachsene Menschen», belehrte Galliker ihn. «Jeder muss selbst wissen, was er mit seinem Geld tut. Die einen kaufen sich schnelle Wagen, andere teure Pelzmäntel. Und dann gibt es welche, die ihr Geld für einen guten Zweck einsetzen. Die Sekten unterstützen ja auch Minderbemittelte.»

Da war er wohl falsch informiert. Kramer gab es auf, mit dem Staatsanwalt zu debattieren. Kurz keimte in ihm der Verdacht auf, dass Galliker womöglich selbst Anhänger einer solchen Gruppe war. Musste er auch auf Galliker ein Auge haben?

Nach dem Telefonat begab sich Kramer ins Sitzungszimmer, um dort einige Vorbereitungen zu treffen, und um acht Uhr strömte seine Truppe in den Raum. Bartolini, Lucille, Amrein – alle waren da. Kaffeetassen und Gipfeli im Brotkorb standen bereit. Aber offensichtlich hatte niemand wirklich Lust, danach zu greifen. Wo war Elsbeth?

Kramer wusste ihre Zuverlässigkeit zu schätzen und war deshalb erstaunt. Nach zehn Minuten wählte er sie an. Erfolglos, wie er nach mehrmaligem Klingeln feststellte. Kramer versuchte, sie auf dem Mobiltelefon zu erreichen. Doch dort hörte er nur den Anrufbeantworter. «Weiß jemand um Elsbeths Verbleib?»

«Soll ich nach ihr sehen?» Lucille, in Shirt und Schlabberhose, schob ihre Kaffeetasse von sich. «Vielleicht ist ihr etwas dazwischengekommen.»

«Ich hatte sie damit beauftragt, einen Text zu übersetzen.» Kramer stellte sich vor den Flipchart, goutierte Lucilles Bekleidung mit wenig Freude. Sie war die Einzige in der Abteilung, die sich nicht an die Vorschriften hielt. Hier drückte die alternative Seite der ehemaligen Primarlehrerin durch. «Bitte, sei so gut. In der Zwischenzeit werden wir hier beginnen.»

* * *

Lucille durchschritt den langen Korridor. Elsbeths Büro lag im hintersten Teil, gleich gegenüber Linders Räumen. Lucille wollte anklopfen, hielt jedoch inne, weil die Tür einen Spaltbreit offenstand. Sie stieß sie auf. «Elsbeth?»

Von der Tür aus konnte Lucille nur die Rückenlehne des pompösen Bürostuhls erkennen – Elsbeths Investition, weil die gewöhnlichen Bürostühle der Polizei dem Rücken schadeten –, das Pult mit dem Bildschirm, links davon eine exotische Pflanze in einem schwarzen Übertopf. Unverkennbar war auch die aufgerissene Papiertüte, aus der ein Apfelkrapfen ragte – angeknabbert. «Elsbeth?» Lucille trat näher an den Stuhl heran.

Erst jetzt entdeckte sie ihre Kollegin. Sie ging um das Pult herum, um sie genauer anzusehen. Elsbeth saß mit weit geöffneten Augen da, ihr Blick war auf den Bildschirm fixiert, ihre Hände lagen auf der Tastatur wie angeklebt. «Elsbeth? Warum antwortest du mir nicht?»

Dass die Kollegin noch atmete, erkannte Lucille an der Halsschlagader, die heftig unter der Haut pochte. Für lange Überlegungen war jetzt keine Zeit. Sie erkundete mit einem schnellen Blick das Pult, ob dort irgendetwas lag, das Elsbeths eigenartigen Zustand ausgelöst haben konnte. Sie vermutete einen anaphylaktischen Schock. Doch es fehlten die typischen Anzeichen dafür. Keine Verfärbung der Haut, weder Quaddeln noch Hautbläschen. Nur dieses wächserne Gesicht und die weit aufgerissenen Augen, der unregelmäßige Atem. Die Tüte mit dem Krapfen schien vom selben Bäcker zu sein wie eh und je. Das Diktafon neben der Tastatur rauschte kaum hörbar. Lucille vermied es, danach zu greifen, sah aber, dass sich die Spule drehte. Sie griff nach dem Mobiltelefon, das sie immer am Bund trug. Sie stellte die Direktwahl ins Sitzungszimmer ein.

Es klickte. «Lucille?» Kramers Stimme.

«Chef! Wir haben ein Problem. Bitte komm sofort in Elsbeth Büro und … ruf den Krankenwagen!»

Unterdessen versuchte sie, Elsbeth vom Bürostuhl zu hieven, was kein leichtes Unterfangen war. Irgendetwas war hier vorgefallen. Sie überlegte, ob sie gerade einen Fehler beging. Ob sie Elsbeth in ihrer Position hätte bleiben lassen sollen. Ob sich hier ein Kriminalfall in den eigenen Wänden abzeichnete. Andererseits ging es hier um das Wohl ihrer Kollegin. Sie drehte sie in die Seitenlage und verhinderte ein Zurückfallen auf den Rücken, indem sie ein Bein der Bewusstlosen anwinkelte und so ihren Körper stabilisierte. Den Kopf legte sie auf den seitlich ausgestreckten rechten Arm. Es war schon eine Weile her, seit sie Erste Hilfe hatte leisten müssen. Elsbeth war noch immer nicht ansprechbar. Aber die Atmung funktionierte, wenngleich auch unregelmäßig.

Auf dem Flur vernahm Lucille jetzt Stimmen, ein Durcheinander an Rufen. Bald darauf stürzte Kramer ins Zimmer, ihm folgten Bartolini und Amrein. Die Männer riefen im Chor, was denn geschehen sei. Ihre Kollegin bewusstlos daliegen zu sehen, versetzte sie selbst in einen schockähnlichen Zustand.

«Ich weiß es nicht!» Lucille gab sich entrüstet. «Und kreidet mir jetzt bloß nicht an, ich hätte irgendwelche Spuren verwischt. Meine erste Einschätzung war, dass hier *kein* Fremdeinwirken stattgefunden hat …»

«Jetzt beruhige dich», besänftigte sie Kramer. «Fehlt denn etwas? Sollen wir Marion benachrichtigen? Vielleicht hat sie …»

«Ganz bestimmt hat sie den Arbeitsplatz nicht verlassen», verteidigte Guido seine Freundin.

«Das weiß ich doch nicht», meinte Lucille. «Ich traf hier ein, und Elsbeth saß wie erstarrt auf ihrem Stuhl. Ich hatte sie zuerst nicht gesehen, weil die Lehne des Stuhls ihren Körper verdeckt hat, aber dann …»

«Es wird eine Erklärung geben», sagte Kramer leise, beruhigend.

«Elsbeth?» Bartolini kniete sich jetzt neben die Sekretärin. Er kniff ihr in die Wange. «Elsbeth! Hallo!»

Sie lag regungslos da. Die Augen hatten sich ein wenig entspannt. Der Mund stand nun offen, als wollte sie allen etwas mitteilen, schaffte es aber nicht.

«Du hast doch mal beim Rettungsdienst gearbeitet», sagte Kramer.

«Das ist schon eine Weile her.» Bartolini tastete den Körper ab. «Sie ist verkrampft. Aber es ist alles atypisch an ihr. Ich kann keine Diagnose stellen.»

«Du bist ja auch kein Arzt», frotzelte Lucille ein wenig hilflos und fragte dann, an Kramer gewandt: «Hast du den Krankenwagen bestellt?» Sie streichelte Elsbeths Stirn, während die Männer hilflos darauf warteten, dass sich der Zustand der Sekretärin normalisierte.

Kramer nickte. Bartolini riss die Fenster auf. Der Blick auf den Pilatus präsentierte sich gestochen scharf und so nah, als könnte man den Berg mit bloßen Händen berühren. «Föhnlage», kommentierte Bartolini. «Ist Elsbeth wetterfühlig?»

Ein unterdrücktes Raunen erfüllte den Raum. Kramer begriff es nicht. «Ich kenne niemanden, der so robust ist wie Elsbeth. Etwas muss hier vorgefallen sein, was sich nicht erklären lässt. Heute früh hat sie noch ganz passabel ausgesehen. Sie hat sich lediglich über Schlaflosigkeit beklagt. Aber sie war guter Laune.» Er betrachtete sie, schaute auf die Uhr.

Durch die geöffneten Fenster drang endlich der Zweiklang des Martinshorns. Die Ambulanz raste mit Blaulicht in die Kasimir-Pfyffer-Strasse, bremste vor dem Eingang mit quietschenden Reifen. Von unten vernahm man das Aufschieben von Türen, dann wurden sie wieder laut zugeschlagen. Wenig später trafen der Notfallarzt und ein Sanitäter ein, zwei Männer in gelborangefarbenen Anzügen. Koffer und eine Bahre mit Fahrgestell hatten sie bei sich.

Der Arzt, ein hochgewachsener, dünner Deutscher, ungekämmt und mit Schlafzimmerblick, beugte sich über die Patientin, nachdem er die Situation kurz erfasst hatte. «Mein Name ist Herbert Schmid. Können Sie mir sagen, wie Sie heißen?»

Elsbeth bewegte nur den Mund, brachte aber kein Wort hervor. In ihren Augen lag noch immer großes Erstaunen. Ihre Pupillen waren geweitet.

«Messen Sie den Blutdruck», sagte Schmid zu seinem Begleiter. Er selbst prüfte den Puls. Dann sah er sich ihre Augen aus der Nähe an. Er wirkte etwas ratlos.

Der Sanitäter legte Elsbeth die Manschette um den linken Oberarm, presste das Stethoskop auf die Innenseite und pumpte Luft in den Gummiball. Während er Luft abließ, sah er auf den analogen Druckmesser. «Achtzig auf fünfundfünfzig.»

«Hitzekollaps?» Bartolini stand mit verschränkten Armen über den am Boden Kauernden.

Niemand antwortete ihm.

«Sauerstoff», befahl Schmid.

Der Sanitäter stülpte eine Maske auf Elsbeths Mund und Nase und aktivierte das Sauerstoffgerät. Schmid wandte sich an Lucille, die immer noch auf dem Boden kauerte. «Hat irgendetwas sie aufgeregt?»

Lucille erzählte zum wiederholten Mal, was vorgefallen war. «Sie saß am Pult. Völlig angespannt und … sprachlos. So etwas habe ich noch nie gesehen.»

«Wir müssen sie mitnehmen.» Schmid suchte nach einer gut sichtbaren Vene an Elsbeths Handgelenk. Er reinigte die Stelle mit einem Desinfektionsmittel, stach in die Vene und setzte die Kanüle. Den Beutel mit der Glukoselösung befestigte er an einem kleinen Aluminiumgestell, das er aus dem Koffer geholt hatte. «Es ist besser, wenn wir sie zur Beobachtung ins Krankenhaus bringen. Gibt es jemanden, den man benachrichtigen muss?»

«Sie lebt allein …» Lucille zögerte. «Ist es so schlimm?»

«Sie hat Anzeichen eines Schocks. Aber es ist nicht typisch.»

«Das habe ich auch schon gesagt», ereiferte sich Bartolini und erntete von Kramer einen zurechtweisenden Blick.

Schmid reichte Lucille einen Papierbogen. «Ich wäre froh, wenn Sie das hier ausfüllen könnten. Name, Adresse, Geburtsdatum. Sobald die Patientin ansprechbar ist, werden wir den Rest ergänzen.»

«Wenn Sie möchten, kann ich sie begleiten.» Lucille erinnerte sich an ihren letzten Aufenthalt im Kantonsspital, den sie nicht freiwillig angetreten hatte. Elsbeth hatte sich damals sehr um ihr Seelenwohl bemüht, obwohl sie ihr nie die ganze Wahrheit erzählt hatte. Dass sie schwanger gewesen war und durch den Unfall ihr Kind verloren hatte. Vielleicht hätte sie heute darüber sprechen können. Die Zeit hatte tatsächlich die Wunden geheilt. Aber in erster Linie war es ihr ein großes Anliegen, Elsbeth genauso beizustehen wie diese es im letzten November bei ihr getan hatte.

Schmid und sein Helfer legten die Patientin auf die Trage mit dem Fahrgestell.

Elsbeth setzte sich plötzlich langsam auf. Ihr Oberkörper war gestreckt, als hätte sie eine Holzlatte am Rücken. Verdattert sah sie in die fragenden Gesichter ihrer Kollegen, die sich im Halbkreis um sie geschart hatten, dann auf ihren Arm, an dem noch immer die Manschette klebte. Die Infusion und den Arzt ignorierte sie. «Das siebente Buch Moses.»

Lucille fing Kramers fragenden Blick ein. «Das siebente was …?»

«Was hat sie gesagt?», fragte Amrein, der alles mit großer Skepsis verfolgt hatte.

«Das siebente Buch Moses», wiederholte Elsbeth.

«Wir nehmen Sie jetzt erst einmal mit.» Schmid wurde nun vehementer. «Wir bringen Sie in die Neurologie.»

* * *

Kramer und sein Team kehrten ins Sitzungszimmer zurück. Um Elsbeth mussten sie sich vorerst nicht weiter sorgen. Sie war auf dem Weg ins Kantonsspital, befand sich in guten Händen. Bis in den Nachmittag hinein würde sie diverse Untersuchungen über sich ergehen lassen müssen. Was es mit dem «siebenten Buch Moses» auf sich hatte, darüber wollte Kramer nicht spekulieren. Frauen, fand er, waren einstweilen etwas irrational.

Während seine Leute sich mit Mineralwasser eindeckten, rief Kramer Julia an. Leider schaffte er es nicht, die Vorzimmerdame zu umgehen. Sie ließ ihn denn eine ganze Weile warten, bis sie Julia an den Apparat holte. Mittlerweile starrten seine Mitarbeiter ihn verständnislos an.

«Julia Blum.»

«Kramer hier. Kannst du weg?» Er wollte nicht um den heißen Brei herumreden.

«Ungern. Ich habe noch eine Patientin hier.»

«Kannst du mal eine Ausnahme machen?» Kramer schilderte ihr kurz Elsbeths Situation.

«Bei dir mache ich immer Ausnahmen. Wo ist sie jetzt?»

«Im Kantonsspital. Allerdings glaube ich nicht, dass es sich hier um ein medizinisches Problem handelt. Ich möchte, dass du dich selbst davon überzeugst.»

«Wann soll ich bei dir sein?»

«Wir treffen uns im Krankenhaus.» Kramer sah auf seine Uhr. «In einer Stunde?»

«Passt, werde dort sein.»

Kramer legte auf. Er konzentrierte sich auf die Pinnwand.

Bartolini hatte mittlerweile die Fotos der Brandleiche und der vermissten Livia Langendorf mit Verbindungslinien markiert. «Wir können nicht ausschließen, dass es hier Parallelen gibt.»

«Das ist mittlerweile auch meine Meinung», sagte Kramer. «Vielleicht sollten wir den Fokus unserer Ermittlungen doch auf die Sekte richten.» Ihm klang das Gespräch mit Galliker noch in den Ohren. Der Staatsanwalt hatte sich vehement dagegen gewehrt, die erforderlichen Maßnahmen einzuleiten.

Wenn er sich Galliker widersetzte, war ein Abschuss vorprogrammiert. Marc Linder hatte sich hinsichtlich seiner zunehmend eigenwilligen Aktionen schon beschwert. Er konnte sich einen weiteren Schnellschuss nicht erlauben. Doch tatenlos abzuwarten, bis es den Herren dort oben passte, kam auch nicht infrage. Kramer überlegte nur, wie er das alles umgehen und trotzdem eine Hausdurchsuchung durchführen konnte.

Er sah seine Leute der Reihe nach an, während er einen Entschluss fasste. «Wir werden heute Nachmittag um vier Uhr Lux Aeterna einen Besuch abstatten. Wenn sie uns nicht reinlassen, müssen wir einen Grund finden … Bis dahin könnte Gefahr in Verzug sein.»

Eine neue Stimme: «… Sie sollten sich vorsehen, Herr Kramer.»

Alle fuhren herum. Niemand hatte bemerkt, wie die Tür aufging und Galliker sich in den Raum schob. Er fächelte sich mit einem Dokument Luft ins Gesicht.

Kramer fuhr es eiskalt über den Rücken, unbegründet, wie er schnell feststellte.

«Aber ich kann Sie beruhigen.» Galliker blickte ernst. «Hier ist der erforderliche Beschluss. Ich habe mit den Zuständigen in Bennau gesprochen. Sie haben die Sekte schon eine ganze Weile im Visier. Aber auch sie haben vor dem Anwalt den Schwanz eingezogen, um es gelinde auszudrücken. Keine Beweise wegen illegalen Tuns. Ich unterstütze Ihre Entscheidung und gebe grünes Licht. Durchsuchen Sie das Haus dieser Truppe. Befördern Sie alles zutage, was die Aufklärung des Falles forciert.»

Kramer atmete erleichtert aus. Jetzt also war es offiziell: Sie konnten sich in die Höhle des Löwen wagen.

* * *

Das Kantonsspital. Eindrücklich wie ein brauner Monolith thronte es über der Stadt. Der Friedhof an der Friedentalstrasse lag keinen halben Kilometer entfernt. Böse Zungen behaupteten, die Grabstätten wären erst nach dem Bau des Krankenhauses entstanden.

Kramer hatte seinen Wagen im Parkhaus abgestellt und wartete nun beim Empfang auf Julia. Er hatte genug Zeit, sich ein wenig umzusehen. Vor der Anmeldung standen die Leute Schlange, derweil sich hinter dem Kiosk Patienten und ihre Angehörigen zu einem Schwatz bei Kaffee und Kuchen trafen. Ab und zu tauchten Ärzte oder Pflegepersonal auf, als müssten sie ihre Präsenz in der Halle demonstrieren. Kramer fand nicht heraus, weshalb die Frau mit dem weißen Kittel schon zum vierten Mal an ihm vorbeieilte. Sie war ihm bereits bei der ersten Begegnung aufgefallen. Sie stand den jungen, gutaussehenden Ärztinnen der amerikanischen Ärzte-Soaps in nichts nach. Dass er sich, zusammen mit Isabelle, diese Sendungen manchmal ansah, musste er nicht in alle Welt hinausposaunen.

Patienten gab es zur Genüge hier, weil sie sich vermutlich in ihren Zimmern langweilten und hier unten in der Eingangshalle nach Unterhaltung suchten, zumindest nach etwas Abwechslung im Alltag der langen Untersuchungen. Denn dass es im Kantonsspital nicht vorwärtsging, hatte Kramer einmal am eigenen Leib erfahren. Er hoffte nur, dass man Elsbeth nicht allzu lange hierbehalten würde. Er brauchte sie in der Kripo.

In der Drehtür tauchte Julia auf. Sie trug ein schlichtes ärmelloses Kleid und flache Sandaletten. Ihre kurzen Haare hatte sie mit Gel gebändigt.

«Entschuldige», begrüßte sie ihn, «es hat doch noch länger gedauert. Weißt du schon, in welchem Zimmer sie ist?»

«Fünfter Stock, Zimmer 523. Wir können den Lift nehmen.»

Sie hakte ihn unter. «Jetzt erzähl mal. Was ist denn eigentlich passiert?»

Sie gingen in Richtung Aufzug.

Kramer drückte auf die Ruftaste. «Heute Morgen war Elsbeth wie immer gut gelaunt und ausgeglichen. Ich kenne sie ja nicht anders. Dann drückte ich ihr dein Diktafon in die Hand und bat sie, den Text zu übersetzen, respektive herauszufinden, was er bedeutet. Ich habe mir weiter keine Gedanken darüber gemacht. Als sie zur Teamsitzung um acht nicht erschien, schickte ich Lucille nach ihr. Sie rief mich dann an und bat mich, die Ambulanz aufzubieten. Ich überlegte nicht lange. Ich dachte an einen Hitzeschlag. Wir hatten schon letzte Woche einen Mitarbeiter, der die Hitze nicht vertrug und vom Krankenwagen abgeholt werden musste.»

«Was hat denn der Notfallarzt gesagt?»

Die Tür des Fahrstuhls ging auf. Die Frau im Frotteebademantel, die in der Tür erschien, machte allerdings nicht den Eindruck, als wollte sie aussteigen. Kramer und Julia stellten sich also neben sie. Offensichtlich war die Patientin gerade beim Friseur gewesen. Ihre Haare sahen nicht nach tagelanger Bettlägerigkeit aus und rochen nach Haarlack.

«Er konnte sich keinen Vers darauf machen. Er meinte, es sei untypisch. Er vermutete eher einen Schock als einen Hitzekollaps.»

«Und was könnte diesen Schock ausgelöst haben?»

«Deshalb bist du hier.» Kramer schaute Julia eindringlich an. «Sie hat irgendetwas von einem ‹siebenten Buch Moses› gequasselt. Ich habe auch schon davon gehört, aber ich weiß nicht, in welchem Zusammenhang. Es mag vielleicht bescheuert sein, dass ich dich nun zurate ziehe. Aber seit wir an dieser Zeremonie teilgenommen haben, geistert mir andauernd etwas im Kopf herum, was ich nicht erklären kann.»

In der fünften Etage verließen sie den Fahrstuhl. Der Flur stand voller leerer Krankenbetten. Ein Wagen mit leer gegessenen Tellern verbarrikadierte den Durchgang. Kramer schob ihn beiseite.

«Na ja, ich kenne dich doch. Du warst schon immer etwas sensibel, was das anbelangt. Obwohl du es nicht zugibst.» Julia lächelte.

«Ich bin ein rational denkender Mensch!», korrigierte Kramer und hielt nach der Zimmernummer Ausschau.

«Das hat auch schon mal anders geklungen. Erinnere dich nur an den Fall mit dem Serienmörder. Deine Intuition hat dich schlussendlich auf die richtige Spur geführt.»

«523! Da ist es.» Kramer klopfte an die Tür. Er war froh, nicht weiter über dieses heikle Thema sprechen zu müssen. Wenn es darum ging, zwischen Rationalität und Emotionalität zu unterscheiden, stand er sich oft selbst im Weg. Er hatte mit Isabelle schon stundenlange Diskussionen deswegen geführt. Er habe eine Menge weiblicher Aspekte in sich – da war sie sicher. Wobei das eindeutig eine Frage des Alters sei. Je älter ein Mensch werde, umso mehr Eigenschaften des anderen Geschlechts bekomme man. So gesehen, lebe man wahrscheinlich grundsätzlich im falschen Körper, oder man müsse eine gewisse Androgynität in sich haben. Wenn man dies aus geistiger Sicht betrachte, sei das durchwegs erstrebenswert. Doch rein physikalisch nicht unbedingt. Kramer schüttelte unwillig den Kopf.

«Na? Habe ich deine Gehirnzellen aktiviert?» Julia klopfte und stieß die Tür auf.

«Ich weiß, dass ich für dich wie ein offenes Buch bin. Deshalb sind wir ja auch nie ein Liebespaar geworden.» Er lachte und freute sich, es ihr heimgezahlt zu haben.

Elsbeth lag in einem Zweibettzimmer, aber das Bett an ihrer Seite war leer und unbenutzt.

«Und ich dachte schon, sie kämen mich fürs MRI abholen – Magnetresonanztomografie. Etwas Modernes halt …» Elsbeth hob ein wenig den Kopf. Im Gegensatz zum Morgen sah sie jetzt wirklich krank aus. Ihr Gesicht glich dem Laken, das sie bis zum Hals hochgezogen hatte, ansonsten machte sie jedoch einen besseren Eindruck. «Ich muss in die Röhre.»

«Die werden wohl wissen, welche Untersuchungen nötig sind.» Julia berührte ihren Arm, der unter dem Laken lag. «Guten Tag, Frau Rotenfluh. Ich nehme an, Sie kennen mich noch.»

«Ja, sicher. Frau Blum, die Psychologin. Ohne Grund hat mein Chef Sie nicht mitgebracht. Natürlich kenne ich Sie. Ich bin zwar schon bald sechzig, aber noch nicht dement.» Sie schaute ungehalten.

Julia ging nicht darauf ein. Sie zog einen Stuhl ans Bett und setzte sich. «Ich bin hier, weil ich Ihnen vielleicht helfen kann. Sofern es Sie nicht anstrengt, möchte ich gern von Ihnen erfahren, was Sie heute Morgen so sehr in Aufruhr versetzt hat.»

Kramer setzte sich auf den Fenstersims. «Sie hat etwas von einem …»

«Schsch!» Julia hob die Hand. «Ich möchte es von Frau Rotenfluh hören.»

Elsbeth schob das Laken auf Brusthöhe zurück, griff mit der einen Hand an den Triangel über ihr, richtete sich auf und begann zu erzählen. «Nachdem Thomas mir den Auftrag erteilt hatte, die Aufnahmen auf dem Diktafon zu übersetzen, ging ich in mein Büro und startete den Rechner. Nein, warten Sie, zuerst aß ich meinen Apfelkrapfen.» Elsbeth lächelte. «Das musste sein. Ist wahrscheinlich auch eine Macke. Kein Tag beginnt ohne …» Sie starrte Julia eindringlich an. «Vielleicht könnte man darüber auch mal eine Abhandlung schreiben.» Sie hob die Augenbrauen. «Also … ich öffnete einen neuen Dateiordner und ein Worddokument, spulte das Band des Diktiergeräts an den Anfang zurück. Dann hörte ich den Text ab, dieses Stakkato von einem Singsang, was auch immer. Auf jeden Fall fror ich plötzlich, dabei hatten wir am Morgen schon über zwanzig Grad im Gebäude. Mein Büro bildet da keine Ausnahme. Im Gegenteil. Die Sonne scheint frühmorgens immer direkt auf mein Pult. Die Rollläden waren nicht heruntergelassen. Ich hatte es am Vorabend vergessen … Aber ich fror wie im tiefsten Winter. Es war dieser Text. Dieses Lied …» Elsbeth hielt inne. Man sah ihr an, dass sie sich anstrengen musste. «Allmählich begriff ich, was da vor sich ging, oder glaubte es zumindest. Denn auf einmal wurde mir schwindlig. Und ich konnte meine Finger nicht mehr von der Tastatur lösen. Eigentlich wollte ich ja den Text zuerst aufschreiben und dann deuten … Ich schrieb dann, aber ich kam nicht mehr dazu, den Text zu deuten. Das Einzige, was mir durch den Kopf ging, war das siebente Buch Moses.»

Kramer verdrehte die Augen, stand auf und drehte sich zum Fenster um. Der Blick zum Château Gütsch lenkte ihn einen Moment ab. Vom Kantonsspital aus sah es mit seinen schneeweißen Türmen wie ein Märchenschloss im dunkelgrünen Tannenwald aus und nicht wie ein Gebäude, dessen Zukunft in den Händen eines deutschen Ärztepaares lag, das dort eine Schönheitsklinik eröffnen wollte.

«Das siebte Buch Moses.» Elsbeth holte ihn mit seinen Gedanken wieder ins Zimmer zurück.

Julia erhob sich und gesellte sich zu Kramer ans Fenster. «Allmählich dämmert es mir», flüsterte sie, sodass nur Kramer sie hörte. «Sie meint das sechste und siebente Buch Mosis. Das hat aber mit dem Propheten Moses und den ersten fünf Büchern des Tanach nichts zu tun. Irgendetwas muss sie jedoch mit diesem Aberglauben in Verbindung gebracht haben.»

«Und jetzt?»

«Wir müssten zuerst wissen, was es mit diesem Text auf sich hat. Hat man schon herausgefunden, was er bedeutet?»

«Nein, wir wurden ja unterbrochen. Das heißt … vielleicht hat Lucille nun diese Aufgabe übernommen. Sie wollte es jedenfalls tun. Aber ich weiß nicht, wie weit sie ist.»

«Dann sollten wir sie anrufen.»

* * *

Obwohl Lucille Mathieu noch immer die Dienstjüngste im Team war, hatte sie in den letzten Monaten an Scharfsinn und Arbeitseifer zugelegt. Hinzu kam, dass sie mit Stefan Kramer eine ausnehmend gute Beziehung führte – trotz der Einwände vonseiten seiner Mutter. Aber Isabelle bekam sie zum Glück selten zu sehen. Sie war so, wie sie sich Schwiegermütter immer vorgestellt hatte. Eine Mutter, die ihren Sohn nicht loslassen konnte. Die täglich mit ihm telefonierte, um sich nach seinem Befinden zu erkundigen. Stefan hatte sich noch nie über sie beklagt. Aber er musste nicht darüber reden. Das wusste Lucille auch so.

Noch am Abend zuvor waren sie gemeinsam an der Beach Bar im Hotel Seeburg gewesen, wo sie über ihre gemeinsame Zukunft gesprochen hatten. Stefan war es offenbar ernst damit, sie eines Tages zum Standesamt und vor den Altar zu führen. Diese konservative Einstellung hatte er von seinem Vater. Der Altersunterschied schien ihm nichts auszumachen. Er hatte eine Flasche Champagner bestellt, die sie am Seeufer tranken. Es war ein unvergesslicher Abend gewesen. Die Sonne war untergegangen und hatte den Himmel über Luzern blutrot gefärbt. Irgendwann mitten in ihrem Gespräch hatte Stefan ein kleines Schächtelchen hervorgezaubert und es ihr überreicht. Sie hatte ihren Tränen freien Lauf gelassen, als er ihr einen Ring über den Finger streifte. Den Ring mit dem Solitär, den sie jetzt trug und der ihr so sehr gefiel, dass sie ihn wahrscheinlich nicht einmal zum Waschen ihrer Haare auszog. «Ein Verlobungsring», hatte Stefan gesagt. «Mit dir möchte ich alt werden.»

Es wäre zu vermessen gewesen und der Stimmung nicht dienlich, hätte sie ihre Bedenken kundgetan. Sie wusste, dass Stefan es ernst meinte. Was in zehn oder zwanzig Jahren sein würde, wenn sie alt wurde, während er noch immer in der Blüte des Lebens stand, war nicht wichtig. Der Moment zählte. Und den genoss sie. Und sie war sich sicher, dass sie dieses kleine Glück ein wenig verdient hatte. Jetzt war sie also verlobt.

Als das Telefon klingelte, strichen ihre Finger noch immer über den Ring, mit verklärtem Blick und auf ihr Inneres hörend, das ihr zuraunte, dass es so richtig war. Sie griff nach dem Hörer. «Kantonspolizei Luzern, Lucille Mathieu.» Sie kannte die Nummer nicht.

«Kramer am Apparat.»

«Hi, Thomas. Und? Wie geht's Elsbeth?» Kramer hatte sie davon in Kenntnis gesetzt, dass er sich mit Julia Blum im Kantonsspital treffen wollte.

«Es geht ihr wesentlich besser. Zumindest bin ich froh, dass sie hier ist.» Er zögerte. «Hast du den Text auf dem Diktafon schon bearbeiten können?»

«Noch nicht. Ich hatte noch außerhalb zu tun. Häusliche Gewalt in der Bireggstrasse. Ist Gott sei Dank glimpflich abgelaufen. Aber die Kollegen wollten unbedingt, dass ich dabei bin. Aber warte, ich werde mich auf den Weg in Elsbeths Büro machen.» Mit dem Telefon in der Hand eilte Lucille durch den Flur zum Büro. Sie schloss die Tür auf, trat ein. «Ich bin jetzt hier.»

«Okay. Ich gebe dir jetzt Julia. Sie steht neben mir.»

«Hallo, Frau Blum. Kommen wir gleich zur Sache?» Lucille stand unter Druck. Um Viertel nach drei wollte sie unbedingt die Bahn auf die Rigi erwischen. Vorher wollte sie sich über die Sekte Lux Aeterna informieren. Ihr blieb nicht mehr viel Zeit.

Julia fragte: «Sie erinnern sich, dass Frau Rotenfluh das siebente Buch Mosis erwähnt hat?»

«Ja, es kam mir seltsam vor. Irgendwo habe ich mal davon gelesen. Aber ich kann beim besten Willen nicht sagen, wo.»

«Sie können sich also nicht vorstellen, was die Ursache für den Zusammenbruch Ihrer Kollegin war?»

«Das Diktafon auf dem Pult», antwortete Lucille, während sie verzweifelt nach möglichen Ursachen suchte. «Es ist noch in Betrieb.»

«Unsere gestrigen Aufzeichnungen. Das wird es sein. Hatte Ihre Kollegin schon etwas herausgefunden?»

«Moment, ich spule es zum Anfang zurück.» Während Lucille die Taste drückte, klemmte sie sich den Telefonhörer zwischen Ohr und Achsel und kontrollierte gleichzeitig den Bildschirm, der schon längst in den Stand-by-Modus gewechselt hatte. Sie aktivierte den Cursor. Ein Dokument mit einem unverständlichen Zeilenwurm tauchte auf.

«‹Reih rhi dies muraw? – Tsi Neretsnif mi chon red, Ttog med negidluh riw. Stchil sed Rednik eid dnis riw. Retsiem red tsib ud.›» Lucille lachte auf. «Was für ein Kauderwelsch! Was soll das denn sein?» Sie hörte, wie Julia das eben von ihr Gelesene Kramer und Elsbeth mitteilte. Im Hintergrund vernahm sie Stimmen, hörte jedoch nicht genau, was gesprochen wurde.

Julia meldete sich wieder. «Haben Sie es mitbekommen?»

«Nein, tut mir leid.»

«Ihre Kollegin behauptet, dass man vom Teufel besessen werde, wenn man das siebente Buch Mosis rückwärts liest. Wollen wir die Probe aufs Exempel machen?»

«Wie meinen Sie das?»

«Glauben Sie an diesen Hokuspokus?»

Meinte sie das nur, oder konnte sie tatsächlich Julia schmunzeln hören?

«Nein! Natürlich nicht!» Lucille tippte mit einem Schreibstift auf den Bildschirm. Sie las laut: «Reih rhi dies muraw?» Sie zog einen Stuhl ans Pult, setzte sich hin und drückte den Startknopf auf dem Diktafon. Die Stimme eines Mannes war zu hören. *Reih rhi dies muraw?* Während sie den Text abhörte, tippte sie das Gehörte noch einmal ein. Der Telefonhörer klemmte noch immer zwischen Kopf und Schulter. *Reih rhi dies muraw.* Sie stoppte, spulte zurück, hörte ihn sich wieder an. *Reih rhi dies muraw.* Dann die Stimmen des Chors. *Tsi Neretsnif mi chon red, Ttog med negidluh riw. Stchil sed Rednik eid dnis riw. Retsiem red tsib ud.*

«Kann ich Ihnen irgendwie behilflich sein?» Wieder Julia.

«Ich glaube, ich hab's.» Lucille nahm nun den Telefonhörer wieder in die Hand. «Als ich zur Schule ging, hatten ein paar Mädchen unserer Klasse eine Geheimsprache. Mit der Zeit beherrschten wir sie so, dass wir sie nebst dem Schreiben auch sprechen konnten.»

«Nun machen Sie es nicht spannend», drängelte Julia. «Was für eine Geheimsprache? Und was hat das mit Elsbeth Rotenfluhs Kollaps zu tun?»

«Wir konnten rückwärts sprechen. Das, was man hier auf dem Mobiltelefon hört, ist rückwärts gesprochen. Liest man es nämlich vorwärts, ergibt es Folgendes: Warum seid ihr hier? Wir huldigen dem Gott, der noch im Finsteren ist. Wir sind die Kinder des Lichts. Du bist der Meister.» Lucille klemmte sich das Telefon erneut ans Ohr. Dann begann sie zu tippen. «Die Sätze stehen verkehrt herum, auch die Wörter. Das ist die Lösung. ‹Warum seid ihr hier?›, fragt der Mann. Der Chor antwortet ihm: ‹Du bist der Meister. Wir sind die Kinder des Lichts. Wir huldigen dem Gott, der noch im Finsteren ist.›»

«Wenn man das siebente Buch Moses von hinten nach vorne liest, ergreift der Teufel von einem Besitz. Die kooperieren mit der Hölle», hörte Lucille ihre Kollegin deutlich laut sagen.

«Woher hat sie denn diesen Humbug?» Lucille war aufgebracht. Sie konnte nicht glauben, was sie da hörte. «Könnten Sie bitte Elsbeth den Apparat geben?»

«Moment.» Es knisterte, als würde der Empfang gleich unterbrochen. Dann eine zaghafte Stimme: «Hallo, Lucille.»

«Du machst mir Sorgen», kam Lucille geradewegs zur Sache. «Wie war das mit dem Rückwärtslesen?»

«Wir hatten mal so einen Fall, noch bevor Thomas in unserem Team war. Einem Mädchen, fünfzehn Jahre alt, musste der Teufel ausgetrieben werden. Bei dieser Prozedur gab es einen Unfall, und das Mädchen starb. Ich unterhielt mich daraufhin mit dem Priester, der die Teufelsaustreibung vorgenommen hatte. Er erzählte mir, dass das Mädchen an das siebente Buch Moses geraten sei. Sie habe es von hinten nach vorne gelesen. Hör zu, Lucille, du wirst mich für verrückt halten. Aber als ich den Text von dieser Sekte hörte, veränderte sich etwas in mir …»

Lucille hörte Elsbeth mit wachsendem Unverständnis zu. Konnte es sein, dass sie gesundheitlich doch mehr angeschlagen war als vermutet?

«Aber so weit war ich auch schon», sagte Elsbeth.

«Wie weit?»

«Mit dem Rückwärtslesen. Aber ich erinnere mich, dass ich mich dann plötzlich nicht mehr bewegen konnte.»

«Das hast du dir sicher nur eingebildet», sagte Lucille so, als würde sie mit einem Kind sprechen. «Wir sind alle müde. Dieser Fall überfordert uns. Unsere Nerven liegen blank. Da ist es kein Wunder, dass ab und zu einer von uns überschnappt.»

«Du musst mir glauben! Die beten den Teufel an – den Gott der Finsternis!» Elsbeth gab nicht auf. «Da ist schwarze Magie im Spiel. Schlechte Energien. Ein Höllentrip. Seit Jahren verfolge ich diese Mysterien. Und ich sage dir, da ist etwas dran. Wenn man sich damit beschäftigt, gerät man in die Fänge dunkler Mächte.»

Lucille zweifelte plötzlich an der Zurechnungsfähigkeit ihrer Kollegin. «Mensch, Elsbeth, wir befinden uns im 21. Jahrhundert. Das, was du dir da zusammenreimst, ist tiefstes Mittelalter. Vielleicht haben unsere Eltern noch an solche Dinge geglaubt. Aber es gibt keinen Teufel – höchstens die Menschen selbst sind Teufel. Aber eine Hölle?» Lucille spulte vor. «Lass hören, was da weiter gejammert wird. *Retchot eresnu mhi nrefpo riw.* Vorwärts gelesen heißt das: ‹Wir opfern ihm unsere Tochter.›» Lucille fuhr mit der flachen Hand auf den Tisch. «Na also, somit haben wir unser erstes Indiz, dass Lux Aeterna doch etwas mit dem Mord auf dem Rotstock zu tun haben könnte. Lag die Leiche nicht auf einem Altar?»

Elsbeth stieß ein heiseres Stöhnen aus. «Lucille, bitte lass die Finger davon. Es bringt Unglück, wenn man sich damit beschäftigt Du bist noch jung. Du hast das Leben noch vor dir. Lass dich nicht da nicht hineinziehen.»

«Wann, hast du gesagt, starb diese Fünfzehnjährige?»

«Vor ungefähr achtzehn Jahren. Es war ein mysteriöser Fall, der durch alle Medien ging.»

«Ich habe aber nichts dergleichen im Archiv gefunden. Als ich bei der Kripo anfing, arbeitete ich mich durch verschiedene ungelöste und geheimnisvolle Fälle. Dieser war nicht dabei.»

«Der zuständige Kripochef hat sie vernichtet, als seine eigene Tochter plötzlich an epileptischen Anfällen litt.»

Lucille hatte genug gehört. «Kannst du mir Thomas geben?» Sie wartete, bis der Telefonhörer die Hände gewechselt hatte.

Dann hörte sie Kramers Stimme. «Ich bin dran.»

«Ich nehme an, du hast unser Gespräch mitgehört.»

Kramer enthielt sich einer Antwort.

«Also gut.« Lucille atmete aus. «Ich frage dich: Lag die Leiche auf einem Altar oder nicht?»

«Man könnte den Stein, auf dem die Leiche lag, durchwegs mit einer Opferstätte in Verbindung bringen», bestätigte Kramer. Und nach einer Weile: «Das ist ja verrückt. Wollen wir uns treffen?»

«Sechzehn Uhr auf Rigi Klösterli? Der Code ist identifiziert, das Mantra entziffert. Lux Aeterna singt tatsächlich rückwärts.» Lucille war wild entschlossen.

«Darum dieses Stakkato.» Kramer stieß einen tiefen Seufzer aus. «Verschmutztes Heilwasser, hypnotische Gesänge und fragwürdige Vorgänge – Grund genug, um sie zu besuchen.»

Lucille legte auf. Das war ja die Höhe. Wie kamen diese Sektenmitglieder dazu, einen solchen Text auswendig zu lernen? Rückwärts – wie bescheuert. Was wollten sie mit diesem Unfug bewirken? Lucille verschob das Worddokument und ging ins Internet, gab in der Suchmaschine «Lux Aeterna» ein. Es war doch gelacht, wenn sie nicht irgendeinen Anhaltspunkt zu dieser Glaubensgemeinschaft fand – mehr, als Kramer bislang gefunden hatte.

Die Sekte verfügte tatsächlich über eine eigene Website. Die Seite wirkte düster. Andeutungsweise konnte man das Haus mit der Kuppe oberhalb Klösterli erkennen. Es sah aus, als schwebte es in den Wolken. Einzig die Figur, die wie ein auf dem Kopf stehendes Kruzifix aussah, leuchtete in fluoreszierendem Violett. Diese Figur war wohl ihr Symbol, denn das Kruzifix war auf jeder weiteren Seite zu sehen. Zudem gab es da noch diesen Falter. Die Namen der Mitglieder waren nicht ersichtlich. Nicht einmal der Name des Gründers außer «Meister Aeterna» und «Lux-Lux» – wie einfallsreich. Lucille ging davon aus, dass er noch weitere Namen hatte.

Auf einer nächsten Seite waren das Gründungjahr 1982 sowie einige Daten eingetragen, an denen sie ihre Feste feierten. Die sogenannte Weihnacht hatte einen festen Platz unter den Veranstaltungen und diente der Weihung neuer Mitglieder. Diese waren wiederum in verschiedene Kategorien unterteilt. Es gab Unterschiede zwischen männlichen und weiblichen Neumitgliedern, wobei die Frauen unter Einhaltung strengerer Kriterien in die Glaubensgemeinschaft aufgenommen wurden als Männer. Frauen mussten Jungfrauen und rein sein, wenn sie nicht verheiratet waren. Lucille stieß das sauer auf.

Unter «Lux Aeterna Zeremonial» waren Daten von vergangenen Feierlichkeiten einzusehen bzw. wann und wo sie stattgefunden hatten. Hier gab es auch einige Bilder von weiß gekleideten Leuten. Ein Altar, ein Kelch darauf, was dem Ganzen eine etwas sakrale Stimmung verlieh. Weiter hinten fand Lucille tatsächlich ein Glaubensbekenntnis. Dann wurde über die Grundprinzipien geschrieben. Es gab eine Einführung in die Glaubenspraktiken. Aber das interessierte Lucille weniger. Sie schloss die Seite und gab den Namen «Lux-Lux» in die Suchmaschine ein ein, um herauszufinden, ob es unter diesem Begriff noch andere Einträge gab. Wie erwartet, erschien wieder die Homepage von Lux Aeterna. Die Sekte war jahrelang in Brig stationiert gewesen. Seit zwei Jahren erst hauste sie auf Rigi Klösterli.

Ob diese Vereinigung tatsächlich etwas mit der Brandleiche auf dem Rotstock zu tun hatte? Oder stand das am Ende noch gar nicht fest? Vielleicht verbissen sie sich da in irgendetwas. Lucille wunderte sich, dass Kramer die Ermittlungen so einseitig ausrichtete. Immerhin gab es da noch diese kuriose Frauengruppe, die man am Tag vor dem Mord auf Rigi Kulm gesehen hatte. Und über die vermisste Livia Langendorf wurde kaum mehr ein Wort verloren. Die Angelegenheit war beim Fahndungsdienst gelandet. Lucille hätte gern in eine andere Richtung recherchiert. Doch ihr waren die Hände gebunden. Sie sah auf die Uhr. Wenn sie pünktlich in Vitznau sein wollte, musste sie sich beeilen.

* * *

Es sah aus, als würde sich die Welt von einer auf die andere Minute verändern. Der Pilatus, erst noch gestochen klar mit seinen Schattierungen aus Felsen und grünen Hängen, tauchte ein in merkwürdig fahles Licht. Der aufkommende Wind schob im Westen Türme von Wolken aufeinander.

Der See wirkte flach wie ein Spiegel, der Hang an der Südflanke der Rigi wie mit matter Farbe überpinselt.

Kramer befand sich bereits in der Bahn, eine Stunde früher als vorgesehen. Nach dem Besuch bei Elsbeth hatte er davon abgesehen, noch einmal zur Kripo zu fahren. Er saß auf einem der unbequemen Sitze eines antiken Waggons, den man wegen der vielen Touristen aus dem Depot geholt hatte. Glücklicherweise standen die Fenster offen. Kramer hasste es, wenn er schwitzende und schwatzende Leute um sich herum zu ertragen hatte. Die Temperaturen erzeugten Gerüche, die ihn abstießen.

Auf Rigi Staffel wechselte er den Zug in Richtung Goldau. Der Himmel wölbte sich bereits schwarz über dem Gipfel, bedrohliche Wolkenungetüme waren im Anzug. Obwohl erst drei Uhr, war es fast Nacht. In der Ferne zuckten die ersten Blitze wie die Goldzähne eines Monsters, gefolgt von Donnergrollen, als wäre der Höllenhund aus der Unterwelt gefahren.

Während der blaue Zug nach Klösterli fuhr, klatschten erste schwere Regentropfen an die Scheiben. Wenig später öffnete der Himmel seine Schleusen. Es fühlte sich an, als würde die Bahn im Meer abtauchen und sich wie ein U-Boot gegen die Bodenströmung stemmen. Abgerissene Zweige fegten gegen das Glas.

Bei der Station empfing ihn eine Sturmböe. Kramer trat auf den Bahnsteig und suchte sofort Schutz unter dem

Dach. Er war jedoch nicht der Einzige mit dieser Idee. Beim Automaten zog er eine Cola und stellte sich damit etwas abseits. Innerhalb kurzer Zeit war er jedoch triefend nass. Das konnte ja heiter werden. Er würde genau eine Stunde auf seine Truppe warten müssen. Ob er das bei diesem Unwetter aushielt, war nicht sicher. Er beschloss, zum Hotel Rigi Klösterli zu gehen. Er erkämpfte sich gegen Sturm und Regen den Weg dorthin. Die zweihundert Meter kamen ihm unendlich lange vor, und nass bis auf die Haut gelangte er ins Hausinnere. Der alte Mann an der Rezeption sah ihn entgeistert an. «Sie kenne ich doch.»

«Wir hatten schon mal das Vergnügen.» Kramer fuhr sich mit dem Handrücken übers Gesicht. «Kann ich mich hier einen Moment unterstellen? Ich erwarte meine Leute. Sie werden sicher bald eintreffen.»

«Tun Sie sich keinen Zwang an.» Das Gebiss des Alten klapperte und rutschte etwas nach vorn. Er schob es zurück. Entschuldigte sich dafür, sagte, dass er den Zahnarzt wechseln müsse. «Wie war es denn bei den Erleuchteten neulich?»

Ohne es zu wollen, war Kramer schnell in ein Gespräch verwickelt.

«Ich habe mich schon oft gefragt, was für ein Mensch man sein muss, um sich einer solch umstrittenen Glaubensgemeinschaft anzuschließen», ereiferte sich der Alte. «Zu unserer Zeit mussten wir jeden Sonntag zur Kirche gehen, wissen Sie. Und an den Samstagen davor zur Beichte.

Zu unserer Zeit lebten wir die christlichen Werte. Wo sind die heute geblieben?»

«Wann war denn Ihre Zeit?», frage Kramer beiläufig, während er noch immer damit beschäftigt war, sich irgendwie abzutrocknen.

Der Alte murmelte weiter vor sich hin: «Immerhin bis zu den Sechzigerjahren des letzten Jahrhunderts. Dann wurde alles freier. Ich kann mich an die vulgären Bilder erinnern, die in den Medien die Runde machten. Hippies nannten sich die Verantwortlichen, denen wir auch die antiautoritäre Erziehung unserer Kinder verdanken. Ich hatte lange mit den Folgeerscheinungen zu tun, wissen Sie. Ich hatte Mitarbeiter in meinem Betrieb, die aus dieser Generation stammten. Die wussten immer alles besser, führten sich entsprechend auf. Aber man musste sie mit Samthandschuhen anfassen. Bloß keine Widerworte. Das hätte sonst ihrer Psyche geschadet. Hätte sie womöglich traumatisiert. Tja, von da an ging es auch mit der Kirche bergab. Alles wurde infrage gestellt, wissen Sie? Aber wie soll unsere Gesellschaft funktionieren, wenn die alten Werte missachtet werden? Freiheit soll unser höchstes Gut sein? Wir züchten damit nur Egoisten heran. Zuerst das große Ich, dann lange nichts mehr. Zu unserer Zeit war es besser, wissen Sie …» Der Alte regte sich zusehends mehr auf. «Die Werte der christlichen Kirche gehen bachab. Und machen Platz den fremden Religionen, mit denen wir uns nicht identifizieren können. Aber es musste unweigerlich so kommen. Der Islam, zum Beispiel, ist nichts anderes als eine Polarität zu unserer verloren gegangenen Moral. Wenn wir einen goldenen Mittelweg finden würden, könnte man unsere Welt vielleicht noch retten …«

Kramer hörte nur halbherzig hin. Der Alte mochte recht haben. Aber er war nicht hier, um sich eine Moralpredigt anzuhören. Er versuchte, den Monolog in eine andere Richtung zu lenken. «Erinnern Sie sich an den Mittwoch, 16. Juli?»

«War das der Tag, an dem die Brandleiche entdeckt wurde?»

«Der Tag zuvor. Ist Ihnen vielleicht eine etwas ungewöhnliche Gruppe von Frauen aufgefallen?»

«Frauen!» Der Alte machte ein verdrießliches Gesicht. «Ja, da waren Frauen. Zehn oder zwölf waren es. Die kamen vom Kulm runter, wissen Sie. Sie saßen in die Gartenwirtschaft und packten ihren Proviant aus. Da können Sie sich mal vorstellen, was ich zu denen gesagt habe. Sie sollten gefälligst etwas bestellen! Sie würden den echten Gästen den Platz streitig machen! Eine von denen hat tatsächlich geglaubt, sie könnte mir über den Mund fahren. Dem Alter nach war sie auch eine von den Achtundsechzigern. Kein Anstand, wissen Sie.»

«Woher kamen die Frauen?»

«Aus dem Emmental, also, aus einem Kaff im Emmental, von so einem Ort halt, wo sich nicht einmal der Fuchs und der Hase gute Nacht sagen. Gegessen haben die … alles aus dem Rucksack. Ich habe sie weggescheucht. Sie setzten sich dann vor die Kapelle und frönten ihrem Laster. So etwas tut man einfach nicht … ich meine, vor der Kapelle sitzen und picknicken … wissen Sie?»

Kramer überhörte Letzteres. «Wurden Sie in den letzten Tagen nicht wegen ihnen befragt?»

«Nein, von wem denn? Ich war ein paar Tage weg. Ich gehe immer ein paar Tage runter ins Tal. Da oben bekommt man sonst den Höhenkoller. Dann schaut meine Frau nach dem Rechten. Aber die ist nicht mehr gut auf den Beinen. Ein ganzes Leben lang im Service arbeiten – da hat man mit der Zeit Verschleißerscheinungen.»

Kramer lief es kalt über den Rücken. Er hatte es versäumt, den Mann beim letzten Treffen darauf anzusprechen. «Ist Ihnen sonst noch etwas aufgefallen? Sind die Frauen nach dem Besuch hier runtergegangen oder rauf?»

«Ich glaube, sie gingen zurück auf Rigi Staffel. Ich habe ihnen nämlich noch nachgeschaut. Sie hatten alle diese bescheuerten Stöcke bei sich, Walking-Stöcke oder wie die heißen. Der Mensch ist heute grundsätzlich nicht mehr fähig, ohne Gehhilfe zu gehen. Das ist äußerst bedenklich und schlecht fürs Gehirn. Sehen Sie mich an. Ich werde im Herbst achtzig. Aber ich habe noch nie im Leben einen Stock gebraucht.»

«Sie wanderten also bergwärts. Um welche Zeit war das?»

«So gegen achtzehn Uhr. Ein Dutzend gefräßiger Weiber bergwärts unterwegs.» Die Augen des Alten sprühten vor Verachtung.

Kramer entnahm seiner Hosentasche einen Notizblock und notierte die Zeitangaben. Er ging davon aus, dass er einen ersten Anhaltspunkt hatte. Irgendjemand musste diese Frauengruppe noch angetroffen haben. Er sah in ihnen jedoch weniger Täterinnen als vielmehr Zeuginnen.

Es regnete heftiger denn je. Um vier Uhr trafen Lucille und Bartolini zusammen mit den Technikern und der Spezialeinheit ein. Kramer hatte mehrere Silhouetten durch die verglaste Tür erblickt und war zuerst nicht sicher gewesen, ob es tatsächlich seine Leute waren. Doch dann sah er Lucille mit der gelben Regenpelerine. Kramer bedankte sich bei dem Alten, verabschiedete sich und sagte, dass er sich bei Bedarf wieder melden werde.

* * *

Zehn bis an die Zähne bewaffnete Männer nahmen den Weg Richtung Riedboden unter die Füße. Kramer folgte ihnen, zusammen mit Bartolini und Lucille, hinter ihnen die beiden Techniker.

«Weißt du eigentlich, wie grob fahrlässig es ist, sich bei einem solchen Unwetter draußen aufzuhalten?» Lucille achtete darauf, auf Kramers Höhe zu gehen.

«Das Unwetter ist weitergezogen», stellte dieser fest. «Und die Blitze mit ihm. Ansonsten darfst du dich gern in Kauerstellung auf den Boden werfen oder gleich hinlegen.»

Sie erreichten das Haus der Sekte, da waren sie nicht nur durchnässt, sondern beinahe auch aufgeweicht.

Der Wind peitschte den Regen gegen die Fensterläden. Die uniformierten Polizisten umstellten das Haus. Kramer zog an der Schnur beim Eingang und wartete, bis einer der Fensterflügel aufging. Doch diesmal stand Ruprecht gleich unter dem Türrahmen – hellgesichtig, erstaunt und in dem weißen Gewand, mit dem er wohl auch zu Bett ging. Er blickte zum Himmel und in die aufgewühlten Wolken. «Der Meister ist zornig.»

«Ach, hören Sie doch mit diesem Theater auf!» Kramer hielt ihm den Durchsuchungsschein vor die Nase und winkte seiner Truppe zu. «Bitte machen Sie den Weg frei.» Bevor Ruprecht reagieren konnte, stürmten vier Polizisten schon durch den Eingang.

Bartolini hielt Ruprecht in Schach, der sich vehement aus dem Griff des Italieners zu befreien versuchte. Kramer und Lucille zogen sich Vinylhandschuhe über und inspizierten die Räume. Sie begannen mit dem Büro, in dem sie jedoch nichts fanden, was Kramer nicht schon bekannt vorgekommen wäre. Im Kühlschrank stand ein Dutzend Flaschen mit dem sogenannten Heilwasser. Ihm stieß es übel auf.

«Igitt, was ist denn das?» Lucille griff nach einer Flasche und betrachtete sie eingehend. «Das ist ja trüb.»

«Soll reinigend wirken», witzelte Kramer.

«Wenn man davon Durchfall kriegt, glaube ich es sogar.»

Auf der gegenüberliegenden Seite des Zimmers befand sich die Schlafstätte des Sekretärs. Ein dunkel gebeiztes Holzbett mit erhöhtem Rückenteil, ein Nachttisch, eine Kommode und ein Schrank füllten das kleine Zimmer bis fast auf den letzten Zentimeter aus. Es roch stark nach Ammoniak. Lucille entdeckte schnell den Grund. Unter dem Bett fand sie einen vollen Nachttopf. Instinktiv hielt sie sich die Nase zu. «Das ist ja widerlich. Haben die kein Klo im Haus?»

Kramer zog die Schubladen auf. Außer Schreibstiften und Journalen von nackten Frauen fand er nichts, das für die Ermittlungen von Wichtigkeit gewesen wäre. Er zog eines der Hefte hervor und hielt es hoch. «Wenn ich mir seine Lektüre so betrachte, so scheint Ruprecht ein ziemlich normaler Erdenbürger zu sein.»

«Sag nicht, dass auch du dir solche Bilder ansiehst.» Lucille tat entsetzt.

«Was ist denn schon dabei?» Er enthielt sich jedoch einer klaren Antwort.

Lucille wollte das nicht weiter kommentieren. Sie öffnete den Schrank und griff nach ein paar Kleidungsstücken, die von dem Gewand, das Ruprecht gerade trug, weder im Aussehen noch in der Farbe abwichen. «Hier ist nichts. Das ganz normale Zimmer eines ungepflegten Mannes.»

Später stiegen sie über eine gewundene Treppe ein Geschoss höher. Vom schmalen Korridor aus ging beidseitig eine Anzahl Türen weg.

«Das muss früher ein Hotel gewesen sein», mutmaßte Lucille. Sie öffnete die Türen und blickte nacheinander in die Räume. «Weder Lavabo noch Toiletten. Die leben hier tatsächlich wie im vorletzten Jahrhundert.»

Ganz zuhinterst dann eine schmale Tür, die Kramer aufstieß. Der Geruch von Fäkalien und Fäulnis schlug ihm wie eine Faust entgegen. «Hier hast du dein Klo», wandte er sich an Lucille. «Ein echtes Plumpsklo. So wie das stinkt, muss die Jauchegrube schon eine Weile nicht mehr geleert worden sein.»

«Die Hitze tut ihr Übriges.»

Lucille war bereits im Begriff, einen Stock höher zu steigen, als Kramer sie zurückrief. «Hast du das Zimmer hier schon inspiziert?» Er stand vor einer schweren Eichentür am anderen Ende des Korridors.

«Nein, das habe ich ganz vergessen.» Lucille kehrte zurück.

Ein Blitz erhellte die Räume. Etwas später setzte das unheimliche Grollen des Donners ein.

«Die Tür ist abgeschlossen.»

«Ob sich da das Zimmer des sogenannten Meisters befindet?»

In diesem Moment kamen die Polizisten über die obere Treppe. «Auf den beiden oberen Etagen ist alles sauber … zumindest, was die Anwesenheit von Leuten betrifft. Da ist niemand.»

«Nach dem gestrigen Abend müsste die Hütte aber voll sein», warf Kramer ein. «Könnt ihr mal die Tür aufbrechen?»

Lucille trat zur Seite. «Die müssen von unserer Aktion Wind bekommen haben. Irgendjemand hat sie gewarnt. Und da sie alle unerkannt bleiben wollen, sind sie früher als beabsichtigt abgereist.»

Zwei Polizisten rammten die Tür. Sie fiel krachend auf den dahinterliegenden Holzboden. Das Zimmer wirkte freundlicher als der Rest des Hauses, die Möbel heller und sauberer. Auf einem Tisch vor dem Fenster stand die Statue, die wie ein auf dem Kopf stehendes Kruzifix aussah. Kramer erkannte sie.

«Das ist des Meisters Gemach», scherzte er. «Die sprichwörtliche Reinheit.» Auch hier zog er Schubladen auf, blickte in Schränke, unter das Bett, sogar hinter den blassen Vorhang. Der Raum machte nicht den Eindruck, als ob hier jemand wohnte. Kramer runzelte die Stirn. «Nach der Zeremonie gestern Abend müssten die Mitglieder doch hier übernachtet haben.»

«Alles Frühaufsteher?», rätselte Lucille. «Oder sie haben geahnt, dass wir ihnen heute auf die Pelle rücken.»

«Aber da waren Kinder dabei. Mit Kindern kann man nicht einfach so verschwinden, ohne irgendwelche Spuren zu hinterlassen.» Kramer schlug die Bettdecke zurück. «Hier hat der Meister etwas übersehen. Wo steckt Guido?»

«*Ich* bin da.» Brunner stand mit seinem Koffer auf der obersten Treppenstufe.

«Wenn du Glück hast, wirst du hier ein paar Hautschuppen und Haare finden.» Kramer zeigte auf das Laken. «Und ich fresse einen Besen, wenn das nicht Sperma ist.»

Lucille inspizierte indessen den Boden. Sie zog die eingeschlagene Tür zur Seite. «Da ist eine Zeichnung.»

«Wo?»

«Ja, hier. Man muss genau hinsehen, um sie zu erkennen. Scheint ziemlich verblasst zu sein.»

«Und was meinst du? Was ist es?» Kramer kauerte sich nieder.

«Ein Kreis, nein warte, es sind zwei Kreise nebeneinander …»

«Und mittendrin ein Davidstern», mutmaßte Kramer.

«Nein, das ist kein Davidstern. Ein Davidstern hat sechs Zacken. Der Stern hier hat fünf. Es ist ein Druidenstern. Ein Pentagramm.» Lucille wich zurück. «Keine Ahnung, was Pentagramme bedeuten. Aber ich glaube, nichts Gutes.»

«Wir wollen es dabei belassen.« Kramer rief nach Benno Fischer, dem Polizeifotografen, und bat ihn, von der Zeichnung ebenfalls ein paar Bilder aufzunehmen.

Er kehrte mit Lucille ins Erdgeschoss zurück. Dort trafen sie Bartolini und Ruprecht in der Küche an, die im hinteren Teil des Hauses lag. Sie wirkte genauso schmuddelig wie alles andere. Es roch nach ranzigem Öl, und der Herd war verkrustet, als hätte jemand absichtlich Milch überlaufen lassen.

«Und jetzt rücken Sie die Liste heraus, die Sie mir versprochen haben.» Kramer blieb dicht vor Ruprecht stehen.

Der verzog den Mund. «Hm, das ist jetzt saublöd. Unser Anwalt verwahrt sie in seinem Safe. Und der ist dort, wo der Anwalt herkommt, nämlich in seiner Kanzlei in Brunnen.»

Anstatt ihn zu tadeln, fragte Kramer ihn, ob er ein gutes Gedächtnis habe. Ruprecht nickte zögerlich.

Daraufhin schob Kramer ihm Papier und Stift zu. «Dann beweisen Sie es und schreiben Sie hier die Namen aller Ihrer Mitglieder auf. Früher oder später werden wir sie erfahren. Aber dann möchte ich nicht Sie sein.»

Ruprecht regte sich nicht.

«Wie kommt es, dass Ihre Leute schon so früh das Haus verlassen haben?», bohrte Kramer weiter. «In der Regel bleiben sie doch bis Sonntagabend, richtig?»

«Wir hatten den Wetterbericht verfolgt. Wie Sie sehen, war das klug.»

In diesem Moment riss ein neuer Blitz den Himmel auf. Augenblicklich kam der Donner. So laut, als wäre die Kuppel auf dem Dach zerborsten. Der Regen trommelte nun wieder kräftiger gegen die Scheiben. Die Welt vor der Tür kochte. Der Sturm tobte. Und dann fiel der Strom aus.

Sie standen im Dunkeln. Lucille griff nach ihrer Stableuchte, knipste sie an. Der helle Kegel traf auf Kramers Gesicht, der sich verärgert abwandte.

Lucille räusperte sich. «Entschuldigung, Chef.» Dann stieß sie einen unterdrückten Schrei aus. Über dem Herd hatte sich eine Pfanne verselbstständigt. Sie schepperte mit Getöse auf den Boden, direkt neben Bartolinis Füße. Wieder fuhr ein Blitz über die Landschaft. Ein greller Schein beleuchtete Ruprecht, der wie ein Gespenst aussah. Der Donner kam jetzt Schlag auf Schlag. Das Haus zitterte in seinen Grundfesten. Der Boden bebte, als würde ein Schnellzug unten durchfahren.

«Wo ist der Sicherungskasten?» Kramer riss Lucille die Lampe aus der Hand und leuchtete damit in Ruprechts Gesicht.

Der schaute vergeistigt. «Im Keller. Aber dort können Sie nicht hin.»

«Und warum nicht?»

«Zu viele Kartons und Unrat. Ohne Licht finden Sie den Weg nicht.»

«Wir verfügen über genug Licht.» Kramer gestikulierte mit der Funzel. «Also, wo ist der Keller?»

Bartolini kam Kramer zuvor. Er stieß Ruprecht vor sich her. «Los, gehen Sie voraus!»

Ruprecht stolperte zur Tür. Mit Bartolini im Rücken riss er sie auf und verschwand im Dunkel des Korridors. Die Ermittler folgten ihm. Die Kellertür lag zuhinterst in entgegengesetzter Richtung des Eingangs. Sie war morsch und wurmstichig und erinnerte an eine Stalltür. Ruprecht drückte die Falle, und die Tür schwang unter Getöse nach innen auf. Eine steile, unebene Treppe führte unter den Erdboden.

Kramer ging voraus. Nach einem Dutzend unebener Tritte erreichte er den Boden. Ein modriger Geruch stieg ihm in die Nase und erinnerte ihn an den Keller im Haus seiner Eltern, als sie im Entlebuch gewohnt hatten, in der Nähe eines Bauernhofs. Kramer leuchtete den Raum aus. Der Lichtkegel tanzte über zusammengeklappte Bierbänke – wahrscheinlich die, die er auf der Wiese gesehen hatte. Der Keller diente wohl als Lager. Bartolini tastete sich die

Wände entlang. Sie kamen an Holzgittern vorbei, hinter denen sich Müll angesammelt hatte. Kartons, Säcke, Zeitungen, allerlei Undefinierbares. Weiter hinten gelangten sie zu einer Luftschutztür. Kramer erkannte sie an dem schweren Hebel. Er schickte Ruprecht vor und befahl ihm, diese zu öffnen.

«Da ist nichts, was Sie interessieren dürfte», meinte dieser und blieb abrupt stehen. «Dort befindet sich nur unser Notvorrat.»

«Dann schauen wir uns diesen Notvorrat doch einmal an.»

«Stopp! Keinen Schritt weiter!»

Kramer und Lucille wandten sich gleichzeitig um. Auf dem untersten Treppenabsatz nahmen sie den Schatten einer Gestalt wahr, die sich gegen ein helles Viereck abzeichnete. Offensichtlich war das Licht im Erdgeschoss wieder angegangen.

Bartolini ließ Ruprecht los und zückte fast zeitgleich seine Pistole. «Wo ist unsere Truppe?», wandte er sich an Kramer. Aber er bekam keine Antwort.

Auch im Keller wurde es hell. Bartolini ließ die Pistole sinken, denn der Mann am anderen Ende des Kellers war unbewaffnet.

«Oliver Haberstich. Ich bin der Anwalt.» Er trat zwei Schritte vor. Den Anwalt nahm man ihm auf den ersten Blick nicht ab. Er trug eine schwarze Pelerine, die vor Nässe troff, und schwere Bergschuhe voll Schlamm. Sein Haar, ebenso nass, hing ihm ins Gesicht. «Lassen Sie meinen Klienten in Ruhe und verlassen Sie dieses Haus.»

«Wir haben einen Durchsuchungsbeschluss.» Lucille reichte Haberstich das Dokument.

«Der außer Kraft ist. Wenn jemand zuständig ist für das, was auf Klösterli geschieht, dann ist das die Schwyzer Polizei. Doch aus dieser Richtung haben wir bisher keine solchen ...», Haberstich machte eine wegwerfende Handbewegung Richtung Lucille, «... Unverschämtheiten zu hören bekommen. Lux Aeterna hat sich bis anhin nichts zuschulden kommen lassen.»

«Da bin ich aber anderer Meinung», erwiderte Kramer. «Wir ermitteln in einem Mordfall auf dem Rotstock. Dass Lux Aeterna etwas damit zu tun hat, ist nicht auszuschließen. Lassen Sie uns unsere Arbeit tun. Wenn wir nichts Verdächtiges finden, ist für uns der Fall erledigt, und wir werden Sie in Zukunft nicht mehr behelligen.»

«Was jedoch gewiss ist, ist, dass Sie dieses sogenannte Heilwasser vom Markt nehmen müssen», ergänzte Lucille.

«Wir beenden das hier», befahl Kramer. Er wandte sich an Haberstich. «Aber wir werden wiederkommen. Darauf können Sie Gift nehmen.»

«Was soll das denn?», flüsterte Bartolini seinem Chef zu. «Du kannst doch jetzt nicht abklemmen.»

Kramer sah ihn nur an. Da wusste er Bescheid. Trotzdem ließ er nicht locker. «Durchsuchungsbeschluss gegen rechtliche Beistandschaft? Was hat wohl mehr Gewicht?»

«Ich will nicht, dass das hier eskaliert.»

«Und du machst deshalb einen Rückzieher?»

«Vielleicht haben wir den Zeitpunkt falsch gewählt.»

«Was hast du vor?» Bartolini wurde misstrauisch. «Zehn bewaffnete Einsatzkräfte, unser Team … da ist doch was faul.»

Kramer antwortete nicht und stieg die Treppe hoch.

Das Gewitter war weitergezogen. Es hatte aber seine Spuren hinterlassen. Vor dem Haus gab es auf einmal Bäche, die vorher nicht da gewesen waren. Schlamm und Geröll blockierten den Eingang. Die Polizisten mussten zuerst den Weg freischaufeln, bevor sie sich auf den Weg zur Bahnstation machen konnten. Sie bedienten sich der Dinge, die im Haus herumlagen und mit denen man irgendwie den Dreck wegschaffen konnte.

Kramer hatte eine Spezialfahrt angefordert. Die blaue Bahn stand nun bereit, um sie hinauf auf Rigi Kulm zu fahren. Mittlerweile hatten sie ihr Basislager im Hotel Rigi Kulm eingerichtet. Für das Team der Kriminalpolizei standen sogar Zimmer zur Verfügung.

Sie stiegen ein, froh darüber, endlich sitzen zu können nach dem mühsamen Marsch durch den Schlamm. Die Bahn setzte sich in Bewegung. Einer der Polizisten – er hieß Jürg Elmer – drückte sein Gesicht an die Scheibe. «Wenn ich nicht bei der Polizei wäre, hätte ich Lokführer gelernt.»

«Kannst du ja immer noch», bemerkte der Kollege, der ihm am nächsten saß.

«Diese Bahn ist die älteste Zahnradbahn der Schweiz.»

«Nein, ist sie nicht. Die Vitznau-Rigi-Bahn ist die älteste. Im Jahr 1871 wurde sie eröffnet.»

«Das ist das Gleiche.»

«Sag das nicht laut. Die Vitznauer würden dir den Schädel einschlagen.»

Lucille kam vom vorderen Wagen in den hinteren, wo Bartolini saß. Sie sah ihn fragend an. «Wo ist Thomas? Vorne ist er nicht.»

«Aber er war doch gerade noch neben mir. Hat geflucht, weil seine Schuhe sich mit Wasser gefüllt haben.» Bartolini hatte so seine Bedenken. Dieser vorzeitige Rückzug von vorhin passte nicht zu Kramer. Bartolini hätte wissen müssen, dass sein Chef seine unorthodoxen Praktiken anwandte, wenn die Situation ausweglos schien. Er blickte durch die beschlagenen Wagenfenster nach draußen. Um Kulm zogen Nebelschwaden. Ansonsten riss der Himmel auf. Über der Landschaft dampfte es.

«Weiß jemand, wo Kramer steckt?»

Niemand wusste darauf eine Antwort.

* * *

Es war Kramer nicht schwergefallen, sich von den anderen abzusetzen. Während sie Richtung Station Klösterli stapften, war er immer langsamer gegangen. Irgendwann war er umgekehrt und hatte den Weg zum Haus von Lux Aeterna eingeschlagen. In der allgemeinen Aufregung von vorhin war es ein Leichtes gewesen, ein Fenster zu öffnen. Alle waren mit Schaufeln und Aufräumen beschäftigt gewesen. Ruprecht und Haberstich befanden sich zwar noch im

Haus, aber denen würde er ausweichen können. Kramer wollte wissen, was sich hinter der verschlossenen Kellertür befand. Es ließ ihm keine Ruhe.

Der Weg zum Haus war vom Regen ausgewaschen. Überall lagen Schutt und vom Wasser heruntergespültes Gestein. Der Berg hatte hergegeben, was locker an seinen Hängen gehaftet hatte. Beim Haus angekommen, schlich Kramer zuerst zur Hinterseite und vergewisserte sich, dass sich die beiden Männer noch immer in der Küche aufhielten. Durch die Rechtecke der Fenster fiel ockergelbes Licht nach draußen. Kramer stellte sich auf die Zehenspitzen und sah hinein. Die Küche schien verlassen. Er ging wieder zur Vorderseite. Da entdeckte er zwei Schatten hinter einem Fenster, wo ein weiteres Zimmer liegen musste. Kramer suchte nach einer Einstiegshilfe und fand in dem Gerümpel unter der Arkade einen rechteckigen Plastikbehälter. Er stellte ihn unter das Fenster des Büros, stieß die Flügel auf, kletterte über den Sims und gab sich äußerste Mühe, keinen Lärm zu verursachen. Er landete weich auf einer Jacke, die von einem Stuhl auf den Boden gerutscht war, und tappte leise durch das Büro bis zur Tür. Er öffnete sie, vergewisserte sich, dass niemand in der Eingangshalle stand, dann durchquerte er den Flur bis zur hintersten Wand, wo die Kellertür lag. Von nebenan hörte er Ruprechts piepsige Stimme und die unwesentlich männlichere des Anwalts. Die Männer schienen in ein erregtes Gespräch vertieft zu sein. Worüber sie sprachen, verstand Kramer nicht.

Bei jedem Schritt knarrte der Boden. Kramer hielt inne, lauschte. Doch seine Anwesenheit war nicht aufgefallen. Das stetige Rauschen von draußen verschluckte jeglichen Laut drinnen. Kramer griff nach seiner Stableuchte und ging auf die morsche Tür zu. Sie war unverschlossen. Er trat auf die erste Stufe, zog die Tür hinter sich zu und leuchtete die Treppe hinunter. Grau und diesig kam ihm der Schlund des Kellers entgegen. Er ging über die unebenen Tritte und erreichte den Boden, überging die Hindernisse, die aus allerlei Gerümpel bestanden, gelangte zu den Gittertüren und stand wenig später vor der Luftschutztür.

In den Siebzigerjahren – während des Kalten Krieges – waren solche Schutzräume Pflicht gewesen. Sie bestanden aus Stahl und Beton und mussten bombensicher sein. Kramer erinnerte sich an den Luftschutzbunker in der Nähe seines Elternhauses. Man hatte im Nachhinein ein Loch im Garten gegraben. Mittels eines Krans war eine hohle Stahlkugel dort versenkt worden. Einmal hatte er mit seinem Vater dort hinuntersteigen dürfen. Eng war es gewesen, unheimlich und muffig. Er hatte sich nicht vorstellen können, im Krisenfall dort eingelocht zu sein. Noch heute existierte der Deckel, der mit der Zeit von Gras und Unkraut überwuchert worden war, inmitten einer idyllischen Siedlung. Nach Vaters Tod und Mutters Einlieferung ins Pflegeheim hatte man das Elternhaus abgerissen. Das Grundstück war verkauft worden und man hatte dort Einfamilienhäuser gebaut.

Kramer versuchte, den Riegel zu kippen. Es gelang ihm nicht sofort. Er hängte sein ganzes Gewicht daran, und endlich senkte sich das Ding. Kramer zog die Tür ein wenig auf. Sie war vierzig Zentimeter dick. Er wunderte sich noch über den fehlenden Griff auf der Innenseite, als er plötzlich ein Wimmern aus dem Raum hinter der schweren Tür vernahm.

Doch auch von oben hörte er auf einmal Geräusche. Er streckte Stableuchte und Nase in den Spalt. Es roch seltsam. Er kannte den Geruch von Kellern. Unter dem Boden roch es fast immer gleich – nach Moder und Nässe. In diesem Raum jedoch *stank* es.

Der Lichtkegel zuckte über nacktes, feuchtes Gestein. Kramer schrak zurück. Ein gutes Dutzend blasser Gesichter schaute ihm entgegen. Große, lethargische Augen. Aneinandergerückte Leiber, als müssten sie sich gegenseitig wärmen.

Kinder! Er hatte Kinder gefunden. Eingeschüchterte Kinder. Im Alter zwischen zehn und fünfzehn Jahren, schätzte er. Kramer drückte die Tür nun ganz auf und rechnete eigentlich damit, dass sie in seine Richtung und zum Ausgang stürmen würden. Doch sie blieben dort, wo sie waren, kaum eine Regung in den Gesichtern. Ein kleines Mädchen weinte.

«Wer hat euch das angetan?» Kramer ging langsam näher. Er konnte diesen Anblick kaum ertragen, meinte, im falschen Film zu sein. Dass er träumte. Dass es in diesem Haus wirklich spukte und ein Geist sonderbare Bilder produzierte.

Sie sahen ihn an, als wäre er selbst ein Gespenst.

«Ihr braucht keine Angst mehr zu haben.» Er wollte beruhigend klingen. Seine Stimme war brüchig, nicht gefasst. «Ich bin Polizist. Ich werde euch hier herausholen, das verspreche ich euch.»

Die Geräusche von oben kamen näher. Irgendwann ging Licht an, und jemand kam über die Treppe. Kramer löschte die Stableuchte. «Ihr müsst jetzt leise sein», sagte er, obwohl noch kein Kind ein Wort gesagt hatte. Er stellte sich vor die Öffnung der Luftschutztür und wartete.

Plötzlich standen Ruprecht und Haberstich vor ihm.

«Hören Sie, es ist nicht, wonach es aussieht», versuchte Ruprecht, sich aus der Situation herauszureden.

«Wonach sieht es denn aus?», wollte Kramer wissen. Er schnaubte.

«Haben Sie schon mal etwas von Züchtigung gehört?» Ruprecht geriet in Wut. «Das sind ungehorsame Bälger. Ihre Eltern haben sie in unsere Obhut gegeben.»

«Damit Sie ihren Willen brechen?» Kramer war fassungslos, fühlte nichts als Verachtung für diesen Mann. «Das ist Kindsmissbrauch und Freiheitsberaubung. Dafür wandern Sie in den Knast.»

Haberstich hatte offensichtlich nicht mit diesem Anblick gerechnet. Sein gerade noch auf Konfrontation ausgerichteter Körper erschlaffte. «Was geht hier vor sich? Warum sind Sie hier?»

«Schauen Sie in den Keller, dann wissen Sie es.»

Haberstich schritt zur Tür, beugte sich nach vorn. Kramer sah, wie er erblasste.

«Glauben Sie mir. Ich wusste nichts von diesen Machenschaften. Ich hatte ein Mandat, das ich im Rahmen meiner Möglichkeiten ausübte. Aber von diesen Kindern hatte ich keine Ahnung.» Haberstich griff sich verzweifelt an den Kopf. «Das ist ja unerhört. Ich ...» Er rang nach Worten. «Ich werde Sie selbstverständlich in dieser Angelegenheit unterstützen.»

Kramer reichte ihm seine Visitenkarte, nicht sicher, ob er dem Anwalt trauen konnte. Seine Hundertachtziggradwendung überzeugte ihn nicht. «Am Montag werden wir uns darüber unterhalten. Ich lade Sie vor. Um zehn in meinem Büro. Und bitte seien Sie pünktlich.» Er griff nach seinem Mobiltelefon. Keine Verbindung.

Plötzlich stürmte Ruprecht los. Er stieß zuerst Kramer und dann den verdatterten Anwalt in den Luftschutzraum. Während Haberstich auf dem Boden landete, stolperte Kramer über ihn und musste sich mit den Händen abstützen, um nicht auch noch hinzufallen. Diese eine Minute reichte Ruprecht, der auf einmal über riesige Kräfte zu verfügen schien. Er tobte wie eine Furie, stieß schrille Schreie aus. Hinter Kramer und Haberstich schrien die Kinder wie am Spieß.

Ruprecht warf die schwere Tür zu und schloss ab. Sie saßen in der Falle.

* * *

Lucille rannte nach vorn in die Führerkabine des Zuges. Sie musste sich an den Sitzen festhalten, um nicht nach hinten zu kippen. «Sie müssen die Bahn sofort anhalten!»

Der Zugführer sah sie entgeistert an. «Das ist unmöglich. Ich muss mich an den Fahrplan halten.»

«Das ist ein Befehl!» Lucille schüttelte den Kopf. «Wir haben die Bahn angefordert. Es ist eine Extrafahrt, von wegen Fahrplan ...»

Die Wagen kamen quietschend zum Stehen. Sie befanden sich in einer Lichtung, von wo aus man auf Riedboden sah.

«Das wird Sie einiges kosten», drohte der Bahnbegleiter, Fredi Imfeld sein Name. «Zuerst musste ich unter gefährlichen Bedingungen von Goldau aus hierherfahren. Oberhalb Kräbel ist eine Schlammlawine niedergegangen. Das ganze Bahntrassee ist instabil. Da wird noch einiges runterkommen. Auch hier oben. Wissen Sie, dass die Rigi eigentlich gar kein Berg ist? Sie ist eine Moräne, ein Schutthaufen. Da muss man sich nicht wundern, dass von Zeit zu Zeit das Gerümpel daherkommt. Haben Sie schon mal einen Murgang erlebt? Der macht auch vor einer Bahn nicht Halt. Wenn wir pausieren, dann kann ich für nichts garantieren. Ich würde wirklich gern zur Station fahren.»

«Das können Sie bald. In einer Stunde sind wir vielleicht schon zurück.» Bartolini dirigierte die Einsatztruppe aus dem vordersten Wagen. Er wandte sich an Imfeld. «Fahren Sie zurück auf Klösterli und warten Sie dort so lange auf uns. Sie können beim Automaten einen Kaffee rauslassen, auf unsere Kosten ... *Cretino*», fügte er tonlos hinzu.

Sie verließen die Bahn und kletterten über das Trassee. Später überquerten sie den Hang zum Staffelweg. Er lag auf einer Schneise, die zur Rigiaa führte. Die Rigiaa war unter normalen Umständen ein unscheinbarer Bach. In heißen und trockenen Sommern plätscherte er als kleines Rinnsal zu Tale. Das Überqueren des sonst so friedlichen Wasserlaufs war heute jedoch ein Ding der Unmöglichkeit. Während des Unwetters war er zu einem reißenden braunen Fluss angeschwollen, und die nächste Brücke lag oberhalb Klösterli.

Bartolini riet zur Rückkehr. «Da kommen wir unmöglich durch.»

Sie gingen den Weg, den sie gekommen waren, mühsam zurück. Als sie jedoch die Gleise erreichten, war der Zug bereits abgefahren.

«*Porca miseria!* Das hätten wir uns sparen können.» Bartolini winke die Polizisten zu sich. «Wir folgen den Schienen.»

«Super Idee», maulte jemand. «So verlieren wir wertvolle Zeit.»

«Weißt du etwas Besseres?», fragte ein anderer und stapfte hinterher. «Heute können wir doch nichts mehr bewirken. Vielleicht sollten wir die Aktion auf morgen verschieben. Außerdem wird es bald Nacht.»

Auf der Höhe des Staffelwegs, dort, wo im Winter die Einfahrt zum Skilift lag, überquerten sie den Bach. Sie versuchten aufs Neue, querfeldein zu gehen, aber der Boden war matschig und aufgeweicht, die Gefahr abzurutschen, allzu groß. Sie mussten aufgeben – es blieb ihnen nichts anderes übrig, als den normalen Weg einzuschlagen.

Trotz ihrer guten Grundkondition brauchten die Polizisten länger nach Riedboden, als sie gedacht hatten. Der Nebel war dichter geworden, denn der Boden strahlte Wärme ab, und der Regen hatte die Luft abgekühlt. Es sah aus wie in einem Hochmoor im Herbst.

Als sie schließlich vor dem Haus ankamen, lag es im Dunkeln, denn inzwischen hatte sich die Nacht langsam über die Landschaft gelegt. Einzig ein blauer Schimmer breitete sich am Himmel aus, ein irisierendes Licht, das in den Bergen auch nachts nie ganz verschwindet.

Lucille zog an der Glocke. Bartolini polterte an die Tür. Nichts rührte sich.

«Bist du sicher, dass Thomas hier ist?», wandte sich Lucille an Bartolini.

«Ich kenne ihn doch. Er lässt nichts unversucht.»

«Aber dann würden wir ihn doch antreffen», tönte es aus der Truppe hinter ihnen.

«Na ja, so allein und bei diesem Brei könnte es auch für unseren Chef gefährlich werden», meinte ein anderer. «Soweit ich mich erinnere, trug er nicht gerade bergtaugliche Schuhe. Wann haben wir ihn denn verloren?»

«Wenn wir das wüssten, wären wir nicht hier», belehrte Lucille ihn. «Aber um hier zu verunfallen, braucht es eine große Portion Ungeschicklichkeit.» Sie blickte an der Fassade hinauf. «Ich gehe mal hintenrum. Elmer, Sie kommen mit.»

Lucille leuchtete mit ihrer Stablampe die Wände entlang. Die Fensterläden waren geschlossen. Nichts deutete darauf hin, dass das Haus bewohnt war. Den Schmutz, der bis vor dem großen Gewitter unter den Arkaden gelegen hatte, hatte der Schlamm mitgezogen und über den Hang verteilt. Erst der nächste Morgen würde das ganze Ausmaß der Verwüstung zeigen. Lucille wollte sich keine weiteren Gedanken darüber machen. Es hätte sie sonst wahnsinnig gemacht. Sie hatte es noch nie gemocht, sich während eines Unwetters in den Bergen aufzuhalten. Zu viel hatte sie gehört von verschollenen Wanderern und zu Tode Gestürzten. Sie verdrängte es, konzentrierte sich auf das Hier und Jetzt.

Ihr Chef war wieder einmal verschwunden. Wieder mal. Langsam machte sie sich aber Sorgen. War er einerseits der verantwortungsvolle Chef ihrer Abteilung, unterschätzte er andererseits oft die Auswirkungen seines einstweilen unüberlegten Tuns. Er war und blieb der einsame Wolf in einer Steppe voller Polizisten, ohne die er aber auf verlorenem Posten stand. Hätte Linder von Kramers derzeitigen Eskapaden gewusst – er hätte ihn für den Rest der Aufklärung ins Büro verbannt, dorthin, wo er eigentlich hingehörte. Lucille fragte sich manchmal, weshalb Kramer den Posten des Chefs für Leib und Leben angenommen hatte, wenn er sich draußen doch so viel wohler fühlte. Präsentierte er letztendlich eine neue Art von Ermittlerchef? Sie erinnerte sich an seinen Vorgänger, der seinen Dienst fast immer in Anzug und Krawatte absolviert hatte. Seine Arbeit hatte er ins Büro verlegt und von dort aus die Fäden gezogen.

Kramer war das genaue Gegenteil von ihm. Er hielt sich in allem zurück, auch als Chef. Lucille befürchtete, dass Bartolini ihm innert Kürze den Rang ablaufen könnte. Es war ihr nicht entgangen, dass Bartolini eine Vorwärtsstrategie verfolgte. Ende August erwarteten er und seine Freundin Zwillinge. Es wäre ganz normal gewesen, wenn er auf einen höheren Posten und somit auf einen besseren Lohn spekuliert hätte.

Mittlerweile waren sie hinter dem Gebäude angekommen. Auch hier war alles ruhig. Kein Licht. Keine Geräusche. Die Stille wirkte bedrohlich. Lucille versuchte es noch einmal mit ihrem Mobiletelefon. Die Verbindung wurde hergestellt. Der Anrufbeantworter jedoch bestätigte zum wiederholten Mal die Tatsache, dass Kramer telefonisch nicht erreichbar war.

«Wir brechen ab.» Lucille wandte sich an Elmer, der wie ein nasser Pudel hinter ihr her gezottelt war.

Langsam war auch sie es leid, solche abartigen Strapazen auf sich zu nehmen. Kramer schien alt genug zu sein um zu wissen, was er tat. Hätte er sich an die Truppe gehalten und wäre ihr gefolgt, müsste sie jetzt nicht in dieser unwirtlichen Gegend nach ihm suchen. Nass bis auf die Haut, schmutzig und verschwitzt. Lucille sehnte sich nach einem lauwarmen Bad im Kerzenschein. Einem Glas Prosecco und Stefan an ihrer Seite.

Vor dem Haus warteten Bartolini und die anderen Polizisten. Sie hatten gerade beschlossen, zurück auf Rigi Kulm zu fahren, als plötzlich ein unheimliches Grollen aus der Dunkelheit zu vernehmen war.

* * *

Tanja Pitzer war bereits am Mittag auf der Rigi eingetroffen. Sie hatte im Hotel Kösterli gegessen und war danach auf Riedboden gewandert. Im Schatten einer Tannengruppe hatte sie ihren Beobachtungsposten bezogen und auf ihrem Laptop die Fortsetzung des Berichts eingetippt, den sie schon vor einem Monat begonnen hatte. Wenn sich ihre Vermutungen bestätigten, dann hatte sie den Knüller des Jahres im Kasten. Dann endlich würde sie dem Chefredakteur beweisen können, dass mehr in ihr steckte als bloß Leute zu interviewen, die sich auf dem Egotrip befanden, oder über mittelmäßige Schriftsteller zu schreiben. Von dieser Art Berichterstattung hatte sie sich endgültig distanziert. Ihre Berufung war das Recherchieren, unter der Oberfläche zu graben und den Dingen auf den Grund zu gehen.

Tanja hatte den Sturm auf das Haus der Sekte miterlebt. Sie hatte sich, nachdem das Unwetter über die Rigi hereingebrochen war, Zutritt zum Haus verschafft. Dass sie in einer Kellernische die Aktion der Polizei mitverfolgte, fiel niemandem auf. Sie hatte gelernt, sich unsichtbar zu machen, obwohl sie mit ihrem Outfit eigentlich hätte auffallen müssen. Aber sie wusste, dass auch die Polizei nur eindimensional sah. Einzig vor dem vergeistigten Sektensekretär musste sie sich in Acht nehmen.

Sie saß noch immer im Keller, im hintersten Winkel, genau gegenüber der Luftschutztür. Ruprecht, der komische Vogel im weißen Gewand, war hinauf ins Erdgeschoss gegangen. Sie hörte die Kellertür zuschnappen, doch niemand drehte einen Schlüssel um. Der Fluchtweg war also offen.

Alles um sie herum lag im Dunkeln. Tanja erhob sich. Ihre Glieder schmerzten ob der immer gleichen Kauerstellung. Sie tastete sich an den Wänden entlang, stieß auf Gitterstäbe und wäre beinahe über eine Kiste gestolpert. Sie hielt den Atem an. Diesem Irren dort oben traute sie alles zu. Sie suchte in ihrer Jackentasche nach ihrem Feuerzeug, griff danach und zündete es an. Ein kleines Flämmchen leckte in die Höhe, spendete kaum Licht – jedoch genug, um zu sehen, in welcher Richtung die schwere Eisentür lag. Vorsichtig ging sie weiter.

Und hinter der Tür: Kramer. Sie hätte ihn gern noch ein wenig schmoren lassen. Warum glaubte er, allein gegen die Welt antreten zu können? Tanja hatte ihn studiert. Sie kannte ihn. Wenn er weiterhin den einsamen Wolf mimte, würde er sich früher oder später sein eigenes Grab schaufeln. Einzelkämpfer kamen nicht weit. Das kannte sie von sich selbst. Man brauchte Eckpfeiler, die einen stützten, Informanten und Kollegen, die noch einmal ganz anders an eine Sache herangingen. Sie hätte ihn gern warten lassen, dort hinter der Eisentür im Luftschutzraum. Aber da waren auch Kinder, die sie unbedingt befreien musste, bevor dieser Psychopath zurückkam. Tanja wusste ja nicht, was er vorhatte. Sie war mittlerweile an der Tür angelangt und wollte gerade den Riegel betätigen, als sie von oben ein Rumoren vernahm. Es hörte sich an, als würde die Kavallerie über sie hinweggaloppieren. Tanja wartete und lauschte. Sie meinte, das Haus zittern zu spüren.

Sie durfte keine Zeit verlieren. Sie zog am Hebel und drückte ihn nach oben, brauchte alle Kraft, um die Tür zu öffnen. Der Gestank von Fäkalien traf sie mit voller Wucht. Sie überwand sich, zog die Tür ganz auf. Mit dem Gasfeuerzeug leuchtete sie in die Dunkelheit. Ein Dutzend Augenpaare blickte ihr entgegen.

Und plötzlich tauchte Kramers Gesicht auf, blass, mit Bartstoppeln. Der Ermittler wirkte längst nicht mehr so entschlossen, wie sie ihn in Erinnerung hatte. Seine Augen waren gerötet, stressbedingt, wie sie annehmen musste.

«Frau Pitzer! Was tun Sie hier?» Er war überrascht und erleichtert zugleich.

Eine kleine Genugtuung für sie, ihn hier leiden zu sehen. Den Mann neben ihm kannte Tanja nicht. «Ich komme Sie befreien. Beeilen Sie sich. Reden können wir ein andermal. Ich glaube, da oben ist die Hölle los.»

Kramer überlegte nicht lange. Er stieß die Kinder vor sich her durch die Tür und Richtung Treppe. Hinter ihm ging der Anwalt, nachdem er sich vergewissert hatte, dass ihre Schützlinge alle aus dem Luftschutzraum herausgekommen waren. Dann ging Kramer nach vorn und stieg die Kellertreppe hoch. Tanja folgte ihm. «Der Kerl ist bestimmt noch da oben. Passen Sie bloß auf!»

«Warum denn auf einmal so freundlich?» Kramer konnte es nicht lassen, seine Erzfeindin zu necken.

Sie warf ihm einen schrägen Blick zu. «Gehen Sie schon.»

Mittlerweile hatten die Kinder hinter ihnen die Treppe betreten; Haberstich bildete das Schlusslicht. Plötzlich bebte der Boden und die Gruppe blieb stehen. Die Treppe schwankte bedenklich.

«Was ist das?» Der Anwalt hielt die Kinder beisammen, die sich ängstlich aneinanderklammerten.

«Wir müssen hoch! Raus!» Kramer stieß die Kellertür auf. Diffuses Licht empfing sie. Die Lampe im Flur schwang wie ein Pendel hin und her. Das Grollen nahm zu.

«Es donnert. Das Gewitter kehrt zurück», meinte Tanja lapidar.

Kramer rannte Richtung Küche. «Das ist kein Gewitter!» Er hastete zu einem Fenster und blickte von dort in die Finsternis. Denn dort draußen war etwas, mit dem niemand von ihnen gerechnet hatte.

Auf einmal tauchte Ruprecht auf. In seinem weißen Gewand sah er aus wie eine Wachsfigur. «Haben Sie das auch gehört?» Er schien vergessen zu haben, dass er vor nicht allzu langer Zeit Haberstich und Kramer mitsamt den Kindern im Keller eingeschlossen hatte. Er war völlig durcheinander: Was da kam, kannte er nicht, und er wollte nur seine Haut zu retten vor etwas, das noch nicht konkret schien. Nun unterschied ihn nichts mehr von den anderen. Er hatte große Angst.

Kramer betrachtete den Hang, den er unscharf ausmachen konnte. Die beginnende Nacht hatte die Gegend in dunkle Schatten getaucht. Weit über ihnen erkannte er einen schmalen Streifen Himmel. Die Tannenspitzen zeichneten sich schemenhaft davor ab. Wieder rüttelte und schüttelte es das Haus durch. Tassen und Teller im Küchenschrank schepperten, die Kellen und Suppenschöpfer rasselten an der Wand. Die Erde bebte. Aber es war ein anderes Beben als das, welches Kramer aus seiner Kindheit kannte. Es schien anzuhalten, stärker zu werden.

Dann fühlte er es. Roch es. Beklemmung schnürte ihm die Luft ab. Nun war das eingetroffen, vor dem die Geologen und Bergleute schon länger gewarnt hatten. Sie hatten gesagt, dass es jederzeit wieder geschehen könne.

Eine unsichtbare Masse bewegte sich auf das Haus zu. Vorab schleuderte sie Gesteinsbrocken gegen das Fenster. Es klirrte, während eine Scheibe zu Bruch ging. Durch das entstandene Loch regnete es weitere Steine. Ein grober Brocken schoss haarscharf an Kramer vorbei.

«Der Berg kommt!», schrie Ruprecht und stieß Kramer aus der Küche. «Allmächtiger, der Berg! Raus hier!»

Etwas traf das Haus mit voller Wucht. Im Gebälk ächzte und stöhnte es. Das Licht ging wieder aus. Die Dunkelheit traf sie unvorbereitet. Die Kinder schrien. Ruprecht brüllte wie ein verwundetes Tier.

«Raus hier!» Tanja riss die Eingangstür auf. «Ihr sollt raus hier!» Sie knipste das Feuerzeug an. Verzweifelt suchte sie Kramers Blick. «Alle Kinder zuerst. Es sind zwölf Kinder. Zählen Sie nach und dann raus!»

Draußen empfing sie diffuses Licht. Genug, um die Konturen des Hügelzugs von Rigi Staffel auszumachen. Der rettende Weg lag dort drüben. Hinter Kramer stolperten der Anwalt und Ruprecht zur Tür. Tanja zog die Kinder unter dem Rahmen durch ins Freie. Die Kleinsten unter ihnen schrien noch immer, denn sie konnten die Lage, in der sich sie befanden, nicht einschätzen. Kramer nahm eines auf den Arm, hastete weiter. Die Nacht umhüllte die Hügel, als wäre alles so wie immer. Der Himmel hatte sich beruhigt. Die Gefahr lauerte auf dem Boden, an den Hängen, im Dunkeln.

«Folgt mir den Hang dort hinauf!», schrie Tanja.

«Das ist die falsche Richtung!» Ruprecht rannte wie paralysiert ums Haus herum. «Der Berg kommt von der anderen Seite … Der Berg kommt von überall. Die Rigi schlägt zurück. Wir büßen für unsere Sünden, wir, die wir uns die Natur untertan gemacht haben, wir, die Gierigen …» Seine Litanei klang schauerlich, während er sich entfernte. «Runter zur Kirche!»

Dann hörte man plötzlich nichts mehr.

«Mir nach!», wiederholte Tanja.

Sie hetzten den Hang hoch, gelangten zu einer tiefen Furche, die einmal ein Wanderweg gewesen war. Einige der Kinder fielen hin. Sie rappelten sich hoch, rannten wie von

Sinnen. Hinter ihnen rutschte der Hang weiter auf das Haus zu. Sie sahen ihn nicht genau, aber sie hörten dieses unheimliche Geräusch. Ein Ächzen und Wimmern und dann dieses Geheul.

Die Welt ging unter. Und sie waren mittendrin.

* * *

Niemand konnte später sagen, wie lange sie unterwegs gewesen waren. Irgendwann erreichten sie jedenfalls Rigi Staffel. Ihr Lebenserhaltungstrieb hatte sie vorangetrieben. Die Temperaturen waren merklich kühler geworden, und die Landschaft lag im Dunkeln. Einzig die hellen Planen eines Zeltes schimmerten. Es war das Eventzelt, das auf Rigi Staffel einen festen Platz hatte. Vor dem Zelt machten sie halt. Über ihnen jagten Wolkenfetzen über den Himmel. Manchmal zeigte sich der abnehmende Mond, leuchtete kurz die bizarre Gegend aus, um dann wieder zu verschwinden. Rigi Klösterli befand sich im Niemandsland, schwarz und still ruhte es dort unten. Begraben unter Schutt und Schlamm, Gesteinsbrocken und Felsteilen – niemand wusste es genau.

Kramer hatte mehrmals versucht, mit dem letzten Rest Akku seine Kollegen zu erreichen. Er ging davon aus, dass sie auf Kulm übernachteten, nachdem Gabi Christen ihnen das Angebot unterbreitet hatte. Er war enttäuscht, weil sich offenbar niemand um ihn kümmerte. Andererseits verstand er sie. Der Einsatz hatte sie wohl an ihre Grenzen gebracht. Zudem hatte er diese Aktion allein zu verantworten. Er war zurückgekehrt, als hätte er einen sechsten Sinn gehabt. Was wäre gewesen, hätte er es nicht getan? Tanja war wie ein rettender Engel erschienen – gerade rechtzeitig.

Jetzt jedenfalls waren sie unglaublich müde.

Den Weg auf Kulm würden sie schon der Kinder wegen nicht mehr bewältigen. Kramer entschied sich dafür, sich Zugang zum Zelt zu verschaffen. Die zweiflüglige Tür war abgeschlossen. Er versuchte, sie einzudrücken, aber der Türrahmen war aus Aluminium, mit Holz verstärkt. Keine Chance, dort hineinzugelangen. Kurzerhand nahm er sein Sackmesser hervor und zerschnitt die Zeltplane neben der Tür. Für den dadurch entstandenen Schaden würde die Versicherung aufkommen. Das hatte im Moment keine Bedeutung. Tanja stand neben ihm und hielt die Stofffetzen auf.

«Danke!» Kramer bemühte sich um eine gefasste Stimme. «Ohne Sie …»

«Ist okay», schnitt Tanja ihm das Wort ab. «Das, was ist, zählt. Schauen wir, dass die Kinder sich hinlegen können. Sie sind sehr erschöpft.» Sie dirigierte ihre Schützlinge ins Zelt. Am Schluss keuchte auch Haberstich in die schützende Unterkunft.

«Haben Sie Ruprecht gesehen?» Kramer hielt Haberstich am Arm fest.

Der Anwalt holte tief Luft. «Nein. Er ist wohl in die falsche Richtung gelaufen. Ich habe ihn aus den Augen verloren, und dann habe ich gespürt, wie der Hang anfing, unter mir wegzurutschen. Mein einziger Gedanke war, mich selbst zu retten.»

«Sie haben ihn einfach in sein Verderben laufen lassen? Sie waren sein Anwalt!» Kramer starrte den Mann an.

«Was hätte ich denn tun sollen? Ich konnte nichts sehen, rein gar nichts. Ich hörte ihn zwar noch. Seine Befehle, wie er oft Befehle erteilt hatte, diesen Lügen, denen ich aufsaß. Er lotste mich in seine Nähe. Er rief nach mir. Dann hörte ich dieses Geräusch, dieses Krachen. Ich hatte keine Zeit, lange zu überlegen. Ich folgte dem Ruf der Dame. Sie schien mir die einzig Vernünftige zu sein …»

«Es ist nicht unsere Schuld, dass wir ihn verloren haben», mischte sich Tanja ins Gespräch ein. «Manchmal muss man einen opfern, um viele zu retten. Kennen Sie die Geschichte mit den Gleisen? Auf zwei nebeneinanderliegenden Gleisen arbeiteten Männer. Auf dem einen ein einziger Mann, der zu Hause eine Frau und fünf unmündige Kinder hatte. Auf dem anderen Gleis vier junge Burschen. Als sich oberhalb der Weichen ein Bahnwagen in Bewegung setzte, sah dies ein sechster Arbeiter, der in der Nähe der Weiche stand. Er konnte sie verstellen, um das Schlimmste zu verhindern. Ein Arbeiter gegen vier. Für wen, denken Sie, hat er sich entschieden …?»

Sonntag, 20. Juli

Jeden Sonntagmorgen, exakt zur selben Zeit, holte Trixi Müller frische Brötchen und die Boulevardzeitung beim Bäcker an der Seestrasse in Weggis. Sie selbst wohnte an der Höchistrasse in einem Haus aus den Sechzigerjahren, seit langer Zeit schon, von wo aus sie den sonntäglichen Fahrradausflug ins Dorf unter die Räder nahm. Bei jedem Wetter, zu jeder Jahreszeit. Im Dorf kannte man sie. Sie galt als Original, als eigenartige Frau, ein wandelndes Lexikon, wenn es um das Verbreiten von Gerüchten ging. Sie war also auch jetzt mit dem Rad unterwegs.

Heute allerdings gestaltete sich dies als schwierig. Auf den Straßen lag eine zentimeterdicke braune Schlammschicht. Das Gewitter des Vortags hatte die Hänge heruntergespült. Vielerorts waren die Abläufe verstopft, Bäume umgeknickt und Gegenstände, die nicht niet- und nagelfest gewesen waren, verweht worden. Trotz des blauen Himmels bot sich überall ein trostloser Anblick. Das Militär war mit Aufräumarbeiten beschäftigt. Die Feuerwehr pumpte unter der strengen Aufsicht von Zaungästen überflutete Keller aus.

Trixi schnappte mal da, mal dort einige Neuigkeiten auf. Jemand erzählte ihr, dass auf Rigi Klösterli eine Schlammlawine niedergegangen sei. Häuser seien dabei in Mitleidenschaft gezogen worden. Mehr wisse man jedoch nicht. Schließlich hatte es Trixi mit Müh und Not geschafft, zur Bäckerei zu gelangen. Jetzt stand sie vor der Theke, während die Verkäuferin die Brötchen einpackte.

«Haben Sie es schon gehört? Rigi Klösterli wurde verschüttet.» Trixis Augen sprühten, sie war in Hochstimmung. Sie glaubte, etwas komplett Neues in Umlauf zu bringen.

«Ach, gab es Tote?»

«Ja, viele Tote, und es soll wüst aussehen dort oben.»

«Das ist ja schrecklich. Ich habe schon immer gesagt, dass die Rigi kein sicherer Berg ist. Fast ein Drittel der Rigi ist mit Bergsturztrümmern bedeckt. Die Nagelfluh-Brocken können auf den nassen Mergellagen zu Tale rutschen. Im 18. Jahrhundert ging in der Lützelau ein Felssturz nieder. Die Abbruchstelle befindet sich an den Nagelfluh-Wänden am Grat Steiglen, Chänzeli und Geissrügge. Die Felsblöcke rollten bis zum Vierwaldstättersee, das sieht man heute noch. Und denken Sie doch nur an die Katastrophe im Jahr 2005, als an der Laugneri der Hang daherkam. Und es kann jederzeit wieder geschehen. Wir leben an einem gefährlichen Ort. Waren Sie schon einmal beim Felsentor bei Romiti? Dort können Sie die Gewalt der Natur hautnah erleben. Dort gibt es gewaltige Felstürme übereinander aufgeschichtet. Sie ragen weit in den Himmel hinein. Die sind alle mal runtergekommen. Trotz der Gefährlichkeit des Berges hat man dort ein Haus gebaut. Die Gegend gilt als Kraftort und zieht immer wieder Menschen an, die das Besondere suchen.»

«Und dort, wo heute die Luftseilbahn steht, ist auch alles runtergekommen», sagte Trixi. «In der Verena-Kapelle an der Rigistrasse steht es geschrieben.»

«Ja, ja. Im Juli 1795 war's. Nach wochenlangen sintflutartigen Regenfällen. Früher oder später wird es keine Rigi mehr geben. Darf es noch etwas sein, Frau Müller?»

«Nein, passt schon.» Trixi wurde von einem Bild abgelenkt. Es war auf einem Steller angeheftet, wo sonst die neueste Ausgabe der Tageszeitung klebte. «Aber die kenne ich doch.»

Die Verkäuferin schaute sie fragend an. «Wen denn?»

«Ja, dieses Gesicht auf dem Plakat!»

«Ach ja, das ist eine Vermisstenanzeige. Traf vorgestern hier ein. Ein junges Mädchen soll vermisst sein. Livia Langendorf. Stammt aus Entlebuch. Die ist doch abgehauen, wenn Sie mich fragen.»

«Nein, nein. Die wohnt mir gleich gegenüber. In einer piekfeinen Villa. Habe mich schon gewundert. Ihr Freund ist mindestens doppelt so alt wie sie.»

«Ihr Freund?»

«Oder Mann, was weiß ich. Auf keinen Fall der Vater, so wie die sich benehmen.»

«Aber dann müssen Sie das der Polizei melden.»

«Meinen Sie?»

«Aber gewiss, Frau Müller.» Die Verkäuferin reichte ihr eine kleinere Ausführung des Bildes über den Ladentisch. «Hier ist ein Flyer. Vielleicht schauen Sie sich die Dame ja mal aus der Nähe an.»

«Das werde ich wohl tun.» Trixi packte die Brötchen in den Korb, bezahlte und ging nach draußen.

Wie dicke gefräßige Schlangen wanden sich die Feuerwehrschläuche über die Straße. Am Seeufer zersägten zwei Männer einen umgestürzten Baum. Überall kehrten Leute den Dreck vor ihren Häusern weg. In der Luft hing ein eigenartig modriger Geruch. Trixi schwang sich auf ihr Fahrrad. Mit flatternden Röcken trat sie den Heimweg an.

* * *

Das Gewitter am Samstag hatte weite Teile der Zentralschweiz in braunen Matsch verwandelt. Zahlreiche Straßen waren wegen Überschwemmungen gesperrt, ganze Dörfer von der Umwelt abgeschnitten. Die Regierung rief für die betroffenen Regionen den Notstand aus.

In der ersten Morgendämmerung war das Ausmaß der Zerstörung ersichtlich geworden. Rigi Klösterli schien zweigeteilt. Das Schweizer Militär hatte bereits früh mit den Aufräumarbeiten begonnen. Bagger und Hubschrauber waren im Einsatz.

Lucille und Bartolini hatten im Kulmhotel übernachtet. Eine Rückfahrt nach Vitznau in der Nacht war aus Sicherheitsgründen nicht gestattet gewesen, trotz des Extrazugs, den sie bestellt hatten. Doch im Gegensatz zur Südseite der Rigi war das Bahntrassee unversehrt geblieben.

Nachdem sie von Isabelle Kramer die Nachricht erhalten hatten, dass ihr Mann in der letzten Nacht nicht nach Hause gekommen sei, machten sie sich allerdings nun große Vorwürfe. Vielleicht hätten sie weitersuchen müssen.

Doch war es auch darum gegangen, die eigene Haut zu retten. Nachdem sich der Boden unter ihren Füßen bewegt hatte, hatte Bartolini die Aktion abgeblasen. Sie hatten nicht damit gerechnet, Kramer noch zu finden, und waren davon ausgegangen, dass er irgendwo Schutz gesucht hatte.

Was für ein Fehler!

Eine einzige Bahn fuhr bis Klösterli. Lucille stand am Fenster und traute ihren Augen nicht. Dort, wo einst die Kuppe des denkmalgeschützten Hauses in den Himmel geragt hatte, neigte sie sich nun zu Tale. Der Hang weiter oben glich einer einzigen graubraunen Brühe. Ganze Baumgruppen waren in dem Morast verschwunden. Weiter oben sah der Wald aus wie abgeholzt. Ein Bild der Verwüstung zog sich über den Hang.

Kurz vor der Station stoppte die Bahn. Die beiden Ermittler stiegen aus dem Wagen. Der Weg zum Riedboden war schwer zugänglich. Die Rigiaa floss nicht mehr nur das Bachbett entlang. Sie hatte sich über den ganzen Hang hinweg ihren Abfluss gesucht. Die Brücke stand noch, aber das Wasser reichte bis knapp über die Streben, der obere Teil war überflutet. Der einzige Zugang zum Sektenhaus führte über eine Schneise, die die Schlammlawine gebildet hatte.

Der Anblick war erschreckend. Das Haus der Sekte war bergseitig unter einer zähen Gerölllawine begraben, die Kuppe vornübergekippt, als trotzte sie nur mit letzter Mühe der Schwerkraft. Glücklicherweise hatte der Murgang kurz vor den restlichen Häusern gestoppt. Die Ausläufer von

Schlamm und Gesteinsbrocken hatten sich dennoch in zahlreiche Eingänge einen Weg gebahnt.

Schweres Geschütz war bereits vor Ort. Die Schaufel eines Baggers fuhr in das Geröll, das sich wie Lehm in den zersplitterten Holzbalken festgesetzt hatte.

Lucille wandte sich an den nächststehenden Arbeiter, der ihr den Weg versperrte. Sie zückte ihre Dienstmarke und hielt sie dem beschäftigten Mann unter die Nase. «Wissen Sie, wer hier zuständig ist?»

Er beachtete sie kaum. «Sie können hier nicht durch. Das ist zu gefährlich.»

Bartolini kam Lucille zu Hilfe. «Wer beaufsichtigt die Arbeit?» Er hatte seine Ärmel umgekrempelt, als würde er demnächst selbst anpacken wollen.

«Ich», kam es barsch zurück.

«Wissen Sie, ob noch jemand im Haus gewesen ist, bevor die Lawine niederging?», fragte Lucille.

«Bis anhin konnten wir einen Mann tot bergen.»

Lucille fuhr es in alle Knochen. «Wissen Sie, wer es ist?»

«Wir müssen davon ausgehen, dass es eines der Sektenmitglieder ist. Aber wenn Sie meine Meinung hören wollen: Um die ist es nicht schade.»

«Ihre Meinung ist aber nicht gefragt. Befürchten Sie noch mehr Opfer?»

«Das kann ich Ihnen erst sagen, wenn wir den Dreck hier weggeräumt haben. Ich muss Sie bitten, jetzt zu gehen. Sie begeben sich hier nur in Gefahr. Ich kenne die Gegend.

Da könnte noch einmal ziemlich was runterkommen.» Der Mann wandte sich demonstrativ ab.

«Was tun wir jetzt?» Lucille zitterte vor Angst. «Warum, um Gottes willen, können wir Thomas nicht erreichen?»

«Es wird sich sicher alles zum Guten wenden.» Aber Bartolini klang nicht sehr überzeugt.

* * *

Wenig Freude hatte der Hüttenwart von Rigi Staffel, als er am frühen Morgen das Eventzelt in einem desolaten Zustand vorfand. Eigentlich hätten die Planen dem Unwetter standhalten müssen. Aber der Eingang war zerfetzt, und um das Zelt herum lag verwehtes Gerümpel. Alles war schmutzig, und es würde Tage beanspruchen, bis es wieder sauber war.

Melchior Gasser war erst recht aufgebracht, als er das Zelt von innen sah. Er stapfte mit seinen schweren Bergschuhen über den aufgeweichten Boden. Tische und Bänke standen zwar noch am selben Ort wie am Vortag, aber dort, wo sich die Ausschanktheke befand, war alles verwüstet. Die Wolldecken, die ansonsten in den Regalen neben den hintersten Bänken ruhten, lagen ebenso durcheinander. Gasser fragte sich, was wohl der Grund für diese Unordnung war.

Plötzlich sah er sie.

«Jesus, Maria und Josef!» Er stolperte vorwärts. «Was ist denn hier los? Wer seid ihr?»

Kramer hatte den Fremden nicht kommen hören. Er kauerte neben einem kleinen Mädchen, nachdem er kurz zuvor erwacht war. Wenigstens hatte er noch ein paar Stunden geschlafen. Das lag wohl an seiner totalen Erschöpfung.

Neben ihm erwachten Tanja und Habermacher, froh darüber, dass die nächtliche Aktion doch noch glimpflich verlaufen war. Den Kindern ging es den Umständen entsprechend gut. Einigen stand der Schock noch in den Augen. Aber in Lebensgefahr schwebte niemand.

Kramer stellte sich vor. «Es tut uns leid, dass wir Ihnen Umstände bereitet haben. Ich nehme an, Sie sind zuständig für das Zelt.»

«Und ob ich das bin. Melchior Gasser ist mein Name.» Er streckte seine wurstige rechte Hand aus. «Was zum Teufel tun Sie da?»

«Das werde ich Ihnen später erklären. Sie haben nicht zufällig ein Handy dabei?»

«Nein, aber ich wohne gleich im Haus nebenan. Wenn Sie mir endlich sagen, warum Sie und diese Bälger hier sind, können wir dorthin gehen.»

Kramer packte Gasser am Arm. «Gehen wir doch gleich in Ihr Haus. Es eilt. Ich gehe davon aus, dass man uns sucht.»

Gasser stapfte voraus. «Woher kommen die Kinder?»

«Das ist eine lange Geschichte», gab Kramer zurück und dachte an die immense Arbeit, die sie noch vor sich hatten. Die Befragung der Kinder, das Auffinden ihrer Eltern. Ge-

genüberstellungen. Die Klärung der Schuldfrage. Er hoffte, dass er diese Angelegenheit möglichst bald dem Staatsanwalt übergeben konnte. In erster Linie ging es ihm immer noch darum, den Mord an dem Brandopfer aufzuklären. Dass der Fall derart kompliziert wurde, hätte er sich nie träumen lassen.

Und jetzt auch das noch: Er befand sich in einem Zelt auf Rigi Staffel, zusammen mit einer nervtötenden Journalistin, einem biederen Anwalt und zwölf unmündigen Kindern. Er war knapp einer Katastrophe entkommen. Diese Geschichte nahm ihm doch keiner ab!

Das kleine Häuschen lag direkt neben den Bahnschienen und entpuppte sich als Unterstand – trocken, warm und zweckdienlich. Kramer erinnerte es an ein Gartenhaus mit einem Raum, in dem es eine Küche mit Gasherd, eine Sitzgelegenheit und eine Pritsche gab. Das Klo lag im Keller, wie Gasser erklärte. Er ging kurz dorthin, nachdem er Kramer das Telefon in die Hand gedrückt hatte. Dass es hier einen Anschluss gab, erstaunte Kramer. Er wählte Bartolinis Mobiltelefon an.

«*Pronto!*», ertönte es schon nach dem ersten Klingelton.

«Ich bin's, Thomas.»

«Kramer! Ach, bist du von den Toten auferstanden?» Bartolini klang nicht sehr begeistert. «Wir machen uns furchtbare Sorgen um dich. Lucille hatte beinahe einen Weinkrampf, als wir auf Riedboden eintrafen. Das Haus von Lux Aeterna steht nur noch zur Hälfte. Wir dachten … verdammt, Thomas. Du hast uns einen schönen Schrecken eingejagt!»

«Bist du fertig?» Kramer hörte es rascheln und knistern.

«Thomas!» Dann war Lucille am Apparat. «Wo steckst du?»

«Ich bin in Sicherheit. Und mit mir zwölf Kinder, die man im Haus der Sekte in den Keller gesperrt hatte.»

«Was sagst du da? Du bist doch nicht etwa noch mal zurückgekehrt?»

Kramer musste zugeben, dass er wieder einmal unbürokratisch und rein intuitiv gehandelt hatte. Er erzählte von den Kindern im Luftschutzraum. Dass Tanja Pitzer ihm das Leben gerettet hatte, verschwieg er allerdings. Darüber konnte er zu einem späteren Zeitpunkt reden, wenn überhaupt. Auf der Kripo wusste jeder, was er von der Klatschpressejournalistin hielt. «Ich werde mich jetzt auf den Weg zum Kulm machen», sagte er. «Ich brauche dringend eine Dusche. Wie sieht es bei euch aus?»

«Ein Toter wurde geborgen.»

«Ruprecht?»

«Wir müssen davon ausgehen, dass er es ist. Die Leiche ist bereits auf dem Weg in die Rechtsmedizin. Das Militär ist hier und räumt auf.»

«Wir treffen uns auf Kulm», dröhnte Bartolini, der offenbar das Telefon wieder an sich gerissen hatte.

«Okay, bis dann.» Kramer drückte die Verbindung weg. Dann wählte er Isabelles Mobiltelefon an.

«Gott sei Dank!», rief sie. Und dann begann sie zu weinen.

Keine Vorwürfe – das beruhigte ihn. Nach einigen Fragen nach seinem Befinden sprudelte es nur so aus ihr heraus – unter Schluchzern. «Wir hatten gestern Wetteralarm. Zwei Keller hier in der Gegend wurden überflutet. Die Straße war ein einziger Bach. Zum Glück ist unser Keller dicht geblieben. Ich hatte vorsorglich ein paar Sandsäcke vor die Tür gelegt. Aber der Hagel hat die Blumen im Garten geköpft. Und eine der Forellen im Teich schwamm heute Morgen auf dem Rücken. Ich habe sie jetzt nicht eingefroren. Schade um den Fisch.» Sie machte eine Verschnaufpause. «Wann kann ich mit dir rechnen? Der Garten sollte aufgeräumt werden. Einer der Apfelbäume ist umgeknickt. Ich glaube nicht, dass man ihn noch retten kann.»

«Und die Tanne?» Kramer täuschte Mitgefühl vor. Im Grunde konnte er mit Isabelles Gerede nicht viel anfangen. Seine Gedanken waren bei dem Sektenhaus, das es nicht mehr gab, den Kindern, die in letzter Minute gerettet worden waren, bei Tanja. Wenn sie nicht reagiert hätte, gäbe es ihn vielleicht nicht mehr. Läge er unter dem Geröll begraben. Elendig erstickt. So wie Ruprecht.

Isabelle seufzte. «Die Tanne steht noch.»

«Du kannst frühestens heute Nacht mit mir rechnen. Vielleicht hat Stefan ja Zeit, um im Garten zu helfen.» Kramer legte auf, als Gasser zurückkam. «Nur noch ein letzter Anruf», bat er, als der ihm das Telefon aus der Hand nehmen wollte.

Bei Galliker musste er es wieder eine Weile läuten lassen. Erst beim zehnten Klingelton nahm er ab, war aber wider Erwarten gemäßigter Laune. Ob er auf Umwegen von dem Desaster erfahren hatte, verriet er nicht. «Machen Sie, was Sie für angebracht halten», sagte er nur, als Kramer ihm im Schnellverfahren von den Vorkommnissen auf Rigi Klösterli berichtet hatte.

Kramer war erleichtert. «Die Kinder werde ich vorläufig auf Kulm einquartieren. Wir werden die Eltern von hier aus kontaktieren. Was mit ihnen geschieht, fällt nicht in meinen Bereich. Wir ermitteln aber weiter im Mordfall.»

Galliker versprach, alles Erforderliche in die Wege zu leiten. «Und, Kramer», mahnte er abschließend, «keine Mätzchen mehr!» Es klang fast schon zärtlich.

* * *

Trotz des heftigen Unwetters, das sich über der Rigi entladen hatte, gab es auf Kulm kaum Schäden. Die Terrasse war geputzt und aufgeräumt. Tische und Stühle standen draußen, als wäre nichts geschehen. Einzig ein paar Papierfetzen, die am Hang lagen, zeugten vom Sturm. Gehagelt hatte es anscheinend nur in der Region um Kriens und Malters.

Gabi Christen hatte den Sitzungsraum hergerichtet. Für die Kinder stand ein Frühstücksbuffet bereit. Nachdem sie geduscht hatten, saßen sie nun im Speisesaal und stillten ihren Hunger. Flavia Braun war in der Zwischenzeit von Vitznau herkommend eingetroffen und kümmerte sich um sie. Als Psychologin wusste sie, wie man mit solchen Kindern umgehen musste. Bevor sie zur Kripo kam, hatte sie im kinderpsychologischen Dienst in Luzern gearbeitet.

Kramer stand vor dem Flipchart, als Bartolini ihm das Mobiltelefon reichte. «Marion ist dran.»

Kramer begrüßte sie.

«Hi, Thomas. Wie geht es dir?»

«Du rufst mich aber nicht an, um dich nach meinem Wohlbefinden zu erkundigen, oder?»

Marion schniefte laut. «Ich frage, weil ich selbst auch einmal gefragt werden möchte, wie es mir persönlich geht», entgegnete sie. «Jahraus, jahrein habe ich eine Filterfunktion am Empfang.»

«Das höre ich zum ersten Mal», sagte Kramer.

«Was?»

«‹Filterfunktion›. Hast du mich deswegen angerufen?»

«Vergiss es! Nein!»

«Aber kannst du mir das neue Wort erklären?» Kramer war genervt. Er stand unter Zeitdruck.

Marion zog Rotz hoch, dass Kramer kurz dachte, sie würde weinen. «Ich habe hier täglich mit Psychopathen zu tun. Wenn ich nicht wäre und die Dringlichkeit der Anliegen nicht filtern würde, würdet ihr überschwemmt davon. Nur muss ich immer alles entscheiden, weil du nicht anwesend bist. Mir fehlt der Chef, an den ich mich wenden kann, wenn ich nicht mehr weiterweiß. Immer muss ich selbst entscheiden.»

«Das ist unser Credo», erwiderte Kramer. «Überlegen und entscheiden. Mitverantwortung tragen.»

«Du machst es dir sehr einfach», beschwerte sich Marion. «Weißt du, Thomas, deinen Vorgänger Jürg Sidler mochte ich nicht besonders leiden. Aber im Gegensatz zu dir war er wenigstens omnipräsent. Wenn man Fragen hatte, war er da. Im Gegensatz zu dir. Du bist selten erreichbar, wenn ich dich brauche. Und dann bist du draußen und kriechst gerade durch irgendwelche Gräben ...»

Kramer schluckte leer.

So war das also. Jetzt fiel ihm Marion in den Rücken. Marion, von der er so viel hielt. Er hatte weder Zeit noch Lust, auf ihre Anschuldigungen einzugehen. Er würde es vertagen müssen – wieder einmal. «Weshalb hast du mich gesucht?», fragte er deshalb nur ruhig.

Marion räusperte sich. «Ich hatte heute Morgen eine Frau Müller aus Weggis am Apparat. Sie behauptete, die vermisste Livia Langendorf gesehen zu haben.»

«Wo genau?»

«In ihrer direkten Nachbarschaft. Sie sagte, die junge Frau wohne dort schon eine Weile.»

«Dann kann es unmöglich Livia sein.»

«Wie du meinst. Ich wollte dich einfach informieren.»

«Warte! Du kannst mir ja mal die Adresse durchgeben.» Kramer griff nach einem Schreibstift und schrieb auf den Flipchart. Er versprach, sich der Sache anzunehmen, und verabschiedete sich. Dann zitierte er Lucille zu sich. «Wie weit bist du eigentlich mit den Ermittlungen in Sachen Livia Langendorf?»

«Nicht weit. Ich war ja im Einsatz. Zudem glaubte ich, dass …»

Kramer winkte ab. Er überlegte. Marions Nachricht ließ ihm keine Ruhe. Vielleicht konnte es nicht schaden, nach Weggis hinunterzufahren und der Frau Müller einen Besuch abzustatten. «Hör zu, ich überlasse dir und Bartolini das Erledigen der Arbeit auf Rigi Kulm. Ihr wisst, was zu tun ist. Ich habe noch etwas zu erledigen.»

«Schon wieder im Alleingang?»

«Diesmal gemäßigt, Ehrenwort.» Kramer drückte Lucille den Stift in die Hand. Dann riss er den mit der Adresse beschrifteten Papierbogen vom Flipchart.

«Ganz schön verschwenderisch», meinte Lucille lakonisch.

Kramer verließ den Raum. An der Rezeption traf er auf Gabi Christen. Er bedankte sich für das Zimmer, das sie ihm zur Verfügung gestellt hatte. Nach der Nacht im Freien und im Zelt war er froh gewesen, sich gründlich duschen zu können. Kleiderersatz hatte er zum Glück dabeigehabt. «Ich wäre froh, wenn die Kinder noch eine Weile hierbleiben könnten. Die Eltern sind orientiert. Sie werden im Verlaufe des Nachmittags hier eintreffen.»

«Zurzeit fahren die Züge ja nur beschränkt von Vitznau aus», informierte ihn Gabi. «Ab Goldau ist die Bahnstrecke definitiv gesperrt.»

«Ich weiß. Unsere Leute werden mit einer Sonderbewilligung hochfahren. Wir können es auch nicht ändern.»

«Nein, das können Sie nicht. Und wir auch nicht. Die Natur hat wieder einmal gezeigt, dass sie stärker ist als der Mensch. Zwischendurch brauchen wir solche Unwetter. Sie machen uns demütig.»

* * *

Der Sommer war zurückgekehrt, wenn auch die Spuren des Unwetters an vielen Stellen noch sichtbar waren. An der Höchistrasse waren die Aufräumarbeiten bereits beendet. Ein paar Hauseigentümer spritzten mit dem Gartenschlauch letzte Spuren weg. Ansonsten war Normalität eingekehrt – zumindest hier oben.

Kramer fand das Haus auf Anhieb. Es unterschied sich von den anderen eher modernen Bauten durch seine Architektur: eine Art Landhaus mit Schrägdach und zwei Erkern.

Kramer drückte den Klingelknopf. Es klang wie eine Sirene bei einem Giftgasalarm. Die Tür wurde einen Spaltbreit geöffnet.

«Sie wünschen?» Dunkle Augen in einem gebräunten Gesicht und halblange braune Haare waren das Einzige, was Kramer zu sehen bekam.

Er stellte sich mit seinem Namen vor. «Sie haben sich heute Morgen auf eine Vermisstenanzeige bei uns gemeldet?»

«Ach, das ging aber schnell.» Trixi Müller öffnete die Tür ganz. Was sie ihm jetzt präsentierte, war nicht übel.

Ihre schlanke Gestalt steckte in einer Art ärmellosem Overall. Ihre Arme waren ebenso braun wie das Gesicht. Ihr Alter war schwer zu schätzen – etwa um die vierzig. Sie wirkte sehr attraktiv.

«Kommen Sie.» Sie ging voraus durch ein geschmackvoll eingerichtetes Wohnzimmer auf einen Balkon, von dem man aus einen unverbauten Blick auf den Vierwaldstättersee hatte. «Mögen Sie einen Drink? Ich habe mir gerade einen Pimm's No. 1 gemacht. Bei der Hitze …» Ihr Lachen klang hell. «Sie mögen doch Gurke?»

«Wenn ich sie mir nicht aufs Gesicht legen muss …»

«Das habe ich heute Morgen in der Früh getan», konterte sie schlagfertig.

«Wie bitte?»

«Diese Gurken aufs Gesicht gelegt.» Wenn sie lachte, verschwanden ihre Augen in den Fältchen.

Während Trixi den Cocktail in der Küche zubereitete, fand Kramer Zeit, die Gegend zu studieren. Linksseitig stand ein etwas größeres Haus als das von Frau Müller. Es war mit einer dicken Lorbeerhecke vom Nachbarsgrundstück abgegrenzt. Die Villa zur Rechten lag frei. Einzig eine Gruppe von Palmen säumte den Rasen. Eine der Palmen hatte die Fächer komplett verloren. Sie lagen im Gras. Dahinter konnte man den kleinen Teil eines Schwimmbeckens erkennen, auf dem allerlei Unrat schwamm.

Trixi kam zurück. Auf einem farbigen Tablett jonglierte sie zwei Gläser, randvoll gefüllt mit Eis, Gingerale und

Gurkenscheiben, und obenauf steckte ein Orangenschnitz. «Nobel geht die Welt zugrunde.»

Kramer fühlte sich ertappt. «Eine tolle Aussicht.»

«Die Nachbarin oder der See?»

«Die Nachbarin habe ich noch nicht gesehen.»

«Die ist auch selten anzutreffen. Aber als ich heute Morgen in der Bäckerei dieses Bild gesehen habe, ist sie mir in den Sinn gekommen. Ich bin mir sicher, sie ist es. Blond, groß, schön und ... jung. Ein Traum von einer Frau. Ich frage mich nur, wie ein alter Sack wie der Aschwanden zu so einer Schönheit kommt. Na ja, ich weiß, das klingt jetzt etwas nach Klischee. Aber die Größe des Portemonnaies macht es wohl aus. Zudem fährt er einen Porsche Carrera. In seiner Garage stehen noch ein Bentley und ein Ferrari. Nicht mein Geschmack – ich meine, der Alte. Der ist über fünfzig. Unscheinbare Erscheinung, langweilig eben.»

«Wissen Sie denn, wie lange diese Frau schon bei ihm lebt?»

«Ich denke, zwei Jahre sind es schon. Aber ich weiß nicht, ob sie seine Angetraute ist. Der Hausherr ist immer auf Reisen. Ich sehe ihn sehr selten. Er ist Handelsreisender oder so ...»

«Und er kann sich mit dem Gehalt eine solche Villa leisten?»

«Er hat wahrscheinlich geerbt. Soll's ja geben. Mein Haus kann ich auch nur behalten, weil mir mein verstorbener Mann etwas hinterlassen hat ...» Wieder dieses helle Lachen.

Reiche, schöne Witwe, ging es Kramer durch den Kopf. *Offensichtlich alleinstehend*. Er hatte bis anhin keine Spuren von der Anwesenheit eines Mannes entdeckt. Die Möblierung strahlte vor weiblicher Eleganz. Auf dem Balkon gab es zwei Liegestühle, doch nur einer war mit einem Badetuch bedeckt.

«Wollen Sie sich nicht vergewissern, dass sie es ist?»

Es war eine heikle Situation. Falls die Nachbarin tatsächlich Livia Langendorf war und Albin Aschwanden mit seiner Aussage recht hatte, war es vielleicht möglich, dass die Vermisste aus eigenen Stücken hierhergekommen war. Sollte sie aber nicht freiwillig hier sein, würde er mit seinem Besuch vielleicht schlafende Hunde wecken oder etwas ins Rollen bringen, das vorerst noch nicht ins Rollen geraten durfte. «Sie sagten, dass Ihr Nachbar Aschwanden heißt?» Das konnte auch Zufall sein.

«Pino Aschwanden. Hat vielleicht eine italienische Mutter. Aber von der hat er äußerlich rein gar nichts geerbt.» Trixi tänzelte um Kramer herum. «Wenn Sie wollen, begleite ich Sie. Ich wollte mir die Villa schon immer mal von innen ansehen.»

Rosa Fassaden, helle Marmorsäulen und eine edle Relieftür. Kramer drückte die Klingel, während Trixi neben ihm mit den Fingern auf den Türrahmen trommelte. Sie hatte sich eine dunkle Sonnenbrille auf die Nase gesetzt. Er schaffte es nicht, ihre Augen zu sehen, aber sie würde jeden heimlich beobachten können. Sie kam ihm vor wie eine Mafiabraut.

Die Tür wurde geöffnet. Eine dunkelhaarige Frau mittleren Alters blickte zwischen Trixi und Kramer hin und her. «*Si?*» Sie war klein und mollig und mutete südländisch an.

«Mein Name ist Thomas Kramer. Ich würde gern mit dem Hausherrn sprechen.»

«Señor Aschwanden nicht da.» Offenbar war sie Spanierin, denn sie sprach mit dem entsprechenden Akzent.

«Und Frau Aschwanden?»

«Sie meinen Freundin?» Die Frau lächelte. «Sie sonnen in Garten.»

«Können wir reinkommen?» Trixi wurde ungeduldig.

«Moment, *por favor.* Ich holen.»

Kramer sah ihr nach, wie sie durch einen weißen, steril wirkenden Flur ging, eine Glastür mit Sprossen öffnete und dahinter verschwand.

«Nicht übel, diese Wohnung», schwärmte Trixi. «Alles vom Feinsten, wie es aussieht. Sollen wir nicht einfach reingehen?»

«Ich bitte Sie!»

Die Sprossentür ging auf. Die kleine Frau näherte sich wieder dem Eingang. «Sie kommen. Señora warten in Garten.»

«Sehen Sie?», triumphierte Trixi leise. «Treten wir ein in den Palast.»

Eine angenehme Kühle empfing sie im Hausinnern. *Reiche Leute schwitzen nicht*, ging es Kramer durch den Kopf. Er folgte der Spanierin durch einen Korridor, über eine Treppe ins Untergeschoss und von dort durch ein lichtdurchflutetes Wohnzimmer, auf dessen linker Seite die Küche lag. Sie kam ihm vor wie ein Ausstellungsobjekt. Auf dem Chromstahl war kein Stäubchen zu sehen. Ein Esstisch mit sechs modernen Stühlen schien ebenso wenig benutzt zu werden. Die Wohnlandschaft rechts war in edlen Cremetönen gehalten. Auf einem niedrigen Glastisch stand ein riesiges Bouquet exotischer Blumen. Hinter der Fensterfront lag eine Terrasse, von wo aus man über zwei Stufen zum Garten gelangte. Der Pool dehnte sich fast über die gesamte Fläche der Südseite aus. Aus einem Liegebett erhob sich eine selten schöne Gestalt.

Trixi hatte mit ihren Ausführungen nicht übertrieben. Ihre Nachbarin schien nicht von dieser Welt zu sein. Wie eine Elfe in einem knappen Bikini schwebte sie den Besuchern entgegen. Blonde lange Haare wehten engelsgleich um ihre Schultern. Kramer räusperte sich einen Kloß im Hals weg. Einen Moment lang vergaß er, warum er hier war.

«Sie wünschen?» Sie stand vor ihm, in Augenhöhe. Schön wie eine Göttin. Doch irgendwie passte die Stimme nicht zu ihr, denn es fehlte ihr an Resonanz.

«Mein Name ist Thomas Kramer. Ich bin auf der Suche nach dieser Frau.» Er zerrte ein zerknittertes Bild aus seiner Hosentasche. Das Foto hatte ob der Hitze und Feuchtigkeit gelitten. Erst jetzt bemerkte er, wie viel Ähnlichkeit die Vermisste auf dem Foto mit der Frau hatte, die ihm gegenüberstand. Offenbar hatte sich auch Trixi von dieser Ähnlichkeit täuschen lassen.

«Ich bin Tina.» Sie machte keine Anstalten, ihre Gäste zum Sitzen einzuladen. Auf den zweiten Blick wirkte sie eher unbeholfen. Sie musterte das Foto mit zusammengekniffenen Augen, sah dann Kramer an und kurz darauf Trixi. «Wenn Sie zu Pino wollen … ich weiß nicht, wann er nach Hause kommt.»

«Darf ich Ihnen unverbindlich ein paar Fragen stellen?» Kramer glaubte nicht, dass er vergebens hierhergekommen war. Vielleicht lag des Rätsels Lösung in diesen teuren Mauern. Er warf schnell einen Blick auf die Fassade. Von dieser Seite aus wirkte die Villa wie ein Märchenschloss. Es war nicht das erste Mal, dass er Häuser betuchter Zeitgenossen zu Gesicht bekam. Aber jedes Mal stieß es ihm übel auf. Es gab Leute, denen ging es einfach besser als ihm. Ob sie auch mehr arbeiteten als er, bezweifelte er allerdings. Sie hatten einfach mehr Glück im Leben, zumindest viel mehr Cash. Geld sei nicht alles, versuchte Isabelle dann zu relativieren, wenn er sich zu Hause über seine Beobachtungen ausließ. Aber er komme sich manchmal wie ein Hamster im Rad vor, beschwerte er sich dann. Strampeln auf der Stelle. In diesem Fall müsse er sich eben überlegen, den Job zu wechseln, konterte Isabelle in diesen Momenten. Ja, diese Gedanken hatte er sich auch schon gemacht. Mit seiner Ausbildung hätte er wohl einen besser bezahlten Job bekommen. In der IT-Branche wurden dauernd Fachkräfte gesucht, und eine geregelte Arbeitszeit hätte er obendrein. Doch er hatte schon immer bei der Polizei arbeiten wollen. Also musste er sich auch in Zukunft mit der Ungerechtigkeit dieser Welt abfinden.

«Sie wollten mich etwas fragen.» Tina riss ihn aus seinen Gedanken.

«Kennen Sie die Frau auf dem Foto?» Er hielt ihr Livias Foto nochmals hin.

Sie betrachtete es kaum. «Nein! Sollte ich?»

«Sie gleicht Ihnen fast aufs Haar.»

Sie sah das Bild nun genauer an. «Oh! Ja, das stimmt. Aber das bin ich nicht.»

Kramer sah Trixi an, die sich vom Anblick des Anwesens noch nicht erholt hatte. Sie hob nur die Schultern, während sie ungeniert vor dem Pool auf und ab spazierte. Kramer kam der Verdacht auf, dass sie ihn absichtlich hierhergelockt hatte, um ihre Nachbarn auszuspionieren. Aber dazu hätte es seiner Anwesenheit nicht bedurft. Andererseits wurde er das Gefühl nicht los, dass hier etwas nicht stimmte. Da war diese Feinstofflichkeit, von der sich Kramer zwar distanzierte, die ihn jedoch immer wieder einholte. Es war wie in einem Buch, in dem man zwischen den Zeilen zu lesen vermochte. Eine Geschichte, die auf den ersten Blick wenig hergab, bis man sich in das Ungeschriebene vertiefte.

Er klemmte hier ab. Ungeachtet dessen, dass er vielleicht einen Floh ins Ohr der jungen Frau gesetzt hatte. Denn sollte es hier nicht mit rechten Dingen zugehen, hatte er mit seinem Besuch zumindest etwas in Bewegung gesetzt. Während Trixi sich dazu entschlossen hatte, noch etwas bei der Nachbarin zu bleiben, kehrte Kramer mit der Spanierin zurück zum Ausgang. Sie verabschiedete sich von ihm und warf dann die Tür ins Schloss.

Kramer blieb stehen. Er besah sich das Schildchen über dem Klingelknopf.

Pino Aschwanden. Ob das wirklich nur ein Zufall war?

* * *

Zwölf satte Kinder saßen im Seminarraum und wirkten nach wie vor sehr eingeschüchtert. Flavia Braun hatte sich zuerst vorgenommen, jedes Kind einzeln zu befragen. Doch dann entschloss sie sich, es im Kollektiv zu tun. Und wenn, dann in Anwesenheit ihrer Eltern. Doch diese hatte man noch nicht erreicht. Einfühlungsvermögen war gefragt. Ein langsames Herantasten mit Fragen, die nicht erschrecken sollten. Ihr zur Seite stand Tony Beeler, der die Funktion der Aufsicht übernommen hatte.

Flavia wandte sich an das älteste Kind, einen etwa vierzehnjährigen Jungen, der ihr am nächsten saß. Gabi Christen hatte ihm frische Kleider gebracht, wie übrigens allen anderen Kindern auch. Sie hätte immer irgendwelche Kleider auf Lager, hatte sie gesagt. Liegen gelassene Sachen von Touristen und Hotelgästen. Mit der Zeit habe sich eine ganze Sammlung angehäuft, was jetzt von großem Nutzen war. Zudem habe auch der Kiosk bei der Bergstation noch etwas gespendet.

Flavia erkundigte sich nach dem Namen des Jungen. Benjamin Graber hieß er und stammte aus Stans. «Erinnerst du dich, wann man euch im Keller eingeschlossen hat?»

«Das war nach der Zeremonie am Freitagabend.» Benjamin machte einen gefassten Eindruck.

«Weißt du, weshalb man euch dorthin gebracht hat?»

«Ich hatte mich gegen meine Mutter gewehrt. Ich wollte nicht zu dieser Weihnacht. Ich will da überhaupt nicht mitmachen. Meine Freunde lachen mich aus deswegen.»

«Du hast es ihnen erzählt?»

Benjamin senkte den Kopf. «Ich finde es überhaupt nicht toll. Ich habe meinen besten Freund eingeweiht, ihm erzählt, dass ich da mitgehen muss. Er hat es wohl weitererzählt. Aber das ist mir egal.»

«Was findest du denn nicht toll?» Flavia warf Tony einen Blick zu. Beeler saß beim Fenster und führte Protokoll.

«Alles …»

«Hat man euch wehgetan?»

«Man hat uns geschlagen, wenn wir nicht das gemacht haben, was die Erwachsenen von uns wollten. Vor allem dieser Freund vom Meister hat uns geschlagen.»

«Wer?»

«Ruprecht.»

«Womit hat er euch geschlagen?»

«Mit einem Stock. Er hat uns mit einem Stock auf den Rücken geschlagen. Nicht nur mich. Sie können die anderen Kinder fragen. Sie wurden auch alle geschlagen.»

Flavia schluckte leer. Sie spürte, wie ihr Magen plötzlich rebellierte. Wenn es um Kinder ging, war das immer eine heikle Angelegenheit. Kinder konnten sich nicht wehren. Obwohl Flavia mit ihrer nächsten Frage noch hatte zuwarten wollen, stellte sie diese nun doch. «Hat man euch auch angefasst?»

«Wir wurden nicht sexuell missbraucht», kam es klar und unmissverständlich aus Benjamins Mund. «Man wollte uns Gehorsam beibringen. Was unsere Eltern nicht schafften, wollte Ruprecht tun. Er sagte uns, dass Schläge eine reinigende Wirkung hätten. Danach mussten wir viel Wasser trinken. Während wir im Keller waren, hatten wir nur Wasser zur Verfügung.»

«Wart ihr zuvor schon einmal im Keller?»

«Ich war zum zweiten Mal dort. Aber bei den anderen war es das erste Mal.»

«Wo sind denn die Kinder, die vorher mit dir im Keller waren?»

«Die nahmen an der Weihnacht teil und verließen am Samstag früh das Haus. Meine Mutter hatte es mir gesagt, bevor ich eingesperrt wurde.»

«Deine Mutter ist also auch ein Mitglied der …», Flavia überlegte, «… der Glaubensgemeinschaft?»

«Ja. Seit uns mein Vater verlassen hat, sind wir Mitglieder. Meine Mutter, meine Schwester und ich. Meine Schwester findet es auch okay, dass sie dabei ist. Aber ich finde es total bescheuert. Aber was soll ich tun? Man versucht immer wieder, mich einzuschüchtern. Ich habe niemanden, an den ich mich wenden könnte. Unsere Familie ist Lux Aeterna. Das hat mir Mutter eingebläut. Ich muss mich wohl damit abfinden. Wenn ich achtzehn bin, haue ich ab. Dann werde ich zu meinem Vater ziehen.»

«Hat sich dein Vater nie um dich gekümmert?»

«Doch. Er wollte das Sorgerecht für mich. Aber Lux Aeterna ist mächtig. Mein Vater hatte keine Chance gegen die. Einmal bin ich weggelaufen, tauchte bei meinem Vater unter. Ruprecht hat mich gefunden. Daraufhin wurde ich zwei Tage und zwei Nächte in den Keller gesperrt.»

Flavia wollte nicht glauben, was sie da hörte. Vielleicht wäre es besser gewesen, sie hätten nicht die Mutter, sondern den Vater kontaktiert. Sie bedankte sich bei Benjamin für seine Ausführungen. Sie gab Beeler ein Zeichen und verließ den Raum.

Draußen stieß sie auf Lucille. «Sind die Eltern der Kinder schon da?»

«Noch nicht alle. Ich denke, wir sind da in ein gewaltiges Wespennest getreten. Wir haben die Polizei in Schwyz darüber informiert. Sie wird uns helfen, was die Sektenmitglieder anbelangt. Der Tod des Sektensekretärs wird vielleicht zum Auseinanderfallen der Sekte führen.»

«Ruprecht ist tot?»

«Man hat seine Leiche gefunden.»

Montag, 21. Juli

«Wir können von Glück reden, dass das Feuer gestoppt wurde, bevor der ganze Körper zu Asche zerfiel.» Der Gerichtsmediziner trug einen langen Mantel aus wasserabstoßendem Material und eine Brille. Kramer hatte ihn noch nie zuvor mit Brille gesehen. Auch er war älter geworden. Aber noch immer war er ein Advokat seines Fachs, ein Gelehrter, der jedem Problem auf den Grund ging, dem es nicht an Erfahrung fehlte und noch weniger an Leidenschaft.

Wagner hatte ihn nicht dazu aufgefordert, den Leichnam anzusehen. Kramer verdankte es ihm, indem er ihm einen Kaffee spendierte. Sie saßen im Vorzimmer von Wagners Arbeitsplatz, der genauso nüchtern und steril wirkte wie der Sektionssaal. Einzig das Regal linkseitig des Tisches, das mit Büchern vollgestopft war, brachte etwas Farbe in die ansonsten helle Eintönigkeit.

«Es war nicht ganz einfach.» In sachlichem Ton las Wagner seinen Autopsiebericht vor. «Die Untersuchung des Torax durch die Computertomografie hat keine inneren oder äußeren Verletzungen gezeigt. Weder gab es an den Extremitäten Spuren von Gewalt noch sind irgendwelche Schuss- oder Stichverletzungen sichtbar geworden. Die Schädeldecke wurde post mortem eingeschlagen.»

Kramer stieß Luft aus. Ein großer Druck war von ihm gewichen. «Dann wurde sie also nicht bei lebendigem Leib verbrannt.»

Wagner nickte. «Das kann definitiv ausgeschlossen werden. Ich glaube eher, dass mit dem Anzünden der Leiche alle Spuren verwischt werden sollten.»

«Kann man das trotzdem als eine Opferung ansehen?», sinnierte Kramer.

Wagner ging nicht darauf ein. «Anhand des Gebisses können wir davon ausgehen, dass das Opfer nicht mitteleuropäischer Abstammung ist. Die hintersten Backenzähne wurden entfernt, jedoch nicht so, wie ein Zahnarzt sie in unseren Breitengraden entfernen würde. Die Frau muss unter ziemlichen Zahnschmerzen gelitten haben. Die Wurzeln sind zum Teil noch vorhanden.»

«Was heißt das im Klartext?»

«Ich bin vorsichtig. Aber ich tippe auf eine Asiatin.»

Kramer hustete. «Alter?»

«Zwischen zwanzig und dreißig.» Wagner blätterte in seinem Bericht. «Da ist noch etwas. Ein kleines Stück Stoff konnte von den Forensikern einwandfrei identifiziert werden. Es handelt sich um Seide, genauer gesagt, um Wildseide.»

Kramer betrachtete nachdenklich das Bücherregal. War er mit der Vermutung, dass die Sekte auf Klösterli dahinterstecken könnte, zu voreilig gewesen? Die Anhänger von Lux Aeterna trugen Baumwollgewänder. Das hatte Julia gesagt. Seide hatte nicht die Eigenschaft, im ultravioletten Licht zu fluoreszieren. Standen sie wieder am Anfang? Mussten sie anderswo ansetzen? «Kann man eine Vergewaltigung ausschließen?»

«Definitiv.»

«Sind Sie sicher?»

«Auch bei so schweren Verbrennungen bleiben immer DNS-Spuren zurück.» Wagner widmete sich weiter dem Bericht. «Im Magen konnten Reste eines Fischgerichts nachgewiesen werden. Reis, Curry … und Tee. Und eine kleine Menge eines Schmerzmittels, das in Europa nicht zugelassen ist.»

Kramer unterbrach ihn. «Könnte es sein, dass die Frau krank war?»

«Nach dem Mageninhalt zu urteilen, kann man davon ausgehen.»

Die Tote gab immer mehr Rätsel auf. Kramer lehnte sich zurück. Er musterte sein Gegenüber mit düsterem Gesichtsausdruck. «Was für ein Job, den Sie da haben.» Er schüttelte den Kopf. «Ist der Bericht der Forensik schon getippt?»

«Er wird Ihnen zusammen mit dem Autopsiebericht zugeschickt.» Wagner griff nach seiner Kaffeetasse und trank einen Schluck. «Kommen Sie klar, Herr Kramer?»

Das hatte der Arzt ihn noch nie gefragt. «Ein verzwickter Fall», wich er aus. «Hatten Sie schon ähnliche Fälle auf dem Seziertisch?»

«Brandleichen ja, aber nie im Zusammenhang mit einem Mord.»

«Was glauben Sie, welches Motiv könnte dahinterstecken?»

«Meine Leichen verraten mir zwar viel …» Wagner stellte die Tasse zurück. «Aber das mit dem Motiv ist nun doch etwas zu viel verlangt. Möchten Sie die Leiche sehen?»

«Eine Frage habe ich noch», lenkte Kramer ab. «Warum verbrannte die Leiche nicht ganz? Ist es möglich, dass das Feuer von allein ausging?»

«Nein, das ist nicht möglich. Das Feuer wurde erstickt. Zuletzt wurde mit Wasser nachgeholfen. Es gibt deutliche Zeichen von Verrußung.»

Kramer erhob sich. «Ich nehme an, Sie wollen mir die andere Leiche zeigen.»

«Sie wurde gestern Morgen eingeliefert. Bislang gibt es keine Hinterbliebenen, die ihre Identität bezeugen können.»

«Ich weiß, wer das ist. Leider ist er in die falsche Richtung gelaufen, als der Felssturz niederging. Sein Name ist … war … Ruprecht. Ich kenne zwar nur seinen Vornamen. Aber ich weiß, wie er aussieht. Ist er unversehrt?»

«Kommen Sie.» Wagner ging voraus. «Er sieht aus, als schliefe er.» Er lachte. «Ich kenne Ihre Aversion. Nach der Legalinspektion können wir ausschließen, dass er durch Steine erschlagen wurde. Er ist erstickt. Die Sektion werde ich erst morgen durchführen, wenn die Studenten zurück sind. Aber die erste Obduktion hat ergeben, dass er in die Schlammlawine geraten ist. Die Luftröhre ist wie zubetoniert.»

Der Sektionssaal glänzte vor steriler Sauberkeit. Es roch nach Desinfektionsmittel. Die Stahltische waren leer und gereinigt. Auf einem Rolltisch lag ausgebreitet chirurgisches Besteck. Wagner ging auf die hinterste Wand zu. Er schloss eine quadratische Tür auf, zog eine Bahre heraus.

Der Körper darauf wirkte eingefallen und blass. Das graue Haar klebte am knöchernen Schädel, und über die Stirn zogen sich tiefe Furchen, die auch der Tod nicht hatte beseitigen können.

Kramer zögerte. Er spürte einen Stich im Herzen. Es war immer ein sonderbares Gefühl, wenn Erwartungen sich als Irrtum entpuppten. Es fühlte sich an, als würde er auf einer Rolltreppe nach oben fahren, während er feststellte, dass er eigentlich rückwärtsfuhr. Sein Gehirn erfasste nur zögerlich die Wirklichkeit: Er sah ihn vor sich, wie er sich über das Pult gebeugt, wie seine lange Nase einen Schreibblock berührt hatte. Der tote Körper, der vor ihm lag, gehörte nicht dem Sektensekretär Ruprecht.

Auf der Bahre lag der Alte aus dem Hotel Rigi Klösterli.

* * *

Der Verkehr in Zürich hielt sich in Grenzen. Aber das lag daran, dass Ferienzeit war. Nach dem Unwetter hatte sich das Klima etwas gemäßigt, und die Temperaturen lagen deutlich unter dreißig Grad. Kramer fuhr aus der Stadt hinaus Richtung Sihltal.

Eine junge Asiatin. Verbrannt auf einem Felsen. Auf Rigi Rotstock. Und niemand, der sie vermisste. Andererseits eine junge Schweizerin, die seit Mittwoch vermisst wurde – einen Tag, bevor man die Leiche auf dem Rotstock gefunden hatte. Dass es nicht um ein und dieselbe Frau ging, war inzwischen geklärt. Und eine Leiche in der Rechtsmedizin, die nicht Ruprecht hieß. Was hatte der Alte auf dem Riedboden zu suchen gehabt? Er, der sich so davor gefürchtet hatte, auch nur einen Fuß auf das verhexte Grundstück zu setzen? Und wo steckte Ruprecht? Der Fall wurde immer geheimnisvoller.

Kramer drehte das Radio an. Halb elf. Radio Pilatus sendete Kurznachrichten. Eine Abfolge von Sätzen, die nicht wirklich darüber aufklärten, was in der Welt geschah. Die News mussten in einem Zeitfenster von drei bis vier Minuten pro halbe Stunde Platz finden. Die restliche Zeit diente der Unterhaltung. Musik, Sport, Musik, Sport – die tägliche immergleiche Leier. Dazwischen ein Liedchen trällernder Musikgast, dem gerade ein paar hysterische Teenager zu Füßen lagen, oder ein Fußballspieler, der ungebremst Geistloses über das letzte Match von sich gab, sich aber mindestens als Weltmeister fühlte. Die Gesellschaft wurde immer einfältiger.

Der malaysische Oppositionsführer Anwar Ibrahim wurde in Kuala Lumpur von Sicherheitskräften festgenommen, nachdem ihn Ende Juni ein junger Mitarbeiter wegen unzulässiger homosexueller Betätigung angezeigt hatte. Der verheiratete Ibrahim hatte zuvor die Vorwürfe bestritten und sich als Opfer eines Komplotts zur Zerstörung seiner politischen Karriere bezeichnet … Die deutsche Bundesregierung einigt sich auf einen Kompromiss zum gesetzlichen Mindestlohn … Im Fall der seit dem 16. Juli vermissten Livia Lan-

gendorf zeichnen sich erste Erfolge ab. In Weggis will eine Frau die Vermisste gesehen haben. Die Polizei überprüft die Richtigkeit ihrer Angaben …

Kramer bremste ab. Woher hatten die Medien diese Nachricht? Und wie gewohnt spuckten sie nur bedingt aus, worum es überhaupt ging.

Doch diesmal konnte unmöglich Tanja Pitzer dahinterstecken. Sie hatte Kramer versprochen, erst nach Rücksprache mit der Polizei an die Öffentlichkeit zu gehen. Kramer befürchtete, dass die lustige Witwe den Mund nicht hatte halten können. Trixi Müller musste es gewesen sein.

Er parkte seinen Wagen am Straßenrand, in der Nähe einer Einfahrt, die in den Wald führte. Er suchte nach seinem Mobiltelefon, das während der Fahrt vom Sitz auf den Boden gerutscht war. Er gab Trixi Müllers Namen ein und gelangte zur Nummer. Er wählte sie an.

«Müller.» Ihre Stimme klang übertrieben freundlich.

«Thomas Kramer von der Kantonspolizei.»

«Ach, der Kommissar! Gut, dass Sie mich anrufen. Ich wollte Sie auch schon … hatte aber die Nummer verlegt. Hatte ich sie überhaupt? Egal. Pino Aschwanden wird heute Abend nach Hause kommen. Ich habe mich jetzt mit Tina angefreundet. Sie hat es mir verraten. Ich dachte, dass ich Ihnen das unbedingt mitteilen muss, jetzt, wo er gesucht wird …»

Kramer hätte ihr am liebsten die Leviten gelesen. Er konnte sich gerade noch beherrschen. «Er wird nicht gesucht. Sie verwechseln da etwas. Ich muss Sie bitten, in Zukunft die Zusammenarbeit mit den Medien zu unterlassen.» Er hatte es noch gelinde ausgedrückt.

«Verstehe … Ich werde mich natürlich zurückhalten.»

Kramer legte auf. Er beugte den Kopf über das Lenkrad. In seinen Schläfen pochte es. Er hätte sich gern mit Albin Aschwanden von der Druckerei unterhalten. Bis anhin hatte er ein Gespräch mit ihm nicht als erste Priorität angesehen. Und im Moment wusste er nicht, nach wem sie fahnden sollten.

Er startete den Motor, fuhr auf die Hauptstraße und raste mit übersetzter Geschwindigkeit bis zum Kreisel kurz vor der Autobahn.

* * *

Ein lang gezogenes Gebäude, das in den Siebzigerjahren einmal modern gewesen sein musste, schmiegte sich an einen Hügel, über den sich braune Furchen wie Schlagadern zogen. Das Unwetter von Samstag hatte auch in Sarnen gewütet und unverkennbare Spuren hinterlassen. Die Sarneraa floss höher als sonst, aber träge durch das Dorf. An ihren Ufern neigte sich das Gras. Es sah wie gestriegelt aus.

Albin Aschwanden verließ das Sitzungszimmer als Letzter. Er hatte bis vor fünf Minuten seine Mitarbeiter über zukünftige Umstrukturierungen im Betrieb informiert. Dass er nach drei Entlassungen auf Ende Oktober etappenweise noch mehr vorgesehen hatte, darüber schwieg er noch. Es war immer eine unangenehme Situation für die Betroffenen. Aber die Druckerei stand seit Jahren schon in den roten Zahlen. Aschwanden hatte bis jetzt seine Reserven in die Firma geschüttet. Die Konkurrenz war einfach zu groß. Wenn er ehrlich mit sich selbst war, hatte er sich in der Vergangenheit immer mehr von seinem Betrieb distanziert. Zu wenig Herzblut, hatte ihm sein Vater oft gesagt, als er noch lebte. Doch es lag eher daran, dass Aschwanden Senior die Nachfolgeregelung zu spät in die Wege geleitet hatte, zu einem Zeitpunkt, als sein Sohn sich bereits moralisch vom Betrieb distanziert hatte. Und als er gestorben war, war es zu spät.

Es war an der Zeit, dass er sein Leben änderte. Ob die Druckerei darin dann noch einen Platz haben würde, wussten die Götter.

Er wollte sich am Empfang einen Kaffee aus dem Automaten drücken, als hinter ihm die Tür aufging und ein warmer Luftzug ihn streifte.

Den Mann kannte er von irgendwoher. Dieses Gesicht, die hohe Stirn, die braunen Haare …

«Thomas Kramer», stellte dieser sich vor. «Das trifft sich gut, ich wollte zu Ihnen.»

«Albin Aschwanden. Jetzt weiß ich, wo wir uns gesehen haben – auf der Kripo in Luzern. Sehr erfreut. Mögen Sie auch einen Kaffee?»

«Danke, nein, ich habe nicht viel Zeit.»

«Aber Sie haben den Weg von Luzern nach Sarnen unter die Räder genommen. Sie hätten mich auch anrufen können.» Aschwanden wartete, bis schaumiger Kaffee in den Plastikbecher geflossen war. Er zog den Becher weg und schritt damit zu einer dunkelblauen Sitzgruppe, die vorn an der Fensterfront stand. Er betrachtete die braune Sarneraa und sagte: «Bitte setzen Sie sich. Ich nehme an, Sie sind wegen meiner Aussage da.»

«Die beschäftigt Sie wohl immer noch.»

«Die Frau tut mir leid.»

«Wie soll ich das verstehen?» Kramer ließ sich Aschwanden gegenüber auf einen Polsterstuhl fallen. «Sie stehen kurz davor, Ihre Firma umzukrempeln, und sorgen sich um eine Frau, die, wie Sie durchblicken ließen, nicht alle Tassen im Schrank hat.»

«Warum sollte ich meine Firma umkrempeln?»

Kramer sah Aschwanden in die Augen. «Es stand in der Zeitung.»

«Diese Idioten schreiben halt, was sie wollen. Ich habe lediglich ein paar Entlassungen im Sinn. Und was das andere betrifft: So direkt wollte ich es nicht ausdrücken.» Aschwanden lachte ein wenig künstlich, machte aber keine Anstalten, um auf seine Druckerei zu sprechen zu kommen. «Aber solche Menschen wie Frau Langendorf gehen mir nicht so schnell aus dem Kopf.»

«Sie haben eine soziale Ader, wie ich sehe. Wie kommt es, dass Sie innerhalb von fünf Jahren Ihren Mitarbeiterbestand dennoch um fünfzig Prozent verringert haben?»

«Aha, wie ich sehe, haben Sie sich vor diesem Besuch über mich informiert.» Aschwanden strich sich nervös über die hellbraunen Haare. «Nun, die Wirtschaftslage tangiert auch uns.»

«Ihre Konkurrenz denkt da aber anders.»

«Sie verfügt aber auch über die modernere Technik.» Aschwanden krauste die Stirn. «Was wollen Sie mir damit sagen?»

«Zwei Drittel der von Ihnen entlassenen Mitarbeiter haben hier in Sarnen einen neuen Job gefunden, und zwar bei Ihrer Konkurrenz. Da stellt sich mir halt doch die Frage, wo das Problem liegt.»

«Jetzt werden Sie persönlich, Herr Kramer.»

Kramer sah Aschwanden an, dass er um Haltung ringen musste. Doch der Mann fasste sich erstaunlich schnell.

«Ich habe mir Ihre Villa am Sarnersee näher angesehen, bevor ich hierherkam. Eigentlich dachte ich, Sie dort anzutreffen. Hätte ja sein können.»

«Und? Ich nehme an, meine Perle hat Ihnen die Tür geöffnet.» Aschwanden stieß sichtlich erleichtert Luft aus. «Juanita ist meine Haushälterin.»

«Sie sind nicht verheiratet?»

«Ich war es mal. Meine Ex ist mit unseren gemeinsamen Kindern nach Südfrankreich gezogen.»

«Und Ihnen hat das nichts ausgemacht?»

«Dieses Thema gehört nicht aufs Tapet.» Aschwanden schüttelte verhalten den Kopf. «Zudem geht Sie das nichts an.»

Kramer hielt inne. Er würde wohl kaum etwas Relevantes aus dem Eigentümer der Druckerei herausbekommen

– der machte einen viel zu kontrollierten Eindruck. Trotzdem war da etwas, das er zu spüren glaubte. Eine leichte Unsicherheit – eigentlich etwas, das viel besser zu Aschwanden gepasst hätte, denn die Unscheinbarkeit seines Aussehens korrespondierte nicht unbedingt mit seinem forschen Auftreten.

Er erhob sich. «Ich finde den Ausgang allein. Danke, dass Sie sich die Zeit genommen haben.»

Aschwanden sah ihm konsterniert nach. *Ein Teufelskerl, dieser Kramer,* ging ihm durch den Kopf.

* * *

Isabelle hätte sich vor einem halben Jahr nicht vorstellen können, dass sie einmal Bäume umarmen würde. Sie hatte sich jetzt das besonders umfangreiche Exemplar einer Buche ausgesucht. Mit ihrem ganzen Körper lehnte sie sich an die Rinde. Die Arme hatte sie ausgestreckt. Sie spürte die Borke auf ihre Haut gepresst und inhalierte den harzigen Geruch. Sie hatte die Augen geschlossen und ließ bewusst ihre inneren Bilder an sich vorüberziehen. Da waren diese Ruhe und eine zarte Glückseligkeit.

Sie war eins mit der Natur.

Ihre Frauengruppe hatte sich heute nicht wie üblich auf dem Sonnenberg eingefunden, sondern aus aktuellem Anlass auf Rigi Staffel. Brenda Cailleach hatte darauf bestanden, sich dort treffen, wo das Unwetter tiefe Schneisen in die Hänge gerissen hatte. Der Berg trug Wunden. Rigi

Klösterli ähnelte einer Baustelle. Bagger bohrten ihre riesigen Schaufeln in den Hang. Lastwagen standen für den Abtransport des Schutts bereit. Der Lärm drang bis zu Staffel hinauf.

Brendas Miene blieb unbeteiligt. Alles, was geschah, musste geschehen. Es war vorgesehen in einem großen Plan. Der Mensch war nur der Akteur. Später standen sie im Kreis auf der moderat abfallenden Wiese beim Schwingerplatz. Sie hielten sich die Hände und lauschten der Frau in ihrer Mitte.

«Wir wollen diesen Ort mit seinem Namen wieder in unser Bewusstsein heben.» Brenda hob die Hände. Sie sah aus wie eine Priesterin, die die Absolution erteilt. «Wir wollen das Leben mit der Natur als ganzheitliche Unterstützung zum Wohlbefinden vermitteln. Wir wollen unsere Wanderungen als seelische Rekreation und Erholung erleben. Wir wollen die Heilkraft von Bäumen und Sträuchern in der natürlichen Landschaft bewusst nutzen. Wir wollen den Dialog mit der Natur und der Landschaft aufnehmen.» Brenda breitete ihre Arme aus. Der baumwollene Umhang wehte um ihre fragile Silhouette. «Wir wissen, dass Religion, Natur und Geist eins sind. Wir sind Teil einer göttlichen Architektur. Wir sind Mutter Erde.»

Isabelle spürte, wie eine Kraft aus dem Boden zu kommen schien und ihren Körper erfasste. Es schauderte sie, während sie sich links und rechts weiterhin mit ihren Frauen verbunden fühlte.

Nach diesem Ritual setzten sie sich ins Gras.

«Darf ich Sie um Ihre Aufmerksamkeit bitten?» Die Stimme kam aus der Richtung, in der die Bahnstation lag.

«Lucille?» Isabelle traute ihren Augen nicht. Ihre Schwiegertochter in spe stakste in Gummistiefeln und dunkelbraunem Overall über die Wiese auf die Frauen zu. Klein und zierlich, aber mit einer Ausstrahlung, die sie ganz neidisch machte. «Lucille!»

«Hallo, Isabelle, nett, dich hier zu sehen.» Über Lucilles Gesicht huschte ein Schatten der Unsicherheit.

«Wo kommst du denn her?» Isabelle deutete auf Lucilles Stiefel. «Bist du im Einsatz? Muss die Polizei jetzt Frondienst leisten?» Sie drehte den Kopf Richtung Rigi Klösterli.

Lucille allerdings hatte nur ein unbeteiligtes Achselzucken für sie übrig. «Wer von euch ist die Anführerin?»

«Anführerin? Dann bist du falsch informiert.» Isabelle blieb besonnen. Sie hatte es schlussendlich gelernt. Obwohl sich ihr Herz bei Lucilles Anblick zusammenzog, denn sie fand sie einfach zu alt für ihren Sohn, basta.

«An wen kann ich mich denn wenden?»

«Wen sucht ihr denn?»

Lucille sah sie schweigend an.

Isabelle zeigte auf die Frau im Umhang. «Brenda Cailleach. Aber vielleicht kann ich dir helfen. Worum geht es denn?» Trotz der zeitlich begrenzten Unterwürfigkeit war die Neugier jetzt stärker.

Aber Lucille stapfte einfach weiter und ließ sie links liegen. Das war die absolute Höhe. Zuerst verführte sie ihren Sohn, machte sie unfreiwillig zur zukünftigen Schwiegermutter und tat jetzt so, als wäre sie Luft. Sie musste sich unbedingt mit ihrem Sohn Stefan unterhalten.

Brenda Cailleach strahlte sie schon von Weitem an. Lucille kannte solche Gesichter, die fern der Realität und entrückt eine Art Überheblichkeit ausstrahlen. Allen, die nicht ihre Lebensgesinnung teilten, drückten sie den Stempel des Nichtwissenden auf. Der Vegetarier fühlte sich dem Fleischfresser übermächtig, der Veganer allen. Lucille fragte sich, ob die Frau vor ihr nur Pflanzen aß. Andererseits war auch solch eine Ernährung fragwürdig, denn auch Salatblätter hatten ja ein Leben, oder?

Sie täuschte sich. Die Frau machte einen ganz normalen Eindruck.

«Hi, ich bin Brenda», sagte sie mit Akzent. Ihr Alter war schwer zu schätzen. Ein Urgestein mit gebräunter Haut und ungeschminkt, mit rötlich-braunen Haaren und einem warmen Blick, der so überzeugend wirkte, dass man ihr kaum etwas Böses würde antun wollen, geschweige denn etwas Böses von ihr erwarten.

«Lucille Mathieu. Ich arbeite bei der Kriminalpolizei in der Abteilung für Leib und Leben. Ich habe ein paar Fragen an Sie.»

«Wollen wir uns setzen?»

Lucille suchte vergebens nach einer Sitzgelegenheit. Also ließ sie sich einfach neben Brenda auf den Boden fallen. «Wie viele Mitglieder gehören zu Ihrer Gemeinschaft?»

«Das ist unterschiedlich. Wir sind keine feste Gruppe. Die Frauen können mitmachen, wenn sie möchten.» Brenda lächelte. «Wie sind Sie denn auf uns gekommen?»

«Ein Hinweis aus der Bevölkerung.»

«Das klingt, als würden Sie jemanden suchen.»

«Das ist richtig. Wir suchen tatsächlich eine Gruppe von Frauen, die am letzten Mittwoch, also vor knapp einer Woche, auf der Rigi und in der Umgebung waren. Laut Zeugenaussagen sollen sie Kräuter gesammelt haben. Der Verdacht liegt nahe, dass es sich um keltische …» Lucille stockte.

«Keltische Frauen?» Brenda lächelte. «Wir sind keine keltischen Frauen. Wir befolgen nur ihre Weisheiten. Das waren vielleicht unsere Schwestern. Üblicherweise finden unsere Rituale auf dem Sonnenberg statt. Aber heute hat es uns hierhergezogen, nach allem, was geschehen ist. Die Rigi hat sich bemerkbar gemacht. Kein Berg, kein Gewässer, kein Tal vergisst, was man ihm antut. Der Mensch nimmt die Natur ein und zerstört sie. Achtsamkeit und Demut sind Fremdwörter. Der Mensch nimmt und gibt nichts zurück.»

«Das ist Karma», frotzelte Lucille und ahnte gar nicht, welchen Vortrag diese Bemerkung hätte nach sich ziehen können.

«Sie kennen sich aus damit?»

«Womit?»

«Dass alles, was geschieht, Ursache und Wirkung hat.»

Lucille wollte sich nicht darüber auslassen. So einfach war das in ihren Augen nicht.

«Sie zögern.» Brenda lächelte sanft. «Wie man in den Wald hineinruft, so kommt es zurück. Aber meistens kommt es nicht aus derselben Richtung zurück. Nur dass es zurückkommt, ist relevant.»

Lucille holte ihren Notizblock und den Schreibstift aus der Hosentasche. «Können Sie mir sagen, wie Ihre Schwestern heißen?»

Brendas Lächeln vertiefte sich weiter. «Die sind überall. Auch wir sind Schwestern – Sie und ich.»

«Also, dann stelle ich eine andere Frage: Ist es möglich, dass bei Ihren keltischen Ritualen auch Brandopfer zugelassen sind?»

«Sie sprechen die Tote auf dem Rotstock an?» Brenda wurde ernst.

«Ich stelle hier die Fragen.» Lucille spürte, dass ihr die Frau im Baumwollgewand überlegen war. «Sind sie zugelassen oder nicht?»

«Wir opfern keine Menschen. Unsere Opfergaben stammen aus der Natur. Und solange der Mensch sich nicht in sie einfügt, kann er auch nicht Opfer sein. Der Mensch ist grundsätzlich Täter …»

Lucille seufzte leise. «Danke, aber ich denke, dass es nichts bringt, wenn ich anfange, mit Ihnen zu philosophieren.»

Brenda setzte wieder ein Lächeln auf. «Sie haben die Urkraft in sich, Lucille. Sie müssen sie nur aktivieren.»

Lucille blieb stumm und steckte den Block wieder ein. Sie wandte sich um, sah zu Isabelle hinüber, die sie noch immer musterte. Nein, die Urkraft saß dort drüben. Und sie belauerte ihr kleines Glück. «Ihnen ist also keine ähnliche Gruppe bekannt, die sich in den letzten Tagen auf der Rigi aufgehalten hat?»

Brenda schüttelte den Kopf. «Aber es gibt immer mehr Frauen, die sich für die Rückkehr entschieden haben. Würde die Welt sich auf die Frauen konzentrieren, ginge es der Menschheit besser. Irgendwann werden wir es schaffen, das Leben wieder lebenswerter zu machen. Die Natur gleicht aus. Sie dezimiert dort, wo es vonnöten ist. Kriege müssen nicht stattfinden, aber große Pandemien. Es liegt in der Natur, dass das Starke siegt.»

«Ach ja?» Lucille reizte es jetzt doch, Brendas abstruser Philosophie zu widersprechen.

Aber Brenda kam ihr zuvor. «Verstehen Sie das bitte nicht falsch. Es ist immer traurig, wenn wir Menschen verlieren. Aber es muss so sein. Alles gehört zu einem universellen Plan. Je mehr wir uns ihm unterordnen, desto besser wird es uns gehen.» Sie griff plötzlich nach Lucilles Hand. «Das Kind, das Sie verloren haben, war noch nicht reif, um in dieser Welt zu überleben. Es wartet noch. Aber es wird wiederkommen …»

Lucille glaubte, sich irgendwo abstützen zu müssen. Das war zu viel für sie. Sie erhob sich unsicher und machte sich mit weichen Knien auf den Weg Richtung Staffel.

* * *

Kramer fuhr nach Weggis. Er hatte sich kaum etwas zum Essen gegönnt, und der Hunger plagte ihn, als er bei Trixi Müller klingelte. Während er wartete, sah er zum Himmel auf. Die Wolken hatten eine Korona um die Sonne gebildet. Es war nicht absehbar, ob das ein gutes oder ein schlechtes Zeichen war, was das Wetter betraf. Der ganze Juli war bis anhin wechselhaft gewesen.

Trixi hatte sich schön zurechtgemacht und trug ein weißes kurzes Kleid, das ihre Bräune zur Geltung brachte. Die Haare hatte sie hochgesteckt. Auf ihrem Gesicht zeichnete sich Überraschung ab. «Herr Kramer, bitte kommen Sie doch herein! Ich trinke gerade einen Kaffee. Möchten Sie mir dabei Gesellschaft leisten?»

Kramer lehnte dankend ab. Nach Kaffeeklatsch war ihm nicht zumute. Er wollte sich in Position stellen, an ein Fenster im Wohnzimmer, von wo aus man das Haus des Nachbars im Blick hatte. Er folgte Trixi. Sie hatte tatsächlich zwei Stühle und einen kleinen Tisch in die Nähe des Fensters hingestellt. Auf dem Tisch standen eine Kaffeetasse, eine Karaffe mit Wasser und bunte Cupcakes. Die Vorstellung konnte beginnen.

«Bitte, setzen Sie sich doch.» Sie selbst ließ sich auf einem der Stühle nieder und schlug die sehnigen Beine übereinander. Kramer befürchtete eine Absicht dahinter. Aus seinem Bekanntenkreis waren ihm solche Frauen wie Trixi bekannt. Sie waren alleinstehend, um die vierzig, gutaussehend, erotisch – und auf Männerfang. Er blieb stehen, hob ein wenig den Voilevorhang an und sah hinunter auf den Parkplatz vor Pino Aschwandens Villa. «Wann, hat seine Freundin gesagt, erwartet sie ihn?» Kramer liebäugelte mit den Cupcakes, bis er endlich nach einem griff.

«Sie wusste es nicht genau, nur dass er heute Abend nach Hause kommen wollte.» Trixi hatte ihren Kopf etwas zur Seite geneigt. Mit der linken Hand zwirbelte sie eine Haarsträhne, mit der rechten führte sie die Kaffeetasse zum Mund. Ihre Augenlider waren halb gesenkt. Kramer kannte diesen Blick. Er räusperte sich. Lange würde er es hier nicht aushalten, das wusste er. Die Stimmung war schon bei seiner Ankunft aufgeheizt gewesen. Er schritt vom Fenster weg Richtung Terrasse. Obwohl Trixis Haus schon längst aus der Mode gekommen schien, empfand er es als Luxus, hier leben zu können. Mit Blick auf See und Berge und von morgens bis abends Sonne und Wärme, denn Weggis zählte zu den subtropischen Orten am Vierwaldstättersee.

Gegen zwanzig Uhr – Kramer war bereits ein paarmal durch das Obergeschoss getigert – fuhr auf dem Parkplatz von Nachbars Grundstück ein weißer Bentley vor. Kramer stellte sich neben den Fensterrahmen und sah durch die Vorhänge. Er musste eine geraume Zeit warten, bis sich der Wagenschlag öffnete und ein Mann in dunklem Anzug ausstieg. Als ob er spürte, dass er beobachtet wurde, wandte er sein Gesicht Kramer zu. Dieser machte einen Schritt vom Fenster weg, behielt jedoch den Parkplatz im Visier.

Der Mann dort war unbestritten Albin Aschwanden. Kramer fuhr es in alle Knochen. Was wurde hier gespielt?

Trixi hatte sich unbemerkt in seine Nähe geschlichen. Als Kramer ihren Atem an seinem Gesicht spürte, wandte er sich abrupt um. «Ist er das?»

«Wer?»

«Der Mann auf dem Parkplatz – ist das Pino Aschwanden?» Er konnte ihr dezentes Parfüm riechen.

«Ja, er ist es. Ein unscheinbares Mannsbild, nicht wahr?» Trixi kicherte. «Aber er hat die schönste Frau ... Ist doch immer wieder sonderbar, wie die grauen Eminenzen zu solch tollen Frauen gelangen. Und warum Frauen wie diese Tina sich mit so einem einlassen können, ist für viele ein Rätsel. Dabei ist es gar nicht so abwegig. Das Leben ist wie eine Pyramide. Zwischen fünfundvierzig und fünfzig befinden wir uns auf der Spitze. Danach geht es bergab. Stellen Sie sich vor, Herr Kramer, wir haben heute eine durchschnittliche Lebenserwartung von neunzig Jahren. Dann stünden die Vierzigjährigen auf gleicher Höhe mit den Fünfzigjährigen ...»

Kramer sah den Zusammenhang nicht.

«Wenn also eine Dreißigjährige etwas mit einem Sechzigjährigen hat, dann stehen sie auf der Pyramide auf derselben geistigen Ebene ...»

Kramer hörte nur halbherzig hin, während er nach draußen schaute.

«Und wissen Sie, wie es mit der Körperlichkeit ist?» Trixi steigerte sich in ihren Vortag hinein. «Männer haben ihre sexuelle Höchstkraft mit fünfundzwanzig. Die Frauen erreichen sie mit vierzig. Ich will damit sagen: Wenn eine reife Frau eine Beziehung mit einem jungen Mann eingeht, ist das befriedigender als andersherum.» Sie begann zu kichern. «Und alte Säcke, die sich an junge Frauen heranmachen, sind sowieso impotent. Habe es beim Coiffeur in einer Zeitschrift gelesen …»

Aber ihr Lachen fand keinen Applaus. Kramer empfand ihre Rede als dummes Geschwätz. Er konzentrierte sich auf den Mann dort unten, der eine Tasche aus dem Kofferraum seines Wagens holte. «Ich werde Ihren Nachbarn besuchen», verkündete er lediglich.

«Kann ich mitkommen?»

«Das ist keine gute Idee.» Kramer schnappte sich noch einen letzten Cupcake. «Danke für Ihre Hilfe. Sie werden von uns hören.»

Als er wieder draußen stand und an der Fassade hinaufsah, konnte er deutlich Trixis Gesicht hinter den Gardinen ausmachen. *Eine sonderbare Frau*, dachte er.

Er musste zweimal klingeln, ehe die Spanierin, die er von der letzten Begegnung her kannte, die Tür öffnete. Es hätte ihn auch gewundert, wenn es der Hausherr persönlich getan hätte.

«Sie wünschen?»

Kramer zückte seine Dienstmarke. «Ich würde gern Herrn Aschwanden sprechen.»

Die Spanierin warf einen schnellen Blick auf die Marke, ohne etwas damit anfangen zu können.

«Wer ist da?», tönte es aus dem Wohnzimmer. Unter dem Glastürrahmen zeichnete sich die Gestalt eines Mannes ab.

«Ein Señor von der Polizia», sagte die Spanierin geradeheraus.

«Herr Kramer? Was für eine Überraschung!» Aschwandens Gang allerdings signalisierte Unsicherheit.

Kramer steckte die Marke wieder ein. «Entschuldigen Sie die späte Störung. Kann ich Sie einen Moment unter vier Augen sprechen?»

«Soweit ich mich erinnere, haben wir uns schon unterhalten. Gibt es Neuigkeiten in Ihrem Fall?»

«Sie wohnen also auch hier», stellte Kramer nüchtern fest, ohne auf die Gegenfrage einzugehen.

«Ich besuche meinen Bruder», erwiderte Aschwanden kühl. «Aber wie es scheint, ist er nicht hier.»

«Sie können mir gern noch ein anderes Märchen auftischen. Aber das würde ich Ihnen wahrscheinlich auch nicht glauben.»

Aschwanden stieß den Atem aus und grinste. «Jetzt haben Sie mich ertappt, Herr Kramer. Ich bin ja der Bruder.» Er lachte über seinen eigenen Scherz.

«Pino klingt wohl jugendlicher als Albin», gestattete sich Kramer die Bemerkung.

«Ja, da haben Sie völlig recht.» Aschwanden grinste weiter. «Junge Frauen sind anspruchsvoll, was das betrifft. Man möchte ihnen ja gerecht werden, aber wenn's weiter nichts ist …» Er ging voraus über die Treppe ins Wohnzimmer.

Kramer folgte ihm. Er fragte sich, ob Trixi mit ihrer Bemerkung vorhin recht gehabt hatte.

«Meine Freundin haben Sie ja schon kennengelernt, wie mir Tina mitteilte. Bitte nehmen Sie Platz. Sie werden mich sicher darüber aufklären, weshalb Sie mich noch einmal sprechen möchten.»

Aschwanden orderte Kaffee bei seiner Bediensteten. «Meine zweite Perle nebst Juanita. Maria arbeitet seit vielen Jahren schon bei mir.»

Kramer setzte sich auf einen der exquisiten Lehnstühle und warf einen Blick zu dem dunkelbraunen Intarsienschrank, der aus dem Fernen Osten zu stammen schien. «Wenn Sie mir die Bemerkung erlauben … Ihre Firma ist ja nicht gerade auf Rosen gebettet. Sie unterhalten trotzdem zwei Häuser, haben Angestellte, und ich muss davon ausgehen, dass der Bentley auf dem Parkplatz nicht der einzige Wagen ist, den Sie besitzen.»

«Das ist richtig. Mir gehören noch ein Porsche und ein Ferrari. Den Bentley fahre ich nur, wenn ich zu Kunden muss.»

«Welchen Wagen fuhren Sie denn, als Sie nach Schüpfheim unterwegs waren?»

Aschwanden lief rot an. Er räusperte sich, um Zeit zu gewinnen. «Das war der Wagen eines Angestellten. Ich hatte an diesem Tag den Bentley in der Reparatur.»

Kramer griff nach seinem Notizbüchlein. «Können Sie mir den Namen der Garage nennen?»

«Ist das jetzt ein Verhör?»

Maria brachte Kaffee an den Tisch.

«Ich überprüfe einfach gern die Dinge, die nicht logisch sind», meinte Kramer.

«Und was dürfte hier Ihrer Meinung nach nicht logisch sein?» Aschwanden rührte Zucker in seine Tasse.

«Ich ermittle in einem Mordfall», erwiderte Kramer.

Aschwanden hätte beinahe die Tasse fallen gelassen. «Das ist neu. Ist die Vermisste ermordet worden? Ich nehme an, Sie reden von Livia Langendorf?» Aschwanden hatte sich wieder gefangen. «Deshalb sind Sie wohl hier. Aber ich kann Ihnen nicht mehr dazu sagen als das, was Sie schon wissen. Die junge Frau ist abgehauen.»

«Diese junge Frau gleicht Ihrer Freundin bis aufs Haar», merkte Kramer lakonisch an.

«Das ist wirklich ein bemerkenswerter Zufall. Aber wer Tina kennt, weiß, dass sie sehr unterschiedlich sind.»

Kramer stutzte. Irgendetwas gefiel ihm gar nicht. Aschwandens Aussage zufolge musste er auch Livia kennen. Ob Aschwanden sein Zögern bemerkt hatte? Er griff nach der Kaffeetasse und schlürfte von dem starken Gebräu. Alles ging ihm wild durcheinander durch den Kopf. Er durfte jetzt nur keinen Fehler machen. Er musste Aschwanden bei Laune halten. Deshalb erhob er sich, bedankte sich für den Kaffee, den er gerade mal halb ausgetrunken stehen ließ. «Ich muss weiter.»

«Sagen Sie es mir, wenn ich Ihnen in irgendeiner Form behilflich sein kann», bot Aschwanden an, war aber offensichtlich nicht unfroh darüber, dass er seinen ungebetenen

Gast endlich loswurde. «Vielleicht möchten Sie einmal eine Spritztour mit dem Porsche machen.» Er führte Kramer zur Tür.

* * *

Kramer kehrte nach Luzern zurück. Von der Autobahnausfahrt bis hierher hatte er im Stau gestanden. Feierabendverkehr – trotz der Ferien war es eine Zumutung. Überall wurden Straßen aufgerissen. Bauampeln stimmten nicht mit den üblichen Ampeln überein. Zeitweise ging gar nichts mehr.

In der Kripo stieß Kramer auf Lucille, die mit einem Stapel von Dokumenten zu ihrem Büro unterwegs war. Sie sah gehetzt aus und schwitzte. Auf ihrem Gesicht klebte Staub.

«Du bist nicht mehr auf der Rigi?» Kramer nahm ihr den Aktenstapel ab.

Lucille öffnete die Tür. «Bartolini ist noch oben. Die Eltern der Kinder sind nun eingetroffen. Ich muss in einer halben Stunde zum Arzt, deshalb bin ich schon zurückgekehrt.»

«Etwas Schlimmes?» Kramer klang besorgt. Er legte die Dokumente auf das Pult.

«Eine Routineuntersuchung», entgegnete Lucille knapp. Sie ging um das Pult herum und setzte sich auf den Bürostuhl. «Und du?»

Kramer ging nicht darauf ein. Stattdessen fragte er, ob sie die Unterlagen von der verschwundenen Bettina Hunkeler noch in Griffnähe habe. «Ich nehme an, da war auch ein Bild dabei.»

Lucille zog die oberste Schublade auf. «Hier in der Mappe ist alles drin.»

Kramer zog das Dossier aus einem Klarsichtmäppchen. Er schlug die zweite Seite auf und sah auf das Porträt der verschwundenen jungen Frau. «Das ist sie!»

Lucille sah ihn verwundert an. «Wer?»

«Diese Frau hier habe ich gestern kennengelernt.»

Lucille starrte ihn an. «Wo?»

«In Weggis. Und heute war ich dort, weil ich wissen wollte, wer ihr Freund ist.» Kramer tigerte um den Schreibtisch herum. «Das stinkt ganz gewaltig zum Himmel.»

«Könntest du mich bitte aufklären?»

Kramer drehte eine weitere Runde, ohne seine Kollegin anzusehen. «Wenn dieser Albin Aschwanden mit Pino Aschwanden identisch ist, ist Tina vielleicht Bettina. Und diese Tina gleicht unserer Vermissten Livia Langendorf bis aufs Haar.»

«Thomas?» Lucille erhob sich, sprach jetzt lauter. «Erklärst du mir bitte endlich, was los ist? Wovon sprichst du?»

Kramer drehte sich zu ihr um. «Ich hatte zuerst keinen Verdacht. Aber Trixi Müller hat mich zu ihm geführt. Obwohl diese Trixi nicht die Hellste zu sein scheint, hat sie mir doch sehr geholfen.» Kramer packte Lucille an den Oberarmen. «Wenn Aschwanden Bettina Hunkeler entführt hat, kann es kein Zufall sein, dass er diese Aussage zum Verschwinden von Livia Langendorf gemacht hat.

Vielleicht hätte ich Frau Langendorf doch glauben sollen. Vielleicht hat sie ja tatsächlich die Wahrheit gesagt, und ihre Tochter wurde entführt. Sie wurde genauso entführt wie Bettina.»

Lucille riss sich los. «Mein IQ liegt bei über hundert. Aber ich kann dir trotzdem beim besten Willen nicht folgen!»

Kramer schüttelte den Kopf. «Entschuldige bitte meinen Übereifer. Ich hatte gerade eine Erleuchtung. Wir müssen uns diesen Aschwanden vornehmen. Vielleicht hat er auch Livia …»

«Wie kommst du darauf? Welchen Eindruck hat denn Aschwandens Freundin bei dir hinterlassen? Stand sie vielleicht unter Drogen?»

«Einen ganz normalen … das ist eben das Problem. Sie wirkte nicht sehr schlau, aber ganz normal. Wie eine junge, verwöhnte Frau, die von ihrem Schatz alles haben kann. Viel gesprochen habe ich allerdings nicht mit ihr.» Kramers Blick ließ Lucille nicht mehr los. «Das ist dein Job. Morgen fährst du nach Weggis und besuchst Tina!»

«Müssten wir das nicht bei unserem nächsten Rapport erst einmal zur Sprache bringen?»

Kramer sah auf die Uhr. «Die nächste Teamsitzung findet morgen um acht statt. Dann solltest du aber schon in Weggis sein. Undercover, sozusagen.»

Dienstag, 22. Juli

Acht Uhr an diesem Dienstagmorgen. Nachdem die letzten Beamten von der Rigi zurückgekehrt waren, hatte sich Kramers Team im Großraumbüro versammelt. Die Abklärungen bezüglich der ihrer Freiheit beraubten Kinder hatte Bartolini gleich weiterdelegiert. Flavia Braun hatte sich noch am Vorabend mit den Eltern getroffen, die allesamt Mitglieder von Lux Aeterna waren. Ob die Eltern zur Verantwortung gezogen werden konnten, war jetzt Sache des Fahndungsdienstes, Fachgruppe Jugend.

Kramer überprüfte seine persönlich verfügbaren Unterlagen im Fall Sekte und Brandleiche und musste zugeben, dass er sich, was den Toten auf Klösterli betraf, getäuscht hatte. «Wir müssen davon ausgehen, dass der Sektendiener Ruprecht noch lebt», ließ er verlauten, während seine Mitarbeiter sich mit Kaffee und Gipfeli verpflegten. «Es wurden keine weiteren Leichen geborgen. Ruprecht muss die Katastrophe genutzt haben, um zu flüchten. Vielleicht hält er sich noch in der Gegend auf. Doch ich bezweifle es. Nach dem Unwetter, dessen Ausmaß das Sektenhaus verwüstet und unbewohnbar gemacht hat, dürfte sich auch die Sekte auflösen. Ob sie einen alternativen Raum für ihr Wirken findet, ist zum jetzigen Zeitpunkt nicht klar. Ich gehe mal davon aus, dass das Oberhaupt selbst kaum an eine solche Möglichkeit gedacht hat. Der fühlte sich unantastbar und muss sich jetzt eines Besseren belehren lassen.» Kramer schob das Dossier vor sich hin und her, ohne es aufzuheben. «Der Bericht aus der Pathologie ist mittlerweile auch eingetroffen. Bei der verbrannten Leiche handelt es sich mit ziemlicher Sicherheit um eine Asiatin im Alter zwischen zwanzig und dreißig Jahren. Die Forensiker haben zudem Rückstände von Wildseide gefunden. Die Leiche muss demzufolge ein Kleid aus Wildseide getragen haben. Gut möglich, dass sie krank war. In ihrem Blut wurden Rückstände eines Medikaments festgestellt. Eine Vergewaltigung liegt wahrscheinlich nicht vor. Nach diesem Bericht können wir ausschließen, dass die vermisste Livia Langendorf mit der Brandleiche identisch ist. Wir haben, was dies betrifft, aber eine neue Spur.»

«Und die wäre?» Bartolini hatte den linken Arm lässig über die Lehne gelegt. Die Andeutungen seines Chefs behagten ihm nicht, zumal er damit gerechnet hatte, dass sich der Fall Livia Langendorf mit der Rigi-Leiche lösen würde.

Kramer zog das Foto von Bettina Hunkeler aus dem Dossier und heftete es auf die Pinnwand neben das von Livia. «Fällt dir etwas auf?», fragte er, an Bartolini gewandt.

«Es könnten Schwestern sein», bemerkte Guido, der bis anhin skeptisch geschwiegen hatte. «Zweieiige Zwillingsschwestern.» Er zwinkerte Bartolini zu, der diesen Scherz jedoch nicht goutieren konnte, denn die Zwillingsschwangerschaft seiner Freundin war ihm heilig. Diesbezügliche Andeutungen vertrug er nicht, zumal Kathy schon einmal in der Klinik gewesen war, mit Verdacht auf eine viel zu frühe Geburt.

«Keine Schwestern, aber derselbe Typ Frau», meinte Kramer. «Lucille wird sich die junge Frau, die Bettina Hunkeler sein könnte, näher ansehen.»

«Ist uns da etwas durch die Lappen gegangen?», fragte Toni Beeler, der flinke Polizist mit Bürstenschnitt.

Kramer fühlte sich etwas in die Enge getrieben, da er es bis heute unterlassen hatte, seine Leute über seinen überstürzten Besuch in Weggis zu informieren. «Ich hatte einen Hinweis erhalten, dem ich unverzüglich nachgehen musste. Eine Zeugin wollte anhand der Vermisstenmeldung die gesuchte Person entdeckt haben. Die Ähnlichkeit ist wirklich frappant. Bettina Hunkeler wurde vor ungefähr zwei Jahren als vermisst gemeldet. Ihr Freund behauptete, sie sei entführt worden …»

«Da zeichnen sich wohl Parallelen ab», stellte Bartolini fest. «Und wo befindet sich diese Bettina Hunkeler jetzt?»

«Ich bin nicht sicher, ob sie es tatsächlich ist.» Kramer blieb vorsichtig. «Das hängt davon ab, was Lucille heute Vormittag herausfindet. Wir dürfen das auf keinen Fall überstürzen. Falls die vermisste Bettina Hunkeler mit der Frau in Weggis identisch ist, haben wir noch ein Problem mehr. Albin Aschwanden führt ein Doppelleben.»

«*Vaffanculo!*» Bartolini schlug mit der Hand auf die Tischplatte.

«Ich darf doch sehr bitten!», fuhr Kramer ihn an. Dann erzählte er von der Begegnung mit dem Lebemann, der einerseits eine in den Konkurs steuernde Druckerei in Sarnen hatte, auf der anderen Seite zwei Villen mit Haushälterin und drei teure Autos.

«Dann hat der Hurensohn uns die ganze Zeit belogen? Und Frau Langendorf hat doch die Wahrheit gesagt?» Bartolini schüttelte angewidert den Kopf. «Und ich habe sie nicht ernst genommen.»

«Noch wissen wir nicht, was da geschehen ist. Es könnte auch sein, dass Livia Langendorf freiwillig gegangen ist. Dass da etwas im Vorfeld … hm … vielleicht sogar mit diesem Albin alias Pino Aschwanden.» Kramer warf einen Blick auf Lucilles Rapport. «Wir müssen unbedingt die Freundin von Livia ausfindig machen. Vielleicht kann sie uns darüber aufklären, was mit ihrer engsten Bekannten passiert ist. Freundinnen erzählen sich ja immer alles.»

* * *

Die Sonne schien, doch die Temperaturen waren im Vergleich zu den letzten Tagen moderater. Der Morgen lud zum Flanieren an der Uferpromenade ein. Weggis war blitzblank aufgeräumt. Im Pavillon neben der Schiffsanlegestelle spielte ein Kammerorchester Werke von Henryk Mikołaj Górecki. Ein paar Feriengäste saßen auf den Stühlen und lauschten der Musik.

Lucille hatte Tina verfolgt. Als sie an der Höchistrasse angekommen war, hatte sich Tina gerade in den Ferrari gesetzt und war losgefahren. Lucille war ihr gefolgt – bis hierher. Sie bezweifelte jedoch, dass sich die junge Frau an klassischer Musik erfreuen wollte. Tina parkte den Sportwagen auf einem freien Parkfeld und stieg unter den staunenden Blicken einer Gruppe von Senioren aus. Sie überquerte die Seestrasse und blieb vor einer Modeboutique stehen. Ziemlich lange verweilte sie dort. Lucille war sich nicht sicher, ob die junge Frau in den Fenstern ihr Spiegelbild betrachtete oder die etwas biedere Mode, die dort präsentiert wurde. Ersteres schien eher der Fall zu sein. Tina entnahm ihrer Tasche einen Kamm und frisierte ihre langen, blonden Haare. Als sie dann doch plötzlich im Geschäft verschwand, folgte Lucille ihr und legte sich eine Ausrede zurecht, sollte sie im Ladeninnern auf ihre Wünsche angesprochen werden. Faltenröcke und hochgeschlossene Blusen waren jedoch absolut nicht ihr Stil.

Geradezu altmodisch anmutend erklang ein kleines Glöcklein, dessen Pendel die Tür streifte, während Lucille diese aufdrückte. Sie betrat einen kaum gekühlten Raum, der üppig mit den ersten Herbstneuheiten ausgestattet war. Wollmäntel, Flanelljacken und gemusterte Hosen stachen ihr ins Auge. An einem Ständer hingen Aktionen, wie das Schild dort die Kunden aufklärte. Im Geschäft allerdings war kein Mensch zu sehen.

Aus einem dahinterliegenden Raum vernahm Lucille Stimmen. Trotz des Glöckchens hatte man sie offenbar nicht kommen hören. Zwei Frauen unterhielten sich, und das auf nicht gerade zimperliche Weise. Eine von ihnen redete sogar so laut und unbeherrscht, dass Lucille dachte, sie müsse sich als Schlichterin dazwischen stellen.

«Ich habe genau das kommen sehen», sagte die eine Frau. Ihre Stimme klang rauchig, nicht mehr jung. «Du bist ihm vollkommen hörig. Wie kann man nur so naiv sein.»

«Ich bin ihm nicht hörig.» Eine jüngere Stimme. «Ich liebe ihn. Würdest du einem Mann, den du liebst, nicht auch alles geben?»

«Wenn man dabei sich selbst treu bleibt, warum nicht? Aber du hast dich aufgegeben, Tina. Du hast deine Ausbildung abgebrochen. Du hast deine Eltern und Freunde verlassen.»

«Ich bin meinem Herzen gefolgt.»

«Herrje, nein! Du bist seinem Portemonnaie gefolgt. Wie hat er dich gefügig gemacht, he?» Die Stimme wurde resolut. «Und jetzt soll ich dir helfen? Wobei eigentlich?»

«Er betrügt mich.»

«Das passt. Er ist deiner überdrüssig geworden. Es musste ja so kommen, dass er sich eine andere sucht.»

«Sie sieht mir ähnlich. Ich habe ein Bild von ihr gesehen. Sie sieht aus wie meine Schwester. Vielleicht ist sie ja meine Schwester. Vielleicht wurden wir bei der Geburt getrennt wie das doppelte Lottchen …»

«Ha, dass ich nicht lache. Sicher auch jünger …»

«Nur ein Jahr.»

«Dann wird es nicht das Alter sein. Ich glaube eher, dass er dich wirklich satthat.»

«Aber ich komme nicht von ihm los.» Ein lautes Schluchzen. Wenn ich weggehe, hat er gewonnen, und ich habe alles verloren …»

«Was meinst du, wie er deine Konkurrentin gefügig machen wird? Hast du sie schon live gesehen?»

«Nein, nur auf dem Foto. Zudem hat er so Andeutungen gemacht.»

«Ich gebe dir einen guten Rat unter Freundinnen: Pack deine Klamotten zusammen, nimm einen seiner Wagen – und dann ab die Post.»

«Er würde mich verfolgen und aufspüren wie damals. Zudem hat er meinen Pass und den Personalausweis. Und er würde mich sicher wieder gefügig machen … mit so einer Spritze wie vor zwei Jahren.»

«Daran erinnerst du dich also noch. Was hat er dir eigentlich gespritzt?»

«Etwas Ähnliches wie K.-o.-Tropfen.»

«Kapierst du eigentlich, was du da sagst? Ich weiß echt nicht, was du an dem findest. Schau ihn dir doch an. Ich habe ihn letzthin im Elektroladen gesehen. Der Typ ist fade und für dich zu alt. Mach Schluss! Kehre zu deinen Eltern zurück und bemühe dich um einen Abschluss. Mach eine Lehre, irgendwas … aber lass endlich die Finger von diesem alten Sack!»

«Ich kann nicht!»

«Was kannst du nicht?»

«Uns verbindet so einiges.»

«Papperlapapp! Komm zu dir, Tina! Kein Mann verdient es, dass man sich ihm unterwirft.»

«Er ist etwas ganz Besonderes.»

Lucille hatte genug gehört. Sie machte sich durch ein Räuspern bemerkbar.

Die beiden Frauen tauchten fast gleichzeitig vor ihr auf.

«Guten Tag!» Die Verkäuferin, ziemlich verdattert. Sie war etwa um die fünfzig, versuchte aber, möglichst jung zu wirken. Sie trug Bluejeans und eine weiße ärmellose Bluse – das Gegenteil von dem, was sie verkaufte. Ihre halblangen, dunklen Haare hatte sie zu Rasta-Zöpfchen geflochten. Lucille ging davon aus, dass sie in der Karibik im Urlaub gewesen war. Ihr Gesicht war tief gebräunt und von gegerbtem Leder kaum zu unterscheiden.

«Sind Sie schon lange hier?», fragte sie mit derselben rauchigen Stimme, die Lucille zuvor gehört hatte.

«Eben erst eingetreten», behauptete Lucille und warf einen Blick auf die junge Blondine. Kein Zweifel: Das war Bettina Hunkeler – das Mädchen, das man seit zwei Jahren vermisste und trotz intensiver Suche bisher nicht wiedergefunden hatte. Lucille hatte ihr Foto lange genug studiert.

Die Hintergründe, weshalb es überhaupt zu dieser Entführung gekommen war, blieben jedoch im Dunkeln. Lucille hatte aus dem Gespräch der beiden Frauen zwar einiges herausgehört, aber das war noch nicht genug, um die richtigen Schlüsse zu ziehen. Möglicherweise hatte aber Livias Verschwinden etwas damit zu tun. Ob sie Bettinas Nachfolgerin war? Aber für wen? Und wofür?

Lucille strich mit der rechten Hand über die mit Mänteln bestückten Bügel. «Man hat ja gar keine Lust, bei dieser Hitze Wintermäntel zu kaufen.»

«Da haben Sie recht. Aber wir müssen früh genug damit anfangen. Die Konkurrenz schläft nicht.» Wenn die Verkäuferin ihren Kopf schüttelte, klimperten die Perlen in ihren Rasta-Zöpfchen. «Möchten Sie sich trotzdem etwas umsehen?»

Lucille überlegte, wie sie sich am besten aus dieser Situation rettete. Nach Stöbern war ihr nicht zumute. Zudem sollte sie baldmöglichst Kramer anrufen, um mit ihm das weitere Vorgehen zu besprechen. «Ich suche eigentlich das Posthotel», schwindelte sie deshalb.

«Das finden Sie gleich zwei Häuserzeilen weiter vorne», antwortete Tina. «Aber das trifft sich gut. Ich muss auch gleich dorthin.» Sie warf der anderen Frau einen fragenden Blick zu. Die nickte nur.

Dass Tina mit ihr fast gleichzeitig das Geschäft verließ, passte Lucille natürlich überhaupt nicht. Mit einer etwas fadenscheinigen Ausrede ließ sie ein paar Schritte zurückfallen. Als sie meinte, außer Hörweite zu sein, stellte Lucille Kramers Nummer ein. Kramer meldet sich unmittelbar nach dem ersten Summton. Offenbar hatte er auf ihren Anruf gewartet.

«Chef, ich habe sie gefunden. Tina, von der du mir erzählt hast, muss Bettina Hunkeler sein. In den zwei Jahren hat sie sich unwesentlich verändert. Aber du weißt, wie gut ich mich an Gesichter erinnern kann. Wie soll ich weitermachen?»

Am anderen Ende der Leitung blieb es eine gefühlte Ewigkeit ruhig.

«Bist du noch dran?», fragte Lucille besorgt.

«Klar.» Kramer hustete. «Geh auf Konfrontation. Halte sie hin. Ich werde eine Streife mobilisieren, die dir den Rücken stärkt. Wir müssen endlich etwas unternehmen, ansonsten kommen wir nie vom Fleck. Ich werde in etwa einer halben Stunde vor Ort sein.» Er legte auf.

Lucille starrte das verstummte Mobiltelefon an. Dann sah sie zu Tina, die jetzt stehen geblieben war. «Hier ist das Posthotel!», rief Tina so laut, dass zwei ältere Leute verdattert zu ihr hinüberschauten. «Wollen wir zusammen einen Kaffee trinken?»

«Ja, gern.» Lucille schob ihr Telefon zurück in die Tasche. Irgendetwas war im Anzug. War Tina wirklich völlig ahnungslos? Lucille beeilte sich. Direkt am Straßenrand war noch ein Tischchen frei. Die beiden Frauen setzten sich.

«Sind Sie hier in den Ferien?», wollte Tina wissen, als sie die Bestellung aufgegeben hatten.

«Ich bin als Journalistin tätig», log Lucille. Sie konnte ja unmöglich sagen, wer sie in Wirklichkeit war. Sie hatte das Spiel begonnen. Sie durfte jetzt keinen Rückzieher machen.

Tina betrachtete sie neugierig. «Für welche Zeitung denn?»

«Ich bin freischaffend. Habe mal da, mal dort ein paar Aufträge. Meistens bin ich für Reisereportagen unterwegs.» Lucille staunte über sich selbst. Wie leicht ihr das Lügen fiel!

«Und jetzt möchten Sie etwas über den Ferienort Weggis schreiben.» Tinas Augen strahlten plötzlich. «Ich kann Ihnen da sicher behilflich sein. Ich wohne zwar erst seit zwei Jahren hier, aber ich kenne Weggis in- und auswendig. Ich kann Ihnen über alle Aktivitäten im Dorf berichten. Über das Rosenfest zum Beispiel oder die Konzerte im Pavillon am See …»

Ein Kellner brachte die bestellten Cappuccini an den Tisch.

«Was machen Sie eigentlich beruflich?», fragte Lucille ganz beiläufig und schüttete Zucker auf den Milchschaum. Sie schaute zu, wie das Häufchen weißer Kristalle einen Krater im Schaum bildete und dann in ihm versank.

«Ich muss nicht arbeiten. Ich habe einen lieben Freund, der hier wohnt. An der Höchistrasse. Wir haben dort eine Villa mit Schwimmbad. Wissen Sie, wo die Straße ist? Wenn Sie mal eine Reportage für ‹Schöner Wohnen› machen müssen, kommen Sie doch in unser Haus.»

«Und Ihr Freund? Hat er denn nichts dagegen?» Lucille tat, als wundere sie sich, konnte sich jedoch ein Schmunzeln nicht verkneifen.

Ihre Gesprächspartnerin winkte ab. «Der ist selten zu Hause. Übrigens, ich bin Tina.»

«Lucille, freut mich sehr. Wo arbeitet denn dein Freund?»

«Ehrlich gesagt, interessiert es mich weniger, wo er seine Brötchen verdient. Ich glaube, er hat geerbt.»

«So jung schon?»

«Warum denn jung?» Tina sah Lucille stirnrunzelnd an.

«Ich dachte nur … du selbst bist kaum zwanzig.»

«Ach so …» Tina kicherte. «Ich bin einundzwanzig. Und mein Freund ist dreiundfünfzig.»

«Und das macht dir nichts aus?»

«Nein … unter uns gesagt, im Bett ist er einsame Spitze.» Tina errötete. «Wir experimentieren gern miteinander …»

«Mit Drogen?»

Wieder kicherte Tina. «Heutzutage nimmt doch jeder Drogen. Solange das nicht öffentlich geschieht, steht dem ja nichts im Wege.»

Hätte Tina das auch gesagt, wenn sie gewusst hätte, dass Lucille Polizistin war? «Drogen machen einen Menschen dumm», entfuhrt es Lucille.

Tina lächelte still. «Oder resistent gegen die Verrohung der Menschen. Mit Drogen wird man rein. Wenn du benebelt bist, geht dir alles andere am Arsch vorbei. Und Sex under drugs ist das Maß aller Dinge.»

Lucille schluckte leer. Diese Tina war ganz schön abgebrüht. Und sie sprach das aus, was andere nur hinter vorgehaltener Hand zugaben. Sie schien ein sehr offenes Verhältnis zur Erotik zu haben. Oder sie war tatsächlich dumm. Sie hätte natürlich die Probe aufs Exempel machen und mit dieser jungen Frau politisieren können, um ihren Intelligenzquotienten zu testen. «Trotzdem möchte ich es nicht ausprobieren.» Lucille fragte sich, ob sie Tina mit der Wahrheit konfrontieren sollte. Sie blickte auf ihre Armbanduhr. Die Streife hätte schon längst hier sein sollen. Ob Kramer sie vergessen hatte?

«Warum schaust du andauernd auf die Uhr?», wollte Tina wissen. «Nun schon zum dritten Mal. Erwartest du jemanden?»

«Nein, eigentlich nicht. Ist eine blöde Gewohnheit von mir.»

«Wir könnten zu mir nach Hause fahren», schlug Tina vor. Sie winkte den Kellner an den Tisch und bat, bezahlen zu dürfen. «Ich übernehme das.» Und an Lucille gewandt. «Bist du auch schon einmal in einem Testa Rossa gefahren?»

«Ich mache mir nichts aus schnellen Autos», erwiderte Lucille und dachte an ihren Kleinwagen, der bloß ein Fortbewegungsmittel war. Sie kannte die Sprüche über die Besitzer von Rennwagen. Stephan fuhr einen TT. Aber das war etwas anderes. «Ist dein Freund nicht zu Hause?»

«Und wenn schon!» Tina erhob sich, kramte den Autoschlüssel aus ihrer Luxustasche und schritt Lucille voran auf den Ferrari zu. Sie öffnete die Fahrertür. «Nichts für steife Gelenke», lächelte sie und schwang sich auf den Sitz. Sie startete den Motor, nachdem Lucille auf dem Beifahrersitz Platz genommen hatte. Der Wagen röhrte. Die Passanten schauten sich nach ihnen um.

Lucille verstellte den Sitz nach oben, damit sie über das Armaturenbrett hinweg auf die Straße sehen konnte. Tina trat aufs Gaspedal, und der Bolide schoss aus dem Parkfeld. Haarscharf an einer alten Dame mit Rollator vorbei. «Metamorphose», spottete Tina und zeigte auf die betagte Frau, während Lucille rätselte, ob Tina überhaupt wusste, was eine Metamorphose war.

Tina lenkte den Wagen über die Seestrasse bis zum Restaurant The Grape. Dort fuhr sie mit erhöhter Geschwindigkeit hinauf bis zur Einfahrt Friedheimweg. Trotz des Geschwindigkeitslimits und des Rechtsvortritts brauste sie einfach weiter. Lucille klammerte sich an der Seitentür fest. Hätte sie vorher gewusst, mit welch einer Verrückten sie sich eingelassen hatte, wäre sie nicht eingestiegen. Sie schwitzte Blut und Wasser, sandte ein Stoßgebet zum Himmel, dass der Herrgott sie beschützen möge.

In der Höchistrasse unversehrt angekommen, parkte Tina den Wagen vor der rosaroten Villa. «Hat Spaß gemacht», verkündete sie freudestrahlend.

Lucille wusste nicht, was sie davon halten sollte. Tina hatte die Verkehrsregeln in mindestens drei Punkten missachtet. Das würde sie Kopf und Kragen kosten, sobald sie sich als Polizistin zu erkennen gab.

Die Streifenpolizisten waren nirgends zu sehen. Wenn Kramer es in einer halben Stunde schaffte, nach Weggis zu fahren, musste er jetzt schon vor dem Posthotel sein. Sobald er Lucilles Wagen sah, würde er sich vielleicht einen eigenen Reim darauf machen und sie dort suchen, wo sie war: in der Villa dieses ominösen Pino Aschwanden.

Tina hatte die Eingangstür bereits geöffnet. «Bitte, komm rein.»

Lucille trat in ein kühles, helles Entree, das edel gestaltet war. Ausgesucht teure Materialien aus Holz, Stein und Leder harmonierten miteinander, es wirkte wie eine Symphonie. Tina lotste Lucille durch ein mit Säulen versehenes Bogentor mit Sprossen über eine Treppe ins Wohnzimmer. Von der Terrasse aus sah man auf den Vierwaldstättersee und den Bürgenstock dahinter. Der Pilatus thronte imposant weiter rechts im Bild.

Lucille ließ sich ihre Verwunderung nicht anmerken. Einundzwanzig Jahre jung und ein Leben wie im Märchen. Andererseits war eben dieses Leben gefährdet, wie Lucille dem Gespräch der beiden Frauen hatte entnehmen können. Pino hatte die blonde Fee betrogen. Tinas Zeit war wohl abgelaufen, was sie sich jedoch nicht einzugestehen schien.

«Etwas zu trinken? Ich habe Champagner kaltgestellt», sagte die junge Gastgeberin, nachdem sie aus ihrem Schlafzimmer zurückgekehrt war. Sie trug jetzt einen Hauch von Nichts über ihrem makellosen Körper, einen schwarzen Bikini mit Kettenverschluss. Lucille hätte neidisch werden können. «Kaviar mit Blinis habe ich auch noch.»

Lucille lehnte ab. Allein schon der Gedanke, sie müsste Rogen essen, brachte sie zum Würgen. «Ein Glas Wasser täte es auch.»

Tina verschwand in der Küche und kam wenig später mit zwei Gläsern zurück. Während Lucille in gierigen Schlucken trank, sah Tina sie mit zusammengekniffenen

Augen an. «So, und nun erklär mir, weshalb du mich wirklich verfolgst.»

Lucille ließ das Wasserglas beinahe fallen. Sie schluckte und hätte fast einen Hustenanfall bekommen. «Ich wüsste nicht, weshalb ich dich verfolgen sollte.» Es klang nicht sehr überzeugend.

«Wenn jemand eine solche Karre fährt wie du, fällt mir das schon auf», erwiderte Tina. «Als ich von hier wegfuhr, bist du mir nachgefahren. Es war kein Zufall, dass du im Geschäft meiner Freundin warst. Worum geht es hier also?»

Lucille fuhr es kalt über den Rücken.

«Du bist eine Paparazza, gib es zu!»

Lucille atmete erleichtert aus. Sie hatte schon befürchtet, Tina hätte ihre Absicht erkannt. Aber ihr ging es nur darum, sich wichtig zu machen. Alles musste sich um ihre Person drehen, was unweigerlich die Frage nach sich zog, ob Tina so selbstbewusst war, wie sie tat, oder ob sie unter dem Pantoffel ihres um viele Jahre älteren Freundes stand.

Dass die Antwort darauf nicht lange auf sich warten lassen würde, hätte Lucille jedoch nicht gedacht. Draußen hörte sie einen Wagen vorfahren.

Tina hob den Kopf. «Das ist Pino!» Sie lächelte. «Endlich kann ich dir meinen Freund vorstellen.» Freude klang allerdings anders.

Es dauerte nicht lange, bis die Eingangstür geöffnet wurde und ein schlanker Mann unter dem Rahmen auftauchte. Lucille kannte ihn von einem Foto im Sitzungszimmer. Albin Aschwanden alias Pino Aschwanden warf seinen Mantel über den Garderobenständer, lockerte seine Krawatte und kam ins Wohnzimmer, als er Lucille erblickt hatte. In seinen Augen schimmerte Misstrauen. Seine Lippen waren ganz schmal.

«Das ist Lucille», stellte Tina ihre Besucherin vor. Mit roten Wangen schmiegte sie sich an ihren Freund und schaute zu ihm auf.

Der jedoch stieß sie von sich. «Was soll das? Ich habe mich doch klar ausgedrückt, als ich dir letzthin sagte, dass du während meiner Abwesenheit niemanden reinlassen sollst. Muss ich die Schlinge wieder enger ziehen?» Er schaute sie drohend an. Dann wandte er sich an Lucille. «Sind Sie von der Presse?»

«Sie ist selbstständige Journalistin», kam Tina Lucille zuvor. «Sie will eine Fotoreihe über mich machen, nicht wahr, Lucille?» Sie schaute beschwörend, hoffte auf eine Antwort, die ihr half.

«Egal, was sie ist», sagte Aschwanden barsch. «Von mir aus kann sie die Königin von Spanien sein. Du weißt genau, was ich dir gesagt habe.»

«Ja, Meister.» Tina wurde plötzlich ganz zahm. Sie senkte den Kopf und blickte auf ihre nackten Füße, an deren mittleren Zehen jeweils ein kleiner Ring funkelte. Lucille folgte ihrem Blick und erkannte auf den Steinen einen Nachtfalter.

Wo hatte sie diesen Schmetterling schon einmal gesehen? Ein ungewöhnliches Sujet für einen Ring. Plötzlich sah sie nur noch Nachtfalter. Auf Tinas Ohrringen waren sie, auf den Ringen an ihren Fingern. Sogar auf dem Kettenverschluss des Bikinis. Kleine, fast unscheinbare Nachtfalter waren es und doch so markant in ihrer Ausführung. Die Bilder dieser Viecher hingen auch bei der Polizei, waren im Rapport erwähnt. Nachtfalter zerfallen, wenn man sie an den Flügeln berührt. Nachtfalter sind ein Symbol für die dunkle, verborgene Seite der Seele. Lucille spürte Aschwandens lauernden Blick auf sich ruhen. Ihrem Gefühl nach zu urteilen, hatte er sie längst durchschaut.

Warum war Kramer noch nicht hier?

Lucille suchte ihr Mobiltelefon in der Tasche. Sie fischte es heraus und sah auf das Display. Aber dort war nichts. Keine Nachricht, kein Anruf in Abwesenheit. Was sie Kramer immer angekreidet hatte, war nun ihr selbst passiert. Sie hatte einen Alleingang gemacht. Weg von der schützenden Straße, weg von den Menschen dort draußen – in eine Villa, in der man sie zuallerletzt vermuten würde. In die Villa eines Sektenführers.

Denn das war ihr jetzt klar geworden: Sie hatte ihn gefunden, den geheimnisvollen Mann, der ganze Reihen von Menschen umkippen ließ, der junge Frauen mit Blut segnete und sie womöglich vergewaltigte. Lucille wusste, vor wem sie stand. Tinas Worte klangen in ihr nach: ‹Ja, Meister.› Das konnte kein Zufall sein.

Das hatte an Unterwürfigkeit alles überboten. Kaum war Aschwanden aufgetaucht, hatte er seine Freundin fest im Griff, hatte sie mit seiner bloßen Anwesenheit hypnotisiert. Sie war eine Gefangene seiner Gedanken, saß wie ein frommes Lämmchen auf ihrem weißen Sessel. Eine zarte Prinzessin, bereit für ihren König. Aschwanden hatte sie außer Gefecht gesetzt. Mit einem einzigen Fingerschnippen ihren Willen gebrochen.

Auf einmal schienen sich die einzelnen Puzzleteile aneinanderzufügen: Vielleicht hatte Aschwanden vor zwei Jahren Bettina Hunkeler entführt. Vielleicht hatte Aschwanden vor einer Woche auch Livia Langendorf entführt. Aber sicher war, dass Aschwanden der Sektenführer sein musste, den man noch nie zu Gesicht bekommen hatte.

Die Nachtfalter, die Unterwürfigkeit dieser jungen Frau – alles sprach dafür. Und plötzlich bekam auch sein Reichtum einen Sinn. Die Sektenmitglieder finanzierten seinen ausschweifenden Lebensstil.

Lucilles Herz zog sich zusammen. Sollte Aschwanden herausfinden, dass sie über seine Machenschaften Bescheid wusste, schwebte sie in großer Gefahr. In dieser Villa würde sie niemand hören. Die Einzige, die ihr noch hätte helfen können, saß regungslos da wie eine Statue. Lucille verfluchte sich dafür, dass sie die Zeit nicht genutzt hatte, Tina über Aschwanden auszufragen. Sie hätte ihr gewiss auch Auskunft über seinen Charakter geben können oder über ihre Beziehung zu ihm. Wie sie dazu gekommen war, sich ihm an den Hals zu werfen. Und vor allem: ob sie wusste, wo sich die vermisste Livia Langendorf aufhielt.

Dass sie nicht auf der Rigi gewesen war, hatte Kramer schon erzählt. Da sei zwar ein Mädchen gewesen, das sich vom Sektenchef habe segnen lassen, aber es sei keine achtzehn gewesen.

Und wo war Livia?

Lucille wusste, dass sie mit Schweigen nicht weiterkam. Aschwanden saß am Tisch, als wäre nichts geschehen. Doch in seinen Augen erkannte sie den Wahnsinn. Dieser unscheinbare, fade Typ war in Wirklichkeit ein Entrückter – vielleicht sogar ein Monster.

Aus den Internetseiten der Sekte ging hervor, dass sich die Mitglieder nicht bereicherten. Sie üben sich in Demut und Verzicht. Sie leisteten eine Beitrittspauschale und einen jährlichen Mitgliedsbeitrag. Und Aschwanden, der unsichtbare Meister, bereicherte sich an ihnen. Er war nicht der Gott, für den er sich ausgab. Er war der personifizierte Teufel.

Auf Kosten seiner Anhänger lebte er in Saus und Braus. Entführte junge Frauen und machte sie sich gefügig – für seine sexuell motivierten Spielchen.

Hatte er auf Rigi Rotstock eine junge Frau geopfert, weil sie ihm nicht zu Willen gewesen war, sich vielleicht sogar gewehrt hatte?

Die Minuten verstrichen ins Endlose. Aschwanden sprach kein Wort. Er fixierte Lucille nur.

Er versucht, mich zu hypnotisieren, wurde ihr klar. Sie wehrte sich dagegen. Ihr Verstand war wach. Sie fragte sich nicht, ob er es schaffen würde, denn sie wusste genau, dass er es nur dann schaffte, wenn sie an sich selbst zweifelte. Sie fühlte sich stark, diesem verachtenswerten Sektenguru überlegen.

Offenbar spürte auch er, dass er es mit Lucille nicht leicht haben würde. Er wurde auf einmal unruhig, erhob sich, schritt zum Fenster. Lucille nutzte die Gelegenheit, ebenfalls aufzustehen. Sie sah kurz zu Tina hinüber. Deren Blick war glasig. Sie sah aus wie eine Puppe.

Einfach davonzurennen, die Flucht zu ergreifen, war sicher keine gute Idee. In zwei Schritten hätte Aschwanden sie eingeholt. Sie hoffte noch immer auf Kramer, der sich in der Zwischenzeit fragen musste, wo sie steckte. Der sich vielleicht denken konnte, weshalb sie nicht im Dorf anzutreffen war. Irgendwann musste er doch vor dem Haus auftauchen. Er wusste ja, dass sie wegen Tina hier war. Er hatte sie selbst hierhergeschickt.

War ihm vielleicht etwas zugestoßen? Saßen sie eventuell beide in der Falle? Hatte Aschwanden zuerst Kramer getroffen, bevor er hierherkam?

Endlich machte er den Mund wieder auf. Er drehte der Aussicht auf den See den Rücken zu und sah Lucille spöttisch an. Verschwunden war seine biedere Erscheinung. Jetzt war er ganz der Meister mit aufrechtem Gang und dieser Blasiertheit, die Lucille so sehr verachtete.

Sie zückte ihre Dienstmarke und hielt sie Aschwanden unter die Nase. Dieser warf schnell einen Blick darauf.

«Also keine Reporterin», meinte er leicht aufatmend. «Hätte mich auch gewundert.» Erst jetzt durchschaute er die Lage, in der er sich befand. «Von der Kripo sind Sie?» Kurze Verunsicherung.

Lucille packte die Gelegenheit beim Schopf. «Wenn Sie mir einige Fragen beantworten, sind Sie mich bald los.»

«Die hätten Sie auch Tina stellen können.» Aschwanden blickte mitleidig auf seine Freundin herab, die sich noch immer nicht rührte.

«Sie können sich nicht mehr verstecken, Pino. Oder soll ich Albin sagen?» Lucille staunte über ihren Mut, obwohl eine Stimme in ihr flüsterte, dass es vielleicht keine so gute Idee war, ihn darauf anzusprechen. »Sie führen ein Doppelleben. Auf der einen Seite sind Sie der seriöse Geschäftsmann, auf der anderen ein Sektenführer, der sich an seinen Schäfchen bereichert.»

Aschwanden blieb vollkommen gelassen, was Lucille einerseits erschreckte, andererseits beruhigte. Vielleicht war die Gefahr gar nicht so groß, und sie würde mit Aschwanden ein vernünftiges Gespräch führen können. Einen Versuch war es wert. Doch ihre Sinne blieben angespannt.

Sie deutete auf Tina. «Ist sie freiwillig bei Ihnen?»

Aschwanden verkniff sich ein Grinsen. «Warum sollte sie es nicht sein?»

«Sie werden sie wegschicken, nicht wahr?»

Lucille sah, wie sich das Gesicht ihres Gegenübers verfinsterte. «Wer sagt das?»

«Ich wurde heute zufällig Zeugin eines Gesprächs zwischen Ihrer Freundin und einer Bekannten von ihr. Tina ist überzeugt, dass da eine neue Frau in Ihr Leben getreten ist.» Lucille wartete. Sie musste tief Luft schöpfen, um den nächsten Satz auszusprechen. Denn alles Weitere hing einzig und allein von Aschwandens Reaktion ab. «Heißt Ihre neue Freundin Livia Langendorf? Haben Sie sie vor einer Woche entführt? Haben Sie ihre Entführung so inszeniert, dass wir Frau Langendorf als unzurechnungsfähig ansehen mussten? Woher kennen Sie Livia Langendorf?»

«Machen Sie sich nicht lächerlich, Frau …»

«Lucille Mathieu.»

«Was erfinden Sie denn hier für Geschichten? Waren Sie nicht mal Lehrerin? Sie hätten an der Schule bleiben sollen.»

Lucilles Herz zog sich zusammen. Woher wusste er das?

Aschwanden betrachtete sie kühl. «Ich sehe es Ihnen an, dass Sie Lehrerin waren», bemerkte er gelassen. «Lehrer haben so ihre Methoden, die Sie offensichtlich auch bei mir anwenden wollen. Aber so kommen Sie nicht weiter. Vielleicht täte auch Ihnen eine Gehirnwäsche gut. Lösen Sie sich von allem Alten. Schauen Sie vorwärts. Das Leben hält auch für Sie einige schöne Überraschungen bereit. Glauben Sie mir, auch wenn man meine Tätigkeit mit Füßen tritt – ich habe vielen Menschen zu Glückseligkeit verholfen.»

«Ohne Zweifel mit Drogen.»

«Aber, aber … warum denn so aggressiv?»

Es läutete. Aschwanden wandte sich augenblicklich um. Ein paar Sekunden nur. Aber die reichten. Lucille nutzte die Gelegenheit, um auf die Terrasse und in Richtung Pool zu rennen. Während sie Aschwanden beim Eingang wähnte, schlug sie den Weg um das Haus herum ein. Sie sah auf die rosarote Fassade auf der Südseite und erblickte ein geschlossenes Fenster im Obergeschoss. Lucille erfasste ein mulmiges Gefühl. Sie hatte die Wahl zwischen dem Parkplatz und der Treppe, die auf einen Balkon führte. Sie entschied sich für die Treppe. Auf der Rückseite des Hauses hörte sie Stimmen. Kramer war endlich eingetroffen und mit ihm hoffentlich ein Geleit von Polizisten. Sie war in Sicherheit!

Lucille lief ein Dutzend Stufen hinauf und gelangte auf den Balkon. Die Jalousien waren geschlossen. Die Tür daneben jedoch schien offen zu sein. Lucille drückte einen Hebel. Die Tür gab nach, und Lucille gelangte auf eine Galerie. Von hier aus vernahm sie Stimmen aus dem Erdgeschoss. Sie näherte sich der Tür, hinter der sie das abgeschlossene Zimmer vermutete. Die Falle ließ sich zwar herunterdrücken, aber die Tür konnte Lucille nicht öffnen. Sie klopfte. Nach einer Weile hatte sie das Gefühl, dass sich etwas rührte in dem Zimmer. Sie klopfte ein weiteres Mal, heftiger. Sie klopfte rhythmisch. Endlich vernahm sie hinter der Tür ein leises Scharren. Sie suchte die Umgebung der Tür hektisch nach einem Schlüssel ab, den sie endlich oben auf dem Türrahmen ertasten konnte. Sie schloss auf – und blickte in ein verstörtes Gesicht, umrahmt von weizengelben Haaren. Sie hatte Livia Langendorf gefunden.

* * *

Kramer kannte Lucille, glaubte es zumindest. Als er sie im Dorf nicht gesehen hatte, wohl aber ihren Wagen auf dem Parkplatz vor der Schiffsanlegestelle, war sein erster Gedanke, dass sie Tina nicht angetroffen hatte. Daraufhin hatte Kramer alle Geschäfte abgesucht, bis er in der Boutique Auskunft erhielt.

Er hatte sich bereits in Stellung gebracht, als Pino Aschwanden auf sein Grundstück gefahren kam, war um das Haus herumgeschlichen und hatte von der Terrasse aus ins Wohnzimmer geschaut. Er hatte die ganze Zeit gewartet, um bei einer allfälligen Gefahr eingreifen zu können, war sicher gewesen, dass Lucille ihren Job richtig machte. Und so war er Zeuge gewesen, wie Tina in Hypnose versank und Aschwanden mit Lucille sprach. Er hatte, was er jetzt alles beisammen, was er brauchte.

Als der sogenannte Meister die Tür öffnete, wusste er noch nicht, dass er bereits in der Falle saß. Sollte Kramer Lucilles Strategie anwenden? Diesen selbsternannten Guru noch ein bisschen zappeln lassen?

Nach dem Polizeirapport am Morgen hatte Beeler endlich Livias Freundin ausfindig machen können, Renate Enz aus Giswil. Viel hatte sie nicht über Livia sagen können, nur dass sie ein experimentierfreudiges Mädchen gewesen sei und dass sie während eines Chakren-Kurses Albin Aschwanden kennengelernt habe. Er sei dort, wie sie selbst, Schüler gewesen. Später seien sie sich an der Theaterschule in Zürich wiederbegegnet. Irgendwann habe es zwischen den beiden gefunkt. Dieser Mann habe sie dermaßen in den Bann gezogen, dass sie nur noch ein Ziel gehabt habe: mit ihm zusammenzuleben. Doch dann habe sie ihn aus den Augen verloren, und eine Zeit lang sei sie deswegen am Boden zerstört gewesen.

Ein weiterer bemerkenswerter Zufall, den Kramer jedoch nicht als solchen ansah. Da steckte weit mehr dahinter. Es gab plötzlich Parallelen: Die blonde Tina in Aschwandens Villa. Eine Frau, die der vermissten Livia wie ein Ei dem anderen glich. Die Spur führte nach Weggis.

Jetzt stand er vor ihm. Vor einem Mann, der heimlich ein Doppelleben führte. Der in einen Konkurs treibende Firmenchef – und zugleich ein geistiger Führer, der sich seine Jünger untertan machte. Eine langweilige Type auf der einen Seite, auf der anderen ein charismatischer Mann.

«Sieh an, der Kramer!» Aschwanden war sichtlich erstaunt. «Mit Ihnen habe ich zuallerletzt gerechnet. Ich dachte eigentlich, unser Gespräch letzthin hätte alles geklärt.»

Kramer wich zur Seite, ließ zwei Polizisten in Uniform den Vortritt und hielt Aschwanden ein Dokument unter die Nase. «Ich habe hier einen Durchsuchungsbeschluss.» Den hatte ihm Galliker am Morgen ausgestellt, nachdem Kramer ihm die Dringlichkeit der Aktion klargemacht hatte.

Aschwanden griff danach. «Und was gedenken Sie, bei mir zu finden?»

«Ein Vermögen vielleicht, das nicht Ihnen gehört? Eine junge Frau, die vor zwei Jahren verschwand?» Kramer genoss seine Überlegenheit. «Und Sie haben mich angelogen»

«Die Wahrheit zu verschweigen, bedeutet noch nicht, dass man lügt», rechtfertigte sich Aschwanden und schritt zurück ins Wohnzimmer.

«Ich nehme an, Sie haben davon erfahren, dass Ihr Haus auf Rigi Klösterli infolge eines Murgangs teilweise zerstört wurde», sagte Kramer und entdeckte erst jetzt Tina, die am Tisch saß, ohne auf die Ereignisse um sie herum zu reagieren.

«Wir werden es wieder aufbauen», meinte Aschwanden wenig überzeugt, aber völlig überrumpelt. «Andererseits hat es mir auf dem Berg nie richtig gefallen. Zu viele verrückte Vögel dort oben. Zu viele Energien aus der früheren Zeit. Zu viele Geschichten. Wir müssen uns vielleicht nach einem unbelasteten Ort umsehen. Ich werde abklären, ob und wie weit meine Versicherung den Schaden übernimmt.»

«Wir haben dort Kinder gefunden, eingesperrt in einen Luftschutzraum.»

«Dieser Idiot!» Aschwanden rang die Hände. «Das geht auf Ruprechts Konto. Ich habe nichts damit zu tun. Ruprecht kümmerte sich um die Mitglieder und ihre Anliegen. Ich bin das geistige Oberhaupt.» Aschwanden wandte sich ab. «Warum muss ich mich eigentlich mit Ihnen abgeben?»

«Weil wir noch immer nach dem Menschen suchen, der für die Tote auf dem Berg verantwortlich ist.»

«Wir opfern keine Menschen. Wo denken Sie denn hin?» Aschwanden tat entsetzt. «Ich würde mich mal bei diesen Frauen umsehen. Diesen Kräuterfrauen!» Er starrte Kramer an. «Die kommen einmal die Woche auf den Berg und sorgen dort für Unruhe. Sie wollen meinen Jüngern die Mitgliedschaft ausreden. Vielleicht sollten Sie dort suchen.»

«Aha, Kräuterfrauen!» Kramer wurde hellhörig. Es gab sie also doch, diese geheimnisumwitterten Frauen, die auch schon von den beiden Schwestern Melinda und Lisa gesehen worden waren. «Vielleicht sind diese Frauen die Gegenbewegung zu Ihrer», konstatierte er leicht spöttisch.

«Sie wissen doch gar nicht, wer sich alles auf der Rigi tummelt», sagte Aschwanden geringschätzig. «Wenn ich dort oben bin, habe ich Zeit, die Menschen zu beobachten. Alles Zombies, mehr oder weniger. Vor allem diese Touristen. Sie alle wollen auf den Berg. Sie werden fast magisch von ihm angezogen. Mein Haus auf Rigi Klösterli war nur eine Zwischenstation. Ich wollte sowieso weiterziehen. Weg von diesem Berg. Jetzt hat er mir die Entscheidung abgenommen. Früher oder später wird die Rigi alle und jeden abstoßen. Denken Sie doch nur an die verschiedenen Felsstürze in der Vergangenheit. Da ist noch viel Schutt und Dreck, der runter muss. Viele Ablagerungen. Die Rigi mag für die meisten ein Kraftort sein. Für mich ist sie nichts anderes als ein Geröllhaufen. Ich werde weiterziehen und etwas Neues aufbauen …»

«Thomas?» Die Stimme kam von oben.

Beide Männer drehten gleichzeitig die Köpfe.

Kramer sah die Treppe hinauf. «Lucille!»

Zart und stark zugleich stand sie da. Wie eine Amazone in ihren bis zur Taille hoch geschnittenen Hosen und der weißen Bluse. Hinter seiner Mitarbeiterin erschien eine junge blonde Frau. «Bettina Hunkeler?», fragte Kramer, machte sich aber sofort klar, dass sie es nicht sein konnte, weil Tina ja noch immer am Tisch saß, in sich gekehrt, mit glasigem Blick, wie paralysiert.

«Livia Langendorf.» Die Frau kam über die Treppe, direkt auf Kramer und Aschwanden zu. «Nett, Sie endlich persönlich kennenzulernen.» Sie blickte zuerst Kramer in die Augen, dann Aschwanden.

«Kennen wir uns von früher?», tat Kramer überrascht.

«Na ja, ich habe Ihre Arbeit stets in den Zeitungen verfolgt. Der Fall im letzten November hat ja viel Aufmerksamkeit erregt.»

Kramer wechselte einen Blick mit Lucille. Sie merkten beide nicht, wie sich Aschwanden unterdessen langsam davonschlich. Weit kam er allerdings nicht. Die uniformierten Polizisten hielten ihn unter der Tür fest.

«Eines müssen Sie mir erklären, Frau Langendorf. Sind Sie freiwillig hier?»

Livia schloss die Augen. Dann öffnete sie sie wieder weit und sah sich um wie ein gehetztes Wild. Erst Aschwandens Anblick, die Tatsache, dass er mit in Handschellen auf dem Rücken gefesselten Händen vor ihr stand, ermutigte sie zum Sprechen. «Ich wurde von zwei Männern in ein Auto gezerrt. Von der Zeit danach weiß ich nichts mehr. Erst in diesem Haus wurde ich wieder wach. Ich lag in einem Zimmer, hatte keine Chance, aus diesem Raum zu entkommen. Jeden Abend besuchte Pino mich und gab sich als mein Retter aus. Einmal hörte ich, wie er mit einer Frau sprach. Da wusste ich, dass ich nicht allein hier bin. Da war noch ein weibliches Wesen, das wahrscheinlich dasselbe Schicksal ereilt hatte.»

«Hat er Ihnen etwas angetan? Hat er Sie belästigt?»

«Sie meinen sexuell?» Livia atmete tief ein. «Nein, hat er nicht. Aber er sagte mir, dass er mich auf eine wunderbare erotische Nacht vorbereiten würde. Wenn die Zeit gekommen sei, würde ich das Schönste erleben, was ich mir nicht einmal zu träumen gewagt hätte.» Sie sah Aschwanden an, schauderte. «Von da an machte ich, was er wollte. Ich stellte mich dumm und nahm die Medizin, die er mir jeden Abend ins Zimmer brachte. Ich habe sie jedoch nie geschluckt. Ich habe ihn getäuscht und die Tabletten vernichtet. Ins Klo und runter damit. Ich spiele Theater. Ich weiß, wie man Menschen täuscht …»

«Sie haben nie an einen Ausbruch gedacht?»

«Nein. Ich glaubte eher daran, dass ich dem Typen die Eier zerquetsche, sollte er es jemals wagen, mich zu begrapschen. Dass er es mit der anderen Frau trieb, hörte ich jede Nacht. Sie schrie wie am Spieß. Und fragen Sie mich jetzt nicht, ob es ihr gefallen hat. Um das beurteilen zu können, habe ich selbst zu wenig Erfahrung.»

«Sie kennen Pino Aschwanden von früher? Sie waren einmal mit ihm zusammen?»

Livia schluckte leer. «Ja, das ist schon eine Weile her … sicher drei Jahre. Das war die Schwärmerei eines Teenagers. Jedes Mädchen verknallt sich im Leben einmal in den Lehrer oder eine andere Vaterfigur. Ich hatte nie etwas mit ihm. Aber offenbar ging ich ihm nicht aus dem Sinn. Ansonsten hätte er mich nicht von diesen zwei Typen entführen lassen.»

«Können Sie die beiden ‹Typen›, wie Sie sie nennen, beschreiben?»

«Nein. Sie trugen, wie bereits erwähnt, Masken.» Sie zögerte. «Aber einer von ihnen hatte Mundgeruch, als hätte er eine tote Kröte verschluckt.»

«Sie sollten Ihre Eltern benachrichtigen», warf Lucille ein. «Sie machen sich große Sorgen um Sie.»

«Ich weiß, ich hatte noch Streit mit meiner Mutter, bevor dieser schwarze Audi auf uns zukam und mich die zwei maskierten Männer wegschleiften. Wie geht es Mum?»

«Sie wurde leicht verletzt. Aber ich kann Ihnen versichern, dass Sie eine wunderbare Mutter haben», sagte Lucille, die fand, dass sie das Doris Langendorf schuldig war. Man hatte der Frau nie richtig geglaubt.

Auch Kramer wollte noch etwas loswerden. «Ihre Freundin … behauptet, dass Sie sich mit der Sekte Lux Aeterna auseinandergesetzt haben.»

«Das ist richtig. Aber mit einer Entführung habe ich, ehrlich gesagt, nicht gerechnet.»

Kramer hatte langsam das Gefühl, von den Beteiligten veräppelt zu werden. Er wandte sich an die Polizisten. «Dann bringt ihn mal in Untersuchungshaft.»

«Mein Anwalt wird mich rasch wieder draußen haben», bluffte Aschwanden und ließ sich hoch erhobenen Hauptes von den Beamten zum Auto führen.

«Ihr Anwalt hat es sich wohl anders überlegt», konterte Kramer. «Heißt er nicht Habermacher?»

Aschwanden blieb abrupt stehen. Er drehte sich um und riss dabei fast einen der Polizisten, der ihn am Arm festhielt, zu Boden. «Was sagen Sie da?»

Kramer ignorierte ihn. «Abführen!»

* * *

Elsbeth Rotenfluh war aus dem Kantonsspital entlassen worden. Am Nachmittag saß sie in neuer Frische in ihrem Büro am Pult, auf dem ein Korb mit flammendem Sommerflor stand. Das Kramer-Team hatte eine Karte dazu geschrieben. Man freue sich, dass sie wieder da sei. Elsbeth hatte sich in den letzten Jahren unersetzlich gemacht. Dass dies nicht die Lösung war – darauf kam sie erst jetzt. Nach der psychischen Attacke, die in ihrer Wirkung immer noch ein Rätsel war, hatte sie sich erstaunlich rasch erholt, aber zurück blieb das latente Gefühl, dass sich das alles wiederholen könnte. Der Arzt, mit dem sie noch lange gesprochen hatte, meinte, das rühre von einer gewissen Überforderung im Beruf. Dass sie nicht mehr die Jüngste und weniger belastbar sei, war noch die harmloseste Äußerung gewesen. Zum alten Eisen wollte sich Elsbeth noch nicht zählen.

Wenn sie nur daran dachte, in wenigen Jahren in Rente zu gehen, wurde ihr übel. Was sollte danach kommen? Würde sie ihre Tage am Computer verbringen? Sudokus und Kreuzworträtsel lösen wie ihre gleichaltrigen Bekannten? Würde sie sich einen Hund anschaffen, damit sie täglich an die frische Luft kam? Elsbeth strich bedächtig über die Blütenblätter von Aztekengold und Dahlien. Gärtnern wäre vielleicht auch etwas, überlegte sie.

Doch noch war sie da. Sie prüfte die Dokumente auf ihrem Pult, das, wie sie annehmen musste, von Lucille aufgeräumt worden war, suchte nach Julias Diktiergerät und stellte enttäuscht fest, dass es jemand mitgenommen hatte. Zu gern hätte sie den Text noch einmal abgehört und eingetippt, den inneren Schweinehund überwunden, was ihrer Ansicht nach erst zur hundertprozentigen Genesung geführt hätte. Der Text war auch von ihrem Computer verschwunden. Lucille musste mehr aufgeräumt haben, als erlaubt war. Sie loggte sich auf die Hauptzentrale ein und durchsuchte die jüngsten Fälle. Eine Messerstecherei auf der Langensandbrücke, eine versuchte Vergewaltigung auf dem Straßenstrich auf dem Inseli, ein Aufstand im Asylantenheim, die Drohung eines Familienvaters gegen seine getrenntlebende Frau – aber nichts über die Sekte Lux Aeterna. Lucille hatte wirklich radikal aufgeräumt. Um sie zu schützen?

Das musste nun wirklich nicht sein, dass die Jüngere die Ältere beschützte und entschied, was gut oder schlecht für sie war. Elsbeth roch an der roten Dipladenia. Aber Lucille hatte auch dafür gesorgt, dass diese wunderschönen Blumen in ihr Büro gebracht worden waren, und das besänftigte ihre Wut. Sie meinten es ja alle gut mit ihr. Sie sollte froh sein, dass sie von ihren Kollegen dermaßen geschätzt und verwöhnt wurde.

Das Telefon schnurrte. Elsbeth griff nach dem Hörer.

«Hier Kramer. Ich habe gehört, du bist wieder im Büro. Wie geht es dir, Elsbeth?»

«Mir geht's blendend. Keine bleibenden Schäden.» Sie lachte. «Warum habt ihr den Fall Lux auf meinem Computer gelöscht? Warum kann ich ihn auch auf der Zentrale nirgends finden?»

«Er ist so gut wie gelöst», antwortete Kramer. «Der selbsternannte Meister sitzt in U-Haft, nachdem ihm zumindest Freiheitsberaubung und Missachtung des Betäubungsmittelgesetzes angelastet werden konnten. Ob er auch ein Mörder ist, wird frühestens morgen herauskommen. Ich werde mir den Herrn persönlich vorknöpfen. Ich wollte dich fragen, ob du bereits wärst, das Protokoll zu führen.»

«Nichts lieber als das!», erwiderte Elsbeth sofort und hoffte, dass sie endlich die jüngsten Geschehnisse verarbeiten konnte, wenn sie der Ursache gegenübersaß.

«Heute Abend schon was vor?», fragte Kramer leise.

Sie ahnte, dass er sie mit einer Einladung womöglich bei Laune halten wollte.

Sie schüttelte den Kopf, auch wenn er das nicht sehen konnte. «Ich bin müde und werde mich früh aufs Ohr legen.» Wie gern hätte sie zugesagt. Aber sie wusste, wie sehr Isabelle darunter litt, dass ihr Mann fast täglich zu Unzeiten nach Hause kam. «Vielleicht ein andermal», schob sie deshalb nach.

Nachdenklich legte sie auf. Morgen also würde sie im selben Zimmer sitzen wie dieser mysteriöse Mann, der in ihr ein Trauma ausgelöst hatte. *Rhei rhi dies muraw?*

* * *

Die Häuserblöcke stammten aus den Sechzigerjahren und hatten schmale Balkone. In Eternitkisten blühten Geranien. Farbenfrohe Sonnenschirme und Schilfmatten verhinderten allzu neugierige Blicke der Nachbarn.

Lucille fuhr ins Gebiet der Roggern in Kriens. Sie hatte dort Bettina Hunkelers Freund ausfindig gemacht. Yusuf Androvic wohnte in einer Dreizimmerwohnung im Hochparterre. Er war zu Hause. Arbeitslos, wie Lucille sich im Vorfeld informiert hatte, von der Sozialhilfe abhängig. Nach Bettinas Verschwinden sei er in eine tiefe Depression gesunken. Burn-out schon mit fünfundzwanzig und IV-Bezüger. Einmal die Woche ging eine Reinigungsfrau ein und aus. Die Lebensmittel wurden von der Gemeinde geliefert und auch bezahlt.

Über zwei Treppen gelangte Lucille zum Haupteingang, der verschlossen war. Offensichtlich fürchteten sich die Bewohner vor Einbrechern. Sie suchte nach dem Namensschild und läutete. Der Türsummer ertönte. Lucille drückte die Tür auf und sah sich wenig später mit dem arbeitslosen, sozial abhängigen Yusuf Androvic konfrontiert.

Er war ein kräftiger Mann, trug außer einem ärmellosen Leibchen und knielangen Turnhosen nichts. Über seine Schultern hatte er ein Frotteetuch gelegt. Über sein Gesicht perlten Schweißtropfen. Auch die kurz geschnittenen Haare waren nass. Es sah ganz so aus, als hätte er soeben ein Krafttraining absolviert. Und dies nicht zum ersten Mal, wie die harte Bauchmuskulatur und der Bizeps bewiesen. Trotz seines gestählten Körpers war er nicht sehr groß, hatte kurz rasierte Haare und hohe Wangenknochen.

Lucille grüßte und zeigte ihm ihre Dienstmarke. Androvic ließ sie eintreten. Er hatte schon am Telefon mit ihr gesprochen und wollte es hinter sich bringen, diese Fragerei, die er so verabscheute.

Von einem Korridor gingen vier Türen weg, die alle offenstanden. Im ersten Zimmer gab es ein Doppelbett, einen Schrank, einen Kasten, sonst nichts. Im zweiten Zimmer beherrschte ein Spiegel eine ganze Wand. Davor standen ein Crosstrainer und eine Vorrichtung für verschiedene Körperübungen. Auf dem Boden lagen Matten, Hanteln in diversen Größen und mit verschiedenen Gewichten, ein Gummiseil.

Androvic führte Lucille ins Wohnzimmer. Sie setzte sich auf eines der exquisiten Sofas dort und befühlte das kühle Leder. Eine B&O-Anlage und ein 55-Zoll-Fernseher beherrschten den Raum. Ein Salontisch von Rolf Benz und eine Designerfernsehliege rundeten die teure Einrichtung ab.

Lucille unterließ eine despektierliche Bemerkung. Allem Anschein nach schöpfte Androvic aus dem Vollen. *Kein Wunder, dass die Gemeindekassen leer sind*, dachte sie bei sich. *Und dieser Kraftprotz soll ein Burn-out-Patient sein?* «Herr Androvic. Sie waren vor zwei Jahren mit Ihrer Freundin Bettina Hunkeler im Gigeliwald unterwegs. Erinnern Sie sich an den Überfall?»

«Das habe ich doch alles schon zu Protokoll gegeben», sagte er. Seine Stimme hatte einen arroganten Unterton. «Ich nehme doch an, Sie haben es gelesen, sonst wären Sie ja nicht hier.»

Lucille ließ sich nicht einschüchtern. «Man hat Sie damals gebeten, ein Phantombild anzufertigen von dem Mann im schwarzen Wagen, den Sie gesehen hatten.»

«Ich habe ihn nicht genau gesehen. Aber das steht ja auch drin.»

«Und das Nummernschild? Erinnern Sie sich daran?»

Androvic schaute gelangweilt zur Zimmerdecke empor. «Eine Obwaldner Nummer, aber auch das wissen Sie ja.»

«Sie haben früher als Postbote gearbeitet. Da dürften Sie ein exzellentes Gedächtnis haben, was Zahlen und Nummern betrifft.» Lucille reichte es jetzt allmählich.

«Worauf wollen Sie eigentlich hinaus?»

«Wenn ich mich in Ihrer Wohnung so umsehe, fällt es mir schwer zu glauben, dass Sie die Einrichtung mit Ihrem Ersparten gekauft haben. Allein die Trainingsgeräte haben sicher ein Vermögen gekostet. Ich habe Ihr Konto überprüft. Vor zwei Jahren gab es innerhalb von vier Monaten vier gleich hohe Überweisungen, jeweils zehntausend Franken. Woher stammt das Geld?»

«Ich habe geerbt.» Androvic lehnte sich zurück und schlug die Beine übereinander. Er sah überhaupt nicht so aus, als würde er unter einer Depression leiden. Offensichtlich genoss er sein Leben – ohne Arbeit, aber mit viel Zeit, um seinen Körper in Form zu halten. «Man hat mich vor zwei Jahren schon wie eine Zitrone ausgequetscht. Ich kann Ihnen leider nichts Neues darüber berichten. Ich wurde brutal zusammengeschlagen. Ich habe dadurch die Erinnerung an die Ereignisse damals verloren. Sie ist weg.» Er bewegte seine Hand wie einen Scheibenwischer vor seinem Gesicht hin und her. «Schwupps … aus dem Gedächtnis. Nebst meiner verloren gegangenen Freundin war auch ich ein Opfer der Gewalt. Ich kann nicht mehr arbeiten, ich bin verdammt dazu, zu Hause zu bleiben. Ich würde auch lieber wieder bei der Post arbeiten, glauben Sie mir.»

Das allerdings tat Lucille ganz und gar nicht. Irgendetwas hatte Sidler damals übersehen. Kramers Vorgänger hatte seinen Job nicht vernünftig gemacht.

Androvic musterte sie. «Warum sind Sie überhaupt hier?», fragte er.

«Wir ermitteln in einem ähnlichen Fall. Es gibt Parallelen zu Ihrem …»

«Aha, ja dann!» Androvic erhob sich. «Tut mir ehrlich leid. Sie haben den Weg umsonst gemacht. Kann ich Sie zur Tür begleiten?»

«Woher haben Sie das Geld?», fragte Lucille noch einmal und stand ebenfalls vom Sofa auf.

«Geerbt. Sagte ich doch. Oder sind Sie taub?» Er griff nach ihrem Arm.

Lucille wehrte ihn ab. «Von wem?»

«Einem reichen Onkel aus Übersee, wer weiß?» Androvic entblößte ein kräftiges Gebiss, während er lachte.

«Ich werde das überprüfen.»

«Tun Sie sich keinen Zwang an. Auch die vom Leben Geprellten haben manchmal Glück.» Androvic grinste schon wieder.

Lucille sah ihn streng an. «Sie beziehen Sozialhilfe. Sie bescheißen die Gemeinde Kriens.»

«Ja und? Ich kann nichts dafür, wenn die so großzügig mit ihrem Geld umgehen.»

Lucille kochte mittlerweile vor Wut, ließ es sich aber nicht anmerken. Den Gefallen wollte sie diesem Hallodri nicht tun. Ganz offensichtlich war sie hier auf einen Betrüger gestoßen, einen jungen Schnösel, der die Entführung seiner damaligen Freundin zum Anlass genommen hatte, sich selbst als Opfer darzustellen.

«Kann ich mal Ihr Bad benutzen?»

«Nee, nicht mit mir. Ich kenne das aus dem Tatort. Sie wollen meine Zahnbürste einpacken. Ich bin unschuldig. Was wollen Sie mir anhängen?»

«Wir wollen Ihnen nichts ‹anhängen›. Ihre Freundin lebt.»

Androvic sagte nichts und ging in die Küche. Auf der Ablage stand ein großer Behälter mit einem Nahrungsergänzungsmittel. Er öffnete den Deckel. «Sie haben sie also gefunden?» Sehr erfreut klang das nicht.

Lucille folgte ihm. «Was haben Sie mit ihrer Entführung zu tun?» Sie gab nicht auf, obwohl sie mit dieser Frage gefährliches Terrain betrat.

Aber Androvic behielt die Nerven. Er grinste, während er sich einen Shake zubereitete. «Sie haben nichts, absolut nichts gegen mich in der Hand.» Er wies zur Tür. «Und jetzt verlassen Sie meine Wohnung.»

«Wir werden voneinander hören.» Lucille ging an ihm vorbei. «Danke, ich finde den Weg auch allein.»

Mittwoch, 23. Juli

Nach Ruprecht wurde noch immer gefahndet. Aschwanden ging davon aus, dass er sich ins Ausland abgesetzt hatte. Kramer hingegen war sich nicht sicher, ob er nicht doch unter die Schlammlawine geraten war. Die Schweizer Armee räumte noch immer auf, während auf Rigi Klösterli die ersten schaulustigen Wanderer eintrafen. Eine weitere Leiche war aber bis jetzt nicht geborgen worden. Das Hotel neben der Kapelle hatte bis auf unbestimmte Zeit geschlossen. Die Buchungen wurden auf die Hotels Kulm, Edelweiss und das alte Felchlin verteilt.

Am frühen Morgen landete in Kramers E-Mail-Eingang eine Meldung vom Rigi Kulm. Gabi Christen teilte darin mit, dass sich die Gruppe der Kräuterfrauen, die man so intensiv gesucht hatte, ab Donnerstag zu einem verlängerten Wochenende angemeldet habe. Kramer wusste ihre Mithilfe sehr zu schätzen und versprach, sich nach der Vernehmung des Sektenführers bei ihr zu melden. Vielleicht löste sich der Fall von allein.

Kurz vor neun kreuzte er den Weg mit Tanja Pitzer. Seit der unfreiwilligen Übernachtung im Zelt hatte er sie nicht mehr gesehen. Auch war in der Boulevardzeitung nichts erschienen, das aus ihrer Feder stammte. Warum sie sich zurückhielt, fand Kramer nicht heraus. Er ahnte aber, dass sie bald große Geschütze auffahren würde. Dass sie an der Sekte schon seit längerer Zeit dran war, machte die Sache nicht einfacher. Und es war abzusehen, dass Tanja bei der

Vernehmung dabei sein wollte. Sie würde es als kleines Dankeschön ansehen, da sie ja das Leben von Kramer, einem Anwalt und zwölf Kindern gerettet hatte. Trotz der Hitze trug sie eine hochgeschlossene Bluse unter der Lederjacke. Kramer musterte sie mit wachsender Belustigung.

«Bevor Sie den Mund aufmachen», sagte Tanja, lachte und nestelte am obersten Blusenknopf, «ich verdecke damit einen Knutschfleck. Ich weiß nicht, weshalb die Kerle einen immer aussaugen müssen.» Ihr Lachen brach ab, als sie Kramers Gesichtsausdruck sah. «Ich bin für einen fairen Deal», sagte sie dann. «Ich muss bei der Vernehmung dabei sein. Ich möchte diesem Schleimheini ins Gesicht sehen, wenn er versucht, sein Lügengebäude aufrechtzuerhalten»

Kramer schaute sie scharf an. «Ich gehe davon aus, dass Sie aus persönlichen Gründen ein Interesse an ihm haben.»

«Und ob ich das habe.» Tanja schnalzte mit der Zunge. «Eine Freundin von mir ist in seine Fänge geraten. Er hat ihr alles genommen. Ihr Erspartes, den Willen und ihre Selbstachtung.» Tanja eilte jetzt neben Kramer her, als sich dieser auf den Weg zum Vernehmungszimmer machte. «Bitte lassen Sie mich dabei sein. Ich werde den Mund halten, Ehrenwort. Und meinen Notizblock werde ich in der Tasche lassen.» Ihr Betteln war schon fast peinlich.

«Ich kann Ihnen eine außerordentliche Pressekonferenz anbieten.» Kramer blieb stehen. «Nach der Vernehmung werde ich Ihnen vorab den Verlauf schildern, bevor es die anderen erfahren. Ich bringe mich damit zwar in Teufels Küche, aber ich weiß, dass ich Ihnen noch etwas schulde.»

Tanja verschränkte die Arme. «Das hört sich schon besser an. Nur bin ich Ihnen etwas voraus. Ich habe den Typen studiert. Ich weiß schon seit längerer Zeit, wer er ist und dass er ein Doppelleben führt.»

«Und warum haben Sie das der Polizei nicht mitgeteilt?»

«Bis anhin war die Sekte nicht im Fokus Ihrer Ermittlungen. Ich dagegen habe sie seit einem Jahr im Visier. Sie zelebrieren zwar merkwürdige Rituale, aber die Opferung von Menschen ist mir nicht bekannt. Ich würde sogar die Hand dafür ins Feuer legen, dass Lux Aeterna nichts mit der Brandleiche auf dem Rigi Rotstock zu tun hat. Dort geht es einzig um Sex und Macht unter dem Deckmäntelchen okkulter Aufführungen. Solange es Anhänger eines solchen Schwachsinns gibt, bestärkt es die Verantwortlichen. Sie machen weiter, einfach weiter. Lux Aeterna treibt ihre undurchsichtigen Machtspielchen auf dem Buckel labiler Männer und Frauen. Schlimm genug, dass auch Kinder involviert sind. Letztendlich geht es ja immer um Geld und Gier …»

«Das werden wir dann sehen.» Kramer hielt sich bedeckt. «Ich muss Sie jetzt leider resolut stehen lassen.» Er wandte sich um und ging auf eine Tür zu. Kurz bevor er sie öffnete, drehte er sich noch einmal um. «Wer hat Ihnen eigentlich erlaubt, den Empfang zu passieren?»

«Ich habe Beziehungen, Herr Kramer. Und es gibt immer ein Leck, wo man es nicht vermutet.»

Kramer schüttelte den Kopf.

Als er in seinem Büro ankam, läutete das Telefon. Kramer griff nach dem Hörer und meldete sich.

«Ich bin's, Chef.» Lucille war außer Atem. «Ich muss dringend einen richterlichen Beschluss für eine Wohnungsdurchsuchung haben. Es eilt.» Dann erzählte sie ihm hastig davon, dass sie bei dem Freund der seit zwei Jahren vermissten Bettina Hunkeler gewesen sei und von ihrem Verdacht.

Kramer war alles andere als erfreut. «Wie kommst du dazu, ihren Freund auf eigene Faust aufzusuchen?»

«Ich dachte …»

«Haben wir das je in Erwägung gezogen? Im Nachhinein einen richterlichen Beschluss zu bekommen, ist schwieriger als ein Kamel durch ein Nadelöhr zu bringen. Und ich nehme an, das weißt auch du. Das wurde damals versäumt.»

«Thomas, glaub mir, dieser Androvic hat Dreck am Stecken.»

«Wie kommst du darauf?»

«Er kassierte genau zu dem Zeitpunkt viel Geld, als Bettina verschwand … Und jetzt sag nicht, dass das wahrscheinlich ein Zufall ist.»

«Was soll das, Lucille? Wem willst du etwas beweisen?»

«Du bist nie zu erreichen, wenn ich dich brauche», beklagte sie sich. «Du verbannst mich ins Archiv, wo ich alte Fälle durchsuchen muss … Voilà, ich habe sie gefunden und meine eigenen Schlüsse daraus gezogen. Irgendwo müssen wir ja mal beginnen»

«War das jetzt ein Seitenhieb?»

«Ich verstehe dich nicht, Thomas. Was ist los mit dir?»

«Ich bin müde.»

«Dann solltest du eine Auszeit nehmen. Ich meine, du bist unser Chef. Du kannst es dir nicht erlauben, zu hadern. Ich vermisse deine Geradlinigkeit. Deine Beharrlichkeit. Und nein, es ist nicht die Hitze. So heiß ist es auch wieder nicht, dass es dein Denken tangiert.» Sie zögerte. «Ich brauche einen Durchsuchungsbeschluss …»

Kramer fuhr mit der Hand wütend auf das Pult. Jetzt drehte Lucille offensichtlich durch. «Ich sehe dafür keine Notwendigkeit!»

* * *

Im Neonweiß der Lichtquelle saß Aschwanden. Seine Hände waren in Handschellen an die Stuhllehnen gekettet. Er gab eine jämmerliche Figur ab. Hinter ihm hatten sich zwei Beamte positioniert. Am Tisch an der Wand saß Elsbeth in einem klassischen Kostüm, startklar für das Führen des Vernehmungsprotokolls. Es herrschte eine bedrückte Stimmung. Da man Aschwanden übernatürliche Kräfte unterstellte, waren die Sicherheitsvorkehrungen verschärft worden. Dieser Entscheid kam jedoch von ganz oben. Von Galliker, der ebenfalls anwesend war. Kramer veranlasste trotzdem, dem Verdächtigen bei Eintreten die Handschellen abzunehmen und ihn menschlich zu behandeln. Es gab keinen Grund, ihn unnötig zu plagen.

Kramer setzte sich, während er beobachtete, wie sich Aschwanden die Handgelenke rieb. Seine Gefühle diesem Mann gegenüber waren sehr gespalten. Vor ihm lag ein Dossier über den Angeklagten. Die Vita war beachtlich. Als Sohn eines gut situierten Firmenbosses und Patriarchen war Albin Aschwanden in Sarnen geboren. Er hatte eine Ausbildung zum Siebdrucker absolviert, sich im vierten Ausbildungsjahr auf den Digitaldruck spezialisiert. Dem Wunsch des Vaters, sich an der Hochschule weiterzubilden, hatte er nicht entsprochen. Als einziger Sohn war er nach dem frühen Tod des Vaters in dessen Fußstapfen getreten. Das Familienunternehmen hatte er zuerst nach dem Vorbild des Seniors weitergeführt, aber nach und nach das Interesse daran verloren. Nach dem Boom der Achtzigerjahre, als er mit wenig Aufwand zu viel Geld gekommen war, hatte er später die Hälfte der Angestellten entlassen. Albin Aschwandens Leidenschaft war seit jeher das Theater gewesen. Bereits im Gymnasium, das er nach zwei Jahren abgebrochen hatte, hatte man ihn öfter auf der Bühne als im Unterricht gesehen. Während der Ausbildung hatte er einmal die Woche die Theaterschule in Zürich besucht. Wie er dazu gekommen war, vor sechsundzwanzig Jahren eine Sekte zu gründen, blieb ein Geheimnis. Für Kramer war es nicht nachvollziehbar, wie er in Brig hatte wirken und gleichzeitig in Sarnen eine Druckerei betreiben können. Er ging davon aus, dass er auch dort seine Lakaien hatte.

«Vernehmung im Fall Brandleiche auf Rigi Rotstock», begann Kramer. «Heute haben wir Mittwoch, den 23. Juli 2008. Anwesend sind Thomas Kramer, Chef des Ermittlungsdienstes für Leib und Leben, der Staatsanwalt Anton Galliker, Elsbeth Rotenfluh als Protokollführerin sowie zwei Mitarbeiter aus dem Personenschutz. Mir gegenüber sitzt der Angeklagte Albin Aschwanden, geboren am 15. Mai 1955 in Sarnen … Herr Aschwanden, Ihnen wird vorgeworfen, sich in mindestens drei Fällen strafbar gemacht zu haben. Erstens wegen Freiheitsberaubung und zweitens wegen Verstoßes gegen das Betäubungsmittelgesetz und drittens …» Kramer hatte lange darüber nachgedacht, ob er Aschwanden den Mord an der bis dato unbekannten Frau in die Schuhe schieben konnte. Ein einziges Indiz sprach dafür. Aber das reichte bei weitem nicht, um den Inhaftierten in diesem Fall anzuklagen. Aber ein Versuch schadete nicht. «Und drittens», wiederholte er, «wegen des dringenden Verdachts, eine Asiatin angezündet und verbrannt zu haben.»

«Sind Sie jetzt von allen guten Geistern verlassen?» Aschwanden blieb sitzen. Dass er innerlich kochte, sah man ihm dennoch an. Nach der Inhaftierung hatte er darauf bestanden, seinen Anzug gegen ein weißes Gewand einzutauschen. Das sei das Mindeste, was man für einen Unschuldigen tun könne. Jeder Mensch habe einen Wunsch frei, bevor man ihn zur Hölle schicke. Sein bleiches Gesicht bot kaum einen Kontrast zu seiner sakralen Kleidung. Er hatte die Arme vor sich ausgestreckt, mit gespreizten Fingern lagen die Hände auf dem Tisch. Seine gepflegten und mit einem durchsichtigen Lack bemalten Fingernägel ließen den Verdacht zu, dass er schon eine Weile nirgends mehr Hand angelegt hatte – außer bei Frauen vielleicht.

Kramer hatte einen unkonventionellen Fragebogen vorbereitet, als Stütze sozusagen. Dass Aschwanden ihm im Moment physisch überlegen war, brauchte er nicht zu erwähnen. Er war sich sicher, das spürte auch Elsbeth. Sie saß da und musterte den Angeklagten von der Seite.

«Kommen wir zum Punkt», sagte Kramer und richtete seinen Blick auf das Gesicht seines Gegenübers. «Sie haben gegen zwei Gesetze verstoßen. Ihnen wird erstens Freiheitsberaubung nach Artikel 183/6 Strafgesetzbuch vorgeworfen.»

«Wenn Sie meine Jünger und Jüngerinnen meinen, dann sind Sie auf dem falschen Dampfer. Es ist ihnen allen freigestellt, in meinem Glaubenskreis zu sein. Und was die Kinder betrifft: Ich habe sie nicht eingesperrt. Das war mein Diener …»

«Wissen Sie, wo er sich aufhält?»

«Nein, keine Ahnung. Um auf Ihre vorherige Frage zurückzukommen: Dieser Ruprecht hat das aber ganz bestimmt im Voraus mit den Eltern besprochen. Unsere Gesellschaft kennt weder Anstand noch Moral. Das fängt schon bei den Kindern an. Was Hänschen nicht lernt …»

Kramer winkte ab. «Verschonen Sie uns bitte.»

«Wir tun das, was die Eltern vernachlässigen. Wir erziehen die Kinder und die Jugendlichen. Ihre überforderten

Eltern geben sie in unsere Obhut. Manchmal braucht es eben mehr als nur Schimpfe. Manchmal braucht es Schläge. Es hat noch keinem Kind geschadet, wenn man ihm eins auf den Hintern gab. Oder wurde Ihnen als Kind nicht auch schon mal der Hintern versohlt? Sie sind doch auch groß geworden … ohne größeren Schaden davongetragen zu haben. Korrigieren Sie mich, wenn ich mich irre.»

Kramer schwieg. Er hatte damit gerechnet, dass Aschwanden als Moralapostel auftreten würde. Und zugleich als Clown. Dass er ihn provozieren würde, war nicht verwunderlich. Kramer ließ ihm diese Freude. Dass Aschwanden damit ein Eigentor schoss, war ihm allem Anschein nach nicht bewusst.

Kramer fuhr fort. «Sie werden zudem angeklagt, gegen das Betäubungsmittelgesetz verstoßen zu haben.»

«Wie denn?» Aschwanden lachte auf. »Aha, ich verstehe. Sie waren bei einer meiner Veranstaltungen. Ich nehme an, bei der letzten. Für nicht Eingeweihte dürfte die Zeremonie verstörend gewirkt haben. Eine fliegende Frau. Aber da waren keine Drogen im Spiel. Das war reine Energie.»

Galliker lief rot an.

Kramer fuhr fort: «Ich rede nicht von der Veranstaltung. Sie haben zwei Frauen entführt, sie ihrer Freiheit beraubt und sie mit Drogen gefügig gemacht.»

«Beweisen Sie das!» Aschwanden lehnte sich zurück. Auf seinem blassen Gesicht erschien ein fratzenhaftes Grinsen.

«Wir werden es Ihnen beweisen, da es Zeugen gibt. Sollte es zum Prozess kommen, werden sie gegen Sie aussagen.»

Aber Kramer spürte, dass er so nicht weiterkam. Er hatte es mit einem abgebrühten Typen zu tun. Trotzdem blieb er ruhig und stellte die nächste Frage. «In der Nacht von Dienstag auf Mittwoch letzter Woche, nachdem Sie bei uns waren … Können Sie uns sagen, wo Sie da gewesen sind?»

Aschwanden neigte seinen Oberkörper über den Tisch und stützte die Arme auf. Er legte das Kinn auf die Hände. «Da war ich in Sarnen. Ich habe die Kündigungen für diverse Mitarbeiter geschrieben. Den blauen Brief, verstehen Sie? Der musste ja noch vor dem Zwanzigsten des Monats raus.»

«Gibt es Zeugen?»

«Nein, gibt es nicht. Aber Sie können gern meinen PC prüfen. Dort sind die Kündigungen abgelegt – mit Datum des 16. Juli. Ich arbeitete über Mitternacht hinaus.»

«Wann sind Sie nach Rigi Klösterli zurückgekehrt?»

«Erst am Freitagnachmittag. Ich wollte noch ein paar Vorbereitungen für den Abend treffen.»

Das leuchtete ein.

«Das Mädchen, das Sie an besagtem Abend … gesegnet haben … wie heißt es?»

«Das geht Sie nichts an!» Aschwandens Augen sprühten vor Zorn.

«Es geht mich sehr wohl etwas an», widersprach Kramer ruhig. «Sollte es sich bei dem Mädchen um eine Minderjährige gehandelt haben …»

«Sie ist achtzehn», fiel Aschwanden ihm ins Wort.

Kramer kam so nicht weiter. Er spürte eine Blockade. Und die Fragen, die er vorbereitet hatte, konnte er so nicht einsetzen. Er tauschte einen Blick mit Elsbeth. Diese zuckte nur die Schultern. Offensichtlich hatte sie Kramers Unsicherheit bemerkt. Sie bewegte die Lippen, versuchte, ihm tonlos etwas mitzuteilen.

Kramer sammelte sich. «Die Utensilien, die Sie für Ihre Rituale gebrauchen, lassen den Verdacht zu, dass Sie schwarze Magie betreiben.»

Galliker wurde unruhig. Offenbar war er mit Kramers Bemerkung nicht einverstanden. Doch er verkniff sich einen Einwand.

Elsbeth schloss die Augen, als Kramer zu ihr herübersah.

«Ich betreibe keine schwarze Magie», kam es prompt von Aschwanden zurück.

Kramer schüttelte den Kopf. «Wir haben in Ihrem Zimmer auf Rigi Klösterli ein auf dem Kopf stehendes Kruzifix und ein Pentagramm gefunden. Das Pentagramm war auf den Boden gezeichnet.»

«Das Pentagramm ist ein Schutz- und Abwehrzeichen», erklärte Aschwanden in hochnäsigem Tonfall. «Es ist ein magisches Symbol.»

«Auch wenn es in einem Doppelkreis liegt?»

Aschwanden richtete sich wieder auf. «Sie tun ja so, als verstünden Sie etwas davon …» Er schlug lachend mit der Handfläche auf den Tisch.

Kramer seufzte leise und wechselte das Thema. «Ihre Lieder werden von Ihren Leuten rückwärts gesungen. Hat das eine Bedeutung?»

«Es ist Sanskrit», behauptete Aschwanden. «Heilige Silben …»

«Das sind aber nicht gerade heilige Texte», fuhr Kramer ihm ins Wort. «Sie beten den Teufel an. Den Gott der Finsternis. Wie erklären Sie uns das?»

Aschwanden war perplex. «Wie ich sehe, haben Sie Ihre Hausaufgaben gemacht.» Er räusperte sich. «Worauf wollen Sie hinaus?»

«Kann es sein, dass der ganze Zirkus, den Sie mit Ihren Anhängern veranstalten, ein einziger großer Bluff ist? Eine Komödie?»

«Nicht gerade Dantes *Göttliche Komödie*», grinste Aschwanden. «Die habe ich auch einmal gespielt. Sie war Dante Alighieris bedeutendstes Werk.»

«Sie veralbern also Ihre Anhänger», stellte Kramer lapidar fest.

Aschwanden rutschte ertappt auf dem Stuhl hin und her. «Seien Sie nicht so streng mit mir. Im besten Fall unterhalte ich die Leute und gebe ihnen das Gefühl, wichtig zu sein.»

«Sie bereichern sich an ihrer Dummheit.»

«Diese Leute machen das freiwillig. Ich habe sie nicht gezwungen, sich mir anzuschließen.» Aschwanden streckte seinen Rücken durch. «Also, ich erkläre es Ihnen, Herr Kramer …», er sah auch Galliker an, «… und Ihnen, Herr Staatsanwalt. Der moderne Mensch will Unterhaltung. In den letzten Jahren sind zum Beispiel Vergnügungsparks wie Pilze aus dem Boden geschossen. Früher gab man sich mit dem Betrachten von Märchenlandschaften zufrieden oder mit einem Hörspiel im Radio. Heute reicht das nicht mehr. Der Konsument will Interaktivität. Er will die Dinge wie in einem Film erleben. Die neuen schnellen Bahnen in den Vergnügungsparks sind nur ein Beispiel: Man steigt in eine U-Bahn und fährt los. Unterwegs stoppt sie auf einmal aus unerfindlichen Gründen. Eine Sirene ertönt, der Strom geht aus, ein Ruck geht durch den Zug. Da geschieht etwas. Plötzlich bricht Chaos aus. Die Erde über der Bahn bricht auseinander, der Tunnel bricht ein infolge eines Erdbebens. Wasser dringt in den havarierten Schacht, trifft auf Elektrizität. Ein Brand wird entfacht. Die Zuggäste schreien. Es ist wie ein Weltuntergang …» Aschwanden strich sich mit dem Handrücken theatralisch über die Stirn. «Aber alles ist ein Fake. Das habe ich in einem Vergnügungspark in Florida gesehen. Die Leute gehen dorthin, um das Gruseln zu lernen. Und nach fünf Minuten verlassen sie die interaktiven Kulissen mit einem wohligen Schauer. Ist ja nichts passiert. Die Sonne scheint, und der Glace-Wagen steht hinter dem Eingang. Auch ich vermittle Unterhaltung, eine Art Vergnügen am Spiel mystischer Elemente. Ich fülle nur eine Lücke im großen Angebot der Unterhaltungsindustrie.»

«Dann war da also doch ein Trampolin montiert?» Kramer sah wieder die junge Frau vor sich, die es zum Altar katapultiert hatte.

Aschwanden hob die Augenbrauen. «Wie man's nimmt, Herr Kramer. Wie man's nimmt.» Dann wechselte er das Thema. «Die Technik wird sich so weit entwickeln, dass wir nicht mehr zu fernen Destinationen reisen müssen. Wir können alles zu Hause in den eigenen vier Wänden erleben. Man stülpt sich einfach einen Cyper-Helm über den Kopf. Dazu braucht es nur einen Raum von ein paar Quadratmetern, damit Sie sich darin bewegen können. Der Helm wird mit allem ausgerüstet sein, was Ihr Gehirn täuscht. Mit Bildern, Geräuschen, Gerüchen, Bewegungen … sogar einen Druckabfall kann man simulieren … alles per Knopfdruck. Sie geben einfach Ihr Wunschprogramm ein. Eine laue Tropennacht in Guadeloupe zum Beispiel. Das Gefühl von Sand unter den Füßen, Meeresrauschen. Sie können in einen Apfel beißen und meinen, Sie hätten eine gegrillte Languste zwischen den Zähnen. Eine dunkle Göttin entsteigt dem Meer. Sie kommt auf Sie zu. Sie können sie spüren, riechen, schmecken …Dann erleben Sie eine erotische Nacht mit ihr, ohne in Wirklichkeit eine Frau in Ihrer Nähe zu haben. In ein paar Jahren schon werden wir nur noch interaktiv sein … dann nämlich, wenn wir ob der Luftverschmutzung nicht mehr reisen können. Wenn Flugzeuge und Passagierdampfer verboten werden. Dann werden auch Sie sich einen Helm überstülpen. Bereits heute sind wir nicht mehr weit davon entfernt. Wir kommunizieren übers Internet mit wildfremden Menschen, die uns aber verdammt nah erscheinen. Wir sprechen über uns, über unser Privatleben. Wir sind alle Exhibitionisten, interaktive Freunde. Wir erzählen einander alles, wir brüsten uns mit banalem Alltagsramsch, wir fühlen uns stark, weil wir nur schreiben und uns nicht live mit dem Gegenüber auseinandersetzen müssen … keine direkte Konfrontation. Das animiert zur Frechheit, kapiert?»

Kramer hob die Hand und gebot Einhalt. Er konnte sich ein Schmunzeln jedoch nicht verkneifen. Mit Fantasie war er gesegnet, dieser Aschwanden, das musste er ihm lassen. «Und wie steht es mit Sex? Gruppensex zum Beispiel? Beischlaf mit Minderjährigen?»

«Was denken Sie von mir, Herr Kramer?!» Aschwanden legte die rechte Hand auf seine Brust, tat überrascht. «Auch hier zählt natürlich die Freiwilligkeit. Und mit Kindern? O Gott, o Gott … Trauen Sie mir das wirklich zu?»

Sie haben keine Ahnung, was alles ich Ihnen zutrauen würde, dachte Kramer nur.

«Sie könnten auch wieder mal so einen richtigen Fick vertragen …» Aschwanden grinste böse, musterte ihn.

Kramer fand ihn unverschämt, überging die Bemerkung jedoch. «Wie stehen Sie zu Ruprecht?»

«Ruprecht Meierhans? Ach, er ist ein Idiot. Aber etwas Besseres konnte mir nicht passieren.»

«Er heißt also Meierhans», bemerkte Kramer. «Ich höre diesen Namen heute zum ersten Mal. Sie wissen nicht zufällig, wo er sich aufhält?»

Aschwanden zuckte mit den Schultern. «Im Ausland wahrscheinlich. Aber hatte ich das nicht schon gesagt?»

«Hat er Bettina und Livia entführt?»

Einen Augenblick lang starrte Aschwanden nur vor sich hin.

Kramer hakte nach. «Kann es sein, dass sich Ruprecht, zusammen mit einem Komplizen, der beiden Frauen bemächtigt hat? War er es, der am Glaubenberg Livia Langendorf in den Wagen gezerrt hat?»

Aschwandens Lachen klang gekünstelt. «Sie haben eine blühende Fantasie, Herr Kommissar.»

«Wenn Sie die Wahrheit sagen, kann sich das positiv auf den weiteren Verlauf hier auswirken», sagte Kramer.

«Welchen weiteren Verlauf? Sie haben absolut nichts in der Hand gegen mich. Das, was Sie auf der Rigi gesehen haben, beruhte auf Freiwilligkeit. Die Leute wollten etwas erleben.»

Kramer spürte, wie die Kraft aus seinem Körper wich. Dieser Aschwanden verhöhnte ihn die ganze Zeit, und er ließ es sich gefallen. Er hatte tatsächlich nichts gegen ihn in der Hand.

Galliker, der bis anhin still zugehört hatte, räusperte sich. «Wir werden ihn dem Haftrichter vorführen.»

Kramer jedoch bezweifelte das. Er ging davon aus, dass Aschwandens Geständnis nicht für eine Inhaftierung reichte. Die Vermutungen zerbröselten. Motive gab es keine. Seine Indizien rannen ihm wie Sand durch die Finger. Sie hatten es hier eindeutig mit einem Verrückten zu tun. Aber es gab keinen Anlass, ihn einzubuchten. Vielleicht in die Klapsmühle, aber nicht in den Vollzug.

Sie würden ihn laufen lassen müssen. Für Kramer bedeutete das eine große Schlappe.

* * *

Nachdem Aschwanden mit der Polizeieskorte weggefahren war, kümmerte sich die zurückgebliebene Lucille um die beiden jungen Frauen Tina und Livia. Es war ihr nicht erspart geblieben, Tina allmählich aus ihrem Dämmerzustand zu wecken. Aber Lucille hatte Erfahrung darin. Schließlich war sie einmal Lehrerin heranwachsender Jugendlicher gewesen. Diese hatten sich öfter mal untereinander in Hypnose versetzt. Die Schüler der sechsten Primar hatten es sehr gut verstanden, auch ohne Drogen in einen transzendenten Zustand zu geraten – sie hatten einfach die Luft angehalten. Das war zu einem Spiel geworden, zu einer Provokation gegenüber der Lehrerin. Anstatt den Schulstoff durchzunehmen, war Lucille dazu gezwungen gewesen, das eine oder andere Mädchen zurückzuholen. Andererseits war sie nie sicher gewesen, ob die Gören sie nicht einfach veräppelten.

Lucille überraschte in dieser Hinsicht nichts mehr. Sie hatte schon ganze Seancen unterbrochen – von Tischrücken bis zu Jenseitskontakten. Vorwiegend Mädchen waren davon betroffen gewesen. Mädchen im Backfischalter sagte man nach, dass sie über besondere Energien und übernatürliche Kräfte verfügten. Wenn das Mädchen zur Frau heranreifte, ging das nie ohne mysteriöse Zwischenfälle einher. Das war auch ein Grund gewesen, weshalb Lucille den Lehrerberuf an den Nagel gehängt hatte. Sie war es einfach leid gewesen, diese gespensterresistenten Teenager zu unterrichten.

Bei Tina dauerte es nicht so lange. Als sie aus ihrer Trance erwachte, war sie allerdings sehr müde. Und sie erinnerte sich an nichts. Lucille staunte über die Ähnlichkeit der beiden Frauen. Wenn sie es nicht gewusst hätte, hätte sie sie wahrlich für Schwestern gehalten. Deren Aussehen war aber Beweis genug, dass Aschwanden auf einen ganz bestimmten Typus Frau stand.

Und er hatte sie sich gefügig gemacht. Das allein war verwerflich.

Lucille wandte sich an Tina. «Erinnern Sie sich, was damals geschehen ist, als Sie entführt wurden?»

«Es liegt bald zwei Jahre zurück, nicht wahr?», stellte Tina die Gegenfrage. «Ich weiß, dass mich ein Monster durch den Wald gejagt hat.» Sie zögerte kurz. «Bis zum Moment, als ich gefangen wurde, ist die Erinnerung noch da. Ich war mit meinem Freund Yusuf unterwegs. Ein Fremder kam plötzlich auf uns zu. Ich konnte sein Gesicht nicht sehen. Es war aber nicht Pino. Der Mann, der mich verfolgte, hatte Mundgeruch. Er stank wie eine Kloake. Dieser Geruch bleibt einem in Erinnerung. Er flößte mir Angst ein. Ich rannte einfach los. Und er kurz darauf hinter mir her …»

«Hatten Sie und Ihr Freund vorher Drogen konsumiert? Ich muss Sie das jetzt fragen. Sie können offen mit mir reden.»

Tina warf einen verstohlenen Blick auf ihre Doppelgängerin. «Wir haben ab und zu etwas Gras geraucht … aber, warten Sie, an diesem Tag hatten wir von diesen halluzinogenen Pilzen …»

«Magic Mushrooms? Wie seid ihr denn an die gekommen?»

«Nun ja, das sind natürliche Produkte der Natur. Wir hielten nichts von synthetischen Drogen, mein Freund und ich.»

«Es wäre wahrscheinlich besser gewesen, wenn Sie überhaupt die Finger davongelassen hätten!» Wenn Lucille eines nicht verstehen konnte, dann, dass man seine Gesundheit mit giftigen Stoffen ruinierte. Vielleicht lebte sie da etwas hinter dem Mond. Aber wenn sie an die vergeistigten, Koks konsumierenden Bekannten in ihrem Umfeld dachte, stieß es ihr übel auf. Dann doch lieber einen Gang runterschalten, statt unter den Spätfolgen von psychedelischen Schadstoffen leiden zu müssen. Irgendwann würde man aus den Kinderschuhen herauswachsen und sich Vorwürfe machen – falls man dann noch denken konnte.

«Wir waren ziemlich high.» Tina lächelte jetzt. «Aber ich glaube, dass mir der Kerl, der mich entführte, noch etwas gespritzt hat. Mein Erinnerungsvermögen endet in dem Moment, in dem er mir die Nadel in den Arm stach.»

«Ab wann funktionierte Ihr Gedächtnis wieder?»

«Das kann ich nicht genau sagen. Ich erwachte irgendwann in diesem Haus, hatte keine Ahnung, wo ich mich befand. Ich war unversehrt, aber auch eingesperrt. Es fehlte mir an nichts. Essen und Trinken gab es genug. Ich konnte mich innerhalb des Zimmers frei bewegen. Nebenan lag ein Badezimmer mit einem Fenster. Aber die Fenster waren dort und auch im Zimmer selbst luft- und schalldicht verschlossen.»

«Genau in diesem Zimmer war ich auch tagelang eingesperrt», warf Livia ein, die bis anhin geschwiegen hatte.

«Wann hat er Sie dann rausgelassen?» Lucille wandte sich wieder an Tina.

«Nach der Nacht, in der wir zum ersten Mal intim miteinander waren», antwortete diese. Ihre Wangen glühten jetzt. «Mensch, da ist wirklich die Post abgegangen. Ich habe so etwas noch nie erlebt. Pino ist … ach, das kann ich gar nicht beschreiben. Es war einfach befriedigend und besser als jeder Trip.» Tina drehte sich zu Livia um. «Ich habe mich tatsächlich in diesen Kerl verliebt. Das war auch der Grund, weshalb er mir freien Auslauf gestattet hat.»

Lucille blieb nur ein Kopfschütteln. «Das klingt, als hätte er sich ein Pferd gehalten. Oder einen Hund.»

«*No comment*», warf Livia schnippisch ein. «Mir wird das zu bunt. Aschwanden ist einfach jemand, der es wie kein anderer versteht, Menschen zu manipulieren. Früher hätte man ihn einen Zauberer genannt.»

«Du hast dich doch auch von ihm einnehmen lassen.» Tina warf Livia einen vernichtenden Blick zu. «Deinetwegen wollte er mich verlassen. Meinst du, ich hätte das nicht gemerkt?»

«Ich habe mich nicht mit ihm eingelassen», korrigierte Livia.

«Da habe ich aber etwas anderes gehört», mischte sich Lucille ein. «Sie hatten doch schon früher mit Aschwanden zu tun.»

«Sie meinen auf der Bühne?» Livia lachte laut. «Er war schon damals ein Psychopath …»

«So, für heute reicht es, meine Damen», befand Lucille. «Erholen Sie sich erst einmal. Ich rate Ihnen aber, getrennte Wege zu gehen, jetzt, da Pino Aschwanden in U-Haft ist. Und sollte es zu einem Prozess kommen, werden wir Sie in den Zeugenstand bitten.»

Das gefiel weder Bettina noch Livia.

«Was wird ihm denn überhaupt vorgeworfen?», fragte Bettina. «Ich meine, ich bin ja freiwillig bei ihm …»

«Nachdem er Sie psychisch gebrochen hatte, ja.» Lucille konnte einfach nicht nachvollziehen, dass es noch Frauen gab, die sich von Männern aushalten ließen. Hier hatte die Emanzipation wohl auf ganzer Linie versagt.

Donnerstag, 24. Juli

Rigi Kulm lag in dichtem Nebel. Als Kramer am späten Vormittag dort ankam, konnte er das Hotel von der Bergstation aus kaum sehen. Wie mystische Kulissen in einem angelsächsischen Krimi schimmerten die Fassaden durch den grauen Schleier. Dunkle Fassaden und Fenster, aus denen es ockergelb leuchtete.

Die Wolken hielten jedoch die Touristen nicht davon ab, sich wie eine alles niederwalzende Masse entweder direkt über die Treppe oder außenherum den Weg hinaufzubewegen. Stündlich spuckte der Zug aus Vitznau den Nachschub aus. Die Strecke Goldau–Rigi Staffel war noch immer gesperrt. Geologen hatten das Gelände oberhalb Kräbel einer Inspektion unterzogen, kontrolliert und vermessen und noch lange nicht Entwarnung gegeben.

Kramer stieg sechsundfünfzig Treppenstufen hoch. Er hatte sie gezählt. Der Weg zum Eingang war steil. Nachdem er die Glastür passiert hatte, ging er gleich zur Rezeption, wo ihn Gabi Christen bereits erwartete. Er erfuhr, dass sich die Gruppe der Kräuterfrauen bis einschließlich Samstag für eine Tagung angemeldet hatte. Sechs Doppelzimmer waren reserviert.

«Wann treffen die Frauen denn ein?», erkundigte sich Kramer und blätterte einen Prospekt durch, der auf dem Durchgangstresen zum Büro lag. Rigi Kulm warb für sich mit stilvollen Zimmern und Banketten samt Buffet und

Musik und die einmaligen Sonnenaufgänge, an denen sich schon Mark Twain und Goethe ergötzt und von denen sich Brahms und Mendelssohn hatten inspirieren lassen.

Gabi Christen strich ihre braunen Haare aus dem Gesicht und setzte ihre Brille auf. Sie warf einen Blick auf das Buch, das aufgeschlagen vor ihr auf dem Tresen lag. «Sie kommen bereits zum Mittagessen. Alle sind Veganerinnen. Für unseren Küchenchef eine echte Herausforderung. Für eine gute Sauce darf man ja nicht einmal Rahm benutzen. Na ja …» Gabi Christen nahm die Brille wieder ab, als schämte sie sich dafür, sie zu tragen, oder sie brauchte tatsächlich nur eine Lesebrille. «Der Gast ist König.» Sie verzog den Mund. «Obwohl gerade die Könige sich manchmal wie der Pöbel aufführen.»

«Ich nehme aber an, ihre Namen haben Sie erfahren», sagte Kramer.

«Nur einen. Den von der Gruppenführerin. Ihr Name ist Hildegard Schlegel. Sie kommt aus Schaffhausen.»

«Hat sie gesagt, weshalb sie auf Rigi Kulm übernachten wollen?»

«Sie führen ein Seminar durch, ein Frauenseminar. Soweit ich weiß, geht es um die Heilkräfte von Bergkräutern. Ich habe unseren Seminarraum bereits hergerichtet. Wenn Sie mögen, können Sie ihn schon mal in Augenschein nehmen. Die Bestuhlung ist etwas sonderbar. Frau Schlegel will unbedingt, dass die Teilnehmerinnen im Kreis sitzen. Das ist aus Platzgründen etwas schwierig.»

«Warum sind Sie eigentlich so sicher, dass es sich um dieselbe Gruppe von Frauen handelt, die am Tag vor der Tat aufgefallen ist?»

«Ganz einfach: Weil Frau Schlegel so Andeutungen gemacht hat. Es habe ihnen bei ihrem letzten Ausflug auf der Rigi so sehr gefallen, dass sie beabsichtige, länger zu bleiben. Ich wollte natürlich wissen, wann sie das letzte Mal hier oben war. Sie sagte mir, am Mittwoch, 16. Juli. Ich fragte weiter, ob sie auf der Wanderung verkleidet gewesen seien. Sie bestätigte dies. Sie seien immer in diesen Gewändern unterwegs.»

Die Welt muss voller Verrückter sein, ging es Kramer durch den Kopf. Vielleicht war die Gesellschaft aber auch einfach nur gelangweilt, und die Menschen suchten mit seltsamen Steckenpferden ihren Kick.

Bis zum Mittag schlug Kramer in den weitläufigen Räumen des Hotels die Zeit tot. Runterfahren, das war seine Absicht. Innehalten – auch wenn es nur für kurze Zeit sein würde. Er hatte in den letzten Tagen genug gearbeitet. Zudem fühlte er sich geschwächt, ausgelaugt. Nicht mehr wirklich in Top-Form. Er schlenderte am Buffet vorbei und beobachtete die Gäste, die sich selbst bedienten. Nussgipfel, Schokoriegel und dazu eine Cola Zero schien bei einigen die Mittagsration zu sein. Später kam er an verschiedenen Wänden vorbei, an denen Leinwände mit abstrakten Malereien hingen. Der Künstler hatte offensichtlich Freude an warmen Farben und runden Formen. Ein Bild tat es Kramer ganz besonders an. Der Mond und die Sonne in intensiver Nähe und als verbindende Komponente mit Mohnblumen übersäte Wiesen in grün-gelben Farbtönen.

«Du betrachtest jetzt gerade mein Lieblingsbild.»

Kramer wandte sich erstaunt um. Wer mochte ihn beobachtet haben? Wen kannte er hier? Die Frau vor ihm war ihm fremd. Er hatte sie noch nie zuvor gesehen. «Kennen wir uns?»

«Ah, du bist überrascht, weil ich dich duze. Susanne ist mein Name. Susanne Amoulin. Auf der Rigi sagen alle du zueinander.»

«Aha.» Kramer musste sich zuerst daran gewöhnen. Er fragte sich, ob sie ihn auch weiterhin duzte, wenn sie erfuhr, wer er war. «Thomas Kramer, Kripo Luzern», stellte er sich vor, dann, zögernd: «Freunde nennen mich Tom.» Er zeigte mit dem Finger auf das Gemälde. «Ich nehme an, das ist dein Werk.»

«Alle Bilder, die hier hängen, stammen von mir. Das Bild dort drüben», sie nickte mit dem Kopf in Richtung Ausgang, «ist ein weiteres Werk, das ich sehr mag.»

«Das rote mit den Fischen?»

«Die Fische schwimmen gegen den Strom. In ihm ist Leben. Und rot ist die Farbe der Liebe.»

«Erstaunlich.» Kramer räusperte sich. Während seine Gesprächspartnerin versonnen das Bild betrachtete, hatte er genug Zeit, sie zu betrachten. Sie war schlank und zierlich, hatte aber etwas an sich, das geballte Kraft vermuten ließ. Sie war ungeschminkt, ihr Gesicht leicht gebräunt. Ihre honigbraunen Augen strahlten Herzlichkeit aus. Sie war schwer einzuordnen. Sie lebte auf der Rigi, was Kramer im Verlaufe des weiteren Gespräches herausfand.

«Du suchst noch immer nach den Verantwortlichen für den Tod der unbekannten Frau auf dem Rotstock, nicht wahr?» Susanne strich sich eine lose Strähne ihres hellbraunen Haares aus dem Gesicht. «Deshalb bist du wohl hier.»

«In diesem Zusammenhang könnte ich dir ein paar Fragen stellen. Wo genau wohnst du denn?»

«Unterhalb Staffelhöhe. Ich bin zwar ein Nachtmensch, aber das Feuer habe ich in der besagten Nacht auch nicht gesehen. Deine Truppe ging ja damals von Haus zu Haus. Jeder wurde ausgequetscht, als hätten wir etwas mit dem Brand zu tun gehabt – ich meine, mit der verbrannten Leiche.»

«Wir stehen am Anschlag», gab Kramer zu und merkte erst jetzt, wie sehr er sich gegenüber der Frau, die um die fünfzig sein musste, öffnete. Obwohl er das überhaupt nicht beabsichtigt hatte. «Ich bin dermaßen am Verzweifeln, dass ich in vielleicht harmlosen Kräuterfrauen Täter sehe.»

«Vielleicht solltest du anderswo suchen. Dich einmal von den festgefahrenen Gedanken lösen. Erst wenn man loslässt, fällt die Lösung einem oft einfach in den Schoß. Lösen heißt Loslassen.» Sie lächelte ihn an.

«Wir haben nicht einmal ein brauchbares Täterprofil», fuhr Kramer fort, ungeachtet dessen, dass er jetzt langsam mal den Mund hätte halten müssen. Es war ihm ein allzu großes Bedürfnis zu reden. Er war sich sicher, dass Susanne schweigen konnte wie ein Grab. Zudem führte das Reden letztendlich zum Loslassen, nicht wahr?

«Wie sieht denn so ein Täterprofil aus?», wollte sie wissen.

«Der Täter hinterlässt den Eindruck, genau gewusst zu haben, was er tat. Trotzdem hatte er das Feuer gelöscht, bevor die Leiche bis zur Unkenntlichkeit verbrannt war, als hätte sich sein krankes Gehirn doch noch daran erinnert, etwas getan zu haben, was nicht hätte sein dürfen. Alles war gut vorbereitet gewesen. Er hat einen natürlich geformten Altar gesucht, ihn mit Sträuchern und Gräsern geschmückt. Es sah stark nach einer Opferung aus, das macht das Ganze so schwierig …»

Sie standen noch immer vor dem Mond-Sonne-Gemälde. Je intensiver Kramer es betrachtete, umso mehr hatte er den Eindruck, das Bild wolle ihm etwas mitteilen.

Susanne lächelte vor sich hin. «Die Dinge kommen immer auf einen zu, wenn die Zeit dafür reif dazu ist. Nicht durch Zwänge werden wir weise, sondern durch den Fluss des Akzeptierens. Was fühlst du beim Betrachten dieses Bildes?»

Kramer beäugte sie. «Ist das eine Fangfrage?»

«Vielleicht kann ich dir helfen, den Fall zu lösen», meinte sie.

«Du nimmst den Mund aber auch schön voll.» Kramer lachte kurz auf.

«Wenn du das Bild ansiehst, was fällt dir als Erstes auf? Sag's einfach spontan.»

«Zwei halbe Kugeln, eine im Halbschatten, die andere in der Helligkeit. Davor die Kugeln, die die Welt darstellen. Das Land, die Wiesen, das Gras, Blumen.» Universum, Erde und der Ursprung im Kern vereint ... was für einen Stuss hatte er da von sich gegeben!

«Es sind zwei Kugeln, die die Erde darstellen. Und zwei kleinere in der Form von Blumen. Jeder sieht etwas anderes. Das Bild bleibt aber immer dasselbe. Vielleicht sorgt der Blickwinkel dafür, dass sich die Formen leicht verschieben. Aber die Objekte bleiben.»

«Was willst du – im übertragenen Sinne – sagen?»

«Unsere Empfindungen sowie Betrachtungen sind immer subjektiv. Es gibt keine objektiven, auch wenn wir es behaupten, an etwas objektiv heranzugehen. Der Mensch ist immer subjektiv. Er steht sich selbst im Weg. Sieht nur eindimensional.» Susanne wandte sich vom Bild ab und ging auf einen Tisch zu. «Wir sollten etwas Kleines essen.»

Kramer folgte ihr. Er setzte sich. «Interessant, was du da sagst. Darüber habe ich mir ehrlich noch nie richtig Gedanken gemacht.»

«Was also veranlasst dich dazu, zu glauben, dass die Verbrennung auf dem Rotstock mit einem Mord zu tun haben könnte?»

«Wenn du Opferung nicht als Mord ansiehst, kann ich deine Äußerung durchwegs verstehen. Aber Brandopfer scheinen mir dann doch nicht ganz normal zu sein.»

Susanne vertiefte sich in die Speisekarte.

«Du bist sicher Vegetarierin», ließ Kramer fallen.

«Solange es Schlachthöfe gibt, wird es auch Schlachtfelder geben», sagte Susanne. «Das hat schon Tolstoi gesagt. Und solange wir Wälder aufgrund der Viehwirtschaft roden, wird sich das Klima weiterhin ungünstig verändern. Nenn mir einen Grund, weshalb der Mensch Fleisch essen sollte.»

Das war zwar nicht die Antwort auf seine Frage, aber er erwiderte: «Wegen des Eiweißes zum Beispiel.»

«Der Darm des Menschen ist nicht dafür gebaut, Fleisch zu verdauen. Dazu ist er viel zu lang. Fleischfresser haben einen wesentlich kürzeren Darmtrakt. Mal abgesehen davon, dass der Verzehr von Fleisch für uns Menschen nicht gesund ist und Krankheiten wie Gicht, Bluthochdruck, Schlaganfall und Herzinfarkt hervorruft, täten wir mit dem Verzicht darauf unserer Umwelt einen großen Gefallen.»

«Wie soll ich denn als Einzelner etwas bewirken?», fragte Kramer belustigt. Er hatte nicht damit gerechnet, sich mit einer Frau über das umstrittene Thema Fleischkonsum zu unterhalten. Für ein semi gebratenes Stück Rindsfilet würde er noch immer kilometerweit laufen.

«Das ist falsches Denken. Würden wir uns auch sonst global messen, dürften wir uns auch nicht so wichtig nehmen.» Sie hielt inne. «Ich habe mich für einen gemischten Salat entschieden, und du?»

«Auch einen gemischten Salat», sagte Kramer völlig überrumpelt, was er aber sofort bereute. Viel lieber wäre ihm ein Carpaccio gewesen.

Sie gaben die Bestellung auf.

Kramer hustete. «Wo waren wir stehen geblieben?»

«Bei der Brandleiche. Warum geht ihr eigentlich von Mord aus?»

«Seitdem ich mich näher mit der Rigi befasse, liegt der Verdacht nahe, dass auf dem Rotstock jemand geopfert wurde.»

«Du hast Lux Aeterna im Visier?» Susanne schmunzelte. «Komische Vögel, ich weiß. Der Sektenchef veranstaltet das ganz große Welttheater. Die Statisten dafür lassen sich wie Pilze in einem feuchten Herbst pflücken. Der Mensch als ewig Suchender. Aber ich habe noch nie gehört, dass er Menschen verbrennt.»

«Und alle diese komischen Frauen, die auf der Rigi unterwegs sind … vielleicht ist da etwas dran.» Der Gedanke an Isabelle und ihre keltischen Lieder blitzte in ihm auf. «Kann es sein, dass die Kelten schon auf der Rigi waren?»

«Die Kelten waren vielerorts», antwortete sie. «Die Rigi ist der geografische Mittelpunkt der Seenregion in der Zentralschweiz. Sie ist auch spiritueller Mittelpunkt. Man könnte sie mit dem Berg Huayna Picchu in Machu Picchu in Peru vergleichen. Auf jeden Fall ist die Rigi ein Kraftort. Es gibt einen Mythos, in dem es heißt, dass die Rigi den Namen von Morrigan habe. Sie war eine der drei Muttergöttinnen der Kelten. Das legt nahe, dass die Kelten auch auf der Rigi waren.»

«Also ein Name heidnischen Ursprungs», bemerkte Kramer geistesabwesend und warf einen wenig begeisterten Blick auf den Salatteller, den ein Kellner vor ihm hinstellte.

Er hätte doch lieber Fleisch gegessen. Aber dann wäre er in Susannes Gunst wohl gesunken.

«Warum so abschätzig?», fragte sie und griff nach ihrer Gabel. «Das Christentum hat von den Kelten einiges übernommen. So ist zum Beispiel Weihnachten mit der Wintersonnenwende gleichzusetzen ...»

«Das ist doch weit hergeholt», unterbrach Kramer sie. «Aber ich möchte bei den Fakten bleiben. Du gehst also davon aus, dass das Brandopfer auf dem Rotstock kein Mordopfer ist?»

«Ich kann dir keine Antwort liefern, falls du das gedacht hast. Ich will dich nur auf die Möglichkeiten aufmerksam machen, die du noch nicht ausgeschöpft hast. Radiuserweiterung nennt sich das. Du verbohrst dich in etwas. Du siehst nur eindimensional, in diesem Falle nur die Rigi ...»

«Logisch. Das Opfer lag ja auf dem Berg.»

«Wie lag denn das Opfer?»

«Wie meinst du das?» Kramer runzelte die Stirn.

«Wo lag der Kopf? In welche Himmelsrichtung?»

«Das weiß ich nicht mehr. Ich müsste es nachlesen. Ich weiß nur, dass der Schädel zerschlagen war. Da musste jemand gewaltig zugeschlagen haben.»

«Wenn du es weißt, komm zu mir ins Atelier nach Weggis.»

«Du gibst mir Rätsel auf», beschwerte sich Kramer. Dann widmete er sich dem Salat.

* * *

Kurz vor zwölf trafen sie auf der Station Rigi Kulm ein. Die Anführerin ging voraus – im langen braunen Gewand aus Hanf und Leinen. Sie trug einen Korb, randvoll mit Kräutern und Blumen. Die elf Frauen folgten ihr im Gänsemarsch. Auch ihre Körper steckten in weiten Umhängen. Einige hatten sich Blumen ins Haar geflochten.

Nach Mörderinnen sahen sie nicht aus.

Schaulustige blieben stehen und glotzten den sonderbaren Wesen hinterher, als diese im Hotel verschwanden.

Gabi Christen begrüßte sie und verteilte die Zimmerschlüssel. Die Frauen entschieden sich dafür, sofort zu essen, um danach mit dem Seminar beginnen zu können. Gabi Christen führte sie an den Selbstbedienungstischen vorbei in den hinteren Teil des Restaurants, wo üblicherweise das Frühstück serviert wurde.

Kramer und Susanne saßen bereits beim Kaffee, als die Frauen an ihrem Tisch vorbeirauschten. Ein Geruch nach Heu blieb zurück.

Kramer erhob sich. Er entschuldigte sich bei seiner Tischnachbarin, aber er konnte die Gelegenheit, mit den Frauen zu reden, nicht einfach verstreichen lassen. Vielleicht waren sie die Zeugen, die er suchte. Er ging hinter der Letzten her und blieb am Ende eines Tisches stehen, als sie sich setzten. Eine Kellnerin schenkte sofort Wasser in die bereitgestellten Gläser, als wären die Frauen am Verdursten.

Kramer räusperte sich. «Darf ich um Ihre Aufmerksamkeit bitten?» Wie hätte er sonst beginnen sollen? «Ich suche eine Frau Hildegard Schlegel.»

Die Frauen lachten, während sie Kramer musterten, als käme er aus einer fernen Galaxie.

«Hilda, dein Typ ist erwünscht», rief eine von ihnen.

Die Gesuchte kam um den Tisch herum auf Kramer zu. Es war die Frau mit dem braunen Gewand und dem Kräuterkorb. «Sie wollten mich sprechen?» Ihre schwarzen Haare fielen ihr über die Schultern. Sie hatte blaue Augen und eine gut durchblutete, rosige Haut.

Anstelle des vergeistigten Lispelns, das Kramer sich vorgestellt hatte, ertönte eine resolute Stimme. Kein Zweifel – er hatte es hier mit einer bodenständigen Frau zu tun.

«Ich würde Sie gern unter vier Augen sprechen.» Kramer zeigte ihr diskret die Dienstmarke und stellte sich mit Namen vor.

«Ich weiß zwar nicht, worum es geht, aber ich habe keine Geheimnisse vor meinen Schwestern.»

Schwestern! Schon wieder Schwestern! Auf der Rigi wimmelte es anscheinend von ihnen. Alle schienen miteinander verwandt zu sein. «Gut, wie Sie wollen. Dann kann ich vielleicht mit der Hilfe aller rechnen. Wie Sie vielleicht gehört haben, wurde in der Nacht vom letzten Mittwoch auf Donnerstag …» Er leierte alles herunter, was er schon x-mal gesagt hatte, und beobachtete dabei die verschiedenen Reaktionen auf den Gesichtern.

Am theatralischsten verzog Hildegard Schlegel ihren Mund, wobei sich die Nase derart in die Breite ausdehnte, dass Kramer dachte, sie arbeite vielleicht beim Zirkus. Tiefe Furchen entstanden, und ihre blauen Augen verschwanden fast gänzlich in den schattigen Hautfalten.

Kramer wusste nicht, ob sie lachte oder weinte. «Wohin führte Ihr Weg, als Sie am Mittwoch von Kulm weggingen?» Er richtete die Frage an alle.

Aber nur die Chefin antwortete. «Wir sind hinunter nach Rigi Staffel gewandert. Von dort aus schlugen wir den Weg Richtung Staffelhöhe und Kaltbad ein. Von Kaltbad aus sind wir weiter hinunter bis nach Romiti und von dort bis zum Felsentor gestiegen. Es ist ein Kraftort.»

Das hätte sie nicht zu sagen brauchen. Kramer hatte es unweigerlich kommen sehen. Er kannte das Felsentor. Vor Jahren war er mal mit Isabelle dort gewesen. Sie hatte sich kaum von diesem Anblick erholen können und immer wieder davon geredet, wie klein sie sich vorkomme im Angesicht dieser Gesteinsbrocken, die wie von Gottes Hand ausgerechnet hier oben angehalten worden waren, ehe sie zu Tale stürzten. «Wann waren Sie dort?»

«Spät. Es dämmerte bereits. Wir übernachteten dann im Seminarhaus.»

«Ist Ihnen auf dem Weg dorthin irgendetwas Außergewöhnliches aufgefallen?»

Hildegard Schlegel warf die Frage in die Runde. «Ist uns etwas aufgefallen, das sonderbar war?»

«Da war doch eine Gruppe von Touristen, die von ganz unten kam», meinte eine junge Frau mit weizengelben Haaren. «Etwas oberhalb von Romiti kreuzten wir sie. Sieben, acht, neun Leute.»

«Babs hat recht. Inder oder Pakistanis oder Leute aus einem der Nachbarländer», meldete sich eine andere Frau.

«Das ist richtig», bestätigte Hildegard Schlegel. «Wir wunderten uns noch, weil sie nicht wie gewöhnliche Touristen daherkamen. Sie trugen eine Sänfte. Wer sich darauf befand, konnten wir ob der einbrechenden Dunkelheit nicht genau sehen. Aber die Person, die dort saß, muss ein Fliegengewicht gewesen sein. Die vier Männer, die sie trugen, machten nicht den Eindruck, dass sie außer Atem waren.»

Kramer schluckte leer. «Und Sie haben sich keine Gedanken darüber gemacht, dass da etwas nicht mit rechten Dingen zugehen könnte?»

«Warum denn? Früher, als es noch keine Bahnverbindungen gab, wurden die betuchten Gäste auch in der Sänfte auf die Rigi getragen. Und wenn ich mir die heutigen Angebote ansehe, die der Tourismusverein für seine Gäste bereithält, scheint mir eine Sänfte gar nicht so abwegig. Heute ist alles Abnormale normal … Zudem haben sie uns nichts getan.» Hildegard Schlegel schenkte Kramer ein schiefes Lächeln. «War's das?»

Kramer bedankte sich. Inder oder Pakistani. Asiaten! Menschen aus dem Westen konnten die Leute aus dem Nahen und Fernen Osten kaum unterscheiden. Vielleicht waren es ja tatsächlich Inder gewesen. Inder in seidenen Gewändern. Und auf der Sänfte jemand, den sie auf der Rigi opfern wollten.

Und niemandem war es aufgefallen. Kein Mensch hatte die seltsame Menschengruppe gesehen. Es musste ja schon dunkel gewesen sein, als sie Kaltbad erreicht hatten und später die Staffelhöhe. Sie waren vielleicht um Mitternacht auf den Rotstock gezogen und hatten dort ihr Vorhaben in die Tat umgesetzt.

Kramer ging zurück zu seinem Tisch. Susanne war verschwunden.

Er griff nach seinem Mobiltelefon und wählte Bartolinis Nummer. Er brauchte Verstärkung. Dann schilderte er die Begegnung mit den Kräuterfrauen und was sie am Abend vor der Tat beobachtet hatten. Susanne allerdings erwähnte er mit keinem Wort. «Kannst du mir jemanden schicken, der mir hilft, die Hotels und Pensionen in Vitznau und Umgebung zu checken?»

«Ich kann dir Lucille schicken. Ich glaube, sie braucht etwas frische Luft.»

Kramer drückte den Aus-Knopf. Er legte das abgezählte Geld auf den Tisch und drängte sich durch eine neu angekommene Wagenladung Touristen auf den Eingang zu.

* * *

Lucille erwartete ihn an der Schiffsanlegestelle in Vitznau. Bartolini hatte ihr bereits mitgeteilt, wo Kramer anzutreffen war. Bis zur Ankunft des Zuges fand sie genügend Zeit, sich vor Ort etwas umzusehen. Trotz des wechselhaften Wetters war es schwülwarm. Sie schlenderte zum Schiffssteg und beobachtete den Raddampfer «Stadt Luzern», der kurz davor war, anzulegen. Die Riesenschaufeln drehten sich rückwärts. Das Wasser zeigte seine Gischtzähne, während der Kamin auf dem Schiffdach feine Fahnen in den Himmel spie. Das Schiff war beflaggt. Lucille entfernte sich vom Steg, als eine Meute Menschen ausstieg. Sie alle wollten offenbar auf die Rigi-Bahn, die soeben die Talstation erreicht hatte.

Unter den wenigen talwärts Fahrenden verließ Kramer als Letzter den Wagen. Er kam sofort auf Lucille zu. In seiner Hand schwenkte er ein Blatt Papier. «Wie war dein Arztbesuch gestern?» Er meinte, ein Recht darauf zu haben, zu erfahren, wie es seiner Schwiegertochter in spe ging.

«Ich habe mich einfach wieder einmal durchchecken lassen.»

Kramer merkte, dass Lucille nicht gewillt war, darüber zu sprechen. Aber das wurmte ihn. Vielleicht stand sie auch deswegen neben den Schuhen.

Aber er war ja selbst auch nicht in Hochform. «Ich habe mir auf der Fahrt mal alle Hotelnamen in und um Vitznau herum notiert», sagte er deshalb. «Ich hatte heute die große Erleuchtung, dass wir hier fündig werden.» Er erzählte Lucille von seinen Vermutungen.

«Und jetzt glaubst du, es könnten diese Inder oder Pakistanis gewesen sein?» Lucille schritt neben Kramer her. «Warum sollten sie eine Frau auf der Rigi verbrennen?»

«Was wäre dein Grund, jemanden in einer Sänfte auf den Berg zu schleppen und ihn oben zu verbrennen?»

Lucille sah ihren Chef stirnrunzelnd an. «Vielleicht haben sie den Zug verpasst.»

«Andere Völker, andere Sitten», sagte Kramer, der mit seinen Gedanken weit weg war.

«Sorry, ich kann dir nicht folgen. Ich bin heute etwas schwer von Begriff.»

«Die Schweiz ist ein freies Land, das glaubt man zumindest im Ausland. Das Land der unbegrenzten Möglichkeiten. Das kleine Amerika in den Alpen. Wir lassen alle rein. Wir passen uns den Fremden sogar an. Wir dulden ihre Gebräuche. Wir akzeptieren, was in anderen Ländern verpönt ist. Wir sind die Ja-Sager im globalen System. Wir sind die Milchkuh … bei uns ist alles erlaubt. Vielleicht auch Brandopfer, so denken die doch …»

«Sag mal, setzt dir die Hitze dermaßen zu? So zynisch habe ich dich selten erlebt.» Lucille ging auf ihr Auto zu, das sie auf dem Parkplatz neben der Bushaltestelle geparkt hatte. Sie schloss die Wagentür auf. «Wo siehst du denn hier eine Verbindung zur Rigi-Leiche?»

«Beginnen wir im Hotel Vitznauerhof», sagte Kramer anstelle einer Antwort auf Lucilles Frage. Er stieg auf der Beifahrerseite ein. «Auf der Hauptstraße zweihundert Meter rechts. »

Der Vitznauerhof lag direkt am See. Er war 1901 im Jugendstil erbaut worden. Im August vor drei Jahren hatte die Region eine Hochwasserkatastrophe erlebt, welche das Hotel und den Park weitgehend zerstörte. Der Betrieb war noch immer eingestellt.

«Geschlossen», sagte Lucille. «Hast du das gewusst? Ich dachte, sie hätten den Kasten schon renoviert», sagte Lucille.

«Nein. Bis anhin wurden keine Investoren gefunden.»

«Schade eigentlich um das schöne Haus. Warst du schon mal drin?»

«Nein, ich bin ja nie in Vitznau.» Kramer strich das Hotel von der Liste. »Fahren wir also zum Hotel Terrasse am See.»

«Aber von dort kommen wir doch. »

«Dann fährst du eben nochmals hin.»

Lucille stöhnte leise.

Das Hotel war klein, aber fein. Von einer Reisegruppe, wie die Kräuterfrauen sie gesehen hatten, wusste man allerdings nichts. Auch im Hotel Flora Alpina und im Hotel Rigi hatten die Polizisten kein Glück. Sie hätten nur Schweizer Gäste, hieß es in dem einen, sie beherbergten keine Gruppen, hieß es in dem anderen Hotel. Lucille fuhr aus Vitznau hinaus Richtung Weggis. Auf der Höhe des Parkhotels Vitznau hielt sie an. «Meinst du, die Inder haben hier übernachtet?», fragte sie beiläufig.

«Wenn wir nicht fragen, erfahren wir es nicht», erwiderte Kramer ein bisschen schnippisch.

Lucille fuhr auf den Parkplatz. «Schon ein Riesenkasten, so ein Hotel. Ob die uns reinlassen?»

«Warum sollten sie es nicht tun?»

«Polizei im Haus, bedeutet nie etwas Gutes.»

«Wir sind in Zivil.»

«Aber nicht Fünf-Sterne-konform angezogen …» Lucille lächelte.

Helle Fassaden, ein einladender Empfang, auf beiden Seiten mit Gipsstatuen geschmückt – David auf der einen, Aphrodite auf der anderen Seite. In Lebensgröße. Hinter dem Eingang dominierte ein Blumenbouquet auf einem verschnörkelten Tisch den Raum. Ganz vorn, wo die Fenster lagen, sah man direkt in den Park und auf den Vierwaldstättersee mit dem Bürgenstock. Edles Mobiliar, das ein wenig an die Kolonialzeit erinnerte.

«Können wir Ihnen behilflich sein?» Schon waren sie umschwärmt von drei unterforderten Empfangsdamen, wobei zwei sich mit der Zeit wieder verflüchtigten.

Kramer zeigte seine Dienstmarke. «Mein Name ist Thomas Kramer, Kripo Luzern, das ist meine Kollegin Lucille Mathieu. Wir brauchen eine Auskunft.»

Die Empfangsdame, eine junge Deutsche mit kurzen blonden Haaren, verdrückte sich hinter den Tresen und betätigte schon mal die Maus, um den Computerbildschirm zu aktivieren.

«Ist es möglich, dass in der letzten Woche eine Gruppe von asiatischen Gästen bei Ihnen abgestiegen ist?», fragte Lucille.

«Können Sie mir ihre Namen nennen?»

«Die kennen wir nicht», sagte Kramer. «Es waren zwischen acht und zehn Personen. Inder, Pakistanis vielleicht. Könnten auch Japaner oder Koreaner gewesen sein.»

Die Deutsche klickte verschiedene Dokumente an. «Nein, nichts dergleichen. Wir hatten keine Gruppen in besagter Zeit. Tut mir leid.»

Ein fast wehmütiger Blick hinaus auf die Terrasse, ein letzter Blick zum üppigen Blumenarrangement. Fast ein wenig traurig verließen Kramer und Lucille das Haus.

«Was muss man eigentlich können, um in solch einem Luxushaus die Ferien zu verbringen?»

«Vielleicht hast du den falschen Partner gewählt», entfuhr es Kramer.

Lucille stupste ihn in die Seite. «Stefan und ich werden heiraten. Hat er sicher schon erzählt.»

«Ihr habt euch also klammheimlich verlobt», tadelte Kramer. «Stefan hat es mir gesagt. Aber Isabelle weiß es noch nicht.»

«Ich bin ihr noch immer ein Dorn im Auge», mutmaßte Lucille.

«Das kann sich ändern. Sie singt jetzt keltische Lieder und trifft sich zu … also, feiert Lammas. Lass ihr noch etwas Zeit. Mütter sind halt so. Vor allem, wenn es um ihre Söhne geht. Sie können einfach nicht loslassen. Aber wenn erst einmal Kinder da sind … du wirst schon sehen.»

«Kinder!», entsetzte sich Lucille. «Du bist so altmodisch, Thomas. Erst die Heirat und neun Monate später das erste

Kind? Und wenn nicht, heißt es, dass man keine kriegen kann. Nein, diesen Gefallen tue ich Isabelle nicht.»

Sie fuhren weiter nach Weggis. Fünfzehn Hotels gab es vor Ort. Sie klapperten jedes einzelne ab. Ohne Erfolg.

«Das kann doch nicht sein. Irgendwo müssen die Leute doch übernachtet haben.» Lucille stöhnte.

«Vielleicht privat oder in einer kleinen Pension?»

«Haben wir ein Haus vergessen?»

«Das Parkhotel.» Kramer schlug sich an die Stirn.

«Was, das Parkhotel?»

«Es gibt auch eines in Weggis. Es liegt auf der Straße nach Hertenstein.»

«Aber dort sind wir gerade eben vorbeigefahren.»

«Ja, vorbei. Wir müssen beide geträumt haben.»

Ein Jugendstilbau, beinahe kitschig, mit hellen Fassaden und kleinen Türmchen. Zwei Häuser. Daneben ein Neubau, eine architektonische Mutprobe, wie Kramer fand. Lucille allerdings betrachtete es begeistert. «Hier könnte ich mir vorstellen zu heiraten.»

«Das kannst du nicht bezahlen.»

«Dann mache ich einfach mehr Überstunden. Habe ja schon welche.» Sie lachte und fuhr über die schmale Straße bis vor den Eingang. «Wenn sie mir denn ausbezahlt werden … Oder, wie ist das mit einer allfälligen Mitgift des zukünftigen Schwiegervaters?» Sie warf Kramer einen schelmischen Blick zu.

Dieser rührte sich nicht.

Mittlerweile war es neunzehn Uhr geworden. An der Rezeption stand ein einzelner Mann im dunklen Anzug. Er setzte ein vielsagendes Lächeln auf, vermutlich ein einstudiertes. In so einem Hotel war man immer freundlich. Das zumindest dachte Kramer, als er sich und Lucille vorstellte. Und Fragen stellte, die er an diesem Tag schon zigmal gestellt hatte, als hätte er einen CD-Player verschluckt und auf die Wiederholtaste gedrückt.

Der Mann im Anzug tippte etwas in den Computer, suchte etwas, und als er es gefunden hatte, stellte er sich breitbeinig hin. «Eine Familie Subramanian aus Tamil Nadu checkte am letzten Samstag bei uns aus. Sie waren sechs Tage hier gewesen. Acht Leute. Vier Frauen und vier Männer im Alter von ganz jung bis sehr alt.»

«Und wo sind die hin?»

«Ich nehme an, zurück nach Indien.»

«Mussten Sie für sie eine Rückreisebestätigung einholen?» Lucille fixierte den Mann. «Das ist doch so üblich.»

«Nein, ich erinnere mich nicht. Nein, ich glaube … warten Sie.» Er griff nach dem Telefon und wählte eine Nummer. «Birgit, ich bin's, Remo. Erinnerst du dich an die Gäste aus Indien? … Ja? … Kannst du mal zum Empfang kommen? … Danke.» Er wandte sich wieder an die Polizisten. «In zwei Minuten wird meine Kollegin hier sein. Sie hatte mit diesen Leuten mehr zu tun als ich.»

Die junge Frau, die über die Treppe ins Erdgeschoss kam, überraschte mit ihrem Aussehen. Sie sprach perfektes Schweizerdeutsch, sah aber überhaupt nicht wie eine Schweizerin aus. Ihr langes Haar schimmerte blau, so tiefschwarz war es, und ihre Augen waren ein einziger kohlrabenschwarzer Sprühregen in diesem dunklen Gesicht. Sie beherrschte offenbar auch mehrere indische Sprachen und bestätigte Remos Aussage. «Ja, ich hatte oft zu tun mit ihnen. Die Familie kam aus der Stadt Chennai. Großvater, Großmutter, Vater, Mutter, drei Söhne und eine Tochter. Ich musste ihre Touren organisieren. Sie wollten immer auf die Berge. Auf den Pilatus, auf den Titlis, mehrere Male auf die Rigi. Sie liegt ja so nah.» Wenn Birgit lachte, leuchteten ihre Zähne wie geweißelt und makellos. «Drei Tage vor ihrer Weiterreise wurde die junge Frau krank. Ich ließ einen Arzt kommen. Dr. Fankhauser war hier, hat sie sich angeschaut. Aber ich weiß natürlich nicht, was er diagnostiziert hat. Das müssten Sie ihn schon selbst fragen.»

Kramer bat um die Adresse des Arztes. «Woran litt sie denn?»

«Unter Atemnot und Herzschmerzen», antwortete Birgit. «Ich hatte wirklich Angst um sie. Die Familie sah das nicht so eng und wollte zuerst keinen Arzt konsultieren. Aber ich beharrte darauf.»

«Kann es sein, dass die Familie am Mittwoch, dem 16. Juli, auf die Rigi fuhr?»

«Ich weiß es nicht», sagte Birgit. «Am Samstag checkten sie dann aus. Mir fiel aber auf, dass alle sehr bedrückt waren.»

«Reisten sie dann zurück nach Indien?»

«Nein, nein. Sie hatten eine Woche im Hotel Victoria-Jungfrau in Interlaken gebucht. Sie wollten ja unbedingt noch auf das Jungfraujoch.»

Lucille fragte: «Haben Sie sich von allen Familienmitgliedern verabschiedet?»

«Nur von den Eltern und Großeltern. Die erwachsenen Kinder müssen da schon im Taxi gesessen haben.»

«Wir brauchen den Namen des Taxiunternehmens», sagte Kramer.

«Das Taxi haben die Gäste selbst bestellt», sagte Birgit. «Sie sprachen auch Englisch.»

«Und könnten Sie uns auch die Namen der Familienmitglieder aushändigen?»

«Wir haben lediglich den Namen des Vaters.» Birgit suchte im Computer danach. «Hier ist er, Mohit Subramanian. Ansonsten habe ich nur die Anzahl der Familienmitglieder.»

«Verlangt das Tourismusbüro denn nicht alle Namen?»

Es war Remo, der lächelte. «In der Regel schon. Aber bei so komplizierten Namen wie bei indischen machen sie eine Ausnahme.»

«Noch zwei Fragen, dann sind Sie uns los», bat Kramer. «Hatten Sie in den letzten Tagen ein Fischgericht mit Reis und Curry auf der Speisekarte?»

«Das führen wir immer», sagte Birgit. «Speziell für unsere indischen Gäste.»

«Kann es sein, dass Sie Sänften vermieten?»

«Wir haben zwei davon. Die Gäste bekommen sie ohne Entgelt. Sie stehen ihnen im Keller zur Verfügung.»

* * *

Dr. Fankhausers Praxis lag an der Seestrasse neben der evangelisch-reformierten Kirche. Im selben Gebäude befand sich auch das Hotel Frohburg. Wider Erwarten war der Arzt noch im Haus, jedoch kurz davor, Feierabend zu machen. Über den Besuch der Polizei war er daher alles andere als erfreut.

Kramer hielt ihm seinen Ausweis unter die Nase. «Herr Dr. Fankhauser, Sie wurden letzte Woche zu einer Patientin ins Parkhotel Weggis gerufen. Es handelte sich um eine junge Inderin.»

«Geht es ihr besser?» Er klang jedoch nicht sehr enthusiastisch.

«Was genau hat ihr denn gefehlt?»

«Darüber kann und darf ich Ihnen keine Auskunft geben«, belehrte ihn der Arzt. «Ich nehme an, das wissen Sie. Liegt denn etwas gegen sie vor?»

Gerne hätte Kramer ihm gesagt, dass ihn das nichts angehe, aber er enthielt sich einer despektierlichen Bemerkung. «Wir müssen davon ausgehen, dass sie in einen Mordfall verwickelt ist. Kennen Sie wenigstens ihren Namen?»

«Nein, ich kenne keinen Namen. Die Rechnung für die Behandlung wurde bar bezahlt.»

«Gibt es wenigstens eine Quittung?», fragte Lucille.

«Hören Sie ...» Fankhauser wurde nun barscher. «Die Patientenvisite fand außerhalb meiner Arbeitszeit statt. Es gibt keine Quittung. Ich brauche mich deswegen auch nicht zu rechtfertigen, wenn Sie verstehen, was ich meine.»

«Das interessiert mich nicht im Geringsten», besänftigte Kramer.

«Aber», fuhr Lucille dazwischen, «es könnte uns vielleicht zu interessieren beginnen, wenn Sie uns nicht sagen, was der Patientin gefehlt hat.»

«Aha, daher weht der Wind. Die Polizei ist auf einen Deal aus.» Fankhauser druckste herum. «Die Empfangssekretärin des Parkhotels hatte mich angerufen und gesagt, dass sie sich wegen eines indischen Gastes große Sorgen mache … Aber ich versichere Ihnen, dass das Oberhaupt der Familie es nicht zuließ, die Patientin auf Herz und Nieren zu untersuchen. Sie klagte über Übelkeit. Ihr Puls war schwach bis nicht fühlbar. Das habe sie jedoch schon öfters gehabt, wie die Familie meinte. Bei der Kontrolle ihres Rachens fiel mir auf, dass sie erst kürzlich eine große Operation an den hintersten Backenzähnen gehabt haben musste. Ich riet daher, dringend einen Zahnarzt aufzusuchen. Ich vermutete, dass ihre Übelkeit damit in Zusammenhang stand. Zur Stabilisierung des Kreislaufes verschrieb ich ihr ein Medikament. Ob sie es genommen hat, entzieht sich meinem Wissen. Aber … » Fankhauser machte eine Pause, in der er versonnen aus dem Fenster blickte, auf den Vierwaldstättersee und einen Dampfer, der darüber glitt. «Einer der Männer, es muss der Vater gewesen sein, sträubte sich gegen meine Hilfe.»

Lucille und Kramer sahen sich schweigend an. Das einzige Indiz, dass es sich bei der Brandleiche auf dem Rigi Rotstock um eine Frau aus Asien handelte, war die Zahnoperation, die schon Dr. Wagner aus der Rechtsmedizin erwähnt hatte. Offen blieb die Antwort auf die Frage, weshalb die Familie sich geweigert hatte, ärztliche Hilfe anzunehmen. Gab es hier endlich einen ersten Anhaltspunkt?

Auf dem Weg zurück nach Luzern ging Kramer allerhand durch den Kopf. Allmählich zeichneten sich erste Resultate ab. Nur war nicht klar, worum es wirklich ging.

Warum war die indische Familie auf die Rigi gepilgert? Warum waren sie allem Anschein nach mit einer Sänfte von Weggis aus dorthin gelangt? Sie waren sicher über Stunden unterwegs gewesen. Warum waren sie niemandem aufgefallen? Hatten sie einen unbekannten Weg gewählt? Wer genau hatte in der Sänfte gesessen? Hatte die Familie vielleicht ein dem Tod geweihtes Mitglied transportiert?

Es gab Ungereimtheiten. Die Brandleiche hatte einen eingeschlagenen Schädel gehabt. Man hatte die Schädeldecke zerschlagen – nach dem Tod, wie Dr. Wagner gesagt hatte. Nach dem Tod. Auch hier gab es ein großes Fragezeichen. Wagner hatte einen Fehler gemacht … oder sich getäuscht.

Trotzdem gelangte Kramer mehr und mehr zur Erkenntnis, dass es sich bei der Rigi-Leiche wahrscheinlich um die junge Inderin handelte. Lux Aeterna musste er endgültig von der Liste der Verdächtigen streichen. Und die Kräuterfrauen waren nur zufällig in die Ermittlungen geraten. Jeder, der nicht der Norm entsprach, machte sich letztendlich verdächtig. Nur fragte sich Kramer, was heutzutage noch dem Normalen zugeordnet werden konnte.

«Ich werde nach Interlaken reisen», verkündete er, als sie schon eine Weile gefahren waren und einander angeschwiegen hatten.

Zwischen Greppen und Küssnacht fuhren sie hinter einer Kolonne von Autos her, die wiederum hinter einem landwirtschaftlichen Gefährt her tuckerte. Es war Kirschenernte. Die Früchte wurden zu den verschiedenen Verkaufsstellen gebracht. Die Bauern gingen es gemütlich an.

«Und was erhoffst du dir davon?» Lucille sah ihn von der Seite an.

«Ich muss diese indische Familie finden. Ich will wissen, was genau sie an dem besagten Tag auf der Rigi zu tun hatten. Des Rätsels Lösung liegt bei dieser Familie, da bin ich mir mittlerweile ziemlich sicher.»

* * *

«Halleluja!» Isabelle sah zur Decke und riss die Augen weit auf. «Nach Interlaken willst du mit mir? Ins Grandhotel Victoria-Jungfrau? Haben wir etwas zu feiern?» Jetzt musterte sie ihren Gatten skeptisch. «Du hast doch nicht wieder etwas angestellt …?»

«Ich war keusch wie die Jungfrau.»

«Versündige dich nicht!» Isabelle lachte zum ersten Mal an diesem Abend. «Wir reisen also auf Kosten der Kriminalpolizei ins Luxushotel. Wenn das Linder erfährt …»

«Schlimmstenfalls verrechne ich die Spesen mit meiner Überzeit, die mir wahrscheinlich nicht ausbezahlt wird.»

«Wie lange sind wir jetzt verheiratet? Fünfundzwanzig Jahre?»

«Ja, silberne Hochzeit. Fünfundzwanzig Jahre, das ist doch wunderbar und nicht selbstverständlich. Wir gehören wahrscheinlich zu den Auslaufmodellen. Manche Ehepaare trennen sich, da sind sie kaum zehn Jahre miteinander verheiratet. Wir haben immerhin einigen Stürmen getrotzt.»

«Bedingt durch meine Loyalität und der Gabe, verzeihen zu können.» Isabelle lächelte etwas verbissen, während sie Kramers Reaktion abwartete.

«Unsere Liebe ist so tief, dass nichts sie erschüttert», meinte er lakonisch.

«Du weichst mir aus. Du willst nicht zugeben, dass unsere Ehe nur deswegen noch hält, weil ich fast immer klein beigebe.»

«Das siehst du ganz falsch.» Er küsste sie auf die Nasenspitze.

«Wir werden also feiern, es nachholen – im Hotel Victoria-Jungfrau.» Isabelle konnte sich kaum mehr beruhigen. «Weißt du, eigentlich wollte ich immer schon einmal in einem solchen Fünf-Sterne-Hotel residieren. Den Glamour der Reichen riechen, mich verwöhnen lassen, mit dem eigenen Butler und so …»

«Lässt sich das denn mit der neu gefundenen Rückkehr zur Natur und zur Einfachheit verbinden?», frotzelte Kramer. Er stand beim Herd und schaute Isabelle über die Schultern, während sie weichgekochten Fenchel mit dem Stabmixer pürierte. Fenchelsuppe mit Käse und Brot stand auf dem Menüplan.

«Das eine tun und das andere nicht lassen», sagte Isabelle lapidar. «Ich liebe die Natur, aber ich könnte mir gut vorstellen, auch mal wie eine Königin in einem Palast zu leben. Wir Frauen sind eben facettenreich. Ich kann mich dann immer noch entscheiden, wo ich mich wohler fühle. Im Palast oder in der freien Natur. Wann gedenkst du denn, nach Interlaken zu fahren?»

«Morgen. Ich habe bereits gebucht.»

Freitag, 25. Juli

Interlaken liegt, wie es der Name schon sagt, zwischen zwei Seen – dem Thuner- und dem Brienzersee – und gehört geografisch gesehen zum Berner Oberland. Ein Ort, der von den Touristen noch mehr überschwemmt wird als Luzern.

Die Fahrt über den Brünig war abenteuerlich gewesen. Isabelle hatte am Steuer gesessen in ihrem Occasions-Alfa-Romeo, den sie sich im Frühling gekauft hatte. Kramer hätte sich also getrost zurücklehnen und entspannen können. Aber so einfach war das nicht. Für seinen Geschmack hatte Isabelle die Kurven allzu oft geschnitten und war damit in verkehrstechnisch heikle Situationen geraten. Und sie hatte ganz klar die Bodenhaftung überschätzt.

Seine Frau: zuerst Sängerin keltischer Lieder, jetzt auch noch ein Straßenrowdy!

Isabelle machte tatsächlich einen Wandel durch.

Mit dem in die Jahre gekommenen Golf von Kramer hätten sie jedoch nie hierherfahren können. Es wäre ein Albtraum für jedes Luxushotel gewesen, eine solche Karre auf dem Parkplatz davor erdulden zu müssen – neben edlen Marken wie Maserati, BMW und Mercedes.

Das Hotel Victoria-Jungfrau stammte aus einer Epoche, in der man noch über Zeit und Muße verfügt hatte, pompöse Häuser zu bauen, in denen die Decken hoch angesetzt und mit aufwendigen Stuckaturen verziert waren. Die Speisesäle boten Platz für Hunderte von Gästen, die Gänge und Treppen wirkten einladend groß, das Inventar war üppig.

Als Isabelle ihren Alfa elegant vor dem Eingang platzierte, sprang ein livrierter Türsteher mit fernöstlichem Einschlag auf den Wagen zu. Auf die Fahrerseite. Er öffnete mit behandschuhten Händen die Autotür.

Ein dunkles Augenpaar musterte Isabelle. «Willkommen im Victoria-Jungfrau. Sie dürfen mir den Autoschlüssel übergeben. Wir werden Ihnen das Gepäck aufs Zimmer bringen.»

Wie er wissen konnte, dass sie Gäste des Hauses waren, erstaunte sowohl Isabelle wie auch Kramer.

«Das nennt man Service», äußerte sich Isabelle, nachdem sie dem Alfa entstiegen war und nun mit Kramer ins Hotel trat. «Ich wette, er hat vorher den Index studiert.»

«Das ist eben der Unterschied zwischen einem 0815-Hotel und diesem hier … Die lesen dir deine Wünsche von den Augen ab, bevor du sie dir ausdenkst.»

Der Empfangsbereich befand sich in einer riesigen, mit hellen Säulen bestückten Halle, die an einen Bahnhof der Zwanzigerjahre erinnerte. Beidseitige Arkaden, hinter denen sich teure Geschäfte befanden, vermittelten einen nostalgischen Touch, der gleichzeitig mit dem Modernen harmonierte. Die Rezeption versank in einem Wald von Grünpflanzen in Übertöpfen.

«Willkommen im Victoria-Jungfrau.» Der distinguierte Herr mit Fliege begrüßte seine neuen Gäste. Den Anmeldeschein hatte er bis auf das Geburtsdatum schon ausgefüllt.

Kramer unterschrieb das Papier, und Isabelle nahm die Informationsbroschüre sowie zwei Karten zum Öffnen der

Zimmertür entgegen, während der Empfangssekretär sie über die Essenszeiten, den Spa-Bereich und die Veranstaltungen in Interlaken informierte. Über die Tellspiele, die man mit Pferd und Kutsche besuchen konnte, den Mystery-Park von Erich von Däniken, die diversen Ausflüge auf die umliegenden Hügel, eine Bahnfahrt zum Jungfraujoch, zur Sphinx.

Eine junge Hotelangestellte brachte sie zu ihrem Zimmer im dritten Stock. Es lag zur Straße, verfügte über einen Balkon und präsentierte das Jungfraumassiv in seiner ganzen Herrlichkeit – deshalb auch der Name des Hotels.

Isabelle genoss die Aussicht. Kramer nahm das Gepäck in Empfang. Er übergab dem Boy ein Trinkgeld. In Luxushotels wie diesem konnte man mit Trinkgeldern ein kleines Vermögen loswerden. Weil es vom Gast erwartet wurde. Weil die Bediensteten ansonsten wenig verdienten. Weil man sie damit für weitere Gefälligkeiten kaufen konnte. Und weil der Gast nie genug Kleingeld bei sich trug.

Eine halbe Stunde später stand der Hoteldirektor vor der Tür. Er hatte sich zwar vorher angemeldet, dennoch tat Kramer überrascht.

«Felice Cacciamano», stellte sich der gebürtige Italiener vor. «Ich habe gehört, Sie sind dienstlich hier. Darf ich eintreten?»

Kramer ließ ihn ins Zimmer, das auch hier koloniale Pracht entfaltete. Im Doppelbett mit weißen Bezügen hatten vielleicht schon Könige übernachtet, Politiker und

Wirtschaftsbosse, und im braunen Schrank hatten Pelzmäntel und edle Anzüge gehangen.

«Ich wäre Ihnen zu großem Dank verpflichtet, wenn Sie so diskret wie möglich ermitteln würden. Es gehe um indische Gäste, hat man mir mitgeteilt?» Es war mehr eine Frage als eine Feststellung.

«Sie müssen sich keine Sorgen machen. Aber im Voraus könnten Sie mir vielleicht einige Informationen geben.» Kramer griff nach seiner Arbeitsmappe. Er öffnete sie und suchte die Karte heraus, auf der der Name der indischen Familie notiert war. «Familie Mohit Subramanian aus Tamil Nadu, aus der Stadt Chennai.»

«Ja, ich erinnere mich. Die Familie ist tatsächlich noch hier. Aber wenn ich mich nicht irre, wird sie morgen zurück nach Indien fliegen.»

«Ist Ihnen bei diesen Leuten etwas aufgefallen?»

Cacciamano kratzte sich am Kinn, wo ein gepflegter Dreitagebart spross. «Mit Indern haben wir so gut wie nie Probleme. Sie sind ruhige Leute, wollen einfach möglichst auf viele Berge, wenn sie hier sind.»

«Und die Familie Subramanian?»

«Die sind sehr still. Sie kommen am Abend immer zur selben Zeit zum Nachtessen und bleiben zwei Stunden. Wir haben für sie extra eine indische Menükarte kreiert. Sie essen meistens nur dieses scharfe indische Curry mit speziellen Gewürzen.»

«Wie viele Mitglieder hat denn die Familie?»

«Acht.» In die dunklen Augen des Direktors schlich sich ein Glitzern. «Die junge Frau – ich nehme an, es ist die Tochter – spricht fast perfekt deutsch.»

Kramer spürte einen Stich in der Herzgegend. «Sind Sie sicher, dass die junge Frau mit derselben Familie angereist ist?»

«Wir erhielten die Anmeldung über ein Reisebüro, mit dem wir seit Jahren zusammenarbeiten. Aus der Anmeldung geht hervor, dass es acht Leute sind.»

«Haben Sie den Namen von jedem einzelnen Familienmitglied?»

«Selbstverständlich. Auch die Internetadressen. Wir schreiben unsere Gäste zum Dank, dass sie in unserem Haus logiert haben, später immer an.»

«Und die Pässe? Haben Sie auch die Pässe eingezogen?»

«Wir haben sie geprüft, kopiert und wieder ausgehändigt.»

Irgendetwas stimmte schon wieder nicht. Verfolgte Kramer die falsche Familie? Oder war die Familie Subramanian an besagtem Tag gar nicht auf der Rigi gewesen? Hatte er sich von ein paar ungenauen Aussagen in eine falsche Richtung lenken lassen? Nun, heute Abend würde er es erfahren. «Wäre es möglich, uns einen Tisch in der Nähe der Familie zu reservieren?»

«Mit Vergnügen.» Cacciamano machte die Andeutung einer Verbeugung, was Kramer dann doch übertrieben fand. Der Direktor verneigte sich vor ihm. Der verdiente wahrscheinlich das Doppelte von dem, was Kramer verdiente. Aber er hatte sich verneigt. Das zeugte von Stil.

«War das ein netter Mensch», sagte Isabelle, als Cacciamano gegangen war und sie vom Balkon zurückkehrte. Ihr Gesicht war von der Sonne leicht gerötet.

Kramer war in sich gekehrt.

«Wollen wir spazieren gehen?»

Er wandte sich verdattert nach seiner Frau um. «Wie bitte?»

«Du scheinst mit deinen Gedanken wieder einmal weit weg zu sein. Dabei dachte ich, dass Interlaken dein Gehirn mal zünftig auslüften könnte.»

«Wir sind ja nicht freiwillig hier.»

«Aber du kannst im Moment nichts tun. Gehen wir also nach draußen? Wir müssen nicht spazieren gehen. Die haben auch eine tolle Terrasse. Es gibt dort Kaviarbrötchen. Ich würde gern mal eines essen und dazu Champagner trinken … wenn wir schon mal hier sind.»

Kramer verdrehte die Augen. Isabelle stellte hohe Ansprüche.

* * *

Lucille war unterwegs in ihr Büro, als Bartolini ihr über den Weg lief und fast in sie hinein.

«*Scusi!*»

«Heute ein Hurrikan? Stufe vier?» Lucille blieb stehen. «Gut, dass ich dich treffe.»

«Schon wieder im Betrieb? Wann machst du denn mal frei? Ich dachte, du hast Ferien …»

«Nichts Ferien. Zuerst wird der Fall gelöst, sagt der Chef.» Sie zögerte. «Kommst du mal mit in mein Büro? Ich muss dir etwas zeigen.»

Bartolini sah auf die Uhr an seinem Handgelenk. «Aber nur kurz. Ich schreibe gerade an dem Schlussbericht über die verschiedenen Frauengruppen und ihre Aussagen. Bringt eh nichts. Ist nur wieder viel Papierkram fürs Archiv.» Bartolini folgte Lucille in deren Büro. Seit einem Monat hatte sie ihr eigenes. Nachdem man den Azubi aufgrund seiner Unfähigkeit hatte entlassen müssen, genoss Lucille ihre neu erlangte Freiheit. Nicht zuletzt ermöglichte ihr das Büro, sich manchmal untertags mit ihrem Freund Stefan telefonisch zu unterhalten.

Sie setzte sich auf ihren Bürostuhl und startete den Computer. «Wie geht's eigentlich deiner Freundin Kathy?»

Bartolini streckte instinktiv die Brust heraus. «Wir freuen uns wie wahnsinnig auf die Zwillinge», gestand er mit rotem Kopf. «Meine Mama hat sich bereits angemeldet. Sie wird, sobald die Babys da sind, zu uns kommen.»

«Wohnen deine Eltern nicht in Sarnen?»

«Doch, sie haben dort eine Gartenwohnung. Aber für mich tut Mama alles, anche papà. Und du? Wie läuft es zu Hause? Immer noch mit Stefan zusammen?»

«Es geht ganz prima. Wir haben uns verlobt.»

«*Madonna* … ist das wahr? Dann muss ich mich beeilen. Wie wäre es mit einer Doppelhochzeit?»

«Ich werde es mir überlegen.» Lucille wandte sich lächelnd dem Bildschirm zu. Sie öffnete den Ordner mit der Überschrift «Bettina Hunkeler».

Bartolini blickte ihr über die Schultern. «Du arbeitest nicht auf dem Desktop der Kriminalpolizei», stellte er erstaunt fest.

«Ich muss meine eigenen Schlüsse aufschreiben, ohne dass sie jeder unmittelbar einsehen kann. Ich arbeite parallel. Aber ich bin ja nicht die Einzige hier. Elsbeth arbeitet genauso.»

Bartolini richtete sich kurz auf. «Wie geht es ihr?»

«Elsbeth?» Lucille schaute zu ihm hoch. «Sie muss sich schonen, hat der Arzt ihr verordnet. Ich mache mir aber große Sorgen um sie. Sie scheint den Bezug zur Realität verloren zu haben. Das mit dem siebten Buch Mosis ist mir ziemlich eingefahren. Ich meine, sie ist noch zu jung, um mit der Arbeit aufzuhören. Aber vielleicht muss sie sich einen neuen Job suchen.» Lucille öffnete ein Dokument. «Andererseits konnte ich mich immer auf sie verlassen. Ich hoffe, das wird alles wieder gut.»

«Du hast eine Akte von der vermissten Bettina Hunkeler angelegt?»

«Es war nötig, nachdem Thomas' Vorgänger Sidler die Dokumente hatte verschwinden lassen. Thomas sagte mir, dass er keine Kenntnis davon hatte. Und beim Fahndungsdienst ist auch nichts wirklich Brauchbares vorhanden. Ich habe den Verdacht, dass Bettinas Freund mit dem Entführer unter einer Decke steckt. Denn dass der Fall von damals mit der heutigen Entführung von Livia Langendorf Gemeinsamkeiten hat, wissen wir inzwischen. Bettina sagte aus, dass sie von einem einzigen Mann verschleppt worden sei. Livia und ihre Mutter sprechen von zwei Männern. Der Drahtzieher in beiden Fällen ist Albin, respektive Pino Aschwanden. Ich wette, dass Aschwanden Yusuf Androvic dafür bezahlt hat. Denn nachdem Bettina verschwunden war, wurden auf Androvics Konto bei der Kantonalbank vier Monate hintereinander je zehntausend Franken überwiesen. Und jetzt kommt's …» Lucille drehte ihren Stuhl, sodass sie ihren Kollegen ansehen konnte. «… Androvic hat schon wieder kassiert. Zwanzig Ameisen. Der Hurensohn lässt es sich zudem äußerst gut gehen. Er lebt allein in einer Wohnung, die von der Gemeinde Kriens finanziert wird.»

Bartolini fuhr zusammen. «Woher weißt du, dass ihm das Geld überwiesen wurde?»

«Ich habe meine Quellen.»

«Dein Freund arbeitet doch bei der Bank …»

«Ich … ähm …» Lucille fühlte sich ertappt.

«Du weißt, dass das nicht zulässig ist.»

Über Lucilles Gesicht huschte ein Schatten. «Würdest du eine solche Situation nicht auch ausnutzen?»

«Der Kerl muss dir echt hörig sein, wenn er dir das mitteilt … Er riskiert damit, seinen Job zu verlieren, wenn das herauskommt.»

Lucille wandte sich errötend ab.

«Und warum informierst du Thomas nicht?»

Sie hustete den Kloß in ihrer Kehle weg. «Er hält mich für bescheuert und gibt der Hitze die Schuld. Aber ich frage mich, ob er nicht überfordert ist. Seine unkonventionelle Vorgehensweise in den Ermittlungen ist äußerst suspekt.»

«Du kennst ihn doch. Er hat noch jeden Fall gelöst – bis jetzt.»

«Aber irgendwann kann das in die Hose gehen. Es kommt mir vor, als wären wir – seine Truppe – ein unkoordinierter Haufen. Da haben mir Linders Strategien besser gefallen.»

«Nennst du das etwa Loyalität?», enervierte sich Bartolini. «Wir sind Thomas unterstellt. Wir haben gefälligst das auszuführen, womit er uns beauftragt.»

«Aber genau da liegt ja das Problem. Wo sind die Einsatzpläne? Jeder macht, wozu er gerade Lust hat. Ich auch … mittlerweile. Aber das geschieht nur deshalb, weil sich der Chef um eine gute Führung drückt. Er ist lieber selbst draußen im Feld, anstatt seine Schäfchen zu bewachen und zu führen.»

«Ist das der Grund, weshalb du mich zu dir ins Büro gerufen hast?»

«Das und mein Verdacht, dass Androvic kein Unschuldslamm ist.»

«Dann müssten wir vielleicht eine Gegenüberstellung in Erwägung ziehen», meinte Bartolini.

«Ich sehe das auch so. Aber bring das mal Thomas bei.»

* * *

«La Terrasse» entpuppte sich nicht als das, wofür Isabelle das Restaurant gehalten hatte. Entsprechend enttäuscht war sie. Ihr Ausruf des Erstaunens war nicht fünfsternekonform, Kramer schämte sich fast ein wenig für seine Frau, die ein paar fragende Blicke auf sich zog.

«Wir essen also drinnen», schob Isabelle nach. «Draußen hätte es mir besser gefallen.»

Kramer schwieg und führte seine Frau zu dem Tisch, den ihnen der Chef de Service reserviert hatte. Edles Silber, eierschalenfarbenes Porzellan und glitzerndes Kristall – ein fürstliches Ambiente. Kramer fühlte sich um Jahre jünger. Er hoffte, dass Isabelle sich bald beruhigte. Ihre Reaktion konnte er nicht nachvollziehen. Gerade noch hatte sie davon geschwärmt, sich endlich einmal bewirten zu lassen, sie, die jeden Tag am Kochherd stand.

Sie setzten sich. Der Kellner brachte die Speise- und die Weinkarte.

«Ich dachte, wir würden auf der Terrasse sitzen», warf Isabelle erneut ein. «So stand es im Prospekt.» Sie sah sich um. Die dunkelbraunen Stühle mit den pastellfarbenen, gestreiften Polstern gefielen ihr überhaupt nicht. «Die passen nicht zum Gesamtbild», meckerte sie. «Könnten wir nicht den Tisch tauschen? Ich würde lieber draußen sitzen.»

Kramer lenkte von diesem Thema ab. «Siehst du den Tisch mit den acht Stühlen dort drüben?» Er schlug jetzt die Weinkarte auf. «Dort wird die indische Familie essen. Ihretwegen sind wir heute hier.»

Isabelle griff nach der Speisekarte. «Entschuldige bitte. Ich bin ganz aufgeregt. Und so mittendrin im Saal … ich weiß nicht … wir sitzen hier wie ausgestellt.»

«Du kannst dich jedenfalls sehen lassen», freute sich Kramer.

Isabelle hatte sich mit ihrer Garderobe besonders große Mühe gegeben. Das Kleid, das sie trug, besaß sie zwar schon ein paar Jahre, und zwischendurch war es mal zu eng gewesen. Jetzt passte es ihr wieder. Es war ein Charleston-Kleid, welches sie zur Feier von Stefans Volljährigkeit gekauft hatte. Mit Spaghettiträgern und Fransen. Dazu passte ein keckes, mit Perlen besetztes Hütchen, das sie an diesem Abend aber nicht trug. Dazu fand sich Isabelle dann doch zu alt.

Damals hatten sie im Hotel Schweizerhof gefeiert. Danach war Stefan mit seiner Clique, die während des Essens nicht dabei gewesen war, ins Casino gegangen und hatte dort sage und schreibe zweitausend Franken verzockt. Kramer und Isabelle hatten es ihm noch lange nachgetragen. Der Göttibatzen war dahin gewesen, und die Wunschreise nach Bangkok hatte er sich sonst wohin streichen können.

Mozarts kleine Nachtmusik erfüllte den Raum, der sich kontinuierlich füllte. Familien, Paare, ein einzelner Mann. Er sei der Klavierspieler aus der Bar, bemerkte Isabelle. Sie regte sich über die offenherzig gekleideten Frauen auf, die viel zu kurzen Röcke, die mit opulentem Schmuck behängten Matronen. Kramer dagegen fand es passend zum Sommer, überhaupt sei es ein netter Anblick. Er fühlte sich wohl im Restaurant. Mittendrin am Zweiertisch, ausgestellt, aber so, dass man sehen konnte und gesehen wurde. Sie bestellten eine Flasche Roten zum Essen. Als Vorspeise gab es lauwarme Kaninchenfilets auf Blattsalaten und als Hauptspeise Lammgigot und Pommes risolées. Sie redeten erst wenig, tranken viel und redeten in der Folge mehr. Der Alkohol löste die Zunge. Isabelle machte es sich zum Hobby, die Gäste zu kritisieren. Kramer musste sie schließlich zurückhalten, fand es dennoch witzig, erinnerte es ihn doch an die jungen Jahre, als beide weniger verklemmt und gehemmt gewesen waren.

Manchmal wünschte er sich diese Zeit zurück. Er musste etwas ändern.

Die Inder kamen spät.

Die Inder kamen tatsächlich zu acht.

Die leeren Teller waren schon abgeräumt. Kramer zählte noch einmal. Fünf Männer waren es und drei Frauen in farbenfrohen Saris – die Sonntagstracht, nahm Isabelle an –, einen Drei-Generationen-Schweizer-Trip würden sie sicher machen. Luzern, Weggis, Interlaken und als krönenden Abschluss Zermatt. «Meinst du, die sind auch so verrückt auf Uhren wie die Japaner?»

«Schön sind sie anzusehen», fand Kramer, schöner jedenfalls als die Damen im Niqab, von denen im Restaurant auch welche saßen.

Die indische Familie ließ sich am Tisch nieder. Die Männer zuerst, die jüngste Frau zuletzt, was aber weniger der

Hierarchie als vielmehr dem Umstand geschuldet schien, dass die Frauen zuerst ihre langen Gewänder sitzwürdig richten mussten. Da kam gewaltig viel Stoff zusammen. Wildseide. Seidentaft. Indien auf Seide. Der Taj Mahal. Die Gesichter der älteren beiden Frauen waren wie mit Bronze getönt. Roter Mund, schwarze, mit Kajal umrandete Augen, auf der Stirn ein Punkt.

Die junge Frau war kaum zwanzig. Sie hatte keinen Punkt auf der Stirn, aber genauso schwarze Augen.

«Da stimmt etwas nicht», bemerkte Kramer.

«Du sollst nicht so glotzen», beschwerte sich Isabelle. «Was sollen denn die Leute ringsherum glauben?»

Kramer wischte sich den Mund ab. Er legte die Serviette neben das Weinglas und erhob sich. «Ich muss mir Klarheit verschaffen. Ich muss erfahren, wer diese Frau ist.» Er flüsterte in Isabelles Ohr. «Ich werde gleich zurück sein. Du kannst schon mal die Dessertkarte studieren.»

«Wo willst du denn hin?»

«Zum Direktor.»

* * *

Marc Linder, der Kripo-Chef, befand sich wieder in der Schweiz. Am Abend gegen sechs war er, zusammen mit seiner Frau, aus Oslo zurückgekehrt. Er war während der zwei Wochen auf den Lofoten und auf den Vesterålen unterwegs gewesen – bei schönstem Wetter und erträglichen Temperaturen.

Jetzt saß er in seinem Büro an der Kasimir-Pfyffer-Strasse und blickte etwas indigniert auf die Arbeits- und Einsatzprotokolle der letzten beiden Wochen. Freundlicherweise hatte man sie ihm aufs Pult gelegt, zusammen mit einem Blumenstrauß und einer Karte. Man hieß ihn willkommen im Polizeialltag. Das musste ein Scherz sein. Eine Idee von diesem Kramer, der damit wahrscheinlich wieder einmal von etwas ablenken wollte. Linder traute dem Kerl nicht. Zwei Wochen lang hatte er nichts von ihm gehört, obwohl er ihm nahegelegt hatte, sich sofort bei ihm zu melden, sollte es einen triftigen Grund geben.

Dieser Grund lag jetzt vor ihm: der Rapport über eine Brandleiche auf Rigi Rotstock.

Und niemand hatte ihn darüber informiert.

Es war abzusehen gewesen, dass Kramer ihn mit Rücksicht auf den Urlaub nicht hatte stören wollen. Aber Linder hatte sich unmissverständlich ausgedrückt. Sollte es während seiner Abwesenheit zu einem Mordfall kommen, müsse er ohne Verzögerung kontaktiert werden, egal, ob er sich gerade auf der Fähre von Bodö nach Moskenes befand oder ob er in Andenes die Mittsommernachtssonne im Halbschlaf betrachtete.

Linder griff nach dem Telefon und wählte Kramers Büro an. Der Anruf wurde umgeleitet – doch nur auf den Telefonbeantworter seines Mobiltelefons.

Linder war jetzt außer sich. Die zwei Wochen Norwegen hatten scheinbar nicht gereicht, um seine Nerven zu beruhigen – jedenfalls nicht, wenn es um Kramer ging. Linder stellte Lucilles Nummer ein, was ihm ob der hierarchischen Überlegenheit überhaupt nicht passte. Lucille zählte er zu den Lakaien. Wer mit dem Sohn des Chefs schlief, hatte keinen Respekt verdient. Vetternwirtschaft war da nicht mehr weit entfernt.

«Herr Linder», hauchte Lucille kleinlaut ins Telefon. «Sie sind schon zurück?»

Kein Gruß. «Wo ist Kramer?!»

«Ist er nicht in seinem Büro?» Sie klang eingeschüchtert.

«Nein, ist er nicht. Ich würde Sie sonst ja nicht anrufen.» Seine Stimme wurde zunehmend lauter. «Und was ist mit dem Fall von der Rigi?» Unter anderen Umständen hätte sich Linder nie mit Lucille abgegeben. E wurmte ihn, dass er Kramer nicht erreichte. Er mäßigte sich wieder etwas. «Ich muss ihn dringend sprechen. Wo erreiche ich ihn?»

«Er … er ist in Interlaken.»

«Was zum Teufel tut er in Interlaken?» Linder warf einen Blick auf sein Pult. Überflog die Rapporte. Fischte mit einer Hand die Akte «Unbekanntes Mordopfer» heraus. «Mehr gibt es von Ihrer Seite nicht zu sagen?» Er dachte kurz nach. «Ermittelt er etwa?»

Lucille hüllte sich in Schweigen. Das brachte Linder noch mehr in Rage.

Langsam hatte er diesen verschworenen Haufen um Kramer herum satt. Klar, sie nannten es Loyalität. Sie waren loyal ihrem Chef gegenüber: Bartolini, Rotenfluh und Mathieu. Vor allem Mathieu. Kein Wunder!

Linder knallte den Hörer auf. Zwei Wochen im hohen Norden: Und sein Leben hatte sich nun radikal verändert. Dabei hatte er vorgehabt, an seiner Beziehung mit Carmen zu arbeiten. Es waren die ersten gemeinsamen Ferien nach langer Zeit gewesen. Carmen hatte sich immer mehr von ihm distanziert. Das war jedoch kein Wunder: Seine Arbeit bei der Polizei galt ihm viel. Mehr als alles andere. Genau das hatte Carmen ihm vorgeworfen.

Zwei Wochen auf Reisen. Mit einem Kleinwagen hatten sie die Inseln der Lofoten und der Vesterålen erkundet. Hatten Museen besucht, kleine Fischerdörfer, hatten in Mittelklassehotels übernachtet, einmal sogar unter freiem Himmel. Linder hatte es sich so sehr gewünscht, seiner Frau wieder näherzukommen.

Am letzten Abend – es war in Oslo gewesen, nach der Vorspeise von Stockfisch – hatte sie ihm mitgeteilt, dass sie sich von ihm trennen wollte.

* * *

Felice Cacciamano stand draußen vor dem Hotel und betrachtete die Fassade, als Kramer ihn dort antraf.

«Ein wunderbares Hotel», schwärmte Kramer, um mit dem Direktor ins Gespräch zu kommen.

Cacciamano wandte sich um. «Und trotzdem ist es nicht ganz ausgelastet.» Weiter wollte er offensichtlich nicht über das Fünf-Sterne-Haus reden, denn er kam auf die Gäste aus Indien zurück. «Haben Sie gefunden, was Sie gesucht haben?»

Kramer räusperte sich. «Genau deswegen muss ich Sie belästigen. Ich brauche die Namensliste der Familienmitglieder sowie die Passnummern. Zudem gehe ich davon aus, dass Sie für die Herrschaften die Rückflugbestätigung angefordert haben. Ich benötige also auch eine Kopie der Tickets.»

«Das ist allerdings außergewöhnlich. Darf ich erfahren, weshalb Sie es auf diese Familie abgesehen haben?»

«Es ist bloß eine Personenüberprüfung», wich Kramer aus.

«Dann kommen Sie.» Cacciamano ging voraus, betrat den Eingangsbereich und steuerte auf die Rezeption zu, in deren hinterem Teil das Büro lag.

Kramer wartete draußen, während er sich von einer Empfangsdame mit offensichtlich asiatischen Wurzeln mustern ließ. Immer wieder schwang die Drehtür auf, und fremdländisch wirkende Gäste betraten das Hotel. Die schwarz vermummten Frauen aus dem Speisesaal hatten ihr Nachtessen beendet und schlenderten unerkannt die Auslagen teurer Boutiquen entlang. Ihre Männer saßen an der Bar und unterhielten sich, während die Kinder in der Empfangshalle mit einer Orange Fußball spielten.

Cacciamano kehrte an den Tresen zurück, wo die Rezeptionistin stand, und legte die gewünschten Dokumente vor Kramer nieder.

Kramer interessierte sich in erster Linie für die junge Frau. Sie hieß Rukmini Shakti Subramanian und war die Tochter von Mohit Subramanian. Geboren wurde sie am

8. September 1981. Gemäß Pass war sie siebenundzwanzig Jahre alt. Das Foto gab nicht viel her, denn auf dem Bild war sie bedeutend jünger. Sie ähnelte der jungen Inderin im Restaurant nur. Entweder war sie es, oder sie war es nicht.

«Wäre es möglich, den Pass und das Flugticket der jungen Frau zu kopieren?»

«Sie scheinen wahrlich ein großes Interesse an der Frau zu haben», murmelte Ciacciamano. «Hat sie etwas ausgefressen?»

«Das weiß ich noch nicht.»

«Sie wollen sie befragen?»

«Um mir Klarheit darüber zu verschaffen, werde ich nicht darum herumkommen.»

«Ich bitte Sie, dies diskret zu tun. Wenn Sie wollen, kann ich Ihnen einen Seminarraum zur Verfügung stellen.»

«Da bin ich aber sehr dankbar.»

Ciacciamano ging ins Büro, kopierte Pass und Flugticket und kehrte wieder zurück. «Wenn ich die Dame aus dem Restaurant hole, fällt es nicht so auf. Wir möchten die Hotelgäste ja nicht unnötig beunruhigen.» Er klang ernsthaft besorgt.

Kramer wurde der Saal «L'Ambassadeur» zur Verfügung gestellt, ein heller Raum mit vier aneinandergestellten Tischen und acht Stühlen rundherum. Beige-braune Vorhänge umrahmten zwei Bogenfenster. Draußen war es inzwischen Nacht geworden. Motorengeräusche, Hufgeklapper der Pferdedroschken drangen hinein.

Rukmini Shakti Subramanian kam nicht allein. Sie wurde von ihrem Vater und ihren drei Brüdern eskortiert. Kramer bat sie, sich zu setzen. Während die Männer die Stühle einnahmen, blieb die junge Inderin stehen. Aus ihren großen schwarzen Augen leuchteten Verwunderung und Neugier.

«Ich danke Ihnen, dass Sie meiner Einladung Folge geleistet haben», begann Kramer und hätte sich für seine geschwollene Sprache gleichzeitig die Zunge abbeißen mögen. Diese Menschen kamen aus Indien. Welcher Kaste sie angehörten, wusste er nicht. Er kannte sich nicht aus. Aber sicher standen sie im Leben auf der gleichen Ebene wie er. Er wandte sich an die Frau, deren schlanker Körper von einem hellblauen, mit roten und orangefarbenen Blumen gemusterten Sari umhüllt war. «Man hat mir gesagt, dass Sie auch Deutsch sprechen.»

«Ja, das haben Sie richtig verstanden.» Ihre Stimme klang hell und melodiös. «Ich bin von Beruf Dolmetscherin.» Sogleich übersetzte sie Kramers und ihre Sätze für die übrigen Anwesenden. Die Männer am Tisch nickten.

Dann wandte sie sich wieder an Kramer. «In Madras oder Chennai, wo wir herkommen, sprechen wir tamilisch. Worum geht es denn? Man hat mir gesagt, dass Sie aus der Innerschweiz sind …?»

Kramer war das Ganze nicht ganz geheuer. Fünf nachtschwarze Augenpaare waren auf ihn gerichtet. Das Wort «undurchschaubar» bekam plötzlich eine ganz andere Bedeutung. Trotzdem wollte Kramer auf den Punkt kommen.

Er gab sich zu erkennen, sagte, dass er von der Kriminalpolizei Luzern sei und dass er in einem mysteriösen Todesfall ermittle. Er sprach aus verschiedenen Gründen nicht von Mord. Gleichzeitig bemerkte er die Farbveränderung im Gesicht der jungen Frau. Sie wurde nicht blass, nur heller, und ihre Augen nahmen einen entsetzten Ausdruck an. Sie wandte sich erneut an die anderen Männer, während sie sich endlich auf einen Stuhl setzte. Sie redeten miteinander – und durcheinander.

«Mein Vater möchte gern wissen, worum es konkret geht», sagte sie dann, wieder gefasst.

Sie versteht es ausgezeichnet, ihre wahre Identität zu verschleiern, ging es Kramer durch den Kopf. Er sah sich das Bild auf der Passkopie an und kam, je länger er es betrachtete, desto mehr zu dem Schluss, dass die Inderin auf dem Bild nicht identisch war mit der Frau, die vor ihm saß. «Für uns Europäer mögen die Menschen aus Asien schlecht zu unterscheiden sein. Aber ich habe hier eine Passkopie von Rukmini Shakti Subramanian, und ich bin mir sicher, dass Sie das nicht sind. Die Frau, die ich suche, spricht kein Deutsch.»

Wieder redeten die Männer wirr durcheinander. Die Inderin senkte den Kopf und starrte die Tischplatte an.

«Was ist am Mittwoch vor einer Woche auf der Rigi geschehen? Sie wurden auf dem Aufstieg gesehen, wie Sie eine Sänfte nach oben trugen. Wer saß in dieser Sänfte?»

Die Inderin übersetzte. Mohit Subramanian schoss plötzlich vom Stuhl hoch.

«Mein Vater sagt, das gehe Sie nichts an.»

«Und ich sage Ihnen, dass er nicht Ihr Vater ist.» Kramer beugte sich über den Tisch und sah ihr in die schwarzen Augen. «Ich kann es auch einfacher bewerkstelligen, wenn Ihnen das lieber ist. Ich kann die Polizei von Interlaken aufbieten.» Er wartete kurz, dann wiederholte er seine Frage: «Was ist auf der Rigi passiert?»

Wieder sprach die Frau mit ihren Begleitern. Sie gestikulierten wild, während alle gleichzeitig redeten. Nach einer Weile mäßigten sie sich. Offenbar hatten sie sich dafür entschieden, mit der Wahrheit herauszurücken.

«Rukmini Shakti Subramanian ist tot.» Die junge Dame neigte den Kopf. «Mein Name ist Sita. Ich bin eine Verwandte von Mohit. Ich lebe seit fünfzehn Jahren in der Schweiz. Mohit rief mich am Morgen des sechzehnten Juli an. Seine Tochter war schwer krank. Ich bat ihn, unbedingt einen Arzt zu rufen. Er sagte, dass sie schon einen aufgesucht hätten, weil eine Angestellte des Parkhotels Weggis darauf beharrt habe. Ich fragte ihn, weshalb er mich anrufe, wenn er sich doch weigere, medizinische Hilfe anzunehmen. Aber ich glaube, da wusste er bereits, warum. Die Familie Subramanian gehört der Kaste der Vasyas an. Mohit ist Geschäftsmann, einer seiner Söhne ebenfalls. Die beiden anderen Söhne sind Handwerker. Sie sind zudem tief im Glauben des Hinduismus verwurzelt … Was immer im Leben geschieht, müssen sie annehmen. Das nicht anzunehmen und sich dagegen zu wehren hieße für sie, dass sie in einem neuen Leben wieder unten anfangen müssten.

Aber sie möchten auf eine höhere Stufe gelangen … verstehen Sie?»

Kramer bekundete seine Mühe, das zu begreifen. «Dann war die Person in der Sänfte also Rukmini Shakti?», fragte er, während er einen Blick auf seine Armbanduhr warf. Isabelle würde sicher verzweifeln, wenn er nicht bald zurückkehrte.

«Sie starb im Parkhotel», flüsterte Sita. «Ihr Herz … es war schon immer sehr schwach … dann hatte sie diese Zahnoperation … Es musste so sein. Aber ich bin mir sicher, sie wird wiederkommen … Mohit wollte ein würdiges Begräbnis für sie. Sie hatte die Berge so sehr geliebt. Auf der Rigi waren sie viermal gewesen. Mohit wollte seine Tochter auf dem Berg …» Aus Sitas Augen lösten sich Tränen. «Sie sollte dort zur Ruhe kommen …»

«Sie wurde dort verbrannt?» Kramer musste sich setzen. «Ihre eigene Familie hat sie verbrannt?»

«Ihr Leichnam wurde verbrannt, ja», bestätigte Sita. «Für uns ist eine Feuerbestattung normal.»

«Und warum war dann ihr Schädel eingeschlagen?»

«Die Hindus glauben an die Wiedergeburt», flüsterte Sita, als würde sie über etwas sehr Heiliges sprechen. «Jedes Lebewesen hat eine unsterbliche Seele. Man nennt sie Atman. Das Atman ist wie ein weiterer Körper im Körper des Menschen. Es besteht aus Gedanken und Gefühlen, dem Unsterblichen. Um es herauszulösen, wird der Schädel zerschlagen, und man verbrennt den Leichnam, damit das Atman zu Brahman zurückkehren kann.»

Kramer schauderte. «Großer Gott.» Er erhob sich wieder, schritt um den Tisch herum, blieb stehen und betrachtete die Männer, die inzwischen ganz ruhig geworden waren.

«Sie hatten keinen Scheiterhaufen, nur diesen natürlichen Felsenaltar», fuhr Sita fort.

Kramer wandte sich ihr wieder zu. «Aber es sollte Ihnen doch bekannt sein, dass solche Feuerbestattungen auf freiem Feld nicht erlaubt sind. Jedenfalls nicht bei uns in der Schweiz. Auch nicht in anderen europäischen Ländern. Dazu haben wir Krematorien …»

«Glauben Sie, ich hätte das Mohit nicht auch gesagt? Aber er ist ein sturer Mensch. Und es war Shaktis letzter Wunsch, auf der Rigi die Reise zu Brahman anzutreten.»

«Das Feuer wurde aber von jemandem gelöscht, bevor der Körper ganz verbrannte.»

Sita schüttelte den Kopf. «Ich weiß. Mohit hat mir davon erzählt. Sie glaubten, Leute sprechen gehört zu haben. Deshalb löschten sie das Feuer. Es war ihnen dann doch nicht ganz geheuer. Aber er glaubt, dass er Shaktis Seele habe davonfliegen sehen. Es war also nicht zu früh … Noch in der Nacht stiegen sie nach Weggis hinunter. Die Sänfte nahmen sie mit und brachten sie dorthin zurück, wo sie sie herhatten.»

«Aus dem Parkhotel?»

«Ja.»

«Und das hat niemand gemerkt?»

«Nein, es war vier Uhr morgens.»

Samstag, 26. Juli

Kramer kehrte ins Hotelzimmer zurück, weil er seine Frau weder im Speisesaal noch an der Bar angetroffen hatte.

Es war bereits nach Mitternacht. Isabelle schlief tief. Ihr Gaumensegel verriet, dass sie eindeutig zu viel Wein getrunken hatte. Und dem Geruch nach zu urteilen auch noch einen Absacker.

Kramer betrachtete sie im schwachen Schein des Lämpchens auf dem Nachttisch. Seine Gedanken waren weit weg. Nicht wirklich bei Isabelle, die nichts trug, was ihn hätte erregen können. Das Duvet war von den Schultern gerutscht. Sie hatte ein Bein angewinkelt. Es lag über dem Duvet. Wie er sie ansehen musste. Er hatte sie schon eine Ewigkeit nicht mehr so lange und intensiv betrachtet.

Eine todkranke Inderin. Gestorben im Parkhotel Weggis. Mit einer Sänfte auf den Rigi Rotstock nach oben getragen. Verbrannt auf einem Stein. Den Schädel eingeschlagen, damit ihre Seele den Weg zu Brahman fand.

Isabelle hatte tatsächlich abgenommen. Die Beckenknochen stachen ein wenig hervor, an der Grenze zum Erträglichen. Mehr Gewicht durfte sie nicht verlieren, auf keinen Fall noch dünner werden. Isabelle wäre nicht Isabelle gewesen, wenn sie nicht ein paar Pölsterchen gehabt hätte.

Kramer schüttelte sie sanft. Sie schlug sofort die Augen auf und streckte sich wie eine Katze. «Ist es schon Morgen?»

«Nein, es ist noch mitten in der Nacht. Aber ich dachte, wenn wir schon mal in diesem luxuriösen Zimmer sind, sollten wir es noch ein wenig genießen.»

Sich ablenken. Spüren, dass er ein Mann war. Isabelles Mann. Er hatte sich von der Sekte, von diesem neoreligiösen Haufen, in die Irre führen lassen. Er hatte ihnen einen Mord untergeschoben, sie eines Verbrechens bezichtigt.

Isabelle setzte sich auf. «Du Charmeur … Und, wie ist es gelaufen? Hast du den Mörder endlich? Werden wir übers Wochenende noch hierbleiben? Die haben einen wunderbaren Spa-Bereich. Ich könnte mich morgen einer Generalrevision unterziehen.» Sie strampelte lachend die Decke nun ganz von sich. «Eine Fangopackung zum Beispiel für eine bessere Durchblutung, für eine glattere Haut, eine Gesichtspflege mit Anti-Aging-Produkten … Botox …»

«Du gefällst mir, wie du bist.»

Verbrannt. Mit dem kaputten Schädel gegen Süden gerichtet.

«Das hast du schon lange nicht mehr gesagt.» Isabelle schmiegte sich an ihn.

«Das sage ich oft», beschwerte Kramer sich. «Da sieht man wieder einmal, wie du mir zuhörst. Du hörst mir eben nicht zu.»

«Für Komplimente von dir habe ich meine Ohren immer offen.» Sie drehte sich auf die Knie, legte die Arme um seinen Nacken und küsste ihn am Hals.

Er spürte die Wärme ihres Körpers, und die Weichheit tat ihm gut.

Mit der Sänfte von ganz unten nach fast ganz oben. Eine Sänfte und ein toter Körper darin. Auf dem letzten Weg. Eine Seelenwanderung auf die Rigi.

Isabelle war nie der sportliche Typ gewesen. Muskelprotze mochte sie nicht. Sie selbst malträtierte sich ungern. Von Krafttraining und Ausdauersport hielt sie prinzipiell nichts. Ihre Bewegung vollzog sie im Kopf. Die geistige Beweglichkeit sei wichtiger, war ihre Ansicht. Oder auch ihre Ausrede. Ausgedehnte Spaziergänge an Sonntagen mochte sie allerdings. Und Yoga. Aber das auch erst seit Neuestem. Das hatte wahrscheinlich mit den keltischen Liedern zu tun, nahm Kramer an. Mehr Zweisamkeit wünschte sie sich. Schwelgen in der Vergangenheit, in ihrer gemeinsamen. Lachen über die Zeit, als sie voller verrückter Ideen gewesen waren.

Kramer fragte sich, ob Frauen auch einen zweiten Frühling erlebten.

Eine junge Inderin – nicht Opfer eines Ritualmordes, nicht getötet durch einen kranken Irren. Sie ist bestattet worden. Einfach bestattet worden.

Isabelles Hände wanderten über seine Brust nach unten. Es fühlte sich gut an. Ihr Mund blieb an seinem linken Ohrläppchen hängen. Ihre Zunge schnellte in die Muschel.

Er bebte. «Wie machst du das bloß? Ich wecke dich aus dem Tiefschlaf, und du bist gleich wieder fit.»

«Ich habe nicht geschlafen», hauchte sie ihm ins Ohr.

«Doch, hast du.»

Albin Aschwanden hat nichts mit der Brandleiche zu tun. Ich hätte es mir aber gewünscht, ihn mit einem triftigen Grund zu überführen. Der Typ wird wahrscheinlich davonkommen, so, wie es aussieht.

Ihre linke Hand tastete weiter nach unten, während die rechte seinen Rücken kraulte. «Ich habe nur so getan als ob …» Ihr Lachen klang dunkel. «Möchtest du dich nicht ausziehen?»

Die Krawatte hatte Kramer bereits vor dem Eintreten ins Seminarzimmer abgelegt. Der Hemdkragen stand bis auf Brusthöhe offen. Am Gürtel nestelte gerade Isabelle und hatte ihn mit links schnell geöffnet. Kramer entledigte sich des Hemdes und ließ sich rücklings auf das Duvet fallen. Isabelle zog ihm die Hose aus. Wie nicht anders zu erwarten, legte sie sie schön gefaltet über die Stuhllehne.

«Ordnung muss sein», scherzte sie. Dann kam sie über ihn, legte die Beine um seine Lenden und bog sich vornüber. Ihr Mund suchte den seinen. Er umklammerte ihre weichen Brüste, drückte ihre Knospen. Sie richteten sich unter seinem zärtlichen Druck auf. Ihre Zunge fuhr über seine Lippen, zwängte sich an ihnen vorbei.

Wo steckt Ruprecht? Im Grunde genommen geht alles auf seine Kappe, vor allem das Einsperren der Kinder und die daraus resultierenden Konsequenzen. Jetzt ist er abgehauen, während alle Welt dachte, er sei in die Geröllawine geraten.

Isabelles Alkoholfahne störte ihn ein wenig. Er schloss die Augen, ließ es trotzdem geschehen. Seine Lenden pochten. Er spürte, wie er hart wurde und Sehnsucht ihn ergriff.

Eintauchen wollte er, vergessen einen Moment lang. Eine Ewigkeit.

Er packte Isabelle jetzt fester, griff an ihre Hüfte, an ihren Po. Sie setzte sich auf ihn. Langsam, ganz langsam nahm sie ihn ganz ein. Bewegte sich im Rhythmus mit ihm. Er spürte ihre Wärme, ihre Lust. Hörte sie lachen, als sie kam, hörte sich stöhnen, als er selbst nichts mehr tun konnte, als sich gehen zu lassen. Loszulassen. Er genoss es, auf den Wellen des beinahe gemeinsamen Orgasmus davongetragen zu werden, während ihre Vulva ein weiteres Mal heftig pulsierte.

Ich muss Ruprecht finden.

* * *

Am Samstag, kurz vor Mittag, herrschte im Sitzungszimmer der Kriminalpolizei dicke Luft.

Dass Marc Linder zurück war, freute niemanden wirklich. Nicht einmal Elsbeth, die ansonsten in gutem Einvernehmen mit ihm stand. Ihren unfreiwilligen Aufenthalt im Kantonsspital verschwieg sie. Linder hatte es über Umwege erfahren. Überhaupt redete sie wenig. Sie hatte zwar Kaffee für alle besorgt, aber ihre Kult-Krapfen blieben diesmal aus.

Nach zwei Wochen der Abwesenheit fand es Linder angebracht, die einzelnen Abteilungen zu besuchen, um über den Stand der Dinge aufgeklärt zu werden. «Leib und Leben» stand als Erstes auf seinem Programm.

Die erste Nacht wieder zu Hause war seiner Laune nicht zuträglich gewesen. Er war froh, an seinem Arbeitsplatz herumzufuhrwerken, so konnte er sich wenigstens etwas von seinen Gedanken ablenken, die sich sonst nur um seine gescheiterte Ehe gedreht hätten. Das letzte Wort war noch nicht gesprochen. Jetzt gehörte er also auch dazu. Beruflich war er immer vorne gewesen. Hatte Erfolge erzielt und sich im Erfolg gesonnt – auf Kosten seiner Ehe.

«Kramer ist noch nicht da, wie ich sehe.» Linder stand am Kopfende des Tisches und blickte in übermüdete Gesichter. «Kann mich vielleicht jemand darüber informieren, wo er sich zurzeit aufhält? Auf dem Ferienplan ist er auf jeden Fall nicht eingetragen.» Er strich sich über seine grau melierten Haare.

Kramer traf verspätet ein. Obwohl nicht Isabelle, sondern er von Interlaken hierhergefahren war, hatte er es zeitlich nicht geschafft. Lucilles SMS, die er jedoch erst am Morgen gelesen hatte, hatte ihn über Linders Ankunft und die einberufene Sitzung am Vormittag informiert.

Obwohl der Fall der Leiche auf der Rigi mit Sitas Aussage gelöst schien, war es ihm nicht recht, Linder seinen Aufenthalt im Victoria-Jungfrau gestehen zu müssen. Es gab günstigere Hotels in Interlaken, die den Zweck ebenso erfüllt hätten. Und dass Isabelle mitgefahren war, machte die Sache nur noch schlimmer. Die Rechnung hatte er an die Kriminalpolizei schicken lassen. Allerdings: Bis sie hier eintraf, würde es Montag oder Dienstag werden. Er hatte also noch etwas Zeit, um sich eine passende Ausrede zurechtzuzimmern.

Linder machte Glubschaugen, als er Kramer unter dem Türrahmen stehen sah.

Kramer wusste gleich, dass die Rückkehr seines Chefs eine Menge Unannehmlichkeiten nach sich ziehen würde. Der Fall war auch zu verworren gewesen, der Weg zur Lösung steinig und uneben. Und seine Ermittlungen wie so oft nicht nach Linders Gusto. Er sah sich bereits auf der Abschussrampe stehen, bevor er Linder überhaupt begrüßen konnte.

«Setzen Sie sich!» Das waren die einzigen Worte, die der Chef in verbittertem Tonfall von sich gab. Die beiden tiefen Furchen links und rechts von seinen Mundwinkeln waren vor den Ferien noch nicht da gewesen. Vielleicht war es die von der Sonne getönte Haut, die die Falten noch intensivierte. Er hatte Sorgen – das stand ihm ins Gesicht geschrieben.

Was ihn wiederum sehr menschlich machte. Kramer setzte sich.

«Wie ich sehe, sind Sie noch immer an einem Fall dran. Zehn Tage Zeit für die Aufklärung, wie früher. Kramer, Sie haben es immer in zehn Tagen geschafft.» Aus seiner Stimme klang der blanke Hohn. «Diese zehn Tage sind um. Na? Haben Sie den Fall endlich gelöst?»

«Er ist gelöst», erwiderte Kramer. «Und das in knapp neun Tagen.»

Linder lachte böse. «Wir rechnen nicht in Tagen, Kramer. Ich hoffe, der Fall ist sauber vom Tisch.»

«Ich würde meinen Hund darauf verwetten», erwiderte Kramer.

«Du hast einen Hund?», fragte Elsbeth in die angespannte Stimmung hinein.

Kramer winkte ab. Linder hatte verstanden.

Dann ergriff der Chef wieder das Wort. «Heute Morgen hatte ich zudem ein etwas sonderbares Telefongespräch mit einer gewissen Tanja Pitzer. Wir kennen sie ja als fliegende Reporterin.» Linder wollte lustig klingen, verfehlte aber den Ton. «Sie lässt fragen, ob sie endlich mit dem Bericht herausrücken darf. Mit welchem Bericht, Kramer? Wissen Sie mehr als ich? Die Dame hat mich an Sie verwiesen, als ich ihr mitteilte, dass ich soeben erst aus meinem Urlaub zurückgekommen sei.«

«Ich werde mich der Sache annehmen», versprach Kramer.

«Gut, dann wollen wir es dabei bewenden lassen. Befassen wir uns mit den Ermittlungen zu Ihrem Fall. In meiner Abwesenheit muss ja einiges los gewesen sein. Eine Entführung, die zu einem älteren Fall Parallelen aufweist. Der Verdacht gegen Lux Aeterna, eingeschlossene Kinder, ein Felssturz … da ist ja was zusammengekommen … was aber nicht in Ihren Bereich fällt. Sie ließen sich, und hiermit wende ich mich an alle … Sie ließen sich von der Sekte ganz schön einnehmen. Wie ich der Akte entnehmen kann, wurden die Ermittlungen einseitig geführt. Mit dem Tunnelblick kommt man nicht weit. Sie wissen, dass ich persönliche Protokolle führe über jeden Einzelnen von Ihnen. Ihre Leistungen werden bewertet. Wer die erforderliche Punktzahl bis Ende Jahr nicht erreicht, wird in Weiterbildungskurse geschickt. In die Erwachsenenbildung – davon gibt es unzählige.»

Lucille gähnte, was Linder nicht entging. Er quittierte dies mit einem verächtlichen Lächeln. «Und nun zu Ihnen, Kramer. Ich möchte einen detaillierten Abschlussbericht.» Er sah auf seine Uhr am Handgelenk. «Bis Sonntagabend.»

«Ich würde das aber gern heute mündlich machen», intervenierte Kramer. «Bei dieser Gelegenheit möchte ich auch meine Mitarbeiter mit einbeziehen, die in den letzten Tagen an ihre Grenzen gegangen sind. Wir hatten es mit einer verzwickten Ausgangslage zu tun. Erstens die Meldung aus Schüpfheim und der Verdacht auf eine Entführung, jedoch mit zwei verschiedenen Zeugenaussagen. Dann die Brandleiche auf Rigi Rotstock, die uns unweigerlich zur Sekte Lux Aeterna geführt hat. Zeugenaussagen im Zusammenhang mit der Sekte erhärteten zudem den Verdacht, dass sie etwas mit dem Brandopfer zu tun hatten. Hätten wir das Opfer auf der Rigi nicht gehabt, wären wir nie auf die Kinder gestoßen, welche von einem Sektenmitglied gefangen gehalten wurden. Und wäre …» Kramer überlegte kurz, ob er dieses Thema ansprechen wollte. Insgeheim aber hatte er sich vorgenommen, sich gegenüber Tanja Pitzer versöhnlich zu zeigen und ihre heldenhafte Tat auf Rigi Klösterli zu erwähnen. «Und wäre die Journalistin Tanja Pitzer nicht gewesen, wären zwölf Kinder im Sektenhaus verschüttet worden.» Mehr mussten die anderen nicht wissen. Kramer ging davon aus, dass Tanja es früher oder später in der Zeitung publik machen würde.

Linder sagte kein Wort.

Kramer fuhr fort: «Die Schweiz als offenes Land zieht nicht nur viele Asylbewerber und Fremdarbeiter an, sondern auch den Sterbetourismus.»

«Was hat das mit Ihrem Fall zu tun?», fuhr Linder auf.

«Das, was auf dem Rigi Rotstock geschah, habe ich nicht für möglich gehalten. Der Rotstock diente einer indischen Familie dazu, ihre tote Tochter dort oben ins Nirwana zu schicken.» Kramer berichtete von der Begegnung mit Mohit Subramania und seiner Verwandten Sita, die nach dem Tod seiner Tochter quasi ihre Identität angenommen habe, um heiklen Fragen auszuweichen. Sie wäre sogar nach Indien zurückgeflogen, hätte Kramer sie nicht aufgespürt. Das hatte sie ihm gebeichtet, nachdem er noch lange mit ihr und den Männern im Seminarraum gesessen hatte. Dass die Familie auf unbestimmte Zeit nicht in ihr Heimatland zurückkehren konnte, hatte eine schwierige Diskussion ausgelöst, an der sich auch der Direktor beteiligte. Zum Schluss hatte man sich darauf geeinigt, dass Sita die Familie vertrat. Falls es zu einem Prozess kommen sollte, würde ein Anwalt aus Chennai in die Schweiz eingeflogen werden. Kramer hatte versucht, sich mit dem indischen Konsulat in Bern in Verbindung zu setzen. Das Büro sei erst ab Montag wieder besetzt, hatte es allerdings geheißen. «Und was die Sekte Lux Aeterna betrifft, konnten wir die Angelegenheit unseren Schwyzer Kollegen übergeben. Ruprecht ist noch immer flüchtig. Aber mit der Aufklärung des Todesfalls ist auch die leidige Sache mit der Sekte abgeschlossen. Zumindest betrifft es uns nicht mehr.»

«Das haben Sie ja elegant gelöst», sagte Linder, und Kramer wusste nicht, ob er es ernst meinte. «Ich würde Sie aber gern am Montagmorgen persönlich sprechen.»

Kramer schlug das Dossier zu.

Zwölf Uhr. High Noon. Zu Hause wartete Isabelle mit einem erotischen Menü. Sie hatten ihre Sinnlichkeit wiederentdeckt. Oder neu.

* * *

Auf der Treppe vor dem Gebäude der Kriminalpolizei saß Tanja Pitzer, den Rücken ihm zugewandt. Kramer hätte sie beinahe übersehen, als er aus dem Haus trat.

«Herr Kramer!»

Er wandte sich verdattert um. «Was tun *Sie* denn hier?»

«Sie haben mir etwas versprochen.» Ihre schweren Stiefel hatte sie gegen Heilandsandalen eingetauscht, die Lederjacke gegen einen weißen Kasack.

«Sie sehen ganz verändert aus», stellte Kramer lapidar fest.

«Die Rigi hat mich zu neuem Schaffen animiert», gab Tanja zu. «Die Sekte ist passé. Es lohnt sich nicht, über einen Egomanen zu schreiben. Er würde sich nur in seinem Tun bestätigt fühlen.»

«Sie hätten doch alles in der Hand, um einen Hochstapler zur Strecke zu bringen!», fand Kramer.

«Nein, das sollen andere für mich machen. Ich habe dort oben eine tolle Frau kennengelernt. Susanne heißt sie. Ich glaube, aus ihr ist einiges herauszuholen, was die Leser interessieren dürfte. Sie weiß verdammt viel über die Rigi. Zudem will sie auf dem Berg Schriftsteller zusammenbringen. In zwei, drei Jahren soll es dort oben Literaturtage geben.»

Kramer strich sich mit der Hand durchs Haar. «Sie haben mir eines noch nicht verraten …»

«Und das wäre?»

«Wie ist eigentlich die Geschichte ausgegangen, die Sie mir neulich erzählt haben?»

«Ach, Sie meinen, die Geschichte mit den Gleisarbeitern?»

«Ja. Hat er die vier jungen Männer oder doch den Vater mit den fünf unmündigen Kindern geopfert?»

Sie schmunzelte. «Was denken Sie?»

«Rein hypothetisch, und weil Sie eine junge Frau sind: Ich glaube, er hat die Weichen so gestellt, dass der Waggon den Vater überrollte.»

«Falsch!» Tanja setzte ein schelmisches Lächeln auf.

«Dann hat er doch die jungen Männer geopfert? Das hätte ich Ihnen nicht zugetraut.»

«Wieder falsch.»

«Was denn jetzt?» Kramer wurde ungeduldig.

Tanja legte ihm eine Hand auf den Arm. «Als er sah, wie sich der Waggon in Bewegung setzte und talwärts fuhr, hat er laut, sehr laut gerufen. So laut, dass sich die Arbeiter auf beiden Schienen zur Seite werfen konnten, bevor der Waggon sie überrollte.»

«Klingt plausibel. Aber auf welchem Gleis fuhr der Waggon tatsächlich?»

«Auf dem mit dem Vater. Falls sein Rufen nichts genützt hätte, hätte er den Vater geopfert …»

«Dann hat er die Weichen also doch gestellt?»

Sie sah ihn ernst an. «Man sollte im Leben immer Weichen stellen, Herr Kramer.

Montag, 28. Juli

Der Montag brachte endlich die lang ersehnte Abkühlung. Nachdem es in der Nacht gewittert hatte, regnete es am Morgen und erste Bodennebel breiteten sich aus.

Das passende Wetter, fand Kramer, um mit Marc Linder zu sprechen. Dass sie nicht über das Wetter reden würden, war Kramer klar. Er hatte noch lange mit Isabelle diskutiert, hatte ihre Meinung hören wollen. Diese war wie zu erwarten so ausgefallen, wie er es sich gewünscht hatte, obwohl viel auf dem Spiel stand – vor allem Entbehrungen und ein Loch in der Kasse.

Kramer wusste, was an diesem Tag auf ihn zukommen würde. Aber dem würde er mit stoischer Ruhe gegenübertreten. «Du musst ihm den Wind aus den Segeln nehmen», hatte Isabelle geraten.

«Ja, das werde ich. Ich werde meinen Job kündigen.»

Das war schnell dahergesagt gewesen. Schon auf dem Weg zur Kasimir-Pfyffer-Strasse revidierte er seinen Entscheid. Er stand vor einer Gabelung, aber er wusste nicht, wie er die Weiche stellen sollte. Falls er weiterhin als Chef für Leib und Leben tätig sein wollte, mussten entweder er oder Linder sich ändern.

Oder einer von ihnen gehen.

Und Marion hatte Kramer schon unmissverständlich gesagt, dass sie mehr von ihm erwartete. Lucille hatte ihn ebenso darauf angesprochen – alle wollten ihn hinter dem

Schreibtisch sehen. Sie brauchten jemanden, der ihnen den Weg wies, oft auch für sie dachte.

Aber dafür war er der falsche Mann.

Kramer hatte ein gutes halbes Jahr gebraucht, um sich darüber klar zu werden, dass er noch immer der geborene Ermittler war. Obwohl er auch da manchmal an Grenzen stieß. Aber er fühlte sich wohler, wenn er seine Fälle sozusagen aus erster Hand bearbeiten konnte – aus seiner eigenen natürlich. Darin unterschied er sich von den Anwälten. Er war kein Theoretiker. Er war ein Macher. Ein Mann, der sich unmittelbar am Tatort mit der Materie auseinandersetzte. Sei es mit dem Opfer oder dem Täter.

Darin lag seine Stärke.

Er hatte sich mit Linder in dessen Büro verabredet. Die Voraussetzungen für ein neutrales Gespräch waren somit bei weitem nicht gegeben. Dass Linder sich in seinem Urlaub alles andere als erholt hatte, hatte Kramer ihm am Samstag angesehen. Auch das noch. Es würde ein schwieriges Unterfangen werden.

Vor Linders Tür hielt Kramer inne. Er hatte die Hand schon auf der Klinke. Er klopfte noch nicht an. Er wartete.

Er konnte Linder nicht ausstehen. Auch das war ihm in den letzten Monaten bewusst geworden. Linders Vorgänger Gassmann war zwar ein Arschloch gewesen, aber ein so großes wie Linder nun auch wieder nicht.

Endlich klopfte er an. Von drinnen vernahm er ein barsches «Herein!». Kramer drückte den Türgriff, stieß die

Tür auf und stand augenblicklich im Büro seines Widersachers.

«Bitte nehmen Sie Platz, Herr Kramer.» Linder hatte den Ton zurückgeschraubt, sein Thurgauer Dialekt war deutlich vernehmbar. Er winkte Kramer mit der rechten Hand an sein Pult. «Sieht aus, als komme der Herbst.» Linder verwies nach draußen und verlor ein paar Sätze über den Nebel, der ihm in Luzern zu schaffen mache. Von seinen Ferien kein Wort.

«Das kann man nicht ändern», erwiderte Kramer lapidar. «Aber der Sommer ist noch lange nicht vorbei.»

Sie waren also nun doch beim Wetter angelangt.

Linder holte Luft. «Kommen wir auf Ihren Fall zu sprechen.»

Dass Linder mit dem Nebel nur den Einstieg gesucht hatte, gefiel Kramer, zeigte es ihm doch, dass Linder auch normal sein konnte. Banal wie die Leute auf der Straße.

«Ich hatte am Sonntag Zeit für das Aktenstudium», sagte Linder nun. «Das war wirklich ein ungewöhnlicher Fall. Ich mag mich nicht erinnern, dass wir einmal einen ähnlichen hatten. Sie haben recht, Herr Kramer. Ihre Ermittlungen in Richtung Sekte waren folgerichtig. Sie hatten gar keine andere Wahl, als dort anzusetzen. Was wissen wir von solchen Glaubensgemeinschaften und ihren Drahtziehern? In den meisten Fällen sind deren Anhänger sexuell motiviert. Die Männer haben noch immer das Gefühl, sie könnten sich die Frauen untertan machen, sie beherrschen und demütigen. Es hätte ja sein können, dass sie eine Frau opferten …»

Kramer sah seinen Chef fragend an.

«Ich rede von Lux Aeterna. Und dieser Sektenchef ist wirklich ein Hartgesottener. Der Staatsanwalt und ich mussten ihn wieder laufen lassen. Er darf aber den Kanton Luzern nicht verlassen. Das heißt, er darf auch nach Sarnen reisen. Dort ist ja sein Zweitdomizil.»

Kramer hatte das schon vermutet. «Keine Handhabe also für eine Haft. Es gibt aber zwei Zeuginnen, die gegen ihn aussagen werden …»

Linder schüttelte den Kopf. «Der Fall geht uns nichts mehr an. Er ist jetzt bei den Schwyzern. Aber …» Er ließ einen tiefen Seufzer vernehmen. «Große Sorgen macht mir die Verbrennung auf dem Rigi Rotstock. Ich nehme an, Sie haben sich mit dem indischen Konsulat noch nicht in Verbindung gesetzt?»

«Das ist richtig. Das steht noch auf meiner Pendenzenliste», gab Kramer zu. «Die halten sich strikt an die Bürozeiten.»

«Nun, ich bin dort auf Umwegen hineingeraten. Ich kenne den britischen Attaché sehr gut. Er konnte mir die Verbindung mit dem indischen Konsulat auf privater Basis herstellen. Mein Bekannter, der Brite ist, spricht perfektes Tamilisch. Wir hätten sonst einen Dolmetscher gebraucht.»

Kramer nickte stumm. Worauf wollte Linder hinaus? Er kam ihm etwas schleimig vor. Wollte er seine Ausfälle vom vergangenen Samstag wiedergutmachen?

«Auch hier können wir uns nun raushalten. Es ist Sache des Konsulats, die Familie Subramanian aufgrund der ethischen Zuwiderhandlung in unserem Land zur Rechenschaft zu ziehen. Somit wäre der Fall in jeder Hinsicht gelöst, respektive niedergelegt.»

«Das klingt gut», sagte Kramer kleinlaut, der darauf wartete, dass von Linder jetzt eine Breitseite folgen musste.

Und die kam. Unwiderruflich.

«Ich habe mir einmal Ihre Überzeit angesehen. Sie scheinen ja ein richtiges Arbeitstier zu sein. Täglich bis zu vierzehn Stunden im Einsatz und im Büro. Und das auch während der Wochenenden. Passen Sie auf, dass Sie nicht auf einmal in ein Loch fallen. Das hält kein Mensch aus.»

«Was wollen Sie mir damit sagen?» Kramer misstraute seinem Gegenüber von Minute zu Minute mehr.

«Jetzt, da die Akte Brandleiche geschlossen ist, mache ich Ihnen den Vorschlag, Ihre Ferien zu beziehen. Ihr Kollege Armando Bartolini ist auch noch da. Er hat sich in den letzten Wochen positiv entwickelt. Ich traue ihm durchwegs zu, Ihre Arbeit vorübergehend zu übernehmen. Zudem bin ich ja wieder da.»

Kramer kniff die Lippen zusammen. Damit hatte er nicht gerechnet. Jetzt hatte Linder *ihm* den Wind aus den Segeln genommen.

Linder sah ihn lauernd an. «Wollen Sie es sich noch überlegen?»

«Da gibt es nichts zu überlegen», sagte Kramer. «Sie haben recht. Ich werde die Ferien einziehen.» Er sah auf seine Armbanduhr, die auch das Datum anzeigte.

«Sie können selbstverständlich ab heute ...» Linder beugte sich über das Pult. «Ich stelle Sie ab heute frei.»

Genau das war es, was Kramer hatte hören wollen. Er war freigestellt. Das hieß, dass er bis auf Weiteres nicht mehr bei der Kripo arbeiten musste. Er erhob sich. Müde fühlte er sich. Depressiv.

Mit einem einzigen Satz hatte Linder ihm alle Energie aus dem Körper gezogen. Kramer wusste nicht, wie ihm geschah. Ob er soeben den Zusammenbruch erlebte, vor dem ihn sein Chef gewarnt hatte? War Linders Vorschlag, der sich letztendlich als Vorschrift erwiesen hatte, nichts Weiteres gewesen als der letzte Stoß, der sein ohnehin labiles Gleichgewicht endgültig ins Wanken brachte?

Der Wolf hatte sich ein Schaffell übergezogen, um ihn zu entwürdigen. Er hatte bereits entschieden, dass Bartolini seine Stelle bekam. *Vorübergehend*. Bartolini, der ihm, Kramer, unterstellt war. Ohne das vorher mit ihm besprochen zu haben.

Linder war tatsächlich ein noch größeres Arschloch, als er gedacht hatte.

Aber dass er nun wie ein geschlagener Hund das Büro verlassen würde – diesen Gefallen wollte Kramer seinem Chef nicht tun. Er verabschiedete sich mit ruhiger Stimme, richtete Grüße an Linders Frau aus und wünschte ihm lächelnd einen guten Tag.

* * *

An der Reuss hatte er schon als Student gesessen. Am linken Reussufer gab es Schwäne, die den heutigen Studenten aus der Hand fraßen.

Kramer ließ sich in der Nähe des Rathausstegs auf einem Baumstamm nieder, der quer zum Wasser lag. Der Nebel hatte sich ein wenig gelichtet. Der Pilatus stach wie ein Sandhaufen durch den letzten Rest von Feuchtigkeit. Auch die Sonne suchte sich einen Weg durch die graue Decke und ließ die Temperaturen sofort in die Höhe schnellen.

Die Reuss floss ruhig. Ein paar verirrte Enten strampelten gegen den Sog an. Es schien, als blieben sie auf dem Wasser kleben. Die Glocken der Jesuitenkirche schlugen die volle Stunde. Zwei Uhr war es, und Kramers Leben bekam einen Knacks.

Er war tatsächlich müde.

Sein Körper fühlte sich schlaff an. Er hätte sich wohl kaum gewehrt, hätte ihn die Strömung des Flusses mitgezogen. Hinunter zum Wehr, wo noch immer das Skelett der abgebrannten Spreuerbrücke stand. Was im Mai geschehen war, hatte tiefe Wunden geschlagen.

Ihn brauchte die Stadt nicht.

Jeder Mensch war ersetzbar. So auch Kramer.

Ersetzbar durch seinen engsten Mitarbeiter, von dem er geglaubt hatte, er wäre sein Freund. Oder wusste Bartolini vielleicht noch gar nichts über Linders Entscheid?

Egal.

Die Reuss floss auch dann noch, wenn Kramer der Kripo den Rücken gewandt hatte.

Was würde Isabelle dazu sagen?

Obwohl es auch ihr Vorschlag gewesen war, sich von der Kripo vorübergehend zu distanzieren, würde sie es nicht verstehen, dass er es wirklich in die Tat umsetzte. Er stand an einem Scheideweg. Er hatte es in der Hand, die Weichen für seine Zukunft richtig zu stellen.

Die Reuss floss träge dahin.

Die graue Farbe verschwand. Frisches Blau schimmerte auf in dem Moment, als die Sonne die Wolken endgültig weggeschoben, sie mit ihrer Kraft verbrannt hatte.

Über die Kapellbrücke flanierten die Touristen. Der Wasserturm stach wie ein Mahnmal in den Himmel. Auf dem See dahinter kreuzten zwei Raddampfer.

Kramer stützte den Kopf in die Hände. Luzern – seine Stadt. Würde er darin untergehen? Vielleicht war es gar nicht so abwegig, eine Auszeit zu nehmen.

In gut einem Jahr wurde er fünfzig. Er brauchte Erholung, wollte er auf gleichem Niveau weitermachen. Mehr Zeit für sich. Zeit für Isabelle, für ihre Beziehung. Zeit, sein Leben Revue passieren zu lassen.

Ein Schwan näherte sich Kramer. Neugierig streckte er seinen langen Hals nach ihm aus. Kramer rührte sich nicht. Er mochte die Schwäne hier nicht. Sie beherrschten die oberen Reussgestade und das Seeufer und ließen den kleinen, weniger frechen Enten nichts übrig.

Linder!

Aus dem Thurgau war er gekommen, fraß sich in der Kripo Luzern durch die Etagen. Setzte seine Neuerungen unverhältnismäßig stur um.

Kramer hätte gern einen Einblick in das Psychogramm genommen, von dem Linder bei Antritt im letzten Dezember gesprochen hatte. Er hatte über jeden einzelnen Mitarbeiter Fichen angelegt. Bis anhin hatte aber niemand erfahren, was genau dort drin geschrieben stand. Ein weiterer Grund, sich von der Polizei zu distanzieren.

Zum Affen machen ließ Kramer sich nicht. Mit einer heftigen Handbewegung scheuchte er den Schwan weg.

Viertel nach zwei. Zeit zum Gehen. Er erhob sich. Sein Gesäß tat ihm weh von dem harten Stamm, der mit Vogelkot bekleckert war.

Kraftlos machte er sich auf den Weg zum Bahnhof. Auf dem Weg dorthin kam er an Schaufenstern vorbei. Was er dort sah, erschreckte ihn. Nicht die sonderbare Herbstmode – nein, sein Gesicht war es, seine zusammengefallene Haltung.

Über die Seebrücke kam er nur schleppend voran. Die Hitze war wieder unerträglich. Immer am Nachmittag. Um vier wurde es dann richtig heiß. Die Mittagshitze hatte sich verschoben. Die ganze Welt hatte sich verschoben.

Bis vier Uhr würde er aber drinnen sein. Zu Hause in der Kühle.

Isabelle hatte Ferien noch bis Mitte August. Vielleicht sollte er doch mit ihr irgendwohin fliegen. Weg von der Kripo. Weg von Luzern.

Wie sollte er es Isabelle beibringen? Im Grunde wollte sie nicht, dass er von der Polizei wegging. Sie hatte es nur so dahingesagt, wie sie oft etwas einfach dahinsagte. Ohne den Ernst des Gesagten zu ermessen.

Mitten auf der Brücke stoppte er. Er beugte sich über das Geländer. Er streckte die Arme weit von sich. Wie Rose auf der Titanic. Verdammt! Er war keine Frau. Und schon gar nicht auf einem Schiff.

Aber er spürte, dass er untergehen würde, wenn er sich nicht zusammenriss. Er blickte zum Pilatus. Der Berg hatte sich komplett aus den Wolken geschält. Erhaben thronte er über der Stadt.

Vielleicht sollte er sich an dem Berg orientieren.

Stark wie ein Fels, so musste er sich fühlen.

Ihn schwindelte, und er ging wieder weiter. Im Gegenstrom kamen ihm Touristen aller Couleur entgegen. Kramer fühlte sich als Fremder in der eigenen Stadt.

Wenn er ehrlich mit sich selbst war, war auch er ein Fremder. Fremd für viele seiner Freunde.

Fremd auch für Isabelle.

Er nahm sein Mobiltelefon zur Hand. Wählte Isabelles Nummer. Sie nahm ab, erstaunt darüber, dass er sie an einem heiterhellen Nachmittag anrief, zu einer Zeit, wo sie ihn im Büro wähnte.

Und jetzt hörte sie den Straßenlärm. Das Hupen der Schiffe. Gelächter. «Bist du unterwegs?»

«Ich werde Ferien für uns buchen», erwiderte Kramer. «Ich bin auf dem Weg zum Reisebüro. Wir werden wegfliegen. Am liebsten auf eine einsame Insel. Nur du und ich – wir zwei.»

«Hast du Drogen genommen? Du klingst, als wärst du high.»

Er konnte es ihr nicht einmal verübeln. Isabelle hatte sich in den letzten Wochen verändert. Hatte etwas von ihrer jugendlichen Leichtigkeit zurückerobert. Er sah sie vor sich mit den schwarz lackierten Fußnägeln, den schönen Haaren, die sie wieder wachsen ließ. Und er spürte ihren Körper, den sie ihm in Interlaken voll und ganz geschenkt hatte. So wie früher. Und wie er mit seinen Gedanken anderswo gewesen war. Nicht bei ihr.

Er würde all das Versäumte nachholen. Auf einer Insel im Pazifik. «Isabelle. Ich meine es ernst. Wir sind jetzt fünfundzwanzig Jahre verheiratet. Ich glaube, es ist an der Zeit, dass wir unser Leben umkrempeln. Ich komme jetzt nach Hause.»

* * *

Sie hatte Pouletschenkel gegrillt und eine Flasche Hess Selection geöffnet, als hätte sie gespürt, dass Kramer genau das brauchte.

Sie erschrak, als er zur Tür hereinkam. Sie ging auf ihn zu und schlang die Arme um ihn. «Du hast es also durchgezogen.»

«Ich weiß nicht. Es ist alles noch nicht definitiv. Linder meinte, ich solle mich erst einmal erholen. Und genau zu dem Zeitpunkt, als er mir den Rat erteilte, fiel ich tatsächlich in das Loch, das er mir prophezeit hatte.»

«Das musst du mir nicht sagen. Das sehe ich dir an. Meinst du, es ist mir entgangen? Ich kenne dich doch. Immer diese Ausreden. Immer diese Überzeit. Als wir miteinander geschlafen haben, warst du nicht wirklich bei mir.» Sie zog ihn mit sich. «Komm, setzen wir uns in den Garten.»

Kaum hatte er sich dort auf den Liegestuhl gelegt, schnurrte sein Mobiltelefon. Er nahm den Anruf an.

«Bartolini am Apparat.»

Kramer wusste nicht, wie darauf reagieren.

«Hast du schon Feierabend?»

«Linder hat mich in Urlaub geschickt.»

«*Non è vero* … Das darf nicht wahr sein.»

«Hat er dich noch nicht darüber informiert?»

«Nein. Ich suche dich seit einer halben Stunde. Mensch, *du* bist der Chef.»

«Aha.» Kramer wusste auch jetzt nicht, was er dazu sagen sollte.

«Was ist los mit dir?» Bartolini wirkte gereizt.

«Nichts. Wo bist du jetzt?»

«In Kriens, besser gesagt, auf der Fräkmünd. Einsatz am Pilatus. Ein Kleinflugzeug mit zwei Personen an Bord ist heute Vormittag in die Westflanke geflogen und zerschellt. Unsere Einsatzkräfte suchen nach dem Piloten und dem Passagier.»

Kramer schnellte nicht – wie sonst üblich bei einer solchen Hiobsbotschaft – in die Höhe, sondern blieb einfach liegen. Wenn er seinen Blick unter den Rand der Markise wandern ließ, konnte er den Pilatus sehen. Ja, ein Berg, der seine Tücken hatte.

«Ich weiß nicht», fuhr Bartolini fort, «ob wir Lohmeyer schon kontaktieren sollen. Zurzeit ist es nicht klar, ob wir die Absturzopfer auf Anhieb finden werden. Zeugenaussagen zufolge ist die Maschine wie ein Geschoss in den Felsen gekracht. Da dürfte nicht mehr viel übrig sein.»

Kramer stieß Luft aus. Ein neuer Fall vielleicht, und er steckte wieder in einem Dilemma. Er setzte sich nun doch auf, erhob sich und tigerte eine Weile vor dem Teich auf und ab. Vergessen war seine Müdigkeit, das Gefühl, von irgendetwas in die Tiefe gezogen zu werden. Er sah wieder zu dem Berg hinüber. Dort drüben brauchte man ihn. Er war der, der einen ersten Augenschein nehmen musste – zusammen mit dem Staatsanwalt. Abklären, ob es ein Unfall war oder ein Anschlag. Der erste Eindruck war der wichtigste.

«Wir warten noch. Wir warten auf dich», ließ Bartolini verlauten. Dann war Funkstille.

«Wer war denn dran?» Isabelle hatte sich ein schlichtes Sommerkleid angezogen. Sie kam mit zwei Gläsern Champagner aus dem Wohnzimmer direkt in den Garten.

Kramer schob das Mobiltelefon in den Hosensack zurück. «Am Pilatus ist ein Kleinflugzeug abgestürzt.»

«Schlimm.» Isabelle reichte ihm ein Glas. «Und? Ist es ein Fall für deine Abteilung?»

«Wenn es um Mord ginge …»

Kramer zuckte mit den Schultern. «Ein Unfall, nehme ich an.»

Isabelle beobachtete ihn. «Die Sicht um den Pilatus war heute Vormittag nicht besonders günstig.»

«Ich weiß», erwiderte er.

«Du hast doch schon gebucht, nicht wahr?»

«Nein, ich wollte es heute Mittag tun. Ich dachte, dass wir zuerst besprechen sollten, wohin die Reise geht.»

Isabelle hob ihr Glas. «Auf dich und mich. Auf uns und darauf, dass du jetzt den richtigen Entscheid fällst …»

Epilog

Lucille hatte vor dem Haus am Roggernweg geparkt. Während des Wartens hatte sie schon ein Sandwich und einen Apfel verspeist und einen halben Liter Wasser getrunken. Wenn nicht bald etwas geschah, musste sie den Rückzug antreten, nach Hause fahren oder aussteigen und irgendwo eine öffentliche Toilette suchen.

Kramer hatte sie von ihrem Ausflug nichts erzählt. Für ihn war der Fall abgeschlossen. Die Leiche vom Rotstock war identifiziert. Die weiteren Ermittlungen gegen Lux Aeterna im Allgemeinen und gegen Aschwanden im Besonderen hatten die Schwyzer übernommen.

Aber Lucille konnte die Geschichte nicht einfach auf sich beruhen lassen. Ihre Aktion war die dritte innerhalb von drei Tagen und heute bereits seit drei Stunden im Gange. Sie hatte aber nichts mehr mit der Kriminalpolizei Luzern zu tun. Lucille sah ihren Einsatz als eine Art Aufgabe für ihre persönliche Bestätigung. Bartolini hätte sie gern eingeweiht. Aber sie wusste nicht, auf welcher Seite er im Moment stand. Einzig Elsbeth wusste Bescheid. Sollte es kritisch werden, würde Lucille sie benachrichtigen.

Trotz ihrer anfänglichen Euphorie war Lucille das Ganze nicht mehr geheuer. Sie vergab dabei wertvolle Zeit, die sie lieber im Lido verbracht hätte. Doch ihr Kopf gab es nicht zu.

Sie saß hinter dem Lenkrad und blickte auf die Fassade des Häuserblocks. Auf dem Rasen davor spielten Kinder

Fußball. Zwei Mütter saßen auf einer Bank, plauderten und beobachteten ihre Kleinen, wie sie im Sandkasten herumwühlten und sich gegenseitig mit Sand bewarfen.

Androvic hielt sich in der Wohnung auf. Seit drei Tagen schon. Lucille hatte ihn angerufen, ohne ihren Namen zu verraten. Die Nummer hatte sie unterdrückt.

Halb fünf. Sie würde wohl wieder mit leeren Händen zurückfahren müssen. Wie die zwei Tage zuvor.

Plötzlich jedoch sah sie einen schwarzen Škoda auf den Parkplatz fahren. Lucille duckte sich, hielt die Hände vors Gesicht und sah durch die Finger auf den Platz, wo ein Mann den Wagen verließ.

Es war unverkennbar Ruprecht.

Lucille hatte ihn in guter Erinnerung. Sie sah ihn vor sich, im Haus auf Riedboden, unter der Tür, wo er ihre Kollegen widerwillig hereingelassen hatte. Das Milchgesicht und dieses weiße Gewand. Ohne diesen Umhang sah er ziemlich normal aus. Er trug Jeans und ein hellblaues Hemd.

Lucille stieg aus.

Sie folgte Ruprecht über die zwei Treppen, die zum Eingang führten. Er klingelte bei Androvic, sah zurück und Lucille an. Er erkannte sie nicht. das hätte sie auch gewundert. Sie trug ihre Haare offen, eine schwarze Sonnenbrille und ein schlichtes Sommerkleid. Sie tat so, als suchte sie ihren Wohnungsschlüssel in der Handtasche. Der Türöffner zirpte, Ruprecht drückte die Tür auf, hielt sie so lange, bis Lucille im Korridor stand. Sie murmelte ein Dankeschön, huschte um die Ecke und stieg vier Stufen nach oben, als sie Androvics Stimme vernahm.

«Hey Kumpel, wird auch langsam Zeit. Komm rein!«

Mehr hörte Lucille nicht. Die Tür fiel ins Schloss.

Lucille lehnte sich aufatmend an die Wand. Das Treppenhaus lag im Dunkeln. Es roch nach Gekochtem. Sie griff nach ihrem Mobiltelefon. Noch konnte sie Elsbeths Nummer einstellen. Auf sie war Verlass, nachdem sie sich endlich erholt hatte. Aber Lucille fand es vernünftiger, Kramer anzurufen.

Es würde auch ihr Ego stärken, wenn sie ihm mitteilen konnte, wen sie gefunden hatte. Ihm endlich beweisen, dass in ihr mehr steckte, als er annahm. Sie wählte.

Kramer meldete sich nicht.

Lucille näherte sich der Tür, die in Androvics Wohnung führte. Sie legte ihr Ohr auf das Holz, hörte Stimmen von innen. Sie schienen weit weg. Sie verstand kein Wort. Wenn sich die beiden Männer im Wohnzimmer befanden, hatte sie vielleicht die Chance, unerkannt in die Wohnung zu gelangen. Sie wusste vom letzten Besuch, wie die Wohnung geschnitten war. So wie sie Androvic einschätzte, würde er mit seinem Kollegen im Kraftraum sprechen oder in der Küche. Aber diese lag direkt gegenüber dem Eingang.

Lucille wählte Elsbeth an.

Die meldete sich sofort. «Und, wie sieht es aus?»

«Ich war richtig in der Annahme, dass Androvic und dieser Sektendiener Ruprecht einander kennen. Ruprecht ist vor fünf Minuten am Zielort eingetroffen. Ich werde jetzt in die Wohnung gehen.»

«Mach keinen Blödsinn!» Elsbeth geriet außer sich.

«Ich habe Thomas nicht erreicht. Ich muss etwas unternehmen.»

«Ich werde Marc Linder benachrichtigen», schlug Elsbeth vor.

«Nein, das kannst du nicht machen. Das, was ich hier tue, ist illegal. Du musst versuchen, Thomas zu erreichen. Oder allenfalls Armando.»

«Das ist grobfahrlässig», wandte Elsbeth ein. Sie schniefte laut. «Ihr seid doch alle irgendwie bekloppt …» Dann hängte sie unvermittelt auf.

Lucille lauschte wieder. Sie hörte noch immer Stimmen. Der Lautstärke nach zu urteilen, befanden sich die beiden Männer im Wohnzimmer. Sie hörte sie lachen.

Lucille fasste sich ein Herz. Sie wartete, bis jemand die Treppe herunterkam. Nach einer Weile wurde ihre Geduld belohnt: Ein älteres Ehepaar mit Einkaufskorb und einer neuen Gartenschaufel kam ihr entgegen.

«Guten Tag», grüßte die Frau etwas verdattert, der Mann hingegen musterte Lucille regelrecht argwöhnisch. Allem Anschein nach hatte er niemanden im Treppenhaus erwartet.

«Guten Tag.» Lucille stellte sich ihnen in den Weg. «Entschuldigen Sie, wenn ich Sie das frage: Kennen Sie den Mann, der in dieser Wohnung wohnt?» Sie deutete auf die Tür.

Der Mann und die Frau sahen einander nur an.

«Er heißt Yusuf Androvic», half Lucille nach.

«Dieses Ausländerpack!», enervierte sich der Mann.

Die Frau gab ihm unumwunden recht. «Immer gibt es Ärger mit denen. Die sind laut, halten sich nicht an die Hausordnung und hinterlassen nur Dreck.»

«Nur Dreck», wiederholte der Mann.

Die Frau warf einen bösen Blick auf die Wohnungstür von Androvic. «Ja, ist doch wahr. Das Treppenhaus zum Beispiel putzen die nie. Eine Schweinerei ist das. Und die Hausverwaltung kuscht vor denen, getraut sich nicht, was zu sagen. Aber solange die Gemeinde diese Halunken bezahlt, schweigt man halt …»

Lucille war sich nicht sicher, ob sie das Ehepaar um Hilfe bitten konnte. Sie startete dennoch einen Versuch, holte ihren Ausweis aus der Tasche und stellte sich vor. «Ich bin von der Polizei. Ich möchte, dass Sie hier die Stellung halten.»

Das Ehepaar konnte nichts damit anfangen. Aber die Neugier siegte natürlich. «Wird aber auch langsam Zeit, dass die Polizei etwas gegen die unternimmt», meinte die Frau.

Lucille drückte den Klingelknopf, während das Ehepaar auf dem untersten Treppenabsatz verharrte.

Androvic öffnete und erstarrte augenblicklich. Bevor er die Tür ins Schloss werfen konnte, schob Lucille den Fuss über die Schwelle.

«Was willst du?», knurrte er.

Lucille legte die Hand an den Türrahmen. «Wir sind noch immer per Sie. Ist Ruprecht hier?»

«Nein, ist er nicht.»

Aber Ruprecht stand schon da. «Wer ist die?», fragte er.

«Eine Polizistentussi.» Androvic verzog abwertend den Mund.

Ruprecht musterte Lucille von oben bis unten. «Hab gar nicht gewusst, dass die Weiber da so geile Ärsche haben.»

«Ihre Wortwahl erstaunt mich, Lux Ruprecht», sagte Lucille ruhig. «Oder haben Sie das Theater in der Zwischenzeit beendet?»

Ruprecht sprang plötzlich mit den Armen fuchtelnd aus der Tür und griff Lucille nun nicht nur verbal, sondern auch körperlich an, drückte ihr den Kopf nach hinten, während Androvic sie gleichzeitig an den Armen packte.

Lucille rang um ihr Gleichgewicht, und plötzlich gab es ein hässliches Geräusch. Irgendetwas zischte durch die Luft, direkt auf Ruprechts Kopf zu. Der schrie auf und lockerte fast gleichzeitig den harten Griff. Lucille sah den Mann zu Boden gehen. Noch ehe sie begriff, was vor sich ging, sah sie erneut einen Schatten – diesmal flog er auf Androvics Kopf zu. Einen Augenblick später lag auch der am Boden.

Lucille wandte sich nach dem Ehepaar um. Der Mann hielt die Schaufel mit gestreckten Armen hoch, bereit, noch einmal zuzuschlagen, falls es nötig war. Die Frau schwang den Einkaufskorb.

Lucille ging in Deckung. Sie sah auf die beiden Männer, die in einer Blutlache auf dem Boden lagen. Sie konnte sehen, dass sie noch atmeten. Lucille holte das Mobiltelefon hervor, wählte Marions Nummer an. «Wir haben einen Notfall in Kriens. Ich brauche dringend Unterstützung.» Sie gab die Adresse durch, während sie die Männer im Auge behielt.

«Sind die Ratten tot?», fragte die Frau giftig.

«Seien Sie froh, dass sie es nicht sind», erwiderte Lucille trocken.

«Das war Notwehr», knurrte der Mann.

Das war Frustrationsabbau, dachte Lucille. Und sagte: «Danke!»

Noch am selben Abend gestanden Ruprecht Meierhans und Yusuf Androvic die Entführung von Bettina Hunkeler und Livia Langendorf. Sie hätten es auf Aschwandens Geheiß hin getan. Nicht nur Ruprecht, auch Yusuf war Mitglied von Lux Aeterna – und dem Sektenchef hörig.

Die ganze Aktion hatte nicht nur für Lucille ein Nachspiel, sondern auch für Elsbeth, die als Einzige eingeweiht gewesen war.

Ein Disziplinarverfahren gegen die beiden Frauen konnte niemand verhindern.

Anmerkung und Dank

Die Rigi sah ich einst bei klarem Wetter jeden Tag von Küssnacht aus. Manchmal erschien sie als gestochen scharfe Silhouette, sodass man glaubte, jeden Stein zu erkennen. Manchmal umwogte der Nebel sie. Im Frühling leuchteten ihre Hänge weiß von blühenden Obstbäumen, im Sommer satt im vollen Grün, der Herbst färbte sie sanft in goldenen Farben, und der Winter zuckerte sie auf der Spitze ein.

In den letzten Jahren lernte ich diesen Berg näher kennen, nicht zuletzt auch aufgrund der Rigi-Literaturtage, die bis 2019 jedes Jahr am ersten Septemberwochenende auf der Königin der Berge stattfanden. Schon mehrmals übernachtete ich dort oben und hatte auch schon mysteriöse Erlebnisse, die bewiesen, dass es etwas zwischen Himmel und Erde gibt, das für uns nicht immer nachvollziehbar ist. Auf der Rigi fühlt man dies besonders stark.

Diese Vorkommnisse inspirierten mich 2013 dazu, meinen Ermittler Thomas Kramer auf fast tausendachthundert Meter über Meer zu schicken.

Der Roman ist erfunden. Die Handlungen und seine Protagonisten sind fiktiv. Ähnlichkeiten mit lebenden oder verstorbenen Personen sind rein zufällig. Ausnahme ist ein sogenannter Cameo in Form einer Persönlichkeit aus dem Kanton Luzern.

Die Schauplätze auf der Rigi sind – mit Ausnahme des Sektenhauses – jedoch wirklichkeitsgetreu beschrieben.

Und ich kann jeden nur ermuntern, die außergewöhnliche Landschaft dort oben näher zu betrachten.

An dieser Stelle danke ich all jenen Menschen, die mich während der intensiven Schreibphase unterstützt haben. Danken möchte ich insbesondere Renate Käppeli vom Hotel Rigi Kulm für die Einblicke und Ausblicke sowie Susanne Zurmühle, die uns leider viel zu früh verlassen hat, für die Finessen zwischen den Zeilen.

Ein besonderer Dank gebührt der Kapo Luzern, die mir vor geraumer Zeit den gesamten Apparat der Polizei erklärt hat. Doch auch hier habe ich mir erlaubt, mir schriftstellerische Freiheiten herauszunehmen.

Ich danke auch allen treuen Leserinnen und Lesern, welche mit mir die Freude an einem spannenden Luzerner Krimi teilen.

Ein großes Dankeschön gebührt dem Cameo Verlag und dem ganzen Team für die Wiederauferstehung des vergriffenen Krimis.

Ein heisser Sommer in Luzern und eine Frauenleiche im Stadtpark. Woher weiss die Reporterin der Luzerner Zeitung über die brisante Neuigkeit?

Andy Walker, ein verschrobener Kriminalbeamter, steht vor dem schwierigsten Fall seines Lebens. Kennt er die Tote? Welche Rolle spielt der Frührentner, der auf der Treppe des Hotels Schweizerhof tot zusammengebrochen ist? Und wer ist die geheimnisvolle Fremde auf dem Friedhof?

Silvia Götschi – Mord im Parkhotel
Cameo, Taschenbuch, 408 Seiten
ISBN: 978-3-906287-64-5

Ein biblischer Schrecken zieht durch die schöne Stadt Luzern und bereitet dem Ermittler Thomas Kramer und seinen Kollegen von Tag zu Tag mehr die Hölle auf Erden. Denn das mörderische Wesen, das sie jagen, ist ihnen immer mindestens um einen oder gar zwei Schritte voraus, und es scheint auch stets zu wissen, wohin sie sich mit ihren zunehmend von Verzweiflung geprägten Untersuchungen wenden.

Silvia Götschi – Engelfinger

Cameo, Taschenbuch, 520 Seiten

ISBN: 978-3-906287-79-9

Eine Maschine der British Airlines stürzt unter verdächtigen Umständen in die unerreichbaren Tiefen der Keltischen See und reißt 228 Menschen in den Tod, ein Mädchen sieht jede Nacht zur Stunde des Wolfes seinen verschollenen Vater, eine betrogene Mörderin beweist Haltung, eine Polizistin und ihr Partner haben sowohl einander als auch den üblichen Verdächtigen eine Menge vorzuwerfen, und eine lang verstummte Autorin meldet sich wieder zu Wort.

Silvia Götschi – Auf der Schwarzen Liste des Himmels

Cameo, Klappenbroschur, 624 Seiten

ISBN: 978-3-906287-83-6